दो छोरों के बीच

दो छोरों के बीच

मोनिका गजेंद्रगडकर

अनुवाद

प्रकाश भातंब्रेकर

विद्या विहार, नई दिल्ली

प्रकाशक : विद्या विहार, 1660 कूचा दखनीराय, दरियागंज, नई दिल्ली–110002
सर्वाधिकार : सुरक्षित / संस्करण : प्रथम, 2017 / मूल्य : तीन सौ पचास रुपए
मुद्रक : आर–टेक ऑफसेट प्रिंटर्स, दिल्ली ISBN 978-93-86871-16-9

DO CHHORO KE BEECH

stories by Monika Gajendragadkar ₹ 350.00
Published by Vidya Vihar, 1660 Kucha Dakhni Rai, Darya Ganj, New Delhi-2

अशांत ध्रुवांत

मराठी भाषा की सशक्त एवं विशिष्ट कथा लेखिका मोनिका गजेंद्रगडकर अपनी कहानियों की चुनौतीपूर्ण विषयवस्तु, मौलिक शैली और सूझ-बूझ के लिए अपने पाठकों के बीच एक सुपरिचित हस्ताक्षर रही हैं। उन्होंने अपनी रचनाओं में वर्तमान भारतीय समाज की विषम और विडंबनापूर्ण स्थितियों का बड़ी प्रामाणिकता और साहसिकता के साथ चित्रण किया है। सामान्य तौर पर स्वीकार्य सामाजिक, सांस्कृतिक और धार्मिक स्थितियों को भी कुछ हताश और शरारती तत्त्व किस प्रकार चोट पहुँचाते हैं, यह उनकी कहानियों में स्पष्ट मुखर होकर सामने आता है।

मोनिका अपने विषय को बड़ी शिद्दत से उठाती हैं, जिसमें हिंदू-मुसलिम के बीच की सदाशयता और विश्वसनीयता को आहत करनेवाले तत्त्वों की पहचान बड़ी आसानी से की जा सकती है। इस संग्रह में भी उनकी तीन कहानियाँ 'दो छोरों के बीच', 'जिस्म' और 'श्रद्धा' में कथा लेखिका ने संबंधित पात्रों एवं प्रसंगों के आलोक में कथानक का ताना-बाना जिस तरह बुना है, वह किसी भी पाठक को विचलित करने के लिए पर्याप्त है, क्योंकि मोनिका धर्म के आधार पर मनुष्यत्व या इनसानियत का बँटवारा नहीं चाहतीं। भारत जैसे बहुधार्मिक, बहुसांस्कृतिक एवं धर्मनिरपेक्ष देश में यदि हम आज भी सदियों से लड़ी जा रही लड़ाई में उलझे रहेंगे तो कभी अपने लक्ष्य या ध्येय को प्राप्त नहीं कर सकते। धर्म हमारी सामाजिक पहचान का आधारभूत तत्त्व रहा है, लेकिन अपने धर्म में आस्था रखते हुए, दूसरे के धार्मिक विश्वास की अवहेलना या अनदेखी करने की इजाजत किसी को नहीं दी जा सकती, लेकिन इसके घुसपैठ से परस्पर संबंध किस प्रकार छिन्न-भिन्न हो जाता है और कैसे अपने चरम बिंदु तक पहुँच जाता है, यह मोनिका की कहानियों की विशेषता है। वे प्रश्नाकुल ढंग से इस विषय और विवाद को उठाती हैं

और उसे अंतिम परिणति तक ले जाती हैं। यह उनके पाठकों को न केवल अवसादग्रस्त करता है, बल्कि अपराध-बोध भी जगाता है कि एक-दूसरे पर अविश्वास कर हमने इन तमाम सदियों में कितना कुछ खोया है और खुद को विपन्न किया है।

मोनिका गजेंद्रगडकर मराठी की वरिष्ठ और प्रतिष्ठित कथा-लेखिका हैं। यहाँ संकलित पाँचों लंबी कहानियाँ, जो मूल मराठी से हिंदी में श्री प्रकाश भातंब्रेकर द्वारा अनूदित हैं, अपनी संरचना में अनिवार्यतः अत्यंत विशिष्ट और मौलिक हैं। इनमें कथातत्त्व की गंभीरता के साथ पात्रों के रचाव और स्वभाव पर विशेष ध्यान दिया गया है और सम तथा विषम परिस्थितियों के अनुरूप प्रसंगों का निर्माण भी बड़ी कुशलता से किया गया है। मोनिका इस बात को अच्छी तरह जानती हैं कि कथ्य को अमूर्त या अस्पष्ट रखा गया तो कहानी अपनी सार्थकता कभी प्राप्त नहीं कर पाएगी। कहानी सामयिक, प्रासंगिक और सटीक जान पड़े, इसके लिए वे पात्रों के चयन और परिवेशगत प्रामाणिकता पर विशेष ध्यान देती हैं। प्रस्तुत संकलन में अधिकांश ऐसी कहानियाँ हैं, जो मुसलिम समाज और समुदाय से विशेष संबद्ध हैं। यह देखकर आश्चर्य होता है कि उन्होंने मुसलिम समुदाय, विशेषकर निम्नवर्ग के मुसलिम परिवार की जद्दोजहद, उनकी रोजमर्रा की मुसीबतें, आपसी झगड़े और रंजिश ही नहीं, बल्कि हिंदुओं के प्रति दूरी बनाए रखने और विरोध का भाव पैदा करनेवाली कोशिशों का भी बड़ी गहराई से अध्ययन किया है और बाद में उसका रचनात्मक इस्तेमाल किया है। ऐसा करते हुए उन्होंने अनुकूल एवं प्रतिकूल स्थितियों को नाटकीयता भी प्रदान की है। यहाँ प्रशंसनीय तथ्य यह है कि उनके कथा न्यास में किसी तरह की बनावट या अतिरेक दृष्टिगत नहीं होता है। गजेंद्रगडकर की रचनात्मक तैयारी की यह बहुत बड़ी विशेषता है, जो उनकी रचनाओं को रोचकता के साथ पठनीयता भी प्रदान करती है।

प्रस्तुत संकलन की शीर्षक कहानी 'दो छोरों के बीच' अत्यंत मार्मिक और हमारे समय की प्रासंगिक रचना है। यह एक हिंदू लड़की (गौतमी) के मुसलिम लड़के (इरफान) से हुए प्रेम और फिर 'लिव इन रिलेशन' के बाद आखिरकार निकाह तक जा पहुँचती है। इस बीच कई तरह की आँख मिचौनी और बीच-बीच में धार्मिक आस्था के सवाल पर बहस करते हुए गौतमी से कहीं अधिक इरफान एक-दूसरे की धार्मिक स्वतंत्रता को अपने संबंध में आड़े नहीं आने देता। इस बीच जब विवाह का प्रस्ताव आया तो गौतमी आगे बढ़कर धर्म परिर्वतन के लिए राजी भी हो गई, क्योंकि वह मजहब को अपने प्यार पर कुरबान होने नहीं देना चाहती थी। लेकिन इरफान ने उसे टोकते हुए कहा, "फिर कभी भूल से भी इस वाक्य को मत दुहराना!...असल चीज है इनसानियत...।"

केरल की वादियों तथा ईसाई परिवेश के इर्द-गिर्द बुने गए अनेक रोचक प्रसंगों के समानांतर सामाजिक जीवन में धर्म की सत्ता को लेखिका इस कहानी में नजरअंदाज नहीं

करती और गौतमी अपने पिता को यह बता देती है कि मजहब की दीवारों को फलाँगकर हमने रिश्ता कुबूल किया है। गौतमी तमाम उतार-चढ़ाव और परदेस में बसने के बीच अपनी बात पर कायम रहती है, यहाँ तक कि इसलाम कुबूल लेने की स्थिति में इरफान द्वारा प्रस्तावित नाम 'नाजिया' रखने को भी राजी हो जाती है।

लेकिन इरफान से निकाह कर इसलाम में उसके धर्म-परिवर्तन पर जोर दिए जाने के बरक्स लड़के की माँ, जिसे हमने अपने खयालों में एक रूढ़ि की तरह ताले में जकड़ रखा है, अचानक एक 'प्रोटेगोनिस्ट' की तरह गौतमी से कहती है कि वह भला अब क्या और कितना कुछ बदलेगी—''सुन बेटी, मैं बता रही हूँ तुझे, तू धर्म नहीं बदलेगी, हरगिज नहीं। मेरे बेटे के लिए तू अपना सब छोड़-छाड़कर इतनी दूर परदेस चली गई, ऐसी नौबत हमेशा औरतों पर ही आती है। वहाँ तो तू अकेली है··· खालिस अकेली। सिर्फ तेरा साया ही तेरे साथ होगा। अस्मत के सिवा हम औरतों के पास और होता ही क्या है ? तुम दोनों अपना मजहब-वजहब छोड़कर एक जान हो गए हो। तुम दोनों के खयालात भी हमसे अलग ही हैं। तो फिर हमारे-तुम्हारे मजहब की बात ही कहाँ आती है ?''

संकलन की दूसरी कहानी 'रूट्स' (यानी जड़ें) पुरुष और नारी के पति और पत्नी और फिर माता और पिता होने के विभिन्न प्रस्थानों से जुड़ी है। कहानी की विषयवस्तु अविकसित (प्रीमैच्योर) और अवांछित संतान के बीच के अंतराल को बड़ी गहराई से छूती है। लेखिका ने वर्तमान को विगत या अतीत से जोड़े रखा है और उसी की निरंतरता में आगामी भविष्य के प्रति संदेह भी व्यक्त किया है। साथ ही, भारतीय सामाजिक मूल्यों, पारिवारिक मर्यादाओं तथा पश्चिमी जीवन-शैली के पार्थक्य को भी उजागर किया है।

इस कहानी की नायिका सूजन है, जिसके इर्द-गिर्द तमाम घटनाएँ घूमती हैं। सूजन पश्चिमी रंग में रँगी और उन्मुक्त जीवन के साथ सेक्स के प्रति भी उदार है, लेकिन बढ़ती उम्र के साथ-साथ उसे अनेक प्रकार की समस्याओं का सामना भी करना पड़ता है। कहानी का एक पात्र केदार (केद्या) को जब यह पता चलता है कि वह एक अवांछित संतान है तो उसके दिल पर जो गुजरती है, उसी के प्रतिक्रिया स्वरूप कहानी की दिशा भी बदल जाती है। दरअसल व्यक्ति के अंतर्मन में कहीं-न-कहीं अपने खून (संतान) के प्रति जो ग्रंथि होती है, उसे किसी तथ्य, तर्क या समझौते से बदला नहीं जा सकता। कहानी का शीर्षक 'रूट्स' हर एक पात्र के लिए अलग-अलग मायने रखता है—मम्मी और पापा के लिए अलग और सूजन तथा केदार के लिए अलग। आखिर जड़ें भी जमीन के अंदर विभिन्न दिशाओं में पनपती हैं और ऊपर पेड़ की शाखाएँ भी अलग-अलग दिशाओं में।

संकलन की तीसरी कहानी 'श्रद्धा' है, जिसमें सदियों से खड़े किए गए इस प्रश्न कि 'धर्म बड़ा है या मनुष्य' से कहानी का ताना-बाना बुना गया है। इसलिए कहानीकार

ने हिंदू और इसलाम धर्म से जुड़ी इस कहानी में सैयद नामक पात्र की उपस्थिति द्वारा दोनों धर्म की आधारभूत बुनियाद के बारे में भी जरूरी बहस को सामने रखा गया है। वह पूछता है, "नमाज...तो मैं भी अदा करता हूँ और कुरान भी अकीदत के साथ पढ़ता हूँ। लेकिन इन बातों को थोपा क्यों जाता है ? इतनी सख्ती क्यों बरती जाती है ? क्या यही पहचान है मुसलमान होने की ? क्या कोई इनसान इससे जुदा कुछ सोच नहीं सकता ? उसके जज्बातों का रंग अलग नहीं हो सकता ? इनसान के वजूद की हिमाकत करनेवाला मजहब भी भला कोई मजहब हो सकता है ?"

धर्म के बारे में इतनी उदारता से बातें करनेवाले सैयद ने यशोदा नाम की हिंदू युवती से विवाह किया था और उन दोनों का बेटा पहला असलम एक यूनिवर्सिटी में 'इनसान की जिंदगी में मजहब की अहमियत' प्रोजेक्ट पर काम कर रहा था। इसलिए कहानी में दोनों धर्मों के वैचारिक बिंदुओं पर टकराव के बावजूद कहीं-न-कहीं सद्भाव के लक्षण भी स्पष्ट हैं। लेकिन कहानी में दो धर्मों के बीच सामंजस्यपूर्ण निर्वाह के बीच विरोधी भाव के लिए यशोदा के दूसरे बेटे अशरफ का किरदार जान-बूझकर इतना क्रूर और अतिरेकपूर्ण ढंग से गढ़ा गया है, जिससे कि मजहबी कट्टरता की तसवीर साफ हो सके। कहानी में यशोदा और असलम के साथ उसकी मित्र और प्रेयसी वनिता जहाँ उदार और उदात्त धर्म के समर्थक हैं, वहाँ अशरफ अपने ही घर में इसलामी शरीयत की दुहाई देकर अब्बा (सैयद), अम्मा (यशोदा) और भाई (असलम) का हर मौके पर विरोध करता है और खुद को बार-बार नालायक बताता है। वह इसलाम के उन कट्टरपंथी ताकतों के हाथों खेलनेवाला एक ऐसा हैवानी पुतला है, जो घर को हैवानियत की आग में झोंक देता है, जिसके सदमे में सैयद गुजर जाते हैं। उनकी कुरानखानी के पाक मौके पर अशरफ माँ यशोदा और वनिता से बेहद बर्बर ढंग से पेश आता है। उस यशोदा माँ को भी पीट देता है, जो हिंदू होती हुई भी इसलामी परंपरा के अनुसार हर तरह की कुरबानी देती रही है। लेखिका ने दोनों धर्मों के बीच सद्भाव और सहभाव बनाए रखने पर जोर दिया है, लेकिन दोनों ही धर्मों में ऐसे शरारती तत्त्व सदियों से उपस्थित रहे हैं, जो इनके बीच तनाव और टकराव को खामख्वाह हवा देते रहे हैं। लेखिका ने बहुत ही दुस्साहसपूर्ण ढंग से दोनों धर्मों के बीच के अंतराल को पात्रों एवं प्रसंगों के माध्यम से, भले ही वे कहीं-कहीं प्रायोजित से प्रतीत हों, पाटने का उद्यम किया है।

चौथी कहानी 'जिस्म' एक के बाद-एक कई तरह की अविश्वसनीय घटनाओं से गुजरती हुई अपने पाठकों को झकझोरती चलती है। इसके अहम किरदार सायरा, अहमद, अमीना, मुमताज वगैरह से जुड़े ऐसे कई प्रसंग उकेरे गए हैं, जो निम्नवर्गीय मुसलमानों की रोजमर्रा की जिंदगी से जुड़े हैं। इनमें शौहर-बीवी, सास-ससुर, माँ-बेटे, औरत-मर्द यहाँ तक कि रंडी-रखैल और नाजायज बच्चों के मसले भी अपने-अपने

तौर पर शामिल होते गए हैं। परिवार में बेटे का न होना, बेटी का हो जाना, शौहर का गलत रास्तों में पड़ जाना, बेहतर जिंदगी के लिए कशमकश—जैसी समस्याएँ तो गरीब लोगों की जिंदगी का एक जरूरी हिस्सा ही बन गई हैं। ऐसी आपाधापी और मुसीबतों के बीच रुकती-थमती और गुजरती यह कहानी हिंदू-मुसलमान के मजहबी टकराव और दुराव से भी जुड़ जाती है। पास के हनुमान मंदिर और दरगाह के इलाके में एक के बाद एक तीन बम फटने तक, इस हादसे में सायरा का शौहर अहमद मारा जाता है और तब राजनीति के दखल से यह कहानी और भी बोझिल हो जाती है। दरअसल लेखिका ने यहाँ जिन प्रसंगों को उकेरा है, वे प्रामाणिकता के बावजूद कहीं से भी हम पाठकों को प्रिय नहीं लग सकते और उन्हें अप्रिय सवालों से भी जूझना पड़ता है, क्योंकि इसी के माध्यम से भारतीय समाज, खासतौर पर मुसलिम समाज एवं समुदाय अपनी अंधरूढ़ियों और कट्टरपंथियों की गैर-मुनासिब दखलंदाजियों के चलते खुद को खोखला कर रहा है। यह देखकर पाठक की हैरानी स्वाभाविक है कि सदियों से इन तमाम सवालों से जूझने और टकराने के बावजूद हम किसी जवाब या निष्कर्ष तक क्यों नहीं पहुँचते? लेखिका ने सायरा के ही आखिरी वाक्य में हम सबसे यह पूछा है, ''क्या इलाज हो सकता है इसका? कब पिंड छूटेगा यंत्रणाओं के इस दौर से?''

संग्रह की अंतिम कहानी 'शिल्प' एक दूसरी ही परिभूमि पर लिखी गई रचना है। यह एक समर्पित कलाकार के अंतर्मन और उसकी रचना-ग्रंथि से जुड़ी एक मनोवैज्ञानिक कथा-यात्रा है। लेखिका ने निःसंदेह कामत जैसे किसी मूर्ति शिल्पी को बहुत निकट से देखा है और उसकी अंतर्यात्रा को समझने की कोशिश की है। उनके द्वारा गढ़ी गई प्रतिमाओं और निर्मितियों के मूल में कौन सी ऊर्जा कार्य करती रही, इसके संधान में मनवा नाम की युवा कलाविद् शिल्पी कामत की कलावीथी जा पहुँचती है। इसी परिसर में कामत का आवास भी है, जहाँ उसकी पुत्रवधू वर्षों से समस्त परिसर की देखरेख में व्यस्त रहती है। वही मनवा की जिज्ञासाओं का समाधान करती है। यहाँ तक कि उसे अपने आवास के पास बने आउट हाउस में ही ठहराती है, ताकि उसके ससुर कामत के समग्र कलात्मक योगदान पर विस्तार से चर्चा की जा सके। लेखिका यह बताना नहीं भूलती कि कामत अपनी प्रेरणा के रूप में अपनी युवा पुत्रवधू को कभी-कभी 'मॉडल' बनाकर भी उसकी प्रतिकृति का निर्माण किया करते थे। इसमें कोई संदेह नहीं कि कामत ने अपने विपुल और विलक्षण प्रतिमा निर्माण से कलारसिकों का ध्यान आकृष्ट किया और भरपूर यश के साथ पर्याप्त संपत्ति अर्जित की थी। इसके पहले भी उनके पूर्वज विभिन्न कलाओं में पारंगत रहे थे और उन्होंने पर्याप्त प्रतिष्ठा बटोरी थी। लेकिन हर कलाकार बहुधा इस ग्रंथि का शिकार होता है कि वह अपनी संतान को भी अपनी बनी-बनाई राह पर चलने को विवश करता है, जिसमें कलाकार पिता कामत को सफलता

नहीं मिलती, क्योंकि उनका बेटा अपनी राह चुनना चाहता था। इस हताशा को कामत झेल नहीं पाते, मानसिक उन्माद का शिकार हो जाते हैं और एक दिन जिस शिलाखंड को प्रतिमा का रूप दे रहे थे, उसी के नीचे दबकर मर जाते हैं। दूसरी ओर उनका बेटा भी पिता के अनावश्यक दबाव के चलते अपना मानसिक संतुलन खो देता है और यही कारण है कि उसे हवेली की एक कोठरी में बंद रखा जाता है।

आशा है, इस संकलन की कहानियों को पढ़नेवाले पाठक मोनिका गजेंद्रगडकर को एक समर्थ कहानीकार के नाते याद रखेंगे और उनकी कहानियों के अगले संकलन की प्रतीक्षा भी करेंगे।

इस संकलन में संकलित अत्यंत प्रासंगिक कहानियों का चयन और मराठी से हिंदी में सफल और खटीक अनुवाद करने का दायित्व बंधुवर श्री प्रकाश भातंब्रेकर ने उठाया है, वह हिंदी ही नहीं, भारतीय भाषाओं के पाठकों के लिए एक सुखद परिघटना है। एक समर्पित अनुवादक की तरह श्री भातंब्रेकर पिछले चार दशकों से मराठी के शीर्षस्थ, समादृत और चर्चित कथाकारों एवं कवियों को बृहत्तर हिंदी पाठक वर्ग से परिचित कराते रहे हैं। उनकी यह निरंतर सक्रियता इस संभावना को भी पुष्ट करती है कि वे निकट भविष्य में हम पाठकों के लिए और भी विशिष्ट संकलन तैयार करके लाएँगे। उनकी रचनात्मक यात्रा और भी समृद्ध एवं यशस्वी हो, इसी आशा के साथ।

—रणजीत साहा

एम.जी. 1/26, विकासपुरी
नई दिल्ली–110018

भूमिका

धर्म-जैसी एक प्रमुख धार्मिक अवधारणा एवं सामाजिक मानसिकता के परिप्रेक्ष्य में मानवीय अंतर्संबंधों की जटिलता को उजागर करने का प्रयास इस कहानी के जरिए किया गया है। आदमी का धर्म के साथ क्या रिश्ता हो सकता है ? उसकी यथार्थता का मानदंड क्या हो सकता है ? भावात्मक स्तर पर दिलों को जोड़ने अथवा तोड़ने में उसकी कोई भूमिका हो सकती है ? क्या आदमी अपनी पारंपरिकता को भुलाकर इतनी आसानी से नया रूप धारण करने के लिए राजी हो सकता है ? अपना पुराना चोगा उतार फेंकना, यानी नई समस्याओं को आमंत्रित करने जैसा नहीं है ? बीते कल के साथ वर्तमान को अपनी राह से जोड़कर भविष्य की पतवार हाथ में थामना क्या न्यायोचित् है ? क्या वह जिंदगी को स्थिरता प्रदान कर सकता है ? इन सवालों के कई जवाब हो सकते हैं, होने भी चाहिए। मैंने अपने तईं, अपने दायरे में इन्हें आँकने का प्रयास इस कहानी में किया है।

अतिवादी या उग्रवादी सांप्रदायिक अवधारणाओं की कड़वाहट ही तो मजहबी दीवारों का कारण बन जाती है। नए उदारवादी दृष्टिकोण की दुहाई देनेवाली पीढ़ी भी ऐन मौके पर डिग जाती है और कोई साहसी कदम आगे बढ़ाने से कतराती है। हमारी ही कॉलोनी के एक परिवार की लड़की अपने मुसलमान प्रेमी के साथ अपनी गृहस्थी बसाने के उद्देश्य से घर से भाग जाती है और अपने मनसूबे पूरे कर लेती है। मेरी इस कहानी की यही मुख्य प्रेरणा है। प्यार की खातिर अपने माँ-बाप, घर-बार, भाषा, देश-क्षेत्र आदि से मुँह मोड़कर भिन्न धर्मीय सहयात्री के संग नया जीवन शुरू करने की ललक उसे विदेश ले जाती है और बेहद मानसिक कशमकश के दौर के बाद भी पूरी दृढता के साथ अपने जीवन-साथी की सहगामिनी बन जाती है। यह द्वंद्व ही उसकी जीवटता और उत्कट मनोबल का परिचायक है, जो पुरुषों के ढुलमुलपन को भी उतनी ही तीव्रता से झकझोरती है। इस कहानी के माध्यम से अन्य धर्मीय महिलाओं की मानसिकता को सांकेतिक रूप से चिह्नित करने का मेरा प्रयास रहा है।

हिंदू लड़की से विवाहबद्ध हुए मुसलमान लड़के के कट्टरपंथी बाप की सोच को तब गहरा सदमा पहुँचता है, जब अपने बाप के मर्माहत जज्बातों का लिहाज करते हुए यही प्रगतिवादी, आधुनिक विचारधारा वाला इरफान गौतमी को धर्मांतर करने की सलाह देता है। इरफान के अब तक के विचारों से सर्वथा विपरीत इस आग्रह से गौतमी एकबारगी हिल तो जाती है और धर्म को हथियार के तौर पर इस्तेमाल कर उसके अस्तित्व को ही नकार देनेवाला इरफान यकायक उसे पराया और अनजान सा लगने लगता है। लेकिन मँझधार में आए तूफान को जज्ब करने की उसकी आत्मिक क्षमता उसके अपने व्यक्तित्व को यकीनन अधिक मुखर बना देती है। विदेश में दो अलग-अलग आयुवर्ग की ईसाई महिलाओं का बेबाक जिंदगीनामा तथा इरफान की माँ का टेलीफोन-वार्त्ता के दौरान किया गया ये सवाल, "तू क्यों अपना धर्म बदलेगी बेटी? इरफान से कहो तो, क्या वह बदलेगा अपना मजहब?" गौतमी में नया आत्मसम्मान जगाते हैं, उसे एक नया धरातल प्रदान करते हैं। यह कहानी प्रगतिशील युवा पीढ़ी की आँखों को आँजने का सार्थक प्रयास करती है।

औरत की जिंदगी के बारे में यदि विचार करें, तो हम पाएँगे कि अकसर पुरुषों के बरक्स ही उसके शोषण का विचार किया जाता है। लेकिन हकीकत में केवल पुरुष ही नहीं, बल्कि समाजार्थिक व्यवस्था के कई घटक महज उसके औरत होने के कारण उसे कई तरह से अपने शिकंजे में लेने पर अमादा हो जाते हैं। इरफान बार-बार अपनी माशूका से बराबर यही कहता रहा है, "मेरे कारण तुम अपना धर्म छोड़ने की बात कभी भी मन में न लाना। अगर मैं अपने धर्म के प्रति आस्थावान हूँ तो तुम्हें भी अपने धर्म के प्रति निष्ठावान होना ही चाहिए।" लेकिन कसौटी की घड़ी में उसकी ध्येयासक्ति डिग जाती है और वह अपना रंग बदल लेता है। किसी एक विशिष्ट भूमिका के लिए समर्पित युवक भी किसी विशिष्ट मोड़ पर पहुँचने के बाद ढहकर ढूह बन जाते हैं और अब तक उनके भुलावे में आए व्यक्ति यूँ ही छितर-बिखर जाते हैं, विगलित हो जाते हैं, यह कटु यथार्थ है।

इनसान के व्यक्तित्व, उसके स्वत्व की जड़ों में मिट्टी भी हुआ करती है, जो जड़ों को मजबूती से बाँधे रखती है और समूचे वृक्ष में जान डालती है। आपसी संबंधों, सामाजिक सरोकारों तथा परिवेशगत अनिवार्यताओं के गुंजलक में फँसे व्यक्ति की धर्म की अवधारणा और धर्मनिरपेक्षता का अर्थ उसकी समूची व्यापकता के रूबरू उजागर करने के प्रयास में यह कहानी निर्मित हुई है…

अनुवादक की कलम से

इस कहानी संग्रह की सभी कहानियाँ कथ्य और शिल्प की दृष्टि से अति विशिष्ट हैं। घिसे-पिटे आम विषयों के बजाय संवेदनशील विषयों पर बेबाक, किंतु तटस्थ रूप से कलम चलाए जाने के कारण ही ये कहानियाँ बुनियादी तात्त्विक ऊहापोह करने के बावजूद जटिल, बोझिल या अपाठ्य नहीं लगतीं। संग्रह की पहली कहानी का अनुवाद करते समय ही मुझे लेखिका की कलम की ताकत का अहसास हुआ। 'कहानी पाठ' कार्यक्रम में इस कहानी को सुनने के बाद ही मैंने तय कर लिया था कि मैं इस कहानी का अनुवाद करूँगा; और मैंने किया भी। कहानी लंबी होने से उसके प्रकाशन की समस्या थी। विषयवस्तु का संक्षिप्त विवरण बनाकर मैंने कई संपादकों को लिखा। कुछ ने पृष्ठ सीमा की मजबूरी का इजहार किया, तो कुछेक से जवाब ही नहीं आया, कुछ अन्य संपादकों के सामने संवेदनशील विषय से संबद्ध खतरे मँडराने लगे। बहरहाल, 'समकालीन भारतीय साहित्य' के संपादक ने बड़ी शिद्दत से पत्रिका में स्थान दिया तो कहानी को नया आयाम मिला और लेखिका को नई पहचान। व्यापक तौर पर क़हानी का स्वागत हुआ और मेरा भी हौसला बढ़ा। फिर क्या था, विषय वैविध्य को ध्यान में रखते हुए मैंने मोनिका की कहानियों का चयन किया और क्रमश: अनुवाद भी करता रहा। ये सभी कहानियाँ विभिन्न पत्र-पत्रिकाओं में प्रकाशित हो सकीं, यह अत्यंत प्रसन्नता की बात है। इस वजह से अधिकाधिक पाठकों तक मोनिका की कहानी पहुँच पाई। समकालीन भा.सा. से प्रारंभ हुई यह कथा-परिक्रमा फिर से वहीं आकर पूरी हुई। पाठकों के सुलभ संदर्भ के लिए प्रत्येक कहानी के पूर्व प्रकाशन का ब्योरा सोद्देश्य दिया गया है। इन कहानियों की सार्थकता पर सुधि पाठक तथा समीक्षक बेबाक टिप्पणी यकीनन करेंगे। स्वागत है। कहानियों के अनुवाद की प्रक्रिया संबंधी बहस यहाँ करना न्यायोचित नहीं होगा; किंतु यकीन मानिए, मूल पाठ को न्याय देने का मैंने पूरा प्रयास किया है।

पूर्व प्रकाशित इन कहानियों को पुस्तकाकार प्रस्तुत करने में प्रभात प्रकाशन ने पहल की, अत: मैं प्रभात कुमारजी का हृदय से आभारी हूँ। मेरे परम मित्र, कुशल संपादक, मर्मग्राही विवेचक, बहुभाषाविद् तथा निष्णात अनुवादक डॉ. रणजीत साहा के साथ

डॉ. हरिसुमन बिष्ट, डॉ. पूरनचंद टंडन, हृदयेश मयंक, शैलेश सिंह आदि सन्मित्रों से प्राप्त बहुमूल्य सहयोग के लिए मैं इन सभी महानुभावों के प्रति कृतज्ञता ज्ञापन करता हूँ। डॉ. साहाजी ने अपनी इसी अंतरंगता की वजह से अत्यधिक व्यस्तता के बावजूद इस कहानी संग्रह के लिए अत्यंत मार्मिक प्रस्तावना लिखी है जो यह उनकी लेखकीय सहृदयता का प्रमाण है।

जाहिर है कि मोनिका की सहज एवं स्वत:स्फूर्त अनुमति की वजह से ही मैं अनुवाद की दिशा में आगे बढ़ सका। इसलिए मोनिका तथा मेरे सुहृद अभिजित गजेंद्रगडकर की सहभागिता को भी बाकायदा अधोरेखित करना मेरा कर्तव्य बन जाता है।

मराठी की यह थाती, हिंदी तथा भारतीय साहित्य की धरोहर अब पाठकों को समर्पित है। सुधि पाठकों की प्रतिक्रियाएँ मेरे लिए अवश्य ही मार्गदर्शक सिद्ध होंगी।

मुंबई

—प्रकाश भातंब्रेकर

मो. : 9324409490

अनुक्रम

दो छोरों के बीच

यह कहानी मुख्यतया निम्नलिखित मुद्दों पर केंद्रित है—

धर्म आखिर होता क्या है? रीति-रिवाजों, रस्में, रहम-ओ-करम ¨ क्या धर्म यहीं तक सीमित होता है?

वर्तमान पीढ़ी अपनी संस्कृति या भाषा के प्रति तनिक भी आस्थावान नहीं होती। संवेदनहीन स्वार्थी सोचवाली पीढ़ी है यह। हमारे देश में लोग बेहद रिलिजियस होते हैं। अपने धर्म को लेकर बेहद पजेसिव। दरअसल यह पजेसिवनेस ही मजहब को रिजिड बनाता है।

फैमिली बॉण्ड्स बहुत ही इंटैक्ट होने के बावजूद लोग इतना इन्सिक्योर क्यों महसूस करते हैं? श्रद्धा के सहारे जीना ही क्यों पसंद करते हैं वे?

धार्मिक वास्तुओं की रचना में ऐसा कौन सा तत्त्व होता है कि उन्हें देखते ही रोम-रोम में जैसे चैतन्य भर जाता है?

श्रद्धा इनसान को ऊर्जा प्रदान करती है, तो वह उसे कमजोर भी बना सकती है।

धर्म बदलना आसान नहीं होता। माना कि धर्म ही इनसान के लिए सबकुछ नहीं होता , असली चीज तो इनसानियत है, फिर भी मजहब हमारे जेहन में जाने-अनजाने में घुला-मिला होता है।

मसजिद-मंदिर में जाकर ही इबादत करना तो महज मजहबी संकेत भर होता है। ऐसे संकेतों का श्रद्धा से भला क्या रिश्ता?

चर्च इज नॉट फॉर एंटरटेनमेंट। इट्स अ मिशन ऑफ सर्विस।

सेवा करना ही धर्म है। दूसरों के दुःख-दर्द बाँट लेना, उसमें शामिल होना, खो जाना ¨ क्या इसे काम कहा जाएगा?

दूसरों के दुःख-दर्द से जुड़ जाओ, तो इनसान क्या अपनी जिंदगी से कट जाता है? विरक्ति से मतलब सबसे कट जाना या कहीं दूर हट जाना हरगिज नहीं।

छोटी-छोटी बातें फासला बढ़ाती हैं, पर रिश्ता ही एक ऐसी चीज है, जो इनसानों को करीब लाती है, उन्हें जोड़ती है।

आदमी की अपनी जो पहचान होती है, उसकी जड़ें जिंदगी जीने के दौर में कई तरह के अहसासों में रच-पच गई होती हैं।

खिड़की से बाहर खिसकते और पीछे छूटते जा रहे शहर का नजारा गौतमी देख रही थी। आनन-फानन में आई वर्षा की झड़ी से सिमटे-सिकुड़े से हवाई अड्डे का मोड़ करीब आने लगा था। गौतमी ने भीतर एक तूफान को दबाए रखा था, पर अब हद हो गई···उसने पड़ोस में बैठी निवेदिता के हाथ पर अपना हाथ रखा।

''तुम सभी यार-दोस्तों, सहेलियों से मुझे काफी बल मिला, निवेदिता यकीन मानो, तुम्हारे बूते ही मैं इतनी हिम्मत कर सकी!''

''कम ऑन गौतमी···नो फॉरमैलिटीज! वरना फ्रेंडशिप का मतलब ही क्या?''

''मेरा मतलब है···तुम्हारा पता, घर आदि को मैंने वीजा-पासपोर्ट का आलंबन बनाया, वरना इरफान के घर मैं यूँ ही तो नहीं जा सकती थी! माँ-बापू तो सकते में आने ही वाले हैं!''

''डोंट फील गिल्टी यार···आफ्टर ऑल दिस इज योर लाइफ! यू हैव नॉट चीटेड देम···तुमने बताया तो था उन्हें इरफान के बारे में विस्तार से, पर उन्हें रास नहीं आया। देन! दिस इज नॉट-क्राइम···भला कौन सी दुनिया में रहते हैं हमारे पेरेंट्स···डोंट नो! जाति-धर्म के दायरे में ही सिमटे रहते हैं अभी भी! यूजलेस!'' निवेदिता ने हमेशा की तरह आक्रामक अंदाज में टिप्पणी की। ''फिर भी गौतमी, तुम इस कदर संजीदगी दिखा सकती हो। हद दरजे की सूझ-बूझ से काम लेने के बावजूद तुम्हारे माँ-बापू की बेरुखी मेरे पल्ले नहीं पड़ती! तुम्हारी जगह अगर मैं होती···अथवा तुम भाविका-जैसी फिल्मी गुड़िया होती, तो माँ से बिलाशक कह सकती थी, ''तो देख लो मेरे प्यार की ताकत···!'' निवेदिता ने फिल्मी अंदाज में कहा और ठठाकर हँसने लगी।

''मजाक छोड़ो भी, दरअसल मैं माँ-बापू को मुगालते में रखकर कोई भी कदम उठाना नहीं चाहती थी, निवेदिता! लेकिन इरफान को मजहबी चोले से अलग कर इनसानी पैमाने से उसे आँकना उन्हें गवारा ही नहीं था। जबकि न मैंने, न ही इरफान ने, हम दोनों में से किसी ने भी प्यार को मजहब का परवान हरगिज नहीं होने दिया···न शुरुआती दौर में, न मँझधार में आने के बाद भी, आज तक!''

''तुम्हें तो जैसे नजरबंद ही कर रखा था उन्होंने घर में, तुम्हारे सेलफोन का कार्ड भी बदला, बिल भी पिताजी के नाम करवा दिया···स्टुपिड!''

''मैंने माँ-बापू से कई बार पूछा भी था निवेदिता कि आखिर धर्म होता क्या है?

रीति-रिवाज, रस्में, रहम-ओ-करम···इसी को धर्म मानते हैं न आप? इरफान के घर में भी लगभग ऐसा ही माहौल···हिंदू लड़की?—आगे कुछ मत बोलो! वैसे भी हम दोनों लंदन जाएँगे अगली पढ़ाई के लिए, यानी बिल्कुल अलग ही रहेंगे दोनों परिवारों से। किसी को क्या पड़ी है? और किसी से हमारा वास्ता भी कहाँ पड़ेगा? लेकिन उन्हें डर है तो इसी बात का कि दुनिया क्या कहेगी?''

''दुनिया को मारो गोली···बकवास स्साला! और तुम दोनों वहाँ सेटल भी हो जाओगे···''

''शायद! अभी सोचा तो नहीं, लेकिन अभी कुछ साल तो पढ़ाई में ही चले जाएँगे, बाद में देखा जाएगा। इरफान को तो वहाँ पार्ट टाइम जॉब भी मिल गई है। मुझे भी मिल जाएगी···और पढ़ाई भी जारी रहेगी।''

''यस यू आर राइट! तुम दोनों के घरवाले कम-से-कम तुमसे बात तो कर लेते···ऐसी कौन सी आफत आ जाती! तुम दोनों इतने मैच्योर हो कि तुम्हारी मैच्योरिटी से हम लोगों में कॉम्पलेक्स आने लगता है। तुम्हारे मुकाबले हम तो बहुत ही शैलो हैं! हमारी तो स्ट्रेट फिलॉसफी यही है कि—एंजॉय दि लाइफ!''

हवाई अड्डा आँखों की परिधि में आ गया, तो गौतमी ने अपना पर्स उठाकर काँधे पर लटका दिया और निवेदिता का हाथ थामे रही।''

''डर लग रहा है निवेदिता! अब तक तुम थी तो मुझे कोई चिंता नहीं थी, कोई कुछ कहे, पर मैं तुम्हें बिल्कुल नहीं भुला पाऊँगी। चोरी-छुपे मैं घर से चल पड़ी हूँ, अखरता तो है और कचोटता भी है दिल को, पर···दिल बैठ जाता है। किसी को शक न हो, इसलिए बाहर-ही-बाहर सारी चीजें मैंने आज ही सवेरे खरीद लीं, अटैची समेत सभी चीजें···माँ-बाप को अँधेरे में छोड़कर मैं निकल पड़ी हूँ कलेजा थामकर···''

''गौतमी! कम ऑन! यह तो शुरुआत है तुम्हारी जिंदगी की। एंजॉय इट! बी हैप्पी!'' निवेदिता ने उसे बाँहों में भरकर कहा। ''डोंट वरी, आई एम ओके, थैंक्स अगेन!'' गौतमी ने रूमाल से आँखें पोंछते हुए कहा। ''मेरी माँ को अच्छी तरह से समझाओ। अपने ग्रुप को भी बता देना। फेसबुक पर तो हम मिलते ही रहेंगे।''

अब गौतमी को निवेदिता का हाथ भी छोड़ना पड़ा और साथ भी। वह गेट से होती हुई भीतर चली गई। टिकट, सुरक्षा जाँच, इमिग्रेशन आदि सभी औपचारिकताओं से निपटकर उड़ान संबंधी उद्घोषणा का इंतजार करते हुए वह लाउंज में बैठी थी। आस-पास बैठे सभी लोग उद्घोषणा की ही प्रतीक्षा में थे···बेचैन से। कुछ तो यूँ ही चहल कदमी कर रहे थे। उजली भक रोशनी, सजी-धजी दुकानें, कॉफी शॉप, पार्लर···

क्या फिर कभी लौटना होगा यहाँ? या कि यही आखिरी दृश्यपटल होगा? इरफान तो पहले ही पहुँच चुका है लंदन···मैं अपना सबकुछ त्यागकर चल पड़ी हूँ। कैसे? कब?

वीजा, पासपोर्ट तथा अन्य औपचारिकताएँ···इरफान ही धन भेजता रहा है। घरवाले बेखबर हैं। पिछले कई महीने इसी आपाधापी में बीत गए। और आज इन सबसे मुँह फेरकर मैं जा रही हूँ। बस, कुछ घंटे और···उसके बाद मैं और इरफान···सिर्फ हम दोनों एक-दूजे के लिए। एक नए मुल्क में···क्या गुजरेगी माँ-बाप पर?···खूब कोसेंगे, हल्ला मचाएँगे, आँसू बहाएँगे, मेरा अता-पता पूछने के लिए रिश्तेदारों-दोस्तों को फोन करेंगे? पिछले दो महीने से तो हमारी बातचीत भी बंद थी, मैं तो इतना भर कहती रही थी कि हम दोनों एक-दूसरे को दिल से चाहते हैं ,प्यार करते हैं, भावनाओं की कद्र करते हैं···हम भिन्न धर्मीय हैं, पर उससे क्या फर्क पड़ता है।···और छह माह पहले हमने कोर्ट मैरेज भी कर ली। वीजा का ही इंतजार था बस···अलबत्ता माँ-बापू भी टस-से-मस नहीं हुए।

रन-वे पर विमान ने गति पकड़ ली और दूसरे ही पल उसके पहियों ने धरती का साथ छोड़ दिया। खिड़की से शहर के जगर-मगर लट्टुओं का नजारा दिखता रहा, दिखता रहा और धीरे-धीरे अँधेरे की ओट में चला गया। गौतमी की आँखों की नमी भी अब छँट सी गई और बची रही स्याही, दूर-दूर तक छाया अँधेरा··· । लंदन की जमीन पर कदम रखते ही गौतमी तनिक भरमा गई। अपने देश में तो ढेर सारी मुसीबतों के बावजूद कभी दिक्कत नहीं हुई। लेकिन इस परदेस में सिर्फ इरफान के अलावा और कोई भी तो हमराज नहीं है अपना! इरफान आया तो होगा न मुझे लिवा लेने? हवाई अड्डे पर और भी कई भारतीय थे। उन्हें देखकर गौतमी को यूँ ही तसल्ली होती रही। यह मनोभाव उसे भी अनमना कर रहा था। अपने अकेलेपन को वह खुद ही अपने जेहन से अलग नहीं कर पा रही थी शायद!

इमिग्रेशन से निपटकर उसने सामान ट्रॉली पर रखा और वह एक ओर आई। उसने घर का नंबर दबाया। भारत में यही कोई साढ़े ग्यारह बज रहे होंगे। कौन उठाएगा फोन? माँ? चिंता में होंगे दोनों, या निवेदिता ने बता दिया होगा···आगबबूला हो गए होंगे, रुआँसे भी हुए होंगे शायद···

"गौतमी? हमारा तो कलेजा मुँह को आ गया, पता है तुम्हें?" फोन उठाते ही माँ ने बिलखते हुए कहा, "क्या तुमने हम दोनों को इतनी बेरहमी से ओझल कर दिया? कुछ भी नहीं लगा तुम्हें ऐसा करते हुए? एक पल में ही तोड़ दिए रिश्ते और चली गई तुम उसके साथ! शादी भी की थी तुमने उसके साथ? कमाल हो गया।···अच्छे-बुरे कितने ही खयाल आते रहे मन में, निवेदिता का नंबर लगता नहीं था, तुम्हारी बाकी सहेलियों से सही-सही जानकारी नहीं मिल पा रही थी···" वह दिल की भड़ास निकाल रही थी, जी हलका कर रही थी, सिसकियों के साथ और अब बापू के हाथ में था फोन।

"यही दिन देखने थे हमें!" वे बरसने लगे। "काठ नहीं मार गया तुम्हें, हमें छोड़कर जाते हुए? पीछे मुड़कर देखा भी नहीं तुमने? बड़ी संगदिल है तुम्हारी

पीढ़ी! स्वार्थी···खुदगर्ज···सेल्फ सेंटर्ड, किताबें पढ़-पढ़कर यही ज्ञान पाया तुमने? धर्मनिरपेक्षता की दुहाई दे रही है, यही बचा था कहने के लिए! चीजें यदि इतनी आसान लगती हों तो रहो चैन से मुल्लाजी के साथ। तुम्हारे साथ कोई रिश्ता नहीं हमारा! भूल जाओ···भूल जाओ सबकुछ!'' उन्होंने गौतमी को बोलने ही नहीं दिया। कपोलों पर ढुलक रहे आँसुओं को गौतमी ने औरों की निगाहों से बचते-बचाते बड़ी सफाई से पोंछ डाला। वह मन-ही-मन सोचने लगी कि माँ-बापू के प्रति नितांत आदर-भाव के कारण ही मैंने इरफान के बारे में इत्मीनान से उन्हें बताया। कुछ भी तो छुपाया नहीं उनसे। लेकिन वे अपनी ही बात पर अड़े रहे। उन्होंने हरगिज हरी-झंडी नहीं दिखाई मेरे प्रस्ताव को। इसीलिए तो मुझे घर छोड़कर चोरी-छुपे काररवाई करनी पड़ी। मुझे खुद ही करना पड़ा फैसला, इसमें भला क्या सेल्फ सेंटर्डनेस था मेरा? बापू तो अकसर कहते भी थे, ''तुम और तुम्हारी पीढ़ी के बच्चों को अपनी संस्कृति या भाषा के प्रति कोई आस्था नहीं होती, न ही कोई नाज! धर्म-वर्म की तो बात ही छोड़ो! संवेदनहीन स्वार्थी सोचवाली पीढ़ी!'' दरअसल न मैंने, न ही इरफान ने मजहब के रोड़े को किसी स्तर पर तनिक भी महसूस नहीं किया। क्या यह छलावा है? भूल है? क्या इसी वजह से मैं हो गई संवेदनहीन?

जैसे ही वह बाहर निकली, इरफान ने हर्षोल्लास के साथ उसका स्वागत किया। बाँहें फैलाकर उसने कहा, ''वेलकम माई डियर!''

उसे देखते ही गौतमी की आँखें भर आईं, ''मिस यू अ लॉट···'' पूरे आवेग के साथ वह इरफान की बाँहों में समा गई।

इरफान का घर लंदन से कुछ ही दूर, एक गाँव में था। यूनिवर्सिटी के करीब 'हिमगौरी और सात टिंगू जी' के कहानीनुमा गाँव की उस बस्ती में टैक्सी आ पहुँची, शाम का झुटपुटा हो चला था और संध्या घिर रही थी···सड़क के दोनों ओर बसे छोटे-छोटे, खूबसूरत मकान···जैसे आर्किटेक्ट ने घरों के मॉडल सजा रखे हों···बीच में से लंबाता जा रहा हो विश्लथ रास्ता···मानो आत्मान्वेषण की धुन में आगे-ही-आगे दौड़ रहा हो··· बीच-बीच में संतरी से खड़े नक्काशीदार ठोस लौह-स्तंभ फूलदानों से सजे-सँवरे। गाँव के इस मनोहर रूप पर रीझकर परिकथा के फरिश्ते बने बादल पूरी मदहोशी के साथ आकाश में मँडरा रहे थे···समूचा परिवेश इस कदर शांत-खामोश कि वीराने का आभास हो जाए···जैसे गाँव उजड़ा हुआ हो!

माँ-बापू से हुए वार्तालाप से आहत हुई गौतमी अभी भी इरफान के काँधे पर सिर टिकाए अपलक बाहर का नजारा देख रही थी, बस···''ब्यूटीफुल!'' अचानक उसके मुँह से निकल गया, ''लाइक अ ड्रीम! क्या खूबसूरत समा है और खामोशी भी!''

''खामोशी भी खूबसूरत होती है?'' इरफान ने खिलखिलाते हुए पूछा।

''बेशक हर चीज की अपनी एक पहचान होती है, और उस पहचान की दुहाई देनेवाला भी कुछ-न-कुछ होता जरूर है।''

''ये हुई न बात!'' उसके काँधे पर रखे हाथ को सिकोड़कर गौतमी को अपने बदन से सटाते हुए इरफान ने कहा, ''हमारी टोका-टोकी और नुक्ताचीनी शुरू हो गई, इसका मतलब है अब तुम नॉर्मल हो! अब तक तुम खोई-खोई सी थी, गुमसुम, शायद टेलीफोन···''

''तुम ठीक कह रहे हो इरफान! मुझे अनुमान तो था ही कि माँ-बापू सख्त नाराज होंगे, सदमा पहुँचेगा उन्हें। फिर भी, यह बात तो सालती है कि मैंने उनका दिल तोड़ा। आखिर तक मुझे बड़ी गहराई से महसूस होता था कि कम-से-कम एक बार तो वे तुमसे मिलते, बातचीत करते, तुम्हारे विचार जान लेते, महसूस करते कि तुम एक अलग किस्म के इनसान हो, दूसरे युवकों से एकदम अलग। वे गर्व से फूले न समाते कि हम दोनों में मजहब की दीवार कभी रही ही नहीं।''

''जेनरेशन गैप इतनी तेजी से और आसानी से पट नहीं सकता गौतमी! कसूर हमारे माँ-बाप का नहीं, मजहब, रीति-रिवाज, विरासत की पुख्ता बुनियाद पर खड़ी है उनकी जिंदगी। उसी दायरे से बँधे रहकर जीते हैं वे। इसीलिए अल्लाह हो या ईश्वर···उनकी सोच का एक ढर्रा बना हुआ है। और ये सब चीजें उनके जेहन में इस कदर गहरे पैठ गई हैं कि उनकी जद से बाहर निकलना उन्हें संभव नहीं होता! इन चीजों से परे भी इनसान की एक अलग पहचान हो सकती है, इसकी वे कल्पना भी नहीं कर सकते। इसलिए इतनी जल्दी उनके हृदय-परिवर्तन की उम्मीद करना उचित नहीं होगा!''

टैक्सी कई मोड़ों से गुजरती हुई गाँव से बाहर आई, फिर भीतर की ओर मुड़ गई।

''यूनिवर्सिटी यहाँ से बहुत ही करीब है। तू तो बस, पागल हो जाएगी···इतनी शानदार बिल्डिंग है···चारों ओर पेड़-पौधे और जंगल! पता नहीं क्यों, यहाँ आने के बाद से शेक्सपियर का यह वाक्य मुझे बेसाख्ता याद आ रहा है, ''साइलेंस इज द परफैक्ट हेराल्ड ऑव जॉय!'' ''प्लीज स्टॉप हियर!'' इरफान ने ड्राइवर को रुकने के लिए कहा।

टैक्सी रुक गई। वह दुमंजिला मकान था। ईंटों से बना, बरतानवी ढर्रे का चुस्त छोटा सा मकान···केवलूदार···शीशे की आदमकद खिड़कियों और उनके कोरों पर करीने से रखे रंग-बिरंगे फूलोंवाले फूलदान, शीशे को ओट देनेवाले झकाझक परदे। खिड़की में से आती पवन के झकोरों से महीन स्वरों में क्वणन करती इत्ती-इत्ती सी घंटियाँ···

टैक्सी के भीतर तो आह्लादक उष्मा थी। किंतु बाहर कदम रखते ही कँपकँपा देने वाली ठंडी बयार ने गौतमी को जैसे झिंझोड़ दिया।

''गुड ईवनिंग इरफान!'' बाँकुरे पैरोंवाली एक बुजुर्ग महिला आहिस्ता-आहिस्ता आगे आई। ताजा-तरीन सेब जैसे लाल-लाल, उत्फुल्ल कपोल···और चेहरे की हर झुर्री से झाँकती शोख, चंचल मासूमियत।

इरफान ने परिचय कराया, "गौतमी, ये हैं मिसेज कैथरिन रॉबर्ट…इस घर की मालकिन…कैथरिन आंटी, यह है गौतमी…"

"हैलो, वेलकम! वाट्स योर नेम? गोट…, गोत…" वे ठीक तरह से उच्चारण नहीं कर पा रही थीं। रुई का बादल बने बालों को हलका सा झटका देने के अंदाज में उन्होंने सिर हिलाया और खिलखिलाकर हँस पड़ीं, "वेरी डिफिकल्ट नेम! गोटमी…ओके गोटमी! यू नीड एनी डिनर? आई विल सेंड यू।"

इरफान ने दरवाजे का ताला खोला। "वेलकम टु अवर हाउस!"

एक छोटा सा बेडरूम, हॉल-कम-लिविंग रूम, पैंट्रीनुमा रसोई…लिविंग रूम की दीवार में शीशे की इत्ती बड़ी फ्रेंच विंडो…उसमें से दिखता प्रकृति का परिदृश्य…जैसे कोई लैंडस्केप पेंटिंग हो…"

"पसंद आया?" कहकर उसने गौतमी को आगोश में भर लिया और कहा, "यू ऐंड मी ऐंड अवर होम, मैंने यूनिवर्सिटी में प्रोफेसर साहब से कहकर दो दिन की छुट्टी मंजूर करा ली है। ऐश करेंगे, लंदन घूमेंगे, और क्या! उसके बाद तो तुम्हें अकेले रहने की आदत डालनी पड़ेगी, तुम्हारा एडमिशन हो जाने तक। चलो, अब फ्रेश हो लो, कैथरिन आंटी का डिनर आता ही होगा।"

और वाकई उसके मुँह-हाथ धोने तक डिनर आ ही गया।

"तुमने कल मुझे फोन पर बताया था कि तुमने भी अपने घर में हमारी शादी के बारे में…मेरे यहाँ आने के बारे में बतला दिया है…" खिड़की के पास ही आसन जमाते हुए उसने कहा।

"बता तो दिया अम्मी को। अब्बू नहीं थे घर पर।"

"तो कैसे थे तेवर अम्मी के?"

"तुम्हें बताया तो था कि हमारे घर में अम्मी की कोई वकत नहीं है। उसके सुख-दुःख, क्रोध-लोभ आदि से किसी का कोई वास्ता नहीं होता। और वह इजहार भी नहीं करती कभी।" बाउल में चम्मच से सूप को हिलाते हुए उसने कहा।

"उसकी भी अलग से अपनी कोई सोच जरूर होगी। लेकिन वह हमेशा गुमसुम-सी रहती है। शायद उसके खयालात भीतर-ही-भीतर दफन हो गए हैं। हमारा संयुक्त परिवार है और वह हरदम किचन में ही बँधी रहती है। मैंने जब तुम्हारे बारे में पहली बार बात चलाई तो उसका चेहरा निर्विकार था, भावहीन। पता नहीं चल सका कि उसकी 'हाँ' है अथवा 'न'। उसने इतना भर कहा, "तुम्हें पसंद है न लड़की…तो समझ लो कि हो गया बेड़ा पार! अब्बू की हाँ या न के बरक्स माँ के रुख की पूरी तरह अनदेखी की जाती है, गौतमी! अपने अस्तित्व को भी भूल चुकी होगी वह शायद!"

"हाँ याद आ रहा है मुझे। तुमने बताया था जरूर…"

"अभी, कुछ देर पहले तुम जिस हद तक बेचैन हो रही थी, कल मैं ठीक उसी दौर से गुजरता रहा था, अम्मी की खातिर। हमारे घर में सिर्फ मैं ही उसकी दुखती रग को थाम सकता हूँ, हालाँकि अम्मी को किसी से कोई उम्मीद नहीं होती!" कहकर इरफान शून्य में यूँ ही अपलक देखता रहा कुछ देर, धुंध के थक्के रात की स्याही की सवारी करते महसूस किए जा सकते थे। ठंड का असर जैसे चरम पर पहुँच गया था।

"मेरे अब्बू मजहब को लेकर बेहद आस्थावान और कर्मकांडी हैं, गौतमी! हमारा वही मजहब स्त्री-पुरुष में कोई भेद नहीं करता। पर मुझे हैरत होती है कि अब्बू की मजहबी चरम-आस्था अम्मी के स्वतंत्र अस्तित्व को रेखांकित करने की दृष्टि क्यों नहीं देती उन्हें···!" भावावेग में इरफान ने गौतमी का हाथ थाम लिया, "वी शुड स्टॉप टॉकिंग लाइक दिस! सीरियस टाइप···इज इट?" गौतमी का हाथ चूमते हुए उसने कहा, "यह हमारी पहली रात है और हम सीरियस टॉक में उलझे हुए हैं! वेरी अनफेयर, अटरली अनरोमैंटिक! है न?" और उसके होंठ गौतमी के होंठों में समा गए।

कुछ जल्दी ही गौतमी की आँख खुली। उसे तनिक एहसास होने ही लगा था कि यह स्वदेश नहीं है, इसी बीच उसका ध्यान इरफान की ओर गया। सिर पर गुंबजनुमा, जालीदार टोपी। बंद पलकों में भक्ति की तल्लीनता। पल भर को उसे लगा कि फौरन यहाँ से लौट चलें। उसकी इस कदर दिल-ओ-जाँ इबादत में मैं समा नहीं सकूँगी···यह इरफान तो बिल्कुल ही अलग है' मैं तो महीनों न भगवान् के दर्शन करती हूँ, न हाथ जोड़ती हूँ। वह ठिठक गई। अभी, इस क्षण उसके हिसाब से मैं अनजान हूँ, सधर्मीय नहीं हूँ, ऐसा क्यों महसूस हो रहा है मुझे? कॉलेज की पढ़ाई के दौरान भी, ठीक वक्त से इरफान नमाज अदा करता था, तब वहीं खड़ी रहती थी मैं पूरे समय···आस-पास में यार-दोस्त भी हुआ करते थे, लेकिन अब यहाँ इस वक्त सिर्फ वह है और मैं हूँ। न देश अपना, न परिवेश। फिर भी?

परदेस की भूमि पर न सिर्फ इरफान की श्रद्धा, बल्कि वह खुद भी इस कदर अनोखा क्यों लग रहा है मुझे? खालिस अपरिचित! क्यों ऐसा लगा मुझे कि उसकी श्रद्धा के साथ मेरी नाल हरगिज नहीं जुड़ सकेगी! कल रात ही की बात है, मैं उसमें हर तरह से समायी थी, कितनी खुशनुमा, रोमांचक और भावोत्कट घड़ियाँ थीं वे। दो जिस्म, मगर एक जान, इसी क्षण के लिए ही तो दुनियाभर की लानत-मलामत उठाई। यदि ऐसा है तो इस वक्त उसकी श्रद्धा मेरी जान का बवाल क्यों बनी है? उसके मजहब का एहसास भला क्यों कचोटने लगा है मेरे दिल को?

वह बाहर आई। सुनहरी किरणों की उष्मा ठंड के कहर को तनिक हलका कर रही थी। कैथरिन आंटी बगीचे में सब्जी बीन रही थीं। सूखे पत्ते, फूल, तिनके, फूस

आदि को समेटकर उन्होंने एक ओर धर दिया था। टोकरी में लाल–लाल चेरीनुमा टमाटर दिखाई दे रहे थे।

"गुड मॉर्निंग कैथरिन आंटी!"

गुनगुनी धूप के बावजूद ठंडी हवा के शरारती झकोरे गौतमी की नाक और आँखों के साथ विद्रोही अंदाज में अठखेलियाँ कर रहे थे, सो उसकी नाक बहने भी लगी थी।
"मॉर्निंग गोटमी। फर्स्ट टेल मी, हाऊ वाज योर लास्ट नाइट? एंजॉयड? इरफान इज अ गुड हसबैंड ऑर··· !" उनकी नटखट नीली–नीली आँखों में तनिक शोखी उभर आई थी।

गौतमी छुई–मुई सी हो गई। वह भला क्या जवाब देती!

"यू आर रियली लकी, यू हैव अ नाइस ऐंड ऑनेस्ट हसबैंड! यू नो, यहाँ लंदन में दो साल पहले बम का धमाका हुआ था। तभी सरकार ने हमें आगाह कर दिया था कि विदेशी पेइंग गेस्ट रखने से पहले हम उसके पासपोर्ट, वीजा या दस्तावेजों की बारीकी से तहकीकात करें। मकान ढूँढ़ने के चक्कर में इरफान जब पहले–पहल यहाँ आया तो खुद उसी ने बताया, 'आई एम मुसलिम फ्रॉम इंडिया।' उसकी खुदगवाही मुझे बेहद रास आई, आई टेल यू! वेरी लविंग पर्सन!"

टमाटर भरी टोकरी वे उठा ही रही थीं कि गौतमी ने पहल की और टोकरी थाम ली।

"और तुमने भी मुझे मोह लिया है। तुम्हारी हिम्मत की वाकई दाद देनी पड़ेगी। आज घर–बार छोड़–छाड़कर एक भारतीय लड़की पराए मुल्क में, एक भिन्न धर्मीय लड़के के लिए आए···इरफान ने बताया मुझे, तुम्हारी शादी की लंबी दास्ताँ।"

तिस पर गौतमी मुसकराई, तो वे भी मुसकराईं।

"आई नो, यू आर इन लव विद अ हैंडसम गाय! तभी तो इतना करेज दिखा सकी हो···और तुम्हें आजादी चाहिए होती है न···उसकी मदहोशी तो सिर चढ़कर बोलती है। अपनी इस आजादी के लिए ही तो कितनी बड़ी कीमत चुकाते हैं हम यहाँ। मेरी पीढ़ी ने भी चुकाई है। देखती नहीं हो मेरे लोनलीनेस को! नो फैमिली, नो बॉण्ड्स!" हाथ नचाते हुए उन्होंने उसाँस ली और पासवाली बेंच पर ही तनिक टिक गईं। पेशानी पर आए बाल उन्होंने सँवारे।

"टेल मी वन थिंग गोटमी! इरफान यदि ईसाई या अन्य कोई धर्मीय होता, तो क्या तुम्हारे माँ–बाप शादी के लिए राजी हो जाते? या फिर भी नहीं? नो, नो, मैं इसलिए तुमसे पूछ रही हूँ, क्योंकि टेररिज्म ने इसलाम को बदनाम जो कर दिया है! ऐंड वेरी रिजिड रिलिजन, इज इट? इरफान बता रहा था।"

"वैसा नहीं है कैथरिन आंटी, हमारे देश में लोग बेहद रिलिजियस होते हैं। अपने धर्म को लेकर एक्स्ट्रीमली पजेसिव। दरअसल ये पजेसिवनेस ही मजहब को रिजिड बनाता है।"

"देन टेल मी व्हाय? तुम्हारे देश में तो फैमिली बॉण्ड्स बहुत ही इंटैक्ट होते हैं, है न? फिर भी लोग इतना इन्सिक्योर क्यों महसूस करते हैं? श्रद्धा के सहारे जीना ही क्यों पसंद करते हैं वे?"

गौतमी हड़बड़ा गई। उसे जवाब सूझ नहीं रहा था कि क्या जवाब दिया जाए? लोग इस कदर श्रद्धावान क्यों होते हैं? क्यों लेते हैं धुर अतिवादी भूमिका? या कि बकौल इरफान वह उनकी सोच का ही हिस्सा होता है…क्या इतना आसान है इसका जवाब?

"गुड मॉर्निंग इरफान!" कमरे से बाहर आए इरफान की ओर ध्यान जाते ही कैथरिन आंटी ने कहा, "तुम्हारा ही गुणगान कर रही थी। बता रही थी तुम्हारी बेगम को। वेरी लवली न्यूली वेड कपल! इरफान, इसे चर्च दिखा लाओ यहाँ का। जाओ, घूमो-फिरो…ब्राइट सनी डे है आज।"

सड़क से लगे फुटपाथ पर दोनों बिल्कुल सटकर कदमताल कर रहे थे। सड़क सुनसान थी। एक भी आदमी दिखाई नहीं दे रहा था। तनहा रास्ता और चिड़ी चुप माहौल। नए दिन की सुगबुगाहट से सर्वथा अनभिज्ञ…खामोश बस्ती।

"कितनी बातूनी हैं कैथरिन आंटी ब्रिटिश लोग तो बड़े ही रिजर्व किस्म के होते हैं अकसर। आंटी अपवाद हैं…" गौतमी ने कहा।

"घंटों अकेली ही होती हैं घर में…दीवारों की सोहबत में…बातें भला किससे करेंगी? इसलिए कोई चंगुल में फँस गया कि जी भर के बतियाने लगती हैं…"

"बस्ती है तो प्यारी सी, पर बेहद तनहा महसूस कर रही हूँ…तुम यूनिवर्सिटी जाओगे तो ये अकेलापन हावी हो जाएगा मुझ पर, हाँ!"

"ढेर सारी किताबें ला रखी हैं तुम्हारे लिए। इसी रास्ते सीधे आगे बढ़ते रहो तो अंत में एक टॉवर दिखाई देगा तुम्हें, वहाँ से बाईं ओर देखो तो लाइब्रेरी की बिल्डिंग नजर आएगी। छोटी है, पर काफी किताबें हैं वहाँ। एक बार वहाँ जाओगी तो घड़ी की सुई थम जाएगी, समझीं?"

गौतमी को हँसी आ रही थी। इससे पहले कि इरफान कुछ पूछे, गौतमी ने ही कहा, "सैम की बात याद आई। वह अकसर चिकोटी लेता था, तुम्हारे बच्चे हाथ में किताब थामे ही पैदा होंगे!"

"तो इसमें हर्ज ही क्या है?" कहकर इरफान ने आवेग से उसे चूम लिया।

"धत् पागल!" इठलाते हुए गौतमी हँस पड़ी।

वे अब चर्च के अहाते में पहुँच गए। काले पत्थर की दरजबंदी का गवाह चर्च…हिचकॉक की किसी फिल्म की बरबस याद दिलाता था—गूढ और रहस्यवादी। काठ का बना, बंद दरवाजा, उस पर काँसे का क्रॉस…उसके भी ऊपर मदर मेरी की प्रतिमा…और उसी की बगल में हाथ-पाँव में कील ठुँके करुणार्द्र ईसू। किसी मीनार की तरह चर्च

का आकाशगामी शिखर और उसकी कमानी में लटकता अजस्र घंटा···घने पेड़ों से घिरा परिसर, लेकिन अधिकांश पेड़ निष्पर्ण ठूँठ से खड़े थे। पतझड़ का मौसम उभार पर था और जमीन पर सूखे पत्तों की पर्त बिछी हुई थी। एक पेड़ के नीचे समाधिस्थ बाबा की तरह स्थापित एक बेंच···।

"चलें भीतर?" गौतमी ने पूछा।

"लेकिन दरवाजा तो बंद है।"

"तो यहीं बैठते हैं, बेंच पर।"

सूखे पत्तों को रौंदते हुए चलने से पत्ते मानो चरमरा रहे थे। साथ ही, पंछी की कुहुक भी वहाँ के माहौल में रंग भर रही थी।

"धार्मिक वस्तुओं की रचना में ऐसा कौन सा तत्त्व होता है इरफान कि उन्हें देखते ही रोम-रोम में जैसे चैतन्य भर जाता है···अनायास? आँखों में एक अनोखा भाव तैरने लगता है!" चर्च को निहारते हुए गौतमी ने कहा।

"तुम तो जानती ही हो गौतमी, हम लोग अल्लाह को निराकार मानते हैं। यानी कि श्रद्धा से ही हम उसे महसूस करते हैं। सच पूछो तो हमारी श्रद्धा भी निराकार ही होती है। दरअसल अकीदत ही हमारे और अल्लाह के बीच की दूरी को मिटाती है।"

गौतमी इरफान को टुकुर-टुकुर देख रही थी। पसंदीदा मसले पर बहस करते वक्त इरफान की आँखों में जैसे रोशनी भर जाती है। उसकी आध्यात्मिक रुचि गौतमी से छुपी नहीं थी। बहुत पहले से वह इस हकीकत को जानती थी। इस बात का भी उसे पूरा एहसास था कि वह काफी हद तक घोर मजहबी है। इसके बावजूद हम दोनों की निभेगी भी? यह सवाल दिल में कभी उभरा ही नहीं, न कोई डर मन में पैदा हुआ। उसने कहा भी था एक बार कि "हर आदमी की सोच का हिस्सा होता है यह। श्रद्धा इनसान को ऊर्जा प्रदान करती है, तो वह उसे कमजोर भी बना सकती है। धर्म को मैं मानता हूँ, लेकिन उसका आडंबर नहीं करता, उसे हावी नहीं होने देता। हालाँकि मजहब मेरी कमजोरी है। हर आदमी कमोबेश वैसा होता ही है। यकीनन मजहब उसकी कमजोरी होती है, जो अप्रत्यक्ष रूप से उसकी प्रतिष्ठा के साथ जुड़ी होती है गौतमी!" उसकी बातें, उसकी दलीलें ही तो मुझे लुभाती रहीं, उसकी राजसी खूबसूरती से भी ज्यादा···उसने शादी का प्रस्ताव रखा तो भी उसके मजहब की बात मेरे दिमाग में बिल्कुल नहीं आई, न ही कोई गतिरोध मेरे दिल में कभी पैदा हुआ। उसने मुझे आगाह भी किया था "मैं तो नहीं, पर मेरे घरवाले जरूर तुमसे धर्म-परिवर्तन का आग्रह करेंगे।" और भावावेग में मैंने फौरन कह भी डाला, "तुम्हारे लिए मैं वह भी करूँगी, इरफान! धर्म पर हठात् मैं हमारे प्यार को परवान नहीं होने दूँगी!" पर इरफान ने ही मुझे टोकते हुए कहा था, "फिर कभी भूल से भी इस वाक्य को मत दुहराना। धर्म बदलना इतना आसान नहीं होता, गौतमी!

माना, कि धर्म ही इनसान के लिए सबकुछ नहीं होता, असली चीज तो इनसानियत है; फिर भी मजहब हमारे जेहन में जाने-अनजाने घुला-मिला होता है।''···तब मैंने चिकोटी भी ली थी, ''तुम किसी डिबेट कंपिटीशन में नहीं बोल रहे हो इरफान···'' उस वाक्य को याद कर वह इरफान से लिपट गई। उसके कंधे पर गरदन टिकाए, उसकी उँगलियों में अपनी उँगलियाँ फँसाकर हाथ थामे रही।

''इरफान, कैथरिन आंटी कह रही थीं, मैं बहुत ही लकी हूँ। तुम्हारे जैसा शौहर जो मुझे मिला! इस वक्त एक पल मुझे क्या लगा पता है? कि हम कॉलेज की लाइब्रेरी में ही बैठे हैं। बहस, दलीलें, ये पढ़ो, ये छोड़ दो···दॉस्तोयक्की पढ़ो, चेखव की कहानी का एक छोटा सा संदर्भ···कितने ही वाद-विवाद···बाकी दोस्त तो भौंचक्के से, बस। लकदक पहनावा···मौज-मस्ती···घूमना-फिरना···कंप्यूटर चैटिंग और मैसेजिंग भी! लेकिन वह दुनिया न तुम्हें रास आई, न मुझे···इसीलिए तो पता भी नहीं चला और हम प्यार की डोर में बँध गए!''

इरफान शांति से सुनता रहा। फुरती से उठ खड़ा हुआ चर्च के दरवाजे के मुखातिब, मेरी और ईसू की ओर टकटकी लगाए।

''तुम्हें पता है, मेरी ही कुरान शरीफ की मरियम है। मेरी माँ को रजिया कहते हैं, पर उसका असली नाम मरियम है। बाइबिल की अपेक्षा कुरान शरीफ में मरियम का जन्म, उसके बचपन के दिन और उसकी बाकी जिंदगी के बारे में ज्यादा लिखा हुआ है। मर्द के सहवास के बिना उसकी कोख से जीसस का जन्म करवाया गॉड ने। उसे नसीहत भी दी गई कि यह उसके नारीत्व का सम्मान है, समूची औरत जाति का। इसलाम ने जीसस से और ईसाइयों ने पैगंबर मोहम्मद से काफी कुछ उधार लिया है, यानी गौतमी, धर्म भेद करानेवाला इनसान ही तो है आखिरकार?''

गौतमी इरफान के पीछे की ओर खड़ी थी। उसकी पीठ पर हाथ रखते हुए मासूम अंदाज में गौतमी ने पूछा, ''यहाँ मसजिद तो आस-पास में है नहीं और तुम लोग ज्यादातर मसजिद में ही जाते हो नमाज अदा करने···तुम्हें अटपटा जरूर लगता होगा न?''

''मसजिद में जाना···वहीं नमाज अदा करना आदि सिर्फ मजहबी संकेत हैं गौतमी···ऐसे संकेतों का श्रद्धा के साथ भला क्या रिश्ता? मैं मसजिद में जाऊँ अथवा न भी जाऊँ···मेरी श्रद्धा की उत्कटता में भला उससे क्या फर्क पड़ेगा!''

चर्च के भारी-भरकम लौह-द्वार को धकेलकर सफेद चोगा पहने फादर वहाँ प्रकट हुए। गौतमी और इरफान को देखते हुए उन्होंने गरदन तनिक झुकाकर अभिवादन किया।

''गुडमॉर्निंग!''

''बेहद पसंद आया हमें चर्च!'' गौतमी ने उनके करीब जाकर कहा।

''क्या पसंद आया आपको? बिल्डिंग? आर्किटेक्चर?'' मुसकराकर उन्होंने पूछा।

''शांति-सन्नाटा-साइलेंस…''

''गुड! यानी के हमारे गॉड की आत्मा से ही साक्षात्कार हुआ आप लोगों का! आर यू इंडियन? मदर टेरेसा का वचन तो जरूर पता होगा तुम्हें, 'वी नीड साइलेंस टू बी एबल टू टच सोल्स।' उन्होंने छाती के सामने क्रॉस के आकार में हाथ हिलाया और मंद-मंद मुसकराते हुए कहा, ''शी इज दि मोस्ट रिस्पेक्टेबल मदर! उतना ही महान् है उनका काम। शी वाज अ गॉडेस। कुछ ही देर में चर्च का दरवाजा खुल जाएगा। इच्छा हो तो प्लीज जॉइन अस फॉर दि प्रेयर।''

वे भीतर गए।

''उनके मुँह से मदर टेरेसा का उल्लेख सुनकर मैं तो दंग ही रह गई। तुम भी तो चौंक गए होंगे? क्यों?''

इरफान मुसकराया। ''आश्चर्य तो मुझे भी लगा गौतमी। इसका मतलब यह हुआ कि हमारी नजर अगले के मजहब की नहीं, चमड़ी के रंग की टोह ले रही होती है… यानी कि इस छोटे से गाँव के एक चर्च के फादर के मुँह से मदर का संदर्भ…कुछ ऐसा ही लगा न हमें?''

गौतमी भी मुसकराई।

''चलो, लौटते हैं। अभी तो तुम्हें लंदन घुमाना बाकी है।'' पीछे मुड़ते हुए इरफान ने कहा।

इन दो दिनों में वे खूब घूमते रहे और कई जगह गए। अब इरफान को यूनिवर्सिटी जाना था। नाश्ते के बाद इरफान चला गया, तो गौतमी ने तनिक साफ-सफाई की और चीजें करीने से रख दीं। मन-ही-मन वह सोच रही थी कि बस्ती में थोड़ा सा घूम आए और संभव हुआ तो लाइब्रेरी का भी चक्कर लगाया जाए। दरवाजा बंद कर वह बाहर आई। कैथरिन आंटी वहीं सेब के पेड़ के पास खड़ी थीं।

''क्यों भाई, सूखकर काँटा हो रहे हो? तुम्हारे बच्चे-वच्चे तो चले गए न अपने-अपने रास्ते?'' वे उस पेड़ से ही गुफ्तगू कर रही थीं बाकायदा। पहले तो गौतमी समझ नहीं पाई, लेकिन बाद में समझ गई। कैथरिन आंटी ने उसे देख लिया। वे आदतन खिलखिलाकर हँस पड़ी, ''मैं जानती हूँ तुम मुझे जरूर पागल समझती होगी कि यह बुढ़िया पेड़ से भला क्या बतिया रही है! लेकिन हकीकत में मैं मैड ही हूँ गोटमी! हाँ! यह मकान मेरी संतान है। ऐंड दिस ऐपल-ट्री—माई बेस्ट-बेस्ट फ्रेंड!'' इसके बाद उन्होंने पूछा, ''घूमने जा रही हो? इरफान चला गया यूनिवर्सिटी? ओह! अलोन पुअर वाइफ!''

''आंटी, आपको कुछ चाहिए तो नहीं? मैं बाजार हो आती हूँ।'' गौतमी ने पूछा।

''रहने दो। मैं खुद लाऊँगी। तुम हो आओ, देख लो यहाँ का बाजार-वाजार। तभी तुम

समझ पाओगी कि मेरा हसबैंड इस गाँव पर लट्टू क्यों था। तीस साल हुए इस मकान को बने। यह गाँव उसे इतना पसंद आया कि यहीं बसना पसंद किया उसने। फिर क्या था। गाँव के साथ-साथ यह मकान भी उसके जेहन में बस गया···आत्मज सा।'' डोलते-डोलते जो तिनका-बकला उन्होंने जुटाया था, उसे डस्टबिन के हवाले करने के बाद वे आगे बोलीं, ''गॉड ने हमें बच्चा नहीं दिया। इसलिए मेरे हसबैंड ने इसी मकान को अपना बच्चा मान लिया। इस कदर उसकी परवरिश करता था और निगरानी रखता था कि कहीं थोड़ा सा भी ब्रेकेज दिखाई दे, तो बेचैन हो जाता, बीमार बच्चे के बाप की तरह···!'' गौतमी महसूस कर रही थी। बकौल इरफान···ठीक उसी तरह की तनहाई··· तलहटी में कहीं-न-कहीं दबी-छुपी।

''एक बार वह बीमार हुआ तो कहने लगा, 'कैथी, मैं चला जाऊँ तो भी तुम अकेली नहीं होगी। हमारा मकान जो सोहबत करेगा तुम्हारी!' लेटे-लेटे, आँखें मूँदकर चर्च बेल सुना करता था। ऊपर से कहा करता था, 'चर्च बेल सुनते रहो तो मौत का डर नहीं लगता···'।'' कैथरिन आंटी ने गौतमी की ओर देखा। अपने चेहरे की झुर्रियों में हुई फुरेरी के साथ वे तनिक मुसकराईं, ''और सही भी, मुझे अकेला नहीं लगता यहाँ। और फिर मेरा हमराज यह ऐपल-ट्री भी तो है···इसके अलावा सूदिंग कॉनवरजंस ऑफ चर्च बेल्स भी! सो तो ठीक है, गो नाऊ! वरना मेरी बातें खत्म ही नहीं होंगी कभी!'' कहा उन्होंने।

राह चलते गौतमी को बरबस माँ की बेसाख्ता याद आती रही। कहाँ तो कैथरिन आंटी और कहाँ मेरी माँ; लेकिन माँ भी तो मौलश्री के चबूतरे पर बैठी इसी तरह उस पेड़ से बतियाती थीं। उस दिन सवेरे के झुटपुटे में ही जब मैं घर से चल पड़ी तो वह आँगन में मौलश्री के फूल बीनने में ही तो व्यस्त थी। हमेशा की तरह मैं फुरती से चल दी, बिना किसी आहट के। कह रही थी, ''किस कदर बौराया है, देखा तुमने! तुम्हारे जन्म से पहले मौलश्री के एक लाख फूलों से पूजा करने की मनौती ही बालकृष्ण भगवान् से मैंने माँगी थी।'' इस मनौती के बारे में तो उसने कई बार बतलाया था! कैथरिन आंटी की तरह मौलश्री का पेड़ उसका हमराज था। बापू से कहा-सुनी हो जाए तो चबूतरे पर बैठ, शुरू हो जाता था बातचीत का उसका दौर। मैं उसकी खिल्ली भी उड़ाया करती थी। ''कोई सुने, न सुने; यह पेड़ बेचारा सुन लेता है पीर मेरी···'' साड़ी के पल्लू से आँखें पोंछते हुए कहा करती थी वह···

गौतमी चर्च के पास आकर ठिठक गई। प्रेयर के शब्द सुनाई पड़ रहे थे। कॉर पर फादर खड़े थे। ताजा-तरीन पुष्प-गुच्छ जगह-जगह सजे थे···मोमबत्तियों की रोशनी··· पिआनो के सुर प्रेयर की गंभीरता बढ़ा रहे थे। एक नन ही बजा रही थी पिआनो। भीड़ तो ज्यादा नहीं थी, पर यहाँ ज्यादातर वे चेहरे थे, जो अकसर गाँव में दिखाई नहीं पड़ते

थे। गौतमी भीतर गई और पीछे की ओर एक कोने में खड़ी रही। भीतर से देखो तो चर्च ज्यादा पुराना नहीं लगता था। ऊँचा सा छप्पर…महीन नक्काशी से सुशोभित… सुनहरी आभा बिखेरता-सा…कमानों में भी सुनहरी ओप, प्रकाशवान झाड़-फानूसों के लटक-दीप…दीवारों पर चित्रित ईसू की विभिन्न मुद्राएँ…और इस पूरे नजारे में फैली संजीदगी…गौतमी के हाथ आप ही जुड़ गए। उसके पास ही खड़ी एक गोरी महिला उसे देख मंद-मंद मुसकाई। उसे एकाएक याद आया कि वह एक बार इरफान के साथ दरगाह देखने गई थी। वहाँ औरतों के लिए अलग कमरा था…परदे के पीछे…बुर्कानशीं दो-तीन औरतें, चुन्नी से सिर ढकी दो-एक लड़कियाँ…सलवार-कमीज पहनी। उस दिन जींस की बजाय वे सलवार-कमीज में थीं। माथे पर बिंदी-विंदी कुछ नहीं। नमस्ते करने के अंदाज में हाथ जुड़ने ही वाले थे, पर जुड़े नहीं। इतने में एक महिला ने पूछ ही लिया, ''आप हिंदू हैं?'' मन-ही-मन उसे लगा कि यह कोई शिष्टता थोड़े ही है? न पूछती तो कौन सी आफत आनेवाली थी?…उसके बाद वह हैरत में थी कि उस औरत ने भाँप कैसे लिया? क्या किसी का चेहरा उसके धर्म की इस कदर हूबहू गवाही देता है? नजमा उसकी सहपाठी थी, बुरका पहनती थी लेकिन ॲनी? वह तो ईसाई थी। क्या महज उसका चेहरा देखकर उसकी ईसाइयत का पता चल जाता था?

अब प्रेयर समाप्त हुई थी। लोग वहाँ से बाहर जाने लगे थे, उनमें एक भी भारतीय दिखाई नहीं दे रहा था। इसी बीच पिआनो वादक की ओर उसका ध्यान गया, वह अलबत्ता भारतीय लग रही थी। वहीं के एक काउंटर पर चर्च की जानकारी वाले पैंफ्लेट रखे थे। गौतमी उन्हीं को उलटती-पुलटती रही थी।

''गुड मॉर्निंग!'' गौतमी के करीब आकर उसका ध्यान अपनी ओर खींचने के अंदाज में उस नन ने कहा, ''आई एम सोफिया! आर यू इंडियन? आई एम फ्रॉम केरला।'' और उसने हाथ आगे बढ़ाया।

''आई एम गौतमी…''

''दैट्स फाइन! तुम यहाँ रहने के लिए आई हो या घूमने-फिरने?''

''मेरा शौहर यहाँ की यूनिवर्सिटी में एमबीए की पढ़ाई कर रहा है। मुझे यहाँ आए कोई पाँच-छह दिन ही हुए हैं। पास में ही रहते हैं हम लोग।''

''ओह, ग्रेट! मैं तीन साल से यहाँ हूँ। चर्च का एक ऑरफनेज भी है। पर यहाँ से दूर है। मैं वहाँ काम करती हूँ।'' सोफिया ने कहा।

''मैं जाना चाहूँगी वहाँ। क्या संभव हो पाएगा?''

''होगा क्यों नहीं? यतीम बच्चों के लिए तुम्हारी जो आत्मीयता है, उसके लिए जरूर आओ तुम। मैं वहीं होती हूँ दोपहर में। यू मे कम एनी टाइम!''

''समय भी अच्छा कटेगा।''

"जस्ट अ मोमेंट! समय बिताने के लिए यदि तुम आना चाहती हो, तो लेट मी टेल यू फ्रैंकली, कि चर्च इज नॉट फॉर एंटरटेनमेंट। इट्स अ मिशन ऑफ सर्विस।"

गौतमी सकुचा गई।

"सॉरी, मैंने गलत शब्दों में कहा। मेरे कहने का मतलब वैसा नहीं था।"

"इट्स ओ के! मैं सवेरे तो चर्च में ही होती हूँ। बताना मुझे। चलूँ मैं? हैव अ गुड डे!" सोफिया के अंग्रेजी उच्चारणों में मलयाली लहजा बराबर झलकता था। बोलने-हँसने में शालीनता और संजीदगी···चेहरे पर इल्मी अदब की उम्रदराज गंभीरता। और कजरारी काली आँखें···गहन-गूढ आत्मीय सूझबूझ का गहरा एहसास दिलानेवाली।

केरल से इतनी दूर, यहाँ आई है वह—सेवा-भाव से···चर्च, को समर्पित होकर जीना। सभी प्रलोभनों पर विजय पाते हुए। एक मायने में अपने निजी अस्तित्व को मिटाकर जिंदगी की अपनी चाहत को तिरोहित कर···विरक्ति का मार्ग अपनाना-खालिस अकेलेपन के साथ। अपनी मरजी से 'अहर्निश सेवामहे' के व्रत को स्वीकार करना। खुद की हस्ती को मिटाकर इस कदर संयत और व्रतस्थ जिंदगी का दामन थाम लेना! ग्रेट! वह खुद भी तो लगभग दो महीने इसी तरह से अलग-थलग रही थी···एक कमरे में बंद। न किसी से कोई व्यवहार, न बोलचाल। वजह थी, इरफान से शादी के लिए माँ-बाप को रजामंद करना। वह एक अलग किस्म का जुनून था···अपने अहंभाव का माद्दा दिखाने का···माँ-बाप की हठधर्मिता के प्रति विरोध जतलाने का। पूरी दुनिया से कटकर खुद को दंडित करने का अपना ही एक छद्म कारगर नुस्खा···एक जिद्दी छलावा! सोफिया की उम्र उससे कमोबेश तीन-चार साल ज्यादा होगी! भौतिक जिंदगी के सभी रूढ संकेतों को त्यागकर स्वेच्छापूर्वक तनहाई का रास्ता अपनानेवाली···कैथरिन आंटी अपने एकाकीपन को भुलाए नहीं भूल सकती···जबकि सोफिया तो खुद यहाँ आई है। साथ-सोहबत सिर्फ चर्च की। यह ताकत मन की है या श्रद्धा की? हमारा धर्म- हमारा धर्म···माँ हमेशा रट लगाए रहती थी। क्या यही है धर्म से जुड़ी प्रतिबद्धता?

रास्ता लगभग सुनसान था। जाड़े की तीव्रता तनिक कम करनेवाली गुनगुनी धूप रेंगती सी लगती थी, फिर गायब हो जाती थी। गौतमी पैदल ही उसी रास्ते के दूसरे सिरे तक चलती रही। टॉवर के समीप रुकते हुए उसने पीछे मुड़कर देखा। इतना लंबा रास्ता वह तय कर चुकी थी, रास्ता जो अपनी पहचान बनाने के बाद मानो नेपथ्य में चला गया हो···बाईं ओर लाइब्रेरी भवन···उसके पीछे, दूर एक कैसल···गौतमी ने लाइब्रेरी में प्रवेश किया।

ठंड धीरे-धीरे अब अपनी असलियत पर उतरते हुए समूची बस्ती को अपने आगोश में लेने की फिराक में थी। बरफबारी तो अभी शुरू नहीं हुई थी, पर दोपहर में ही अँधेरा घिरने लगा था। अभी-अभी आए हैं, कहने में एक महीना होने को आया और पता भी

नहीं चला, अलबत्ता निवेदिता, सैम, भाविका के फोन जरूर आते रहे थे। मैं भी करती थी। फेसबुक पर भी मिलना हो जाता था। बीच में एक बार गौतमी की माँ का भी फोन आया था हालचाल पूछने···जब बापू घर में नहीं थे। उसने पूछताछ की। उसकी बातों से लगा कि उसका गुस्सा अब ठंडा पड़ गया है; लेकिन बापू के कड़े तेवर अभी भी बरकरार थे। इरफान की अम्मी ने भी फोन किया था, बेटे की खैरियत जानने के लिए।

अब हफ्ते में दो-तीन बार गौतमी सोफिया के साथ ऑरफनेज जाने लगी थी। वहाँ के अनाथ बच्चों के साथ वह हिलमिल जाती थी, उनकी जिंदगी में खुशियाँ बाँटने का प्रयास करती थी। यूनिवर्सिटी में एडमिशन होने में अभी कुछ विलंब था।

इरफान के जाने के बाद गौतमी तैयार हो रही थी। सोफिया के साथ ऑरफनेज जाना था। इसी बीच माँ का फोन आया, अनपेक्षित रूप से। वह काफी बेचैन सी लग रही थी। छूटते ही उसने पूछा, "पहले यह बताओ कि कैसी हो तुम? स्वास्थ्य ठीक है न तुम्हारा? कोई परेशानी तो नहीं? परदेस में अकेली हो, पता नहीं कौन सा गाँव है! खैर! एक बात कहूँ गौतमी? नाराज मत होना! आज सवेरे मौलश्री के फूल बीनने गई थी तो देखा···पेड़ धराशायी हो गया था। तना बिल्कुल खोखला···! असगुन सा लगा मुझे! मेरी कोख से लड़की ही पैदा होने दो। लड़की करुणासागर होती है लड़के की तुलना में। मौलश्री के लाख फूल चढ़ाऊँगी बालकृष्ण भगवान् के चरणों में···मैंने मन्नत माँगी थी तुम्हारे वक्त। और मन्नत पूरी भी हुई। बेहद सहम गई थी, तो सवेरे-सवेरे फोन किया तुम्हें! अब क्या बजा होगा तुम्हारे वहाँ? तुमसे बात हुई तो काफी राहत सी मिली। खुश रहो, बेटी! तू ही हमारी दौलत है! अब न कोई नाराजगी है, न विरोध, तुम्हारे बापू कुछ भी कहते रहें, मैं तुम्हें फोन जरूर किया करूँगी।"

बातचीत समाप्त होने पर गौतमी का भी गला रुँध गया। उसे लगा कि यदि मैं भारत में होती तो उसकी मासूमियत की खूब खिल्ली उड़ाई होती मैंने या फिर जमकर कोसती भी शायद! लेकिन अब मुझे महसूस होता है···कैथरिन आंटी की वजह से भले ही हो···कि किसी चीज से इस कदर भावनात्मक लगाव हो जाता है, जुड़ जाता है इनसान-एक इंटिमेट एसोसिएशन! माँ मौलश्री तो सीधे मेरे साथ ही जुड़े थे···जन्मना! बापू कहा करते थे, "तुम्हारी पीढ़ी तो निरी सरोकारहीन है; न किसी से लगाव, न वास्ता! दुनियाभर की किताबें पढ़ते हैं, पर दिलों में चेतना ही नहीं होती! किसी की भावनाओं की कोई वकत नहीं होती तुम्हारे खाते में! पीछे मुड़कर देखने का भी मन नहीं हुआ तुम्हारा? जहाँ तुम पली-बढ़ी, उसी घर से मुँह फेर लिया तुमने?" मर्माहत होकर ही उन्होंने फफोले फोड़े थे, हर चीज को लाँघ-फलाँगकर चले जाने की जुर्रत की मैंने।···अपना घर-बार आँगन, मौलश्री, मधुमालती की लतर, कदली, गली के मुहाने पर बना मंदिर, फलों की दुकान, तिकोनी वाटिका, दरअसल ऐसी छोटी-छोटी चीजों से लगाव होना चाहिए था

मुझे। मुझे वह महसूस ही नहीं होता या फिर दामन झटक लेती हूँ मैं उन चीजों से?

गौतमी की आँखें बार-बार नम होने लगीं। माँ ने ही मिटा दी वह दूरी, उसके प्रिय मौलश्री के धराशायी हो जाने के साथ ही, पर मैं निगोड़ी! भला क्यों नहीं झोंक सकी उसके भीतर? बापू बिना वजह अभ्यागतों के सामने यदा-कदा उसे डाँटते-फटकारते। अकेली बैठी रहती वह गुमसुम सी, चबूतरे पर। बस, यहीं तक सीमित थी उसकी दुनिया लेकिन बेटी होने के बावजूद मैं अलिप्त ही रही। सरोकारहीन, आत्ममग्न, कॉलेज, मित्रमंडली, किताबें, बाद में इरफान, उसके साथ बरसों रहने के बावजूद क्यों नहीं पकड़ सकी मैं उसकी नब्ज? क्यों नहीं समझ सकी उसकी तनहाई भरी पीड़ा को? और अब, उससे कोसों दूर होते हुए भी महसूस कर सकती हूँ उसके दिल के छालों को? या कि दूरी की वजह से ही··· ?

सोफिया का फोन आया। उसकी प्रतीक्षा कर रही थी वह चर्च के पास। ''सॉरी सोफिया! नहीं चल सकूँगी आज मैं तुम्हारे साथ। बताऊँगी किसी दिन तुम्हें···'' गौतमी ने सुबकते हुए कहा।

उस दिन गौतमी ऑरफनेज पहुँची, तो वहाँ हबड़-दबड़ मची थी। वजह यह थी कि एक बालक को मिरगी का दौरा पड़ा था, उसका पूरा बदन काला-नीला हो रहा था। सोफिया उसे अस्पताल ले जाने की जोड़-तोड़ में थी। आखिरकार उसे वहाँ भरती कराने के बाद वह लौटी तो घड़ी दोपहर का एक बजा रही थी। गौतमी उसी के आने का इंतजार कर रही थी। सोफिया के आते ही उसने दोनों कि लिए सैंडविचेज मँगवाए। सोफिया की मनचाही ग्रीन-टी भी दूसरी नन ने उनके सामने ला रखी।

''अब ठीक है पीटर!'' परेशान से चेहरे पर हाथ फेरते हुए सोफिया ने कहा, ''यहाँ के लोगों, खासकर बच्चों के मेंटल प्रॉब्लम ही ज्यादातर होते हैं। पीटर हमेशा माँ की याद में बेचैन रहता है। अब कहाँ से लाएँ उसकी ममा को? एक दुर्घटना में उसके माँ-बाप की मौत हो चुकी है। उनका नजदीकी रिश्तेदार भी कोई नहीं, जो पीटर की देखभाल कर सके। कच्ची उम्र में कितना बड़ा हादसा है यह, कमोबेश यहाँ के सभी बच्चे इसी तरह के अभागे हैं।''

''तुम्हारा तो जैसे दम निकल गया। तुम तो सुध-बुध खोकर काम करती हो यहाँ मैं देखती रही हूँ।''

''यह काम नहीं है गौतमी! सेवा करना हमारा धर्म है। दूसरों के दुःख-दर्द बाँट लेना उसमें शामिल होना, खो जाना···इसे तुम काम कहती हो?''

''लेकिन तुम्हारे हमसफर कुछ ऐसे लोग जरूर होंगे, जो इसे कर्तव्य समझते हों। तुम्हें देखते ही महसूस होता है कि तुम्हारा रोम-रोम सेवाधर्मी है और तुम वृत्ति से ही नन हो।''

"कोई मेरे बारे में ऐसी टिप्पणी करे, या मेरे फादर सराहना करें तो कृतार्थता का अनुभव होता है। दिल को तसल्ली होती है कि हम अपने तईं बेईमान नहीं हैं। इस चर्च में जब मेरी नियुक्ति हुई थी तो सोचती थी कि दुनियाभर के इनसान एक से ही होते हैं। तो भी यहाँ के लोगों की समस्याओं को मैं जज्ब कर सकूँगी! क्या उनके दिलों को यथार्थ रूप से पढ़ पाऊँगी? खुद को उनके अनुरूप ढाल सकूँगी या कि बेमेल लगती रहूँगी?"

"एक सवाल पूछूँ? क्या बचपन से ही नन बनने का पक्का इरादा था तुम्हारा?" इस पर वह सिर्फ मुसकराई। गले में लटकते क्रॉस को हाथ से थामकर माथे से छुआया और उसने 'न' में गरदन हिलाई।

"नहीं। बताऊँगी कभी तुम्हें। इट्स अ लॉन्ग स्टोरी!"

"खुशनुमा, खूबसूरत जिंदगी से मुँह मोड़कर दूर चले जाएँ...तोड़ते चलें उसके साथ के सभी रिश्तों को एक-एक कर बेरहमी से, क्या गुजरती होगी दिल पर! वह जिंदगी क्या कभी इशारा नहीं करती तुम्हें?"

"भला तुम्हें ऐसा क्यों लगता है कि हमारे हिस्से की जिंदगी खूबसूरत नहीं है? कि वह नीरस और बेरुखी है? खूबसूरत जिंदगी से तात्पर्य उसकी सार्थकता ही है न? तुम्हें लग रहा होगा कि मैं किसी दार्शनिक, चिंतक या मनीषी के अंदाज में बात करती हूँ। लेकिन मुझे बतलाओ कि दूसरों के दुःख-दर्द से जुड़ जाओ, तो इनसान क्या अपनी जिंदगी से कट जाता है? विरक्ति से मतलब सबसे कट जाना या कहीं दूर हट जाना हरगिज नहीं। उसका मतलब है जिंदगी को तटस्थता से देखते हुए उसे परखना, परत-दर-परत उसके और अपने भी अंतस को बूझना, लोगों को आँकना, क्या इसे जिंदगी से जुड़ना नहीं कहेंगे?"

"यानी कि हमारे लिए जिंदगी के मायने क्या हैं, इसी बात पर सबकुछ निर्भर करता है..."

"यस माई फ्रेंड! मेरे जेहन में बस गया है कि यही है मेरी जिंदगी। नन का चोगा पहनने के अलावा और कोई विकल्प ही नहीं था मेरे सामने।"

"तुम्हारे जेहन में आप ही बस गया या फिर बसा लेना पड़ा? एक बार ठान लें, तो धीरे-धीरे मन उसी साँचे में बराबर ढलने लगता है।"

"अपने जीने का मकसद यानी क्या प्रिय है और क्या लक्ष्य है—इसका पता चल जाए तो जिंदगी खुशगवार लगने लगती है, जिंदगी की चाहत में निखार आने लगता है। इसलिए सबसे पहले खुद को पहचानना बेहद जरूरी होता है गौतमी!"

बच्चों द्वारा बनाए गए और मेज पर रखे रंग-बिरंगे पेपरवेट से अठखेलियाँ करते हुए गौतमी संवाद कर रही थी। इसी बीच एक नन्हा सा बालक दौड़ते हुए वहाँ आया। खिलौनों की अलमारी का दरवाजा वह खोल नहीं पा रहा था, तो सोफिया झट से वहाँ

गई, अलमारी का दरवाजा खोला, प्यार से उसने बालक का चुम्मा भी लिया और फिर से अपनी कुरसी पर आ बैठी।

"मैं खुद को नग्न होने के अपने एहसास से हरगिज जुदा नहीं कर सकती, गौतमी! एक मौके पर मैं अतीत की सोफिया नहीं रही थी। कभी बताऊँगी तुम्हें वह किस्सा बाय दि वे, दो-चार दिन पहले तुम्हारी माँ का फोन आया था न?···गुस्सा ठंडा हुआ लगता है!"

"हाँ।" गौतमी ने कहा, "हमारे घर के आँगन में मौलश्री का पेड़ था, धराशायी हो गया, माँ को यह अशुभ सूचक लगा और···"

सोफिया मुसकराई।

"इनसान अपने अहं को तिरोहित नहीं कर सकता, इसमें दो राय नहीं, फिर भी एक बात कहूँ? मैं अकसर महसूस करती हूँ कि मामूली सी, छोटी-छोटी बातें फासला बढ़ाती हैं, पर रिश्ता ही एक ऐसी चीज है, जो इनसानों को करीब लाती है, उन्हें जोड़ती है।"

"लेकिन सोफिया, हमारे मामले में सबसे बड़ा रोड़ा है—धर्म। हम दोनों ने अपने- अपने धर्म को दरकिनार कर उससे परे एक नया रास्ता बनाने की कोशिश की। एक-दूसरे के हो लिये। लेकिन हमारे घरवाले बराबर हमारा विरोध करते रहे। उनके इस कड़े विरोध के बरक्स एक सवाल मन में उभरा है कि क्या धर्म और अपने रिश्ते में वाकई इतनी मजबूती हो सकती है? क्या मतलब होता है ऐसे रिश्ते का?"

"पहले यह बताओ कि तुम किस हद तक धर्म के साथ अपना रिश्ता कुबूल करती हो? हम मजहब को कौन से चश्मे से देखते हैं, इसी पर सब निर्भर करता है। तुम और इरफान एक-दूसरे के धर्म का समादर करते हो, राइट? लेकिन हो-न-हो, धर्म-परिवर्तन की नौबत तुम दोनों में से किसी पर भी आ जाए तो क्या तुम्हें मंजूर होगा? एक-दूजे की खातिर?"

गौतमी पसोपेश में पड़ गई। किंतु दूसरे ही क्षण सँभलते हुए उसने कहा, "मैं कह सकती हूँ कि धर्म की बिना पर हठात् मैं इरफान को परवान नहीं होने दूँगी। मेरे लिए तो हमारा प्यार, हमारा मिलन ही सर्वोपरि है—हमारे रीति-रिवाज, इबादत, श्रद्धा अथवा अन्य कोई भी चीज गौण है···मैंने तो उसे कहा भी था।"

सोफिया फिर मुसकराई।

"यानी तुम भी धर्म को एक दायरे में सिमटकर ही आँकती हो! सिर्फ तुम्हीं क्यों, हम सभी, धर्म को अध्यात्म के बरक्स देखना ही पसंद करते हैं। रीति-रिवाज, इबादत, कर्मकांड···हम खुद ही तो खड़े करते हैं मजहबी दीवारें—और इनसान आप ही बँट जाते हैं।"

सोफिया ने खुद अपने हाथ से ग्रीन-टी बनाई और गौतमी के सामने प्याली धरते

हुए कहा, "सही-सही बताया नहीं जा सकता कि धर्म के साथ हमारा क्या रिश्ता होता है। लेकिन मैं दावे के साथ कह सकती हूँ कि धर्म का मतलब इतना सँकरा कतई नहीं होता।"

ठंड का कहर बढ़ने के साथ ही उजाला भी कुछ-कुछ फीका पड़ने लगा था, जबकि दोपहर के साढ़े तीन ही बज रहे थे।

"मैं और मेरा एक्स बॉयफ्रेंड-स्टैनली—हम दोनों के बीच धर्म की ही तो दीवार खड़ी हो गई थी, जबकि हमारा धर्म एक ही था।"

"मेरा मतलब है तुम और स्टैनली···दोनों शादी··· ?"

"हाँ, हमें प्यार हो गया। हमारे घर के पास में रहता था वह।"

"यानी···"

"अच्छी-खासी बेकरी थी उसकी। पैसेवाला था। रोज की देखा-देखी, लड़ गई हमारी आँखें! मेरे डैडी जल्दी ही गुजर गए। मैं और ममा ही थे बस! ममा स्कूल में पढ़ाती थी। हमारी माली स्थिति सामान्य सी थी···स्टैनली के मुकाबले और भी सामान्य। मेरी ममा हमारी शादी के लिए राजी नहीं थी, तो उसके घरवालों का रुख भी कड़ा ही था। वे मालदार खानदान की लड़की चाहते थे स्टैनली के लिए। इसलिए हम दोनों ने घर से भाग निकलने का फैसला किया।"

चुभती हुई ठंड कुछ ज्यादा ही तकलीफदेह हो चली थी। सोफिया ने कुरसी तनिक पीछे खिसका ली और हीटर तेज कर दिया। उछल-कूद और धींगा-मुश्ती के बाद कुछ बच्चे सो गए थे, कुछेक ऊँघ रहे थे तो बाकी बच्चे अभी भी अपनी ही धुन में मस्त खेल रहे थे, अन्य साथी नन्स अपने-अपने काम में व्यस्त थीं।"

"स्टैनली ने और मैंने काफी सोच-विचार के बाद ही घर से भाग निकलने का निर्णय लिया था। मेरी ममा का कड़ा विरोध इसलिए भी था, क्योंकि वह चाहती थी कि मैं नन बनूँ। मैं भी आखिर तक अपनी जिद पर अड़ी रही। दिल को तसल्ली देती रही कि स्टैनली के प्यार की खातिर मैं घर-बार और ममा से भी विदा ले रही हूँ। मामले के सभी पहलुओं पर हम गौर कर चुके थे। उस घर में माँ के साथ मेरी वह आखिरी रात थी। उस रात अलसुबह मेरी आँख खुली···ममा रोजरी हाथ में थामे मेरे सिरहाने बैठी थी। मैंने सोच लिया था कि नहाने के लिए उसके जाते ही मैं चुपचाप खिसक लूँगी। पर यकीन मानो, उसी पल मुझे तीव्रता से महसूस हुआ कि नहीं, मैं असली रास्ते से भटक गई हूँ। मेरी जिंदगी नन बनने के लिए ही है। मैं तो गॉड को समर्पित हूँ और मैं अपने असली मार्ग से विचलित हो रही हूँ। अद्भुत साक्षात्कार ही तो था! दूसरे ही क्षण मेरा इरादा पलट गया। मैंने स्टैनली को खबर भी कर दी। उसके बाद मुझे सुकून-ही-सुकून मिला। दोबारा मैं फिर कभी विचलित नहीं हुई! जहाँ तक मेरा सवाल है, धर्म इस रूप

में मेरी जिंदगी के साथ जुड़ा रहा, मुझे खुद भी ताज्जुब होता है कि ऐन वक्त पर स्टैनली की ओर से मैं हमेशा-हमेशा के लिए मुँह कैसे फेर सकी? अभी भी यकीन नहीं होता मुझे। इतना भर मैं जानती हूँ कि धर्म ने ही मुझे पहचान दिला दी थी।''सोफिया ने हाथ के इशारे से सीने के सामने क्रॉस बनाया, गले के क्रॉस को हाथ से उठाकर चूम लिया और उसे आँखों से भी छुआया।

''स्टैनली काफी चिरौरी करता रहा; पर मैंने नन बनने के उद्‌देश्य से कॉन्वेंट की राह पकड़ ही ली। स्टैनली को भी एक्सेप्ट करना ही पड़ा। एक बार मुझसे मुलाकात कर उसने कहा, 'तुम्हें यदि जीने की असली राह मिल गई हो, तो यूँ कहना चाहिए कि मुझे भी वह मिली है। बिकॉज वी लव इच अदर वेरी मच'!''

गौतमी दत्त-चित्त होकर सुनती रही। बीच में इरफान का फोन आया तो था, पर उसने बात नहीं की।

''खुद अपनी जो पहचान होती है न गौतमी, उसकी जड़ें जिंदगी जीने के दौर में कई तरह के एहसासों में रच-पच गई होती हैं। जरूरत सिर्फ इसी बात की होती है कि कोई उस पहचान को उजागर करे। यूँ कहना चाहिए कि मेरे मामले में धर्म ने पहल की और एक नई सोफिया प्रगट हुई। धर्म के साथ मेरा बॉण्डेज इतना स्ट्रॉन्ग था गौतमी कि स्टैनली के साथ प्यार की पींगें लेते रहने के बावजूद उसी ने मुझे महसूस कराया कि मेरा अपना एक सर्वथा भिन्न एक अस्तित्व है। मजहब ने ही मुझे असली आइडेंटिटी दिला दी। शायद इस वजह से भी मुझे वह मिल सकी। नन की हस्ती अपने आप में ईसाइयत का ही एक हिस्सा होती है!''

''क्या तुम्हें कभी स्टैनली की याद नहीं आती, सोफिया?''

''आती क्यों नहीं!...आफ्टर ऑल आई लव्ड हिम सो मच! मजेदार किस्से हैं हमारे रोमांस के।'' सोफिया खिलखिलाकर कहने लगी, ''उसका सिर गंजा था। मेरे घने काले बालों को निशाना बनाकर वह कहता, 'सोफिया, गॉड ने तुम्हें मेरे जैसा ज्ञानी नहीं बनाया! तुम्हारे सिर पर हरदम घना अँधेरा ही होता है और मेरी खोपड़ी हमेशा ज्ञान के प्रकाश से चमक रही होती है!' बड़ा ही मासूम, दिलकश इनसान था वह। लेकिन उसकी यादें मुझे कुरेदती नहीं, न ही सालती हैं। अपने चंगुल से उस जिंदगी के छूट जाने का कोई मलाल नहीं होता मुझे और उन यादों की जुगाली करते हुए ऐसा भी नहीं लगता कि मैं कोई पाप कर रही हूँ। मैं अपने तईं खुद को ढूँढ़ सकी। तभी तो मैं उस दुनिया से मुक्त हो सकी।''

अचानक सोफिया ने घड़ी देखी। शाम साढ़े पाँच बजे की बस थी।

''चलो जल्दी करो, वरना बस चली जाएगी!'' कुरसी छोड़ते हुए उसने कहा। जाने से पहले वहाँ के निवासी स्टाफ को उसने आवश्यक हिदायतें दीं और पीटर के बारे में रात में फोन करने का वादा करते हुए वह चल पड़ी।

बस में दोनों को साथ-साथ जगह नहीं मिल पाई। फिर भी गनीमत थी कि वे आगे-पीछे ही थीं। यानी आगे की सीट पर सोफिया और उसके पीछे गौतमी। गौतमी की आँखें तो जैसे सोफिया पर ही गड़ी थीं···उसका स्कार्फ सिर से तनिक ढल रहा था। उसके भीतर करीने से समाये घुँघराले बालों के झुरमुट बाहर झाँकने को आतुर दिखाई दे रहे थे। स्कार्फरहित सोफिया कितनी खूबसूरत दिखती होगी न? उसके इस रूप से बिल्कुल ही अलग···मनोहर? जिसे वह साक्षात्कारी क्षण बतलाती है, वह उसकी आंतरिक श्रद्धा की उत्कट अनुभूति का क्षण···ठीक ऐसा ही हादसा खुद उसके साथ होता और इरफान के प्यार को भुला देने की नौबत उस पर आ जाती तो? जिंदगी के कौन से मोड़ पर पहुँच गई होती मैं? और सोफिया तो प्यार को भुला देनेवाले क्षण को ही जीने का उत्कट एहसास दिलानेवाला क्षण मानती है! इरफान भी तो धर्म को प्रत्येक व्यक्ति की कमजोरी बताता है। शायद उसी कमजोरी के कारण सोफिया को अपनी असली पहचान मिल पाई। बल्कि यूँ कहना चाहिए कि उसकी यही कमजोरी उसकी जिंदगी के लिए ताकतवर साबित हुई।

घने पेड़ों के बीच में से घुमावदार रास्ते कई-कई मोड़ों से होते हुए बस आगे बढ़ रहे थे। अभी सिर्फ छह बजने को थे, पर अँधेरा गहराता जा रहा था।

उस दिन सवेरे-सवेरे कैथरिन आंटी का सेब का वह पेड़···एकाएक डाँवाँडोल होते-होते आहिस्ता से लुढ़क गया। गिरने-धरने की कोई आवाज नहीं आई। बर्फ से ठिठुरते पेड़ को गाँव के सन्नाटे में सुकून की मौत नसीब हुई···मानो अपने निकट के परिजन की गोद में किसी ने इत्मीनान से आखिरी साँस ली हो। उसने लड़खड़ाकर लोहे के गेट पर अपनी काया धर दी। बर्फबारी के कारण उसे उठाना भी संभव नहीं हो पा रहा था।

कैथरिन आंटी तो इस कदर विलाप कर रही थीं, जैसे कोई आत्मीय जन बिछुड़ गया हो। अब वे लगभग बीमार सी लगती थीं। कल से उन्होंने कुछ खाया भी नहीं था। वे गुमसुम सी लेटी थीं, बस।

उनके रूप में गौतमी को बरबस अपनी माँ नजर आ रही थी। ''धराशायी हुए मौलश्री को देखने से दिल में क्या उठती थी गौतमी! कूड़ेवाला भी उसे नहीं उठा पाया। दो-एक लोगों को खास बुलवाना पड़ा, तब कहीं आगे की कार्रवाई हो सकी।''माँ ने बताया था। इत्ता सा जाफरानी डंठल अत्यंत महीन, सफेद पँखुड़ियों वाले घिरघिरीनुमा, मौलश्री के नन्हे फूलों की चादर जैसे आँगन में हरदम बिछी होती थी। माँ उतनी ही नजाकत से उन्हें बीनकर फूलदान में धर देती थी, ताकि वे कुम्हलाएँ नहीं। 'तना बिल्कुल ही खोखला जो हो गया था'—माँ की टिप्पणी। और कैथरिन आंटी के ऐपल-ट्री को बर्फ निगल गया। माँ और कैथरिन आंटी···क्या रिश्ता है दोनों का आपस में? वैसे तो

दोनों में कोई मेल नहीं, फिर भी दोनों की स्थितियों में···या कि यह महज एक संयोग है और वह बिला वजह···

बर्फबारी अब तेज हो गई थी। लगातार हिमपात···गाँव का हुलिया ही जैसे बदल डाला था उसने। पेड़ों के ठूँठ और निष्पर्ण टहनियाँ आइस कैंडी लग रही थीं। सामनेवाली सड़क भी ठिठुरकर, भटके मुसाफिर-सी ठिठक गई थी···छोटे-छोटे घरौंदे बर्फ के नीचे मानो दब से गए!

सोफिया को अचानक भारत जाना पड़ा माँ के पास, उसे दिल का दौरा जो पड़ा था। अब गौतमी अकेली हो गई थी। सेब के पेड़ का बर्फ से ढका कलेवर···कैथरिन आंटी की उर्मिल, बातूनी आवाजाही अब अवरुद्ध सी थी। वे अचेतन सी लेटी रहती थीं, बस। ऐसे में गौतमी का खिन्न, उदास हो जाना स्वाभाविक ही था। पर आज वह कुछ ज्यादा ही मायूस लग रही थी। सीडी प्लेयर पर बज रहे गाने उसकी उदासी दूर करने में नाकाम सिद्ध हो रहे थे। किताबें, फेसबुक, मेल आदि किसी भी चीज से उसे राहत नहीं मिल रही थी।

सोफिया को मेल करते हुए बीच में ही वह ठिठक गई। उसे लगा कि मशीनी लिखा-पढ़ी फिजूल है···उससे प्रत्यक्ष मिलना ही बेहतर होगा! कहाँ गए सारे हमदम, सारे दोस्त—सैम, भाविका, निवेदिता, ॲनी? गजब की दूरी हो गई है हम सब में। और संदर्भों का फासला भी···दूरियाँ बढ़ने लगी हैं। माँ का फोन बीच-बीच में आता है, बापू के तेवर भी नरम पड़ने की खबर है, फिर भी दूरियाँ कम होने का नाम नहीं लेतीं। इनसान का प्रत्यक्ष मिलना, उसे देखना, उसका स्पष्ट नजर-से-नजर मिलाकर बातें करना···कुछ भी तो नहीं। न ओजस्वी सूर्यकिरणों की तल्खी, न लोगों की कहा-सुनी या हल्ला-गुल्ला, न ही जिंदादिली···यहाँ की तनहाई भी कितनी रूखी-सूखी और बेमुरव्वत-सी···है, खुद को बेगानी बनानेवाली!

गौतमी खिड़की के पास खड़ी थी। रूई के थक्कों की तरह बर्फ गिर रही थी, बस। बाकी समूचा परिवेश अचेतन-सा निर्जीव और खामोश। सेब के पेड़ के कलेवर को अभी-अभी हटाए जाने से उतनी जगह रिक्त हो गई थी। उसे तीव्रता से महसूस हो रहा था कि यहाँ की हर चीज बड़ी आत्मीय है···समूचे परिवेश को जड़-जकड़ देनेवाली बर्फ खालिस अपने लिए ही झर रही है। रास्ता, पेड़, चर्च, और तो और यह स्याह अँधेरा भी···किसी का किसी से कोई सरोकार नहीं। आंटी का सेब का पेड़ भी जैसे खुद के लिए ही खड़ा था और अब गिर पड़ा तो अपनी ही खातिर। चर्च बेल्स की अनुगूँज भी खुद उन्हीं के लिए···बातचीत करने के लिए एक से दो की जरूरत होती है। सामने कोई तो हो···सजीव, सचेतन, जानदार···वरना इन सब चीजों के साथ-साथ वह खुद भी बर्फ बन जाएगी···रूबरू बात करने के लिए सिर्फ इरफान ही तो है यहाँ। उसके अलावा और कोई हमराज नहीं। इरफान तो शाम को आएगा! क्या उसके आने

से पहले ही मेरी जुबान को काठ मार जाएगा? आखिरकार खुद से बातें करने की भी कोई सीमा होती है! थक गई हूँ अब मैं।

और वहाँ से मुड़कर वह कैथरिन आंटी की ओर चल दी।

घर के बड़े से हॉल में कैथरिन आंटी अकेली ही लेटी थीं। बल्ब के शेड से रोशनी झर रही थी···फायरप्लेस की मुँडेर पर उनके पति की तसवीर लगी थी। उसी के करीब एक बुजुर्ग दंपती, यानी माँ-बाप या सास-ससुर की तसवीरें। उसी के पास मेहराब में ईसू को हाथ में थामे मदर मेरी की प्रतिमा···उस पर एक छोटे से लट्टू की फीकी-मद्धिम रोशनी। स्टैंड पर एक मोमबत्ती गड़ी हुई। हॉल में दो या तीन शो-केस··· जिनमें बेतरतीब सी रखी विदेशी वस्तुओं की भरमार···भीतर के कमरे में अलमारियाँ, सोफा सेट, फर्नीचर, चारों ओर बेजान वस्तुओं की साँय-साँय···बरसों पुरानी, बेलौस बनी, बेढंगी चीजें, पासवाली कुरसी में आंटी की प्रिय गोलमटोल, उनींदी बिल्ली। वहाँ के पूरे माहौल में एकमात्र जानदार चीज।

"आंटी, कैसी हैं आप?" उनके करीब बैठते हुए गौतमी ने पूछा। उनके अबरकनुमा रेशमी बाल छप्पर से लग रहे थे। चेहरे की खिंची-सिकुड़ी झुर्रियाँ बबूल के काँटों सी ऐंठ रही थीं। उनका बेलौस हुलिया देखने का मन नहीं कर रहा था। उसे देखते ही उनकी आँखें बहने लगीं।

"ओह, गोटमी, आई एम अलोन नाऊ, माई फ्रेंड हैज गॉन···मेरे हसबैंड ने लगाया था वह पेड़। बरसोंबरस उसमें फल नहीं आते थे। मुझे लगता था कि वह मुझ जैसा ही है ऊसर। मैंने उससे दोस्ती की गाँठ बाँधी, दोनों एक समान दुःखी जो थे!" वे पागलों सा बक तो रही थीं, पर उनकी बकबक प्रलापनुमा निरर्थक नहीं लग रही थी।

"लेकिन बाद में फल आने लगे। मैं इस कदर खुश हुई जैसे खुद ही···" थरथराती उँगलियों से उन्होंने आँखें पोंछने की कोशिश की। गौतमी से उन्होंने हाथ माँगा और मजबूती से थामे रहीं।

गौतमी खामोश सी सुन रही थी। हठात् फिर माँ की याद···मौलश्री के धराशायी हो जाने के बाद उसकी बेचैनी···तुम ठीक तो हो गौतमी, उसका बार-बार पूछना।

"आई एम मैड, टोटली मैड लेडी!" अचानक ठठाकर हँसते हुए उन्होंने कहा, "तुम जा सकती हो, गो···आई एम ओके। अब मैं ठीक हूँ। रियली···बिलीव मी!"

"ऐसे थोड़े ही चली आऊँगी मैं?" गौतमी ने कड़ककर कहा। "प्रॉमिस मी···कि आप सूप लेंगी। कल से कुछ नहीं खाया आपने। मैं अभी सूप बनाकर लाती हूँ।"

"नो नो! डोंट, मेरी बिल्कुल इच्छा नहीं है। मुझे आदत न डालो अपनी, वरना बाद में ऐसी हालत हो जाती है। लोनलीनेस हावी होने लगता है। इट बिकम्स पेन देन। यस, पेन···"

"इतनी मायूस क्यों हो रही हैं आंटी आप ? मैं समझ सकती हूँ···दैट ट्री वॉज नॉट मियर अ ट्री, बट योर फ्रेंड···"

"यस, यस माई चाइल्ड···तुम समझती हो चीजों को। आई नो गोटमी, आई नो, आई एम बिहेविंग ॲबसर्डली···पागलों—जैसा सुलूक, बट आइ कांट डू एनीथिंग फॉर माईसेल्फ।"

"एक बात कहूँ आंटी ? आपको यकीन नहीं होगा। मेरी माँ और आपके बीच की अटर सिमिलॅरिटी···आप कहेंगी कि मैं कोई किस्सा बयान कर रही हूँ काल्पनिक और हवाई···।"

आंटी एकदम चौंक सी गईं। मुरझाए से चेहरे पर अचानक कोई ताजगी उभर आई। बच्चों की सी उत्सुकता।

"हमारे घर के अहाते में एक पेड़ था और उसके साथ मेरी माँ की अंतरंग दोस्ती थी। अभिन्न सी, आपके ऐपल-ट्री की तरह···हर बेस्ट फ्रेंड। वह भी उसके संग खूब बातें किया करती थी। पिछले दिनों वह गिर पड़ा—आपके ऐपल-ट्री की ही तरह। मेरी माँ भी इतनी ज्यादा बेचैन हो गई, उसने मुझे तुरंत यहाँ फोन किया!"

"रियली ? वह भी उसके साथ बातें करती थी मेरी तरह ? क्या कह रही हो गौतमी ?"

"बताया तो था मैंने कि आपको यकीन नहीं होगा। मैं खुद भी हैरान हूँ इस अनोखे संयोग से। उसका मौलश्री भी धराशायी हो गया और आपका ऐपल-ट्री भी···उस दिन पहले-पहल जब आपको उस ऐपल-ट्री से बातें करते देखा···तो मुझे फौरन माँ की याद आ गई, तब मैं यहाँ अभी-अभी आई ही थी। वैसे तो आप दोनों में कोई समानता नहीं है···हो भी नहीं सकती। आपके और हमारे कल्चर में बड़ा भारी अंतर है। इसके बावजूद आप दोनों में···"

"हम दोनों में वही मैडनेस है···है न ?" कहकर कैथरिन आंटी ठहाका मारकर हँस दीं। "हमारी जैसी औरतें मैड ही हुआ करती हैं···कमोबेश! भारत निवासी तुम्हारी माँ हो या मैं, अलबत्ता तुम्हारी पीढ़ी, यानी नेक्स्ट जेनरेशन बेशक हम जैसी पागल नहीं है···"

गौतमी हँस दी। पर मन-ही-मन उसे लगा कि तनहाई अथवा अकेलेपन का भला उम्र और पीढ़ी से क्या ताल्लुक हो सकता है ? मैं भी तो इस वक्त यहाँ झेल रही हूँ तनहाई, अपने तईं···

अब कैथरिन आंटी में तनिक जान आई सी प्रतीत हो रही थी। उस हादसे से वे कुछ-कुछ उबर गई सी लग तो रही थीं।

इसे उचित मौका मानकर गौतमी ने लगभग हड़काने के अंदाज में ही कहा, "इसीलिए कह रही हूँ कि अब मैं आपकी कुछ भी नहीं सुनूँगी! आपको सूप पीना है।

और ठीक भी होना है। वरना मैं चीखूँगी···" गौतमी ने उनके हाथ से अपना हाथ छुड़ा लिया। "वरना चली जाऊँगी मैं भी, सिसकते रहिए अकेले!" उन्होंने फुरती से उसका हाथ थाम लिया।

"नो-नो···डोंट···प्लीज माई चाइल्ड···जाओ···ले आओ सूप···मैं पीऊँगी···" गौतमी ने उनके झाड़नुमा अस्त-व्यस्त बालों को सहलाते हुए कहा, "माई स्वीट लेडी! कितना सुकून मिला मुझे?"

"गोटमी, सच कहूँ? अब मौत से डर लगता है। माई हसबैंड इज नो मोर। माई ऐपल-ट्री···नो मोर···मैं इसी तरह लुढ़क जाऊँ यहाँ तो किसी को क्या पता चलेगा? आई एम अलोन···"

गौतमी उठ खड़ी हुई थी। फिर बैठ गई। उनकी नीली-नीली नटखट आँखों की शोखी अब शायद खो रही थी। उनके काँपते से हाथ को थामकर उसने अपना दूसरा हाथ भी उस पर रखा, "यू आर नॉट अलोन···मैं हूँ, इरफान है···और आपकी संतान—इस घर को भूल गईं आप? और इतनी जल्दी थोड़े ही आप विदा होनेवाली हैं यहाँ से?" सिरहाने रखे रूमाल से उसने उनकी आँखें पोंछी।

"एक काम करोगी?" कमजोर सी हँसी के साथ उन्होंने पूछा। मेरी के सामने मोमबत्ती रोशन करोगी? मोमबत्ती की लौ मुझे काफी सुकून दे जाती है···पर कमबख्त इतनी ताकत भी नहीं बदन में कि खुद···! चर्च बेल्स की आवाज भी सुनाई नहीं पड़ती···"

"मैं रोशन करूँ तो चलेगा? आई एम नॉट अ क्रिश्चियन!"

"ओह! तू इतनी प्यारी गुड़िया है···हमारी मेरी को सब चलता है। इनसान होना ही काफी है···दैट्स एनफ।"

गौतमी ने मोमबत्ती जलाई तो मेहराब में लगे बल्ब के मरियल से उजाले को मानो नई ओप मिली। थरथराने के बाद स्थिर हुई लौ को गौतमी कुछ क्षणों तक अपलक ताकती रही। कैथरिन आंटी भी बिस्तर में ही जैसे-तैसे उठ बैठीं और उन्होंने हाथ के इशारे से सीने पर क्रॉस बनाया।

"थैंक्स! अच्छा लगा। गॉड ब्लेस यू! जाओ, सूप ले आओ जल्दी से। बड़ी भूख लगी है मुझे···"

गौतमी जीने से नीचे आई। सूप का पैकेट खोलकर उसने पाउडर बाऊल में उड़ेल दिया। इतने में फोन बजने लगा। माँ का ही था। बहाना तो हालचाल पूछने का था, पर बाद में कहने लगी, "दरअसल एक खास वजह से ही फोन किया मैंने! इतना इच्छा लगा मुझे जब तुम्हारे बापू ने कहा, "गौतमी से बात करने को मन करता है···मैं करूँगा उसे फोन।" अपने ही लहू को भुलाकर जिया नहीं जा सकता, गौतमी! हरगिज नहीं!

अरे हाँ, एक और बात···इतनी खुशी हुई मुझे, जिसकी कोई हद नहीं! पूछो, क्यों? गौतमी, मुझे तो लगा, जैसे मैं तुम्हें प्रत्यक्ष देख रही हूँ। कल दोपहर मैंने यूँ ही मौलश्री की खाली जगह की ओर निगाह फेरी, और मैं दंग रह गई। मौलश्री का ही नया पौधा उसी जगह पनपने लगा है, हाँ! किसी भी पेड़ की जड़ें जमीन में कितने गहरे पहुँची होती हैं न! मैं यही सोच भी रही थी कि वहाँ फिर से मौलश्री, लेकिन वाकई यह तो कमाल हो गया! कितनी ही पुरानी यादें कुरेदती रहीं दिल को···तुम इत्ती सी थी, नन्ही-मुन्नी··· बालकृष्ण भगवान् के चरणों में अर्पित लाख फूलों का चढ़ावा।'' बात करते- करते ही वह चुप हो गई।

गौतमी ने भी अपना मुँह नहीं खोला। माँ की चुप्पी को भी वह उत्कटता से सुनती रही थी। आँखें भर आईं उसकी।

''खूब हँस रही हो न मेरी बातों पर? मुझे अबोध और बेचारी कहा करती थी न तुम···और खिल्ली भी उड़ाती थी···खैर, छोड़ो भी! कह लो मुझे अबोध··· । अच्छा, यह बताओ कि तुम दोनों कैसे हो? खूब ठंड होगी न वहाँ? और बर्फ भी?'' कुछ रुककर माँ ने कहा।

''अं···हाँ···हाँ! दरअसल तुम्हारे फोन का बेसब्री से इंतजार कर रही थी मैं। आज तुमसे जी भर के बात करने को मन कर रहा था! लेकिन बर्फबारी से यहाँ की हालत खस्ता हो गई है। मेरी खिड़की के सामने एक ऐपल-ट्री था यहाँ, वह भी लुढ़क गया बर्फ की चपेट में आकर। सड़कें सुनसान हैं। एक भी आदमी दिखाई नहीं देता यहाँ··· तबाही मची हुई है, माँ···माँ'' गौतमी की आवाज काँपने लगी थी।

''गौतमीऽ!'' माँ ही आगे कहने लगी, ''निपट अकेली महसूस करती हो न वहाँ? इरफान तो नहीं होगा, पर मकान तो है न साथ में? एडमिशन हो जाएगा, चिंता न करो, धीरज से काम लो। परदेस है···माहौल नया है···और हाँ, तुम्हारे बापू जमीन पर उतर आएँ तो आ ही जाऊँगी मैं वहाँ। तुम्हें देखने की बड़ी इच्छा हो रही है। मैं भी बहुत ही तनहा महसूस कर रही हूँ तुम्हारे चले जाने के बाद से। वैसे भी, तुम दिन भर घर में तो नहीं रहती थी, फिर भी तुम्हारा···''

''हैलो···हैलो!'' फोन आधे में ही कट गया था। मेज पर रखे फोन को डबडबाई आँखों से काफी देर तक देखती रही वह।

मेरी तनहाई को माँ भाँप गई। वह समझ सकती है। लगता था कि माँ कितनी ही देर तक बातें करती रहे, मैं समझूँगी कि वह एकदम मेरे सामने बैठकर बतिया रही है मुझसे, दूसरी तरफ ऐसा भी लगता था कि फोन बंद क्यों नहीं होता! वह बंद हो जाए तो दौड़ते हुए मैं कैथरिन आंटी के पास जाकर उनसे कहूँगी, ''लुक, योर ऐपल-ट्री ऑल्सो···'' माँ का फोन केवल मेरे नहीं, कैथरिन आंटी के लिए भी था···

आँखें पोंछते हुए गौतमी ने सूप बनाने के लिए गैस पर पतीला अभी रखा ही था कि फिर से फोन बजने लगा, भारत का ही नंबर था।

"गौतमी? बेटी कैसी हो? मैं इरफान की अम्मी बोल रही हूँ। देखो, इरफान के अब्बू तुमसे बात करना चाहते हैं। एक मिनट…"

गौतमी ने सेल फोन बाएँ से हटाकर दाएँ कान से लगाया। अनपेक्षित रूप से आए इस फोन के चलते उसकी धड़कनें तेज हो गई थीं। इरफान के अब्बू और मुझसे बात करेंगे… ?

"हैलो… !" हूबहू इरफान की ही आवाज थी मानो… ।

"देखो, तुम दोनों ने निकाह किया। अब तो हमें मंजूर करना ही पड़ेगा। इकलौता बेटा है हमारा वह। हमने बहुत सोचा। हमारे रिलेटिव्स हैं न, वे हमसे नाराज हैं। बोले कि बहू को मुसलिम बना लो तो झगड़े की जड़ ही खत्म हो जाएगी। उनकी बात को हवा में नहीं उड़ा सकते हम। वैसे भी हिंदू हमारे दुश्मन थोड़े ही हैं! हिंदू मजहब तो आला दरजे का है, इसमें तो कोई शक नहीं… !" उनका हर लफ्ज बेलाग था और दृढ़ता भी थी उसमें।

"देखो, तीन लफ्जों का कलमा पढ़ना होता है, बाकी कुछ नहीं। बड़ा ही सरल उपाय है। उसके बाद तू हमारी हो जाएगी…मुसलमान! फिर तो रिसेपशन करेंगे, लोगों से मिलवाएँगे, उन्हें यकीन दिलाएँगे कि तू हमारी हो चुकी है। उसके बाद तुम दोनों वापस चले जाओ लंदन। वहाँ तो तुम आजाद पंछी हो, अपने ढंग से जीओ, अपनी तरह से रहो! वहाँ थोड़े ही कोई आएगा तुम्हें देखने! यूँ समझ लो कि सिर्फ ड्रामा करना है धर्मांतर का…"

इसका मकसद गौतमी धीरे-धीरे समझ गई थी। उन्हें तो गौतमी से कोई जवाब चाहिए ही नहीं था। धर्मांतर का ड्रामा? समझाने का अंदाज यूँ कि जैसे स्कूली लड़की को किसी मसले का हल बता रहे हों, उसका सिर भारी होने लगा था।

वह पूछने को ही थी कि, और मैं इसे कुबूल न करूँ तो? लेकिन उससे पहले उन्होंने ही अपनी बात आगे जारी रखी, "और तुम अगर कुबूल न फरमाओ तो मामला हरगिज रफा-दफा नहीं होगा! तुम दोनों को इत्तिला कर रहा हूँ कि हमसे कोई उम्मीद न रखना। आखिर हमारी भी तो कोई इज्जत है बिरादरी में! और तुम्हारे माँ-बाप ने भी तो अच्छी सीख दी होगी तुम्हें…यकीनन…इरफान की अम्मी खुद तुम्हारे घर जाकर सबकुछ बता देगी, दोनों खानदानों में नया रिश्ता बन जाएगा।"

आंटी के लिए बन रहे सूप की तो ऐसी-तैसी हो ही चुकी थी। फोन आनन-फानन में आया था और तपाक् से बंद भी हो गया। इरफान के अब्बू ने तो महज एक फरमान जारी कर दिया था। एक सौदे का प्रस्ताव पेश किया था। इतना घुमा-फिराकर कहने की

बजाय उन्होंने सीधे ही क्यों नहीं कहा कि तुम्हें धर्म बदलना पड़ेगा। हुँह, महज तीन लफ्ज!···उसके बाद मैं मुसलमान बन जाऊँगी और यहाँ आने के बाद फिर से हिंदू? यानी धूप-छाँह का ड्रामा, क्या किसी भी मजहब के लिए यह अपमानजनक स्थिति नहीं है? खुद उनके मजहब के लिए भी नहीं?

गौतमी के हाथ काँपने लगे थे। होंठों पर पसीने की दो-चार बूँदें भी जमा हो गई थीं। मजहबी दीवारों को तो कभी मैंने तरजीह दी ही नहीं। गौतमी सोचने लगी, सोफिया से भी मैंने यही कहा था कि जरूरत हुई तो मैं धर्मांतरण करूँगी, पर सिर्फ इरफान की खातिर। तो फिर उनकी बात सुनकर उस समय ऐसा क्यों लगा मुझे कि वे खुद मुझे ही मुझसे अलग कर देना चाहते हैं? उनकी बातों से जैसे मैं अपने आप से ही बिछुड़ती जा रही हूँ। क्या इस वक्त मेरे लिए धर्म की अहमियत इरफान से भी ज्यादा हो गई है?

इसी उधेड़बुन में वह फुरती से आंटी को सूप दे आई। वहाँ से उसके लौटने तक इरफान आ चुका था। उसे देखते ही गौतमी का गला रुँध गया।

"अब्बू का फोन आया था?" मशीन से कॉफी की प्याली भरते हुए उसने पूछा, "तुम कुछ अपसेट सी लग रही हो?"

उसके सवाल से वह और अधिक गमजदा हो गई।

"मुझे रास नहीं आई उनकी बात···धर्मांतर का ड्रामा··· ?"

"और मुझे भी अखरती रही उनकी यह दलील!" उसने कहा, "बदन पर मौजूद इत्ता सा कुदरती निशान, यदि इनसान की शिनाख्त के लिए काफी हो सकता है, तो धर्म एक बहुत बड़ा मसला हो सकता है, मैंने कहा उनसे···कि मजहब की दीवारों को फलाँगकर हमने रिश्ता कुबूल किया है अब्बू!"

एक घूँट कॉफी को गले से नीचे उतारकर गौतमी की ओर देखते हुए उसने कहा, "घर आते समय रास्ते में मुझे लगा कि अब्बू की जेनरेशन अलग है। इस तरह का ड्रामा करने-करवाने से उन्हें राहत मिलती हो, तो हमें भला क्या फर्क पड़ता है? हमने तो कभी हदबंदी की परवाह की ही नहीं अपने तईं। अम्मी-अब्बू भी नजदीक आ जाएँगे हमारे। अम्मी से बात तो हुई नहीं, मगर मैंने भी तो उसे उलाहना दिया···कि वह खुश हो जाएगी। मेरी गुस्ताखी भी हलकी पड़ जाएगी। कलमा पढ़ने की औपचारिकता इस कदर आसान है कि तुम्हें धर्म बदलने जैसी कोई बात महसूस ही नहीं होगी। और यहाँ तो राज तुम्हारा ही है। उनके लिए तुम्हारा नाम 'नाजिया' रखेंगे। मुझे बहुत पसंद है यह नाम। यहाँ लौटने पर तो तुम गौतमी ही रहोगी···"

गौतमी बड़ी ही बेरुखी से उसे घूरती रही थी। आखिर इरफान ने भी अपना असली रंग दिखा ही दिया! यह वही इरफान है, जिसने मुझे आगाह किया था कि भावावेग के दौर में भी धर्म-परिवर्तन के लिए मैं रजामंदी न जतलाऊँ। कहीं वह मजाक तो नहीं

कर रहा, क्योंकि फोन पर अब्बू की आवाज ठीक उसी के जैसी लग रही थी। और अब तो बातें भी उसी अंदाज में करने लगा है···इरफान, जिसके लिए मैंने सबकुछ छोड़ दिया—घर-बार, देश, वतन, परिजन और यहाँ तक कि अपनी भाषा भी। कुछ भी तो नहीं लाई मैं अपना अपने साथ! इतना काफी नहीं था, इसलिए अब उसने धर्म को लक्ष्य बनाया···अनायास? बिल्कुल ही अनोखी वृत्ति और सुलझे हुए तरक्कीपसंद खयालों वाला इरफान, पलक झपकते ही इस कदर अनजान, बेगाना और तनहाईबख्श बन गया।

"क्या कह रहे हो तुम इरफान?" लहूलुहान खीझ के साथ उसने कहा। "क्या तुम हिंदू बनोगे? मेरे अपनों की खातिर?"

फिर भी अपने सूफियाना अंदाज में उसने कहा, "देखो गौतमी, प्लीज डोंट मिस अंडरस्टैंड! शांतिपूर्वक सोचो···सीरियसली! इत्मीनान रखो!"

यह मेरे सवाल का जवाब नहीं, झुँझलाकर कहने को उसका मन हुआ। क्या किसी को इस हद तक मानना यथार्थ है? अब तो यही कहना होगा कि धर्म उसकी कमजोरी बन गया है, या कि इसे अपना पुरुषार्थ मानकर वह भुनाना चाहता है धर्म को?

गौतमी की आँखों का पानी रोके नहीं रुक रहा था। उसे वहम होने लगा था कि खुद अपनी निगाहों में इरफान के लिए बेगानापन झाँकने लगा है? आखिरकार मैं हूँ कौन? कभी नाजिया? कभी गौतमी? क्या सहज, सरल औपचारिकता को निभाते हुए पलक झपकते ही तीन लफ्जों में किसी का धर्म बदल जाएगा? बदल जाएगी पहचान? माथे पर हर रोज लगाई जानेवाली बिंदी, किसी दिन हुलिया बदलने के बहाने उसे माथे से उतारकर दोबारा लगाने के इरादे से शीशे के किसी कोने में चिपकाए रखा जाता है, क्या इनसान की पहचान बदलना इतना सुलभ-सहज है?

"इरफान, तुम···" वह उस पर बरसने ही वाली थी कि कैथरिन आंटी की टेर सुनाई दी। और ठीक उसी वक्त गौतमी का फोन भी बजने लगा था।

"मैं अटेंड करता हूँ आंटी को। इसी बहाने उनसे मिलना भी हो जाएगा। तुम फोन अटेंड करो··· ।" कहकर इरफान चला भी गया। इरफान की गरदन और पीठ को निहारते हुए चुस्त-दुरुस्त अंदाज में उसने 'हैलो' कहा तो सही। पर उसे लगा कि अगर फोन माँ का होगा तो, तो वह तार-तार हो जाएगी।

"मैं इरफान की अम्मी, तेरे से बात करनी है मुझे!"

उनकी आवाज सुनते ही गौतमी को लगा कि फोन बंद कर देने की धृष्टता दिखाई जाए। उन्हें बाकायदा महसूस होने दिया जाए कि मेरा धर्म अलग है और हठात् मैं उसे बदलूँगी नहीं। इरफान के लिए भी नहीं। हमेशा अपनी जुबान बंद रखनेवाली अम्मी को भी अब फोन करने का हौसला होने लगा?

"सुन बेटी, मैं बता रही हूँ तुझे, तू धर्म नहीं बदलेगी। हरगिज नहीं। समझी! मेरे

बेटे के लिए तू अपना सब छोड़-छाड़कर इतनी दूर परदेस चली गई, ऐसी नौबत हमेशा औरतों पर ही आती है। वहाँ तो तू अकेली है, खालिस अकेली। सिर्फ तेरा साया ही तेरे साथ होगा। अस्मत के सिवा औरतों के पास और होता ही क्या है ? तुम दोनों अपना मजहब-वजहब छोड़कर एक जान हो गए हो। तुम दोनों के खयालात भी हमसे अलग ही हैं। तो फिर हमारे-तुम्हारे मजहब की बात ही कहाँ आती है ?''

गौतमी खामोशी से सुनती जा रही थी। उसे यकीन ही नहीं हो रहा था···सोचने, बोलने से पूरी तरह कटी हुई एक महिला इतना सोच-समझकर बोल रही है ! इरफान अपनी अम्मी को भी पहचान नहीं पाया ?

''कलमा पढ़ने से ही तू हमारी हो जाएगी ? उसके बिना क्या तू हमारी नहीं है ? तब तो तेरे माँ-बाप भी इरफान को हिंदू धर्म में आने की माँग कर सकते हैं ! क्या इरफान को मंजूर होगा ? नामुमकिन !'' साँस लेने के बाद खँखारते हुए उन्होंने कहा।

''मजहब हमारी पहचान नहीं होती, समझी··· !'' वे कहने लगीं, ''लेकिन जो चीज तुमने हासिल की, उस पर अधिकार जतलाते हुए उसे तहस-नहस भला कोई कैसे कर सकता है ? और वह भी मजहब जैसे इल्मी मामले को ?'' उन्होंने बाकायदा इसकी पुष्टि कर ली कि गौतमी उनकी बातें बराबर सुन रही है।

''अम्मीजी···'' गौतमी कुछ कहने जा रही थी।

''तू कुछ मत बोल, आज तो मैं ही बोलूँगी। वैसे भी मैं किसी से बात नहीं करती। कोई मेरी बात सुने तब न ! मुझे कोई पूछता भी नहीं, न ही कोई तवज्जो देता है। आज तेरे से बात करके बड़ा ही सुकून मिला। इतना सुकून कि तू सोच भी नहीं सकती ! इरफान के अब्बू का तो मुझे पता नहीं, पर मैंने तुझे अपनाया है, हाँ ! तू धर्म नहीं बदलेगी न, तो ही हमारे मजहब की इज्जत बची रहेगी। समझी ? अच्छा···खुदा हाफिज !''

फोन बंद हुआ तो गौतमी की आँखों में सोफिया तैरने लगी, कहती थी, ''जिंदगी जीने के दौर में हमारी अपनी ही जड़ें कहीं गहरे में खो गई होती हैं। उन्हें जगाने, झकझोरने की जरूरत होती है।'' उसे ईसाइयत ने···और मुझे इरफान की अम्मी ने, यानी किसी दूसरे मजहब ने ही ! इरफान अपने मजहब में उलझकर एक कदम पीछे क्या हटा, मेरे लिए बेगाना सा हो गया। क्या इसी वजह से उसकी अम्मी को उसके मजहब ने ताकत दी ! कोई है कद्रदान उनकी इस दरियादिली का ? फिर भी···कभी अपनी जुबान न खोल सकनेवाली अम्मी···पराए खानदान की किसी लड़की के हक में पैरवी करें, उसकी हौसला अफजाई करें···ग्रेट !

गौतमी खिड़की के पास आई और बाहर झाँकने लगी। बर्फ के रूई जैसे थक्के जमीन पर उतर रहे थे, मानो मौलश्री के फूल हों। गौतमी के घर के आँगन में ठीक इसी तरह से तो हर दिन सवेरे-सवेरे फूलों की वर्षा हुआ करती थी। फूलों का वह पेड़ तो

नहीं रहा, पर उसकी जड़ों ने ही उसकी पुनर्नवा पहचान को उजागर करते हुए नई पौध को जन्म दिया।

गौतमी का हाथ आँखों की ओर आगे बढ़ने को ही था कि ध्यान में आया कि पोंछने जितने आँसू हैं ही नहीं। खिड़की के शीशे में उसे अपनी ही परछाईं दिखाई दे रही थी बर्फबारी की फलक पर। हिम-बिंदुओं के झुरमुट में ही मानो वह खड़ी है—अकेली, शांत, निश्चल, खामोश।

और बाहर, जमीन पर गिर रहे बर्फ के थक्के···मौलश्री के इकलखिया फूलों के ढेर में समाहित हो रहे थे!

(पूर्व प्रकाशन : समकालीन भारतीय साहित्य : अंक 172, मार्च-अप्रैल, 2014)

□

रूट्स

यह कहानी निम्न लिखित मुद्दों पर केंद्रित है–

प्री मैच्योर संतान और अवांछित संतान¨क्या सामान्य तरीके से निभा पाते हैं अपने रिश्ते को?¨सुचारु रूप से? बीता हुआ कुछ भी खत्म नहीं होता, बल्कि अतीत से बाकायदा जुड़ा होता है। संचित रूप से जमा रहता है।

ढलती उम्र में बच्चा पैदा हो जाए तो कई तरह की दिक्कतें पेश आती हैं। एक तो इस पड़ाव तक पहुँचते-पहुँचते उमंग नहीं रहती और चीजों को जज्ब करने की क्षमता उतार पर होती है।

सूज़न यानी अमरीका में बसे श्रीदादा की संतान यानी छोटे भाई केदार की भतीजी। महज 25-26 तक पहुँचते-पहुँचते कई रंग देख चुकी दबंग लड़की। माँ-बाप का तलाक¨एकाधिक मर्दों के साथ गुजारा¨उनके अलग-अलग तेवर¨भागम भाग के बीच जचगी¨संतान की मृत्यु¨पिता की मानसिक बीमारी! मूल्य, चरित्र, नैतिकता के मायने क्या होते हैं?

डिप्रेशन का एक ही इलाज होता है–गो टु योर रूट्स। इट्स अ मैजिक ऑफ रिलेशंस।

अमरीका में भला कोई किसी से राय माँगता है? हरेक जिंदगी एक अजीब सा फलसफा होती है यहाँ। निजता व्यक्तिगत स्वतंत्रता की हिमायती होती है जवानी।

किंतु हमारे यहाँ किसी व्यक्ति का पसंद होना और पति के तौर पर उसे स्वीकारना–इन चीजों का बड़ा महत्त्व होता है, क्योंकि कोई भी इनसान किसी को साबुत रास नहीं आता। पति को ऋतु-परिवर्तन की तरह यूज ऐंड थ्रो जैसी अवधारणा हमारे यहाँ नहीं होती।

अपनी जिंदगी में लोगों का आना-जाना कितनी आसानी से स्वीकार करते हैं अमरीकी। न कोई रंज-ओ-गम, न पछतावा। रिश्ते को तिरोहित कर देने का कोई मलाल नहीं!

सूज़न कहती है—वही हैव रूट्स टू। क्या एकाध भी पेड़ ऐसा बता सकेंगे, जिसके रूट्स ही न हों? हम भी इनसान ही तो हैं। बट देयर इज अ बिट डिफरेंस···वी डू गेट इन्वॉल्वड बट नॉट एनटैंगल्ड।

एवरी बडी हैज टू कॅरी अ क्रूस ऑन हिज शोल्डर्स।

ब्लड रिलेशंस ऑर इंटेसली सिमिलर टू द रूट्स···ऐंड दे कॉल यू। और यादें भी···

मैंने मेल बॉक्स खोला। उसमें आनेवाली डाक दफ्तर के काम-काज के बारे में ही हुआ करती है। यानी निजी डाक 'नहीं' के बराबर। और निजी डाक भेजेगा भी कौन? क्योंकि मैं तो छड़ा आदमी हूँ, मेरा परिवार भी नहीं है। परिवार न होने से निकट संबंधी भी नहीं हैं। कहने को तो रिश्तेदार हैं; पर सिर्फ कहने भर के लिए। मम्मी अकसर मेरी चिंता किया करती थी। कहती थी, "केदार, मेरे बाद क्या होगा रे तेरा? जो अब हो रहा है, वही होगा"—मैं जवाब देता था। मम्मी को मेरा जवाब रास नहीं आता था, और मैं चाहता भी नहीं था। क्योंकि मैं उनके जिगर का टुकड़ा-वुकड़ा तो था, फिर भी श्रीदादा ही उनकी आँखों का तारा था। हालाँकि लंबे अरसे से वह अमरीका में था, फिर भी। सात समुंदर पार और मैं यहाँ उनके साथ! उनकी देखभाल और दवा-पानी की जिम्मेदारी मुझ पर ही थी।

जी-जान से उनकी सेवा में जुटे रहने के बावजूद श्रीदादा के प्रति उनके लगाव में कोई कमी नहीं आई। मैं अकसर सुना और पढ़ा करता था कि माँ तो अपने सभी बच्चों को एक सा प्यार देती है; उन्नीस-बीस भी नहीं करती। पर शायद वैसा नहीं होता। श्रीदादा ने मुझे तथा मम्मी-पापा को अपनी जिंदगी से मानो खारिज कर दिया था। क्या मम्मी इस हकीकत को महसूस नहीं करती होगी? फिर भी श्रीदादा को ज्यादा पसंद क्यों करती थी?

···खैर। तो मैंने मेल-बॉक्स खोला। देखा, तो सूज़न ने मेल भेजी थी, न्यूयॉर्क से। सूज़न, यानी श्रीदादा की बेटी। सच कहूँ तो यह समझने में मुझे काफी मशक्कत करनी पड़ी, मेल का मजमून पढ़ने के बाद भी! सूज़न की बचपन की तसवीरें किसी वक्त श्रीदादा ने मम्मी को भेजी थीं। मुझे हलका सा याद आया। फिर तो यहाँ सूज़न के आगमन के दिन भी स्मरण हो आए। श्रीदादा और मेरी के साथ वह सिर्फ एक बार आई थी। यहाँ उनके पधारने पर महज दो दिन ही घर में रहा था मैं। क्योंकि स्टडी टूअर पर मुझे हंपी जाना पड़ा था। मुझे अच्छी तरह से याद है अभी भी। उस वक्त मम्मी तो जैसे हवा में तैरने लगी थीं। श्रीदादा, बहू मेरी और चार-पाँच साल की उनकी गुड़िया, यानी अपनी पोती के लिए पलक-पाँवड़े बिछाए थे उसने।···और फिर श्रीदादा अमरीकावासी

होने के बाद पहली बार स्वदेश आया था। दस-बारह वर्षों बाद श्रीदादा ने वहीं मेरी से विवाह कर लिया। यह खबर मिलने पर मम्मी का दिल बहुत ही खट्टा हो गया था। शायद तब तक उन्हें उम्मीद हो रही थी कि श्रीदादा बराबर स्वदेश लौट आएगा। लेकिन मेरी से विवाहबद्ध हो जाने के बाद···वरना तो मम्मी ने बँगले के सामने ही एक भूखंड श्रीदादा के लिए कभी का खरीद लिया था। उनकी होनेवाली बहू के लिए जेवरात भी बनवाए थे···और साड़ियाँ भी···जो बाद में उन्होंने खुद ही एक-एक करके पहनीं और बाकी अपने रिश्तेदारों में बाँट दीं। अलबत्ता, गहने जरूर बचाए रखे थे। बड़ी शिद्दत से कि मेरी शादी हो जाएगी तो बहू के काम आएँगे। लेकिन जिंदगी के इस पड़ाव तक पहुँचने के बाद अब लगने लगा है कि मम्मी की मामूली सी ख्वाहिशें भी मैं पूरी न कर सका। मैंने शादी न करने का पक्का निर्णय ले लिया। और श्रीदादा ने तो···

मम्मी को अपनी बीमारी के दौरान बड़ी तीव्रता से महसूस हुआ था कि उसे देखने श्री अवश्य आएगा, और कहेगा कि चलो मेरे साथ न्यूयॉर्क!···श्रीदादा का आना तो दूर; उसने फोन तक नहीं किया। न ही कोई चिट्ठी-पतरी। आखिरी साँस लेने की घड़ी तक मम्मी की आँखें बराबर श्रीदादा के आगमन की प्रतीक्षा करती रही थीं। मम्मी की मृत्यु की सूचना देने के उद्देश्य से जब मैंने फोन किया तो उसने कहा था, "सॉरी केदार, मम्मी का सब तुम्हीं को करना पड़ रहा है। बट, आई एम हेल्पलेस! आई एम फेडप विद माई लाइफ। देयर आर लॉट्स ऑफ प्रॉबलेम्स विद माई फैमिली!" "हुँह···! जैसे आ ही जाता, प्राब्लेम्स न होते तो।" पूछना ही बेकार है।

यकीन मानिए, श्रीदादा के लिए मेरे दिल में अब कोई स्थान नहीं बचा। समय के साथ-साथ सरोकार क्षीण होते रहे। कुछ साल पहले एक बहुत गुस्सा था दिल में, और ईर्ष्या भी, लेकिन बाद में वह भी समाप्त हो गई। बल्कि मैंने ही उसे खारिज कर दिया। उसके मेरे बचपन की स्मृतियाँ भी दिल-ओ-दिमाग तथा जिंदगी में से भी क्रमशः खारिज होती रहीं और उसके नाम ही की तरह गुमनाम हो गईं।

मम्मी बार-बार उसका जिक्र किया करती थी, श्री बचपन में ऐसा था···इस तरह की बातें करता था···जैसी मामूली सी स्मृतियाँ भी उनके लिए महान् घटनाएँ बन जाती थीं। शुरू-शुरू में इन सब चीजों से मुझे घृणा होती थी, लेकिन बाद में वे कमतर होती रहीं। शायद दिल ने खुद ही को समझाया हो कि श्रीदादा को तो पहले ही खारिज कर दिया है, तो घृणा को भी क्यों बचे रहने दिया जाए। लेकिन मम्मी उठा पाएँगी ऐसा कदम? क्योंकि आखिरकार वह बेटा है उनका। लेकिन पापा ने जरूर एक अरसे बाद उसे अपने दायरे से बाहर कर दिया था। संभवतः माँ और पिता होने के बीच की विशेषताओं की वजह से उन्हें ऐसा करना संभव हुआ हो।

···मैं सूज़न की मेल पढ़ने लगा—

"डैडी बीमार हैं। मैंने उन्हें अस्पताल में भरती कराया है···" उम्र में श्रीदादा मुझसे दस साल बड़ा था, यानी 52-53 के आस-पास होगा। यदि वह बीमार है तो उसकी बीमारी का स्वरूप क्या होगा? मुझे मेल भेजने के लिए वह भला क्यों उद्यत हुई? क्या बीमारी गंभीर किस्म की होगी? कैंसर? जस्ट डिटेक्ट हुआ होगा? या फिर दिल की बीमारी? ट्यूमर···मैं आगे का मजमून पढ़ने लगा।

सूज़न ने लिखा था, "डैड हैज शॅटर्ड कंप्लीटली, अंकल! डॉक्टरों ने उन्हें अपने रूट्स के साए में ले जाने की सलाह दी है। उनका बचपन···उनकी जन्मभूमि···उनसे जुड़े प्रसंग। ऐसा करने से ही उनकी स्थिति में सुधार आएगा। इस बीमारी का यही एकमात्र इलाज हो सकता है, रूट्स। अंकल, कैन यू कम हियर फॉर योर ब्रदर? आई विल सेंड यू टिकट···प्लीज मेक इट। जरूर आइए। आई एम वेटिंग फॉर योर पोजिटिव रिप्लाय। लव—सूज़न।"

दरअसल, मैं चीजों को समझ ही नहीं पाया था। मैंने फिर से पूरा मजमून पढ़ा। तब मेरे ध्यान में आया कि यह दिल की बीमारी है; और केवल मैं ही उसे इस विभीषिका से बचा सकता हूँ। क्योंकि मैं ही एक अकेला हूँ, जो उसे बाकायदा रूट्स तक ले जा सकता हूँ। लेकिन इसके लिए मुझे वहाँ जाना पड़ेगा···श्रीदादा के ठौर···श्रीदादा के लिए, जिसे इस लंबे अंतराल में मेरी न सही, किंतु मम्मी या पापा की याद एक बार भी नहीं आई। जिसने रिश्ते-नाते पूरी तरह से मिटा दिए···हर स्तर पर। उसी श्रीदादा के लिए···

अब सूज़न को ही लीजिए—उसी की बेटी, जिसे कभी भी कोई उत्सुकता महसूस नहीं हुई, न रिश्ते के बारे में, न दादी के लिए, जिनसे मिलने वह एक बार आई भी थी। कभी कोई संपर्क रखने की भी इच्छा नहीं हुई···अपने डैड के भाई की खुशहाली जानने, लेकिन अब उसी 'अंकल' को चिट्ठी लिख रही है। वहाँ आने के लिए कह रही है। अपना भारतवासी 'अंकल' क्या करता है किस स्थिति में है, यह जानने के लिए उसका मन नहीं किया! श्रीदादा की वही सूज़न। मेल बॉक्स बंद करते वक्त मुझे यूँ ही हँसी आई कि मैंने ऐसी उम्मीद की ही क्यों? और कैसे व्यक्ति से? श्रीदादा की बेटी से?

जी हाँ, श्रीदादा घर से बाकायदा भाग निकला, किसी को बिना बताए। मम्मी-पापा को एक महीने तक तो उसका सुराग ही नहीं मिला। पुलिस में शिकायत भी दर्ज करवाई थी···और···उसके दो दिन बाद श्रीदादा का अमरीका से फोन आया था। उसे छात्रवृत्ति प्राप्त हुई थी। वहाँ जाने की जोड़-तोड़ उसने की, किंतु मम्मी-पापा को कानोंकान खबर भी न लगने दी थी, फोन पर उसने कहा था, "मुझे माफ कीजिए। मैंने आपको अँधेरे में रखा। वरना आप मुझे अमरीका जाने ही न देते। मेरी पसंद के विषय में उच्च शिक्षा ग्रहण करने के कई विकल्प अमरीका में उपलब्ध हैं। इसीलिए···आदि बहुत कुछ उसने कहा था।

लेकिन चोरी–छुपे क्यों ? मम्मी–पापा को साफ–साफ बताकर उन्हें सहमत कराया नहीं जा सकता था ? खैर, मेरा मन भी यही कहता है कि उसे मम्मी–पापा से 'न' ही सुनने को मिलती। उसकी परवरिश ही कुछ इस तरह हुई थी कि वह उन दोनों के साथ बँध–सा गया था। उसकी हर बात पर मम्मी–पापा की नजर गड़ी रहती थी, उसके बिना जैसे उनकी साँस घुटने लगती थी। श्रीदादा प्री–मैच्योर पैदा हुआ था, वह भी कई वर्षों बाद। और मरते–मरते बच गया था। अत्यंत कमजोर होने से कुछ ज्यादा ही ध्यान देना पड़ता था, उसकी ओर। हरदम वह बीमार भी तो रहता था। पहली संतान, वह भी इस कदर कमजोर···इस वजह से, श्रीदादा आगे चलकर नॉर्मल हुआ···पला–बढ़ा, फिर भी मम्मी–पापा की दृष्टि से वह कभी उम्रजदा हुआ ही नहीं, बल्कि वे ही उसे बालिग या बड़का नहीं बनने देते थे, कहें तो पापा–मम्मी की गैर–जरूरी एहतियाती और अनावश्यक पहरेदारी की वजह से श्रीदादा के साथ उनकी कहा–सुनी भी होने लगती थी। शायद इसी वजह से पिंजड़े का पंछी मौका मिलते ही पिंजड़ा तोड़कर चुपचाप उड़न–छू हो गया।

उनकी इस आपाधापी में मेरा बचपन···मेरा कैशोर्य तिरोहित हुआ। वैसे तो इससे पहले ही वह तिरोहित हो चुका था; पर वह दूर तक खिंचता चला गया। श्रीदादा की बदौलत। श्रीदादा के इस तरह रफूचक्कर हो जाने के कारण पापा को दिल का दौरा पड़ा। वे बच तो गए, पर उनका स्वास्थ्य डाँवाँडोल रहने लगा। तबीयत भी कमजोर होती रही और नासाज भी।

अव्वल तो मम्मी–पापा का पूरा ध्यान श्रीदादा पर केंद्रित था और इसी बीच मैंने इस दुनिया में कदम रखा···अवांछित संतान···अनवांटेड चाइल्ड के तौर पर। मम्मी–पापा की रजामंदी के खिलाफ। अब जन्म ले ही लिया तो थोड़ा–बहुत प्यार करना ही पड़ा, यानी श्रीदादा पर हो रही प्रेम–वर्षा का भागीदार बन गया मैं। मम्मी की बीमारी के आखिरी दिनों में मैंने कड़वा बयान दिया था, "मैं पैदा हुआ, पर गलती मेरी तो नहीं थी ? लेकिन आप लोगों ने मेरे साथ ऐसे बरताव किया, जैसे मैं ही कसूरवार हूँ, एक तरह से प्रायश्चित्त करवाया मुझसे···"

"ऐसा क्या किया हमने ? श्री सात समुंदर पार, बहुत दूर चला गया, इसीलिए ज यादा याद आता रहा। यही गलती हुई न ? माँ होने के नाते क्या इतना भी नहीं कर सकती मैं ?" मम्मी ने कहा। इतनी सहजता से उन्होंने ये शब्द कहे थे कि मेरे मन में सवाल पैदा होने की कोई गुंजाइश ही नहीं रही थी। इतने सारे जवाब, न पूछे हुए प्रश्नों के भी, जवाब मुझे मिल गए थे।

पता नहीं क्या दिमाग में आया, मैंने पुनः डाक खोलकर, फिर से मजमून पढ़ा। इस बार उसे पढ़ते हुए मुझे तीव्रता से महसूस हुआ कि सूज़न बड़ी ही उत्कटता से मुझे अमरीका आने का आह्वान कर रही है, "डॉक्टरों ने सलाह दी है कि उन्हें उनके रूट्स

के साए में ले जाइए, यही एकमात्र उपाय है···" सूज़न का यही एक वाक्य, श्रीदादा के रूट्स, जिन्हें उखाड़ फेंककर वह अमरीका चला गया।

श्रीदादा को उसके रूट्स से रूबरू करवाने का मतलब है, खुद भी उसी शीशे के सामने खड़े हो जाना। जिनके पनपते रहने के दौरान कई बार मुझे अपरूट होना पड़ा है—नो, आई कांट! मैंने मेल-बॉक्स फिर से बंद किया और अपने काम में व्यस्त हो गया। शाम को दफ्तर से निकलते ही सबसे पहले मैं जिम जाता हूँ, क्योंकि जिम में पसीना बहाना मुझे बहुत भाता है और वहाँ का वातावरण भी खूब पसंद है मुझे।

हठात्, पलभर के लिए महसूस हुआ, जैसे फिर एक बार पीछे मुड़कर मैं जिंदगी को नापने लगा हूँ···वही, कभी की पीछे छूटी जिंदगी, जिसे सूज़न रूट्स की ओर जाना कहती है? उन्हीं रूट्स में मेरी जड़ें भी तो समाहित हैं···रची-पची, जमीन पकड़ी हुई और नकारी गई जड़ें भी···कह तो रहा हूँ कि उन जड़ों को भी मैं कभी का जमीन के नीचे दबा चुका हूँ, पर शायद मेरी और श्रीदादा की जड़ों के संजाल से एक चटाई बन गई होगी···घनी और मजबूत। फिर भी क्योंकि जिंदगी के इस मुकाम तक कदम-ताल करने के बावजूद, बीता हुआ कुछ भी खत्म नहीं होता, बल्कि अतीत से बाकायदा जुड़ा होता है। संचित रूप से जमा रहता है। इसलिए तो श्रीदादा को अतीत के सहारे की आवश्यकता महसूस हुई है···टोटली शॅटर्ड हो जाने के कारण ही न? जड़ें, जिन्हें काटकर फेंक दिया था उसने, आँवला की तरह; उन्हीं जड़ों को पुनः सींचकर अपनी जिंदगी को सँवारना चाहता है वह अब। उसकी अस्त-व्यस्त हुई जिंदगी को नया रूप देंगी, वे जड़ें।

"कैसे हो केदार?" सिंग चाचा जिम में आते ही सभी से उनकी खैरियत पूछते हैं। मेरे सामने लगे शीशे में मैं उनका अक्स देख रहा था। शीशे में उनकी छवि देखकर गरदन हिलाते हुए मैंने जवाब दिया। पिछले साल हुई एक दुर्घटना में उनका जवान बेटा मारा गया, बीस का रहा होगा। सिंग चाचा उसे कनाडा भेजने की तैयारी में थे, उच्च शिक्षा के लिए। वे बताया करते थे, "सिर्फ पढ़ाई पूरी होने तक ही वह कनाडा में रहेगा। उसके बाद उसे यहाँ लौट आना है।" उन्हें पूरा विश्वास था कि उसे वहाँ रहना कदापि रास नहीं आएगा।

सिंग चाचा के बहुत ही करीबी दोस्त थे, शर्माजी। वे भी जिम में आते थे। वे उनकी बात को काटते हुए कहा करते थे, "एक बार चला गया, तो कोई नहीं आता वापस। मैं दावे के साथ कहता हूँ। अमरीका को स्वर्ग मानते हैं सब लोग।

"तिस पर सिंग चाचा जिरह करते, "लेकिन मेरा बेटा भरे-पूरे माहौल में रहने का आदी है। लोगों से कटकर रहना उसे रास नहीं आता···। लेकिन नियति ने उसके दावे सच्चे-झूठे साबित होने की नौबत ही नहीं आने दी और खेल खत्म हुआ।

जवान बेटे से बेवक्त बिछुड़ने का गम सिंग चाचा कैसे झेल पाएँगे? इस त्रासदी

से भला वे कैसे उबर पाएँगे? यही चिंता होती थी कि उनके हितैषियों को। पर वे सँभल गए। वे कहते भी हैं, ''लोगों के बीच में रहने के कारण ही मैं उस हादसे से उबर सका। स्वजन मुझे भगवान् से कहीं ज्यादा प्रिय हैं।'' रिश्ते-नाते, स्वजन, प्रियजन···इन्हीं को अपनी जिंदगी का पाथेय माननेवाले लोगों को देखते हुए मुझे हैरत सी होती है। वैसे तो मैं हरदम तन्हा ही रहा···निपट अकेला। मुझे अन्य किसी के सहारे की आवश्यकता ही महसूस नहीं हुई कभी। इसकी वजह क्या थी, मुझे नहीं मालूम। बचपन से ही मैं अपने माँ-बाप की आँखों की किरकिरी बन गया था, इसीलिए···? लेकिन श्रीदादा तो उनकी आँखों का तारा था, फिर उसने क्यों मुँह मोड़ लिया उनकी ओर से? इस कदर तीव्र वितृष्णा कि घर छोड़कर निकल जाना ही बेहतर समझा उसने?

मम्मी उसे चिट्ठियाँ लिखती थी, फोन करती थी, फिर भी वह टस-से-मस नहीं होता था। दो-टूक बात करता था बस, वह भी गलती से···एकाध बार।

जिम से होकर मैं घर लौटा तो पड़ोसी नेने चाची ने संदेशा पहुँचाया, ''रोटी बनानेवाली ताईजी का स्वास्थ्य ठीक नहीं है, इसलिए वे खाना बनाने नहीं आएँगी।'' मैंने 'हाँ' में उन्हें जवाब दिया और वहीं ठिठक गया। ताईजी को हमेशा बीमारी का ही बहाना मिल जाता है, कोई और दिक्कत क्यों नहीं पेश आती उन्हें?···भगवान् जाने।

''आप किसी और से क्यों नहीं बनवाते खाना केदारजी? यह औरत तो जब देखो, बहाने बनाती है! अकेले आदमी को भला इस तरह परेशान करना चाहिए? मैं ला दूँ रोटी-सब्जी? चलेगा? घर आने के बाद अब कहाँ जाएँगे आप दोबारा बाहर? खुलकर बोलिए···संकोच मत कीजिए···'' नेने चाची ने नहला मारा।

ताईजी बहुत ही उम्दा महिला हैं! बल्कि मैं अकेला हूँ, इसीलिए अत्यंत संजीदा व्यवहार करती हैं मुझसे। लेकिन मेरे अकेले होने से कोई हमदर्दी जतलाने लगे, तो उससे कोफ्त होने लगती है···नफरत करने लगता हूँ मैं उस व्यक्ति से। मैंने सोच-समझकर निर्णय लिया है अकेले रहने का। न किसी ने इसके लिए मजबूर किया है मुझे, न ही इसे मैं अपनी बदकिस्मती मानता हूँ। और कोई अकेला रहता हो तो उस पर तरस खाने की भला क्या जरूरत? मैं अपने तईं खुश हूँ, बहुत खुश हूँ।

''जी नहीं, रहने दीजिए। आप क्यों कष्ट करती हैं बेकार में? थैंक्स,'' मैंने नेने चाची को जवाब दिया और उलटे पाँव चल दिया। सोचा, आज चायनीज खाया जाए। चायनीज खाना खाए एक अरसा हो गया था। मैंने जयंत को फोन लगाया। जयंत दफ्तर में मेरा सहकर्मी है। सच पूछो तो मेरा मित्र-परिवार है ही नहीं। दरअसल दोस्त बनाना भी एक कला होती है, जो मुझमें नहीं है। और दूसरी बात यह है कि दोस्त बनाना हो किसी को, तो उसको आपकी जिंदगी में झाँकने की छूट देनी पड़ती है। मुझे हरगिज यह मंजूर नहीं। मेरा कहने का मतलब यह है कि कभी-कभार जयंत मुझे 'कंपनी' देता

है और हम इकट्ठे कहीं बैठकर गप-शप कर लेते हैं थोड़ी देर। सिर्फ इधर-उधर की बातें करते हैं हम। मैं अपनी निजी जिंदगी के बारे में कुछ नहीं बताता उसे, न ही वह पूछता है। मैं भी ऐसी जुर्रत कभी नहीं करता। उसके माँ-बाप परभणी में रहते हैं। उसकी शादी-वादी के बारे में मुझे पता नहीं।

उसे मैंने फोन किया तो पता चला कि उसके माँ-बाप आए हैं। मैंने सुना और 'कोई बात नहीं' कह बात खत्म की। ऐसा नहीं कि मुझे अनिवार्यतया कंपनी चाहिए ही होती है। अतः मैं अकेले ही चल पड़ा और भरपेट चायनीज खाकर मस्ती से लौट आया।

टेलीफोन की आनसरिंग मशीन पर एक मिस्ड कॉल की सूचना थी। मैंने बटन दबाया, ''हाय आई एम सूज़न···यू गॉट माई इ-मेल? प्लीज आंसर मी···'' यह तो पीछे ही पड़ी हुई है। 'संभव नहीं' दो-टूक जवाब देने के इरादे से मैंने बैग में से लैपटॉप बाहर निकाला। मेल लिखना मैं शुरू करने ही वाला था कि फोन की घंटी फिर से बजने लगी। सूज़न ही हो सकती है···वाकई वही बोल रही थी फोन पर, ''हाउ इज श्रीदादा?'' बरबस मेरे मुँह से निकल पड़ा।

''नॉट वेल, डैड वांटेड टू सी यू। प्लीज अंकल···डू कम। आई कांट मैनेज हिम अलोन!'' उसकी आवाज में चिंता का भाव था।

''मैं आ नहीं पाऊँगा···'' कहने को ही था मैं; पर रुक गया।

''डोंट वरी फॉर योर पॅसेज, आई विल मैनेज। पर आइएगा जरूर, क्यों? तारीखें बताओ। थिंक, लीव शुड नॉट बी, अ प्रॉब्लेम फॉर यू···'' वह बार-बार पूछे जा रही थी। तथापि 'संभव नहीं' इस तरह का जवाब नहीं दे सकता था मैं। बात समाप्त करते वक्त मैं अनायास कह गया, ''आई विल लेट यू नो। टेक केयर ऑफ हिम।''

बात खत्म कर मैंने फोन नीचे रखा और मैं खुद ही पर खीजता रहा। शहद की उँगली चटाकर सूज़न को आस क्यों दिलाई मैंने? वह रात तो उधेड़बुन में ही बीती। श्रीदादा को लेकर यदि मैं पूरी तरह से संवेदनहीन था, तो उसी वक्त सूज़न को 'संभव नहीं' कहकर इस पसोपेश से मुक्त क्यों नहीं हुआ मैं? इसी एक सवाल को लेकर पूरी रात मैं परेशान रहा। बचपन की वे स्मृतियाँ थीं, जो मुझे लगता था कि कब की मेरी जेहन से खारिज हो चुकी हैं हमेशा-हमेशा के लिए।

एक बार मुझे बहुत ज्यादा बुखार चढ़ा था। काम समेटकर मम्मी अभी-अभी मेरे पास आकर बैठी थीं। इतने में श्रीदादा स्कूल से लौट आया। उसे देखते ही मम्मी ने तुरंत मेरे माथे पर से अपना हाथ हटा लिया, जबकि ज्वर से वह तवे की तरह तप रहा था। उसे चना-चबेना देने की फिराक में वे उठकर जाने लगीं। उन दिनों वह नौवीं कक्षा में था, यानी कि वह खुद खाने-पीने की चीजें अपने हाथ से बखूबी ले सकता था। अतः श्रीदादा ने फौरन कहा भी, ''मम्मी तुम बैठी रहो केदार के पास। मैं खुद ले लूँगा, मुझे

जो चाहिए।'' ''अरे बाबा तुम नहीं ले पाओगे, मैं देती हूँ तुम्हें···'' मम्मी ने फिर भी पहल की। ''मम्मी अब मैं इतना छोटा तो नहीं रहा कि चीजें खुद नहीं ले सकता। और फिर केदार को बुखार है तो बैठी रहो उसके पास; मुरझाया सा लगता है वह!'' मम्मी के ऐसे अतिरिक्त एहतियात और लाड़-प्यार से श्रीदादा को नफरत होना शुरू हुआ था; यह उसी की बानगी थी। लेकिन उस दिन वाकई मेरा बुखार और कुल मिलाकर मेरी जो हालत हो रही थी, उसे देखकर श्रीदादा का भी दिल टूट रहा था। मेरे करीब बैठकर मेरे बालों को सहलाते हुए उसने कहा था, ''केद्या, जल्दी से ठीक हो जा तू, मुझसे देखा नहीं जाता तेरा ऐसा हुलिया।''

श्रीदादा संबंधी कुछेक चुनिंदा यादों में से यह एक थी। वैसे तो हम बहुत ही कम अरसे तक साथ में रहे। क्योंकि हमारी उम्र में दस साल का फासला था; इसलिए मुझे वह बड़ा लगता था और उसे मैं बहुत छोटा। उस दिन उसने मेरे बालों को सहलाया, तो उसकी उँगलियों के स्पर्श से जैसे मैं सराबोर हो गया था और मेरी आँखों में आँसू भी आए थे। शायद मम्मी से नजदीकी के अभाव में उसका वह स्पर्श अभिभूत कर गया होगा···

मम्मी का स्पर्श, जो मुझे बहुत ही कम मिला, और जब भी मिला, शायद ही मेरे अंतस को छू सका हो। एक तो उसकी कोख से मैं बहुत देर से पैदा हुआ और मेरा जन्म अवांछित भी तो था, वह भी उनकी ढलती उम्र में। अत: मेरा होना उन्हें सुहाता नहीं था। बच्चा ढलती उम्र में पैदा हो जाए तो कई तरह की दिक्कतें पेश आती हैं। एक तो उम्र के इस पड़ाव तक पहुँचते-पहुँचते उमंग नहीं रहती, चीजों को जज्ब करने की क्षमता उतार पर होती है, तो ऐसे सभी मामलों को मद्देनजर मम्मी का समयालेख अनुकूल नहीं रहा था···मेरे मामले में। केवल श्रीदादा ही उनका अपना था। उनकी असली जिंदगी का एक हिस्सा और सही मायने में उनके कलेजे का टुकड़ा था। खैर।

उसके बाद, दो दिन मैं घर में ही था, किंतु हरदम शक होता था कि कहीं सूज़न का फोन न आ जाए···क्या जवाब दूँगा मैं उसे? मैं यह भी जानता था कि जवाब, ''मैं आ रहा हूँ'' यही होगा। मेरा दिल ऐसा तो नहीं था। हठात् कभी ऐसा महसूस भी नहीं होता था मुझे। और फिर मेरे बारे में भला किसी ने क्या कर्तव्य-पालन किया था? तथापि मैंने अपने ट्रैवल एजेंट को फोन कर ही दिया और न्यूयॉर्क का टिकट भी मेरे हाथ में आ गया। अमरीका प्रवेश के लिए दस वर्षीय वीजा मेरे पास पहले से ही तैयार था। क्योंकि इससे पहले कंपनी के काम से मैं दो बार सैनफ्रांसिस्को हो आया था।

और मुझे याद पड़ता है कि उस दौरान मैंने एक बार श्रीदादा के न चाहते हुए भी उसे फोन किया था और बात खत्म करते समय बाकायदा कह भी दिया था कि यह मेरा आखिरी फोन है। मेरे अमरीका में होने पर उसे बड़ा ताज्जुब हो रहा था, जिससे खुद मुझे भी हैरत सी हो रही थी, लेकिन औपचारिक रूप से ही सही, उसने मुझे घर आने के

लिए एक बार भी नहीं कहा। बल्कि "तुम्हारा मुकाम यहाँ से काफी दूर है," कहते हुए मेरी से हुए तलाक की पूरी रामकहानी उसने मुझे सुनाई थी। इसके अलावा, अपने गिरते हुए मन:स्वास्थ्य का जिक्र भी उसने किया था। और चलते-चलते यह भी बतलाया था कि इसी वजह से कैलिफोर्निया में अध्ययनरत सूज़न उससे मुलाकात करने आनेवाली है।

दरअसल अपना पराश्रित होना…आर्थिक रूप से न सही…जज्बाती तौर पर ही, तो मुझे आत्मग्लानि होने लगती है। कोसता हूँ मैं अपने आपको। हम क्यों भावनाविवश बन जाते हैं? रिश्ते-नाते की दुहाई देते हुए दूसरों को अपने साथ बाँधने लगते हैं, जकड़ लेते हैं खुद को? यदा-कदा मैं मुँहफट जवाब देता था मम्मी को। एक बार मैंने बेबाक शब्दों में कहा भी था, "तू क्यों बेकार में प्रतीक्षा करती है श्रीदादा की? तू उसके यहाँ आने की आग्रही क्यों है? यहाँ उसके आ जाने से तेरी जिंदगी पर उसका क्या असर पड़ेगा?" मम्मी मेरी दलीलें सुन तो लेती थीं, किंतु श्रीदादा के फोन या चिट्ठी की प्रतीक्षा करने की आदत पर उनका कोई असर नहीं होता था।

न्यूयॉर्क के हवाई अड्डे पर कदम रखते ही मुझे बरबस फिर एक बार मम्मी की याद आई। वे तरसती थीं श्रीदादा के पास आने के लिए। विदेशी बहू तो विदेशी सही, पर श्रीदादा की गृहस्थी को तृप्त भाव से देखना चाहती थीं वे।

न्यूयॉर्क हवाई अड्डा, यानी किसी शहर से कम नहीं था…अमीरी की चकाचौंध, महँगे मॉल की चीजों की असंख्य दुकानें, रेस्तराँ, कॉफी शॉप्स, सैंडविच बार्स…आदि को फलांगकर आव्रजन, वीजा संबंधी सभी औपचारिकताएँ पूरी कर मैं बाहर आया।

सूज़न मेरे नाम की तख्ती हाथ में थामे मेरा इंतजार करनेवाली थी। वरना तो हम एक-दूसरे को भला कैसे पहचान पाते? मुझे अपने नाम की तख्ती दूर से ही दिखाई दी और सूज़न की टोही निगाहों ने भी बराबर मुझे भाँप लिया। वह फुरती से आगे आई—"अंकल?" मि. केदार?" उसने पूछा। मेरे यस कहने पर मुसकराकर उसने कहा, "वेरी रिजेंबलिंग फेस टू डैड! आई कुड ईजीली आइडेंटिफाय…"

"ओ रियली! इज इट?" मैंने भी हँसकर कहा, "हाउ इज श्रीदादा?" उसने सिर्फ गरदन हिलाई और हम चल पड़े कार पार्किंग की दिशा में। मम्मी को भेजी गई सूज़न की तसवीर और यह सूज़न एक ही सूज़न का इन दो प्रतिमाओं में तालमेल नहीं बिठा पा रहा था मैं। यह सूज़न बड़की सी थी। गुब्बारे से गाल और ठिगना-सा कद। जगह-जगह थुलथुलेपन की निशानियाँ। गालों में धँसी आँखें, तनिक कत्थई। चश्मे के लेंस में से भी पुतलियों का कत्थईपन बराबर झाँकता था। त्वचा का रंग यूरोपीय गोरा तो नहीं, भारतीय गोरापन लिये था। उसे देखते ही मम्मी ने कहा था, "यह श्री जैसी नहीं लगती।" किंतु मुझे आज की सूज़न में श्रीदादा का एहसास होने लगा था। खासकर उसकी नाक, तनिक चौड़ी, किंतु उठी हुई…और चेहरे पर श्रीदादा जैसी ही मासूमियत।

मैं उसकी गाड़ी में बैठा। गाड़ी वही चला रही थी। मुझे अजीब सा लग रहा था, कि यही मेरी सगी भतीजी है। और मैं इतने वर्षों बाद देख रहा था उसे लगभग बीस वर्ष बाद!

रास्ता साफ-सुथरा और समतल-चिकना था। दोनों ओर पेड़ों की हरीतिमा···और हवा की गति···

''डायरेक्ट श्रीदादा के पास ही जाना है या फिर···'' मैंने बात छेड़ी।

''मेरे खयाल से पहले घर जाना ही ठीक रहेगा। आप फ्रेश हो लीजिए। उसके बाद दोपहर में चले चलेंगे···'' उसने कहा।

''तुम करती क्या हो?''

''मैं एक सुपरमार्किट में कैशियर हूँ।''

मैं सोचने लगा कि कहाँ तक पढ़ी-लिखी होगी? क्या इसका कॅरियर बेहतर होगा? ''मैंने पॉलिटिकल साइंस में ग्रेजुएशन किया है।'' वह खुद ही बताने लगी, ''मुझे उच्च शिक्षा में दिलचस्पी नहीं है।''

उसकी शक्ल में मुझे स्कूली श्रीदादा दिखाई दिया। इसी की तरह मोटा···गोल-मटोल, थोड़ा सा भी चलने पर हाँफनेवाला, पढ़ाई में ज्यादा दिलचस्पी न लेनेवाला···

''आप डैडी के छोटे भाई हैं न?'' उसने पूछा। मैं समझ नहीं पा रहा था कि वह दोबारा क्यों पुष्टि कर रही है। उसने आगे कहा, ''मुझे दादी का चेहरा कुछ-कुछ याद आता है। पर आप की छवि···आप वहाँ थे, जब आई थी? इनफैक्ट, मैं दादी से फिर एक बार मिलना चाहती थी।''

''डैडी अकसर कहते हैं कि वे माँ के बहुत ही लाड़ले थे, तो फिर मुझे भी वे प्यार-ही-प्यार देतीं'' उसने कहा।

''तुम्हारी दादी भी तरसती थीं तुमसे मिलने के लिए।'' मैंने कहा। वह मुसकराई। ''मेरी मॉम की माँ, यानी मेरी नानी। लेकिन मॉम से ही उनके संबंध मधुर नहीं थे, तो वे मुझे भला कहाँ से प्यार करतीं? वे स्टेप मदर थीं उनकी। मॉम के साथ मेरी खट-पट हो जाने पर मैं उनसे कह देती थी, ''तेरी माँ से ही तुझे प्यार नहीं मिला, तो तू भला किसी को क्या प्यार देगी···?'' मॉम मेरी बात को स्वीकार कर लेती थी, ''ठीक कहती हो तुम। मैं किसी को भी प्यार नहीं दे सकती। तेरे डैडी को भी नहीं दे सकी, अंकल दिस इस अवर फेट!''

उसके इस बयान का मैं भला क्या जवाब देता? किसी अन्य मौके पर मैं जरूर कहता, ''ऐसा थोड़े ही होता है कि आदमी किसी को तनिक भी प्यार न दे सके? और वह भी एक माँ? ऐसा हो ही नहीं सकता। सर्वथा असंभव···'' लेकिन मुझे भी तो कहाँ मिला माँ का प्यार? क्या अपने दूसरे बेटे को दिया उसने कभी लाड़-प्यार। किंतु मैंने कोई प्रतिवाद नहीं किया। सिर्फ मुसकराया, बस। वह भी खामोश सी, गाड़ी चलाती रही।

लेकिन उसके खयाल ने मुझे झकझोरा तो था···अब फिर से मुझे मम्मी की याद आई। उनकी बीमारी के शुरुआती दौर में मैं ही पूर्णतया उनकी सेवा करता रहा था। स्पंजिंग, पॉट देना, समय से दवाई पिलाना, छँटनी किए गए उनके बालों की कंघी भी। माथे पर बिंदी का न होना, उसे तनिक भी सुहाता नहीं था। इसलिए मैं ही चिपकाता था बिंदी। मर्ज बढ़ता ही चला गया, तो उनकी देख-रेख के लिए आया को नियुक्त किया था मैंने। खर्चा तो होता था, पर उनकी सेवा में कोई कसर नहीं रहने दी। और उन्होंने कहा भी···एक बार नहीं, कई बार कहा मुझसे, "केदार, अवांछित संतान के रूप में तुमने जन्म लिया, पर अंततः तुम्हीं मेरे काम आ सके। एक माँ होने के बावजूद···हो सके तो मुझे माफ कर दो···" उनकी आँखें झरती रहती थीं और उनके ये शब्द भी मेरे कानों तक नहीं पहुँच पाते। किंतु वे दिल की गहराई से स्वीकार करती थीं अपनी न्यूनता को। अपराध-बोध भी होता था उन्हें। लेकिन इसके बावजूद उनका झुकाव श्रीदादा की ओर ही था और आखिर तक रहा, मैंने बकायदा महसूस किया है।

मैं अपने ही दिल को कोसता था, यह दोगलापन भला क्यों? कड़वाहट छोड़ भी दो। पाक-साफ दिल से पहुँचने दो मम्मी के इन शब्दों को तुम्हारे जेहन तक! दिल मान भी जाता, बेशक यह सही है, तथापि मैं बिसुर नहीं पाया। जिस उम्र में मुझे उनके लाड़-प्यार की, दुलार-पुचकार की, उनकी गोदी में दुबककर अठखेलियाँ करने की ललक थी···यह सब आखिरकार क्यों नहीं आया मेरे हिस्से में? और अब मम्मी कह रही है, क्योंकि उनकी नाजुक स्थिति में देख-भाल, जो की मैंने, इसीलिए? मेरा ऐसा सोचना नामाकूल, सड़ियल, कसैली मानसिकता का द्योतक हो सकता है···मुझे मंजूर है। लेकिन फिर भी···

सूज़न ने सवाल किया था कि प्यार नहीं मिला तो प्यार किया भी नहीं जा सकता? नहीं दिया जा सकता किसी को प्यार? अब चौंकने की बारी मेरी थी। यानी कि मैं भी नहीं दे सकता किसी को अपना प्यार? क्या मैं भी उसी दरजे का इनसान हूँ? लोगों से कटकर जीना मुझे पसंद है, इसलिए? तो तनहाई पसंद क्यों हूँ मैं? "मेरी पत्नी विचित्र महिला है···" श्रीदादा अकसर कहा करता था कि सूज़न भी अपनी मॉम के लिए ऐसा ही···तो फिर मैं क्या विचित्र ही हूँ?···लोग मुझे विचित्र कहते हैं, बेशक नहीं! मैंने अपने आपको समेट लिया। लोगों की टीका-टिप्पणियों को तो मैं हमेशा दरकिनार करता रहा हूँ, फिर अब भला क्यों उलझ रहा हूँ उनमें! मैंने दूसरे ही पल, एक झटके में इन उलटे-सीधे सवालों से निजात पाकर सूज़न से पूछा, "तुम अपनी मॉम से मिला करती हो?"

"यस! फोन से हमारी बातचीत होती रहती है। बीच-बीच में वह मिलती भी है। अभी, कुछ अरसा पहले उसके पति का देहांत हुआ। अब वह अकेली रहती है। तब मैंने मॉम और डैडी में नए सिरे से समझौता कराने का काफी प्रयास किया···" शुरू-शुरू में

सूज़न बड़ी घुन्नी तथा औपचारिक किस्म की प्रतीत हुई, पर अब काफी खुल गई थी।

"तो फिर?" मैंने पूछा, "हो गई उनमें सुलह?"

"नहीं तो! धागा एक बार टूट जाए तो दोबारा वह जुड़ नहीं सकता। उस तरह के ऐसे लोग, अपने उसी अतीत के साए में बसर करने के कायल क्यों होते हैं, अंकल? अतीत का दामन क्यों नहीं झटक सकते वे? गॉड नोज··· ! यानी कि कुछ दिन तो वे साथ-साथ रहे। पर निभी नहीं उनमें। मॉम चली गई···"

"निभा क्यों नहीं सके वे? दिक्कत क्या थी?" बात चली ही थी तो मैंने पूछ ही लिया।

"अब मैं क्या बोलूँ आपको? दैट वाज देयर प्रॉब्लम! लेकिन डैड ज्यादा संवेदनशील हैं। आप जानते ही होंगे। वे हरदम किसी-न-किसी के सहारे की तलाश में रहते हैं। शायद उनकी माँ से उन्हें बहुत ज्यादा प्यार मिला हो, सूज़न ने एक ओर के काँच को नीचे कर दरवाजे से लगा शीशा हथेली से साफ किया और फिर काँच ऊपर, "ऐंड माई मॉम इज वेरी प्रैक्टिकल। ऐसे इमोशनली डिप्रेस्ड पर्सन्स···शी डजंट लाइक देम! शी हेट्स देम!"

श्रीदादा संवेदनशील? मैं याद करता रहा। मेरे साथ जुड़ा ऐसा कोई वाकया··· ? या कि इधर आने के बाद उसके स्वभाव में बदलाव आया?

"इसलिए डैड···" सूज़न बताने लगी, "मॉम के चले जाने के बाद···बेहद डिप्रेस हुए। हमेशा अनबन रहती थी दोनों में। जब देखो, लड़ाई-झगड़ा और अंततः ही वर्चूली शॅटर्ड···इस वजह से नौकरी पर आँच आने लगी। एक दिन उन्हें नौकरी से निकाल दिया गया। तब तो वे और भी ज्यादा वेकंट हो गए। और ड्रिंक भी ज्यादा करने लगे।"

हाइवे पार कर अब हमारी गाड़ी दाहिने मोड़ से होते हुए एक छोटे से रास्ते पर आ गई थी, नीला आकाश, कहीं-कहीं एकाध नटखट बादल, हरे तथा रंग-बिरंगे वृक्ष, शांत खामोश परिवेश, अब शुरू हुई छोटे-छोटे, शानदार घरों की मालिकाएँ। पृष्ठभूमि में पहाड़ और खूबसूरत समाँ। एक घर के सामने गाड़ी रुक गई। सूज़न ने गाड़ी से उतरकर मेरी ओर का दरवाजा खोला, "वेलकम टू होम!" कहकर वह खिलखिलाई। अहाते का गेट पार कर हम भीतर चले गए। वहाँ एक लॉन था और स्वीमिंग पूल भी। रंग-बिरंगे फूलों की क्यारियाँ और तितलियों के मदमाते फूलों का शृंगार। कुछ फूलों पर बुँदेंनुमा छींटे··· हवा के झकोरे से उन छींटों में भी हिलोर सी आती थी। घर तो वैसे साधारण सा था। भीतर से एक जीना, बेसमेंट नीचे हॉल, किचन, उसके ऊपर दो-एक कमरे, फर्नीचर ज यादा नहीं था। फर्श काठ का और आदमकद खिड़कियाँ, शीशों के सरकते फ्रेम वाली।

श्रीदादा के लगे हुए कमरे में सूज़न ने मुझे टिकाया है। मुँह-हाथ धोकर फ्रेश हो जाने के बाद मैं नीचे आया। वहाँ सूज़न ने कॉफी-सैंडविच की ट्रे मेरे लिए तैयार रखी थी। ब्लैक कॉफी का मग हाथ में थामे वह सोफे पर बैठ गई।

"आपके आगमन से डैडी बहुत खुश हो जाएँगे। हाँ, यकीन कीजिए मेरी बात का। लेकिन उनके चेहरे पर कोई भाव नहीं होते···टोटली ब्लैंक फेस। और बोलते भी बहुत कम। मॉम घर छोड़कर चली गई तो वे अकेले रहते थे यहाँ, तब ज्यादा चिंता होती थी मुझे उनकी। इसलिए मैं अपनी बेटी को लेकर यहाँ चली आई। उसके बाद उनकी स्थिति में कुछ सुधार तो हुआ, लेकिन फिर से वही···"

"तुम्हारा पति भी यहीं रहता है?"

"जी नहीं! जॉन से मैंने शादी नहीं की थी। हम सिर्फ साथ रहते थे, बस। उससे मुझे संतान चाहिए थी, सो मैंने वह होने दी। लेकिन वह छह महीने की थी तो डी-हाइड्रेशन का शिकार हुई," कहकर सूज़न ने हॉट प्लेट पर उबल रही ब्लैक कॉफी मग में उँड़ेल ली और दोबारा सोफे पर आ बैठी। उसने बातों का सिलसिला आगे बढ़ाते हुए कहा, "आपने मेरे पति के बारे में पूछा था? उसका नाम पॉल था। जॉन से फारिग होकर मैंने पॉल से शादी की। वह मेरी बेटी को अपनाने के लिए राजी हुआ था। पॉल वॉज ए ग्रेट पर्सन। लेकिन उससे पहले ही मेरी बेटी एलीना चल बसी। पॉल के साथ मैं दो साल तक रही। अब हम जुदा हैं। उसे और मुझे हम दोनों को इस तरह बँधे रहना रास नहीं आ रहा था···। अब मॅक के साथ मेरा कॉन्ट्रैक्ट हुआ है···दो साल के लिए। इस बीच हम दोनों ने यथार्थ रूप से महसूस किया, तो शादी भी करेंगे। आई एम प्रेग्नेंट नाउ अगेन! इसलिए मोटी हो गई हूँ···" और वह खिलखिलाकर हँस दी···।

मैं तो अचंभे से उसे देखता ही रह गया। उसकी उम्र होगी 25-26 के आस-पास। लेकिन इतनी सी उम्र में ही उसने जिंदगी के कितने ही रंग देख लिये! माँ-बाप का तलाक, एकाधिक मर्दों के संग गुजारा, उनके अलग-अलग तेवर, भागम-भाग के बीच जचगी, संतान की मृत्यु, पिता की मानसिक बीमारी, अपनी जिंदगी का कितना बड़ा कैनवास, बातों-ही-बातों में उसने मेरे सामने अनावृत्त कर दिया था। उसके हिसाब से इसमें छुपाने जैसा कुछ भी नहीं था। यह सब तो यहाँ की संस्कृति का हिस्सा था। आखिरकार मूल्य, चरित्र, नैतिकता, आदि के दायरे हमीं तो निर्धारित करते हैं न? क्या पवित्र है और क्या अपवित्र, यह सब हमारे मनोव्यवहार की जोड़-तोड़ मात्र है।

शाम को श्रीदादा से मिलने जाना था हमें। बरसों बाद हमारी मुलाकात होनेवाली थी। अस्पताल भी ताम-झाम वाला था, पर सूज़न के हिसाब से वह साधारण अस्पताल ही था। फर्श, जिनमें अपने अक्स उभरते हों, अत्याधुनिक सुविधाएँ, दर्जनों ऑपरेशन थिएटर, कितने ही डॉक्टरों-नर्सों की चहल-पहल, पर कहीं कोई हल्ला-गुल्ला नहीं, सबकुछ सुनियोजित और सुव्यवस्थित, लिफ्ट से हम तेरहवीं मंजिल पर पहुँचे। श्रीदादा का कमरा उस खंड के आखिरी सिरे पर था। वह व्हील चेयर पर बैठा खिड़की से

बाहर की ओर देख रहा था। उसका हुलिया देखकर मैं तो दंग रह गया। 52-53 साल का श्रीदादा कितना उम्रजदा दिख रहा था। पिचके कनस्तर से गाल, आँखों के नीचे बने घने स्याह घेरे। बर्फ सी ठिठुरी-बिठुरी आँखें। माथे पर उभर रही त्यौरियाँ, जैसे किसी ने पेंसिल से गहरी रेखाएँ खींच दी हों। दोनों सिरों से लटकते होंठ। चितकबरी दाढ़ी के कैड़े ठूँठ, जैसे किसी ने काँच का बूरा कनपटियों तथा ठोड़ी पर चिपका दिया हो।

"डैड, लुक! हू इज हियर?" सूज़न ने उसकी कुरसी मेरी ओर की, उसने मुझे देखा और तबीयत से मुसकराया। उसके सामने वाले दाँत शायद खिसक गए थे, सो दंत-पंक्ति में खिड़की सी बन गई थी। मेरी आँखों के सामने वह श्रीदादा आया, जिसने मेरे गाल पर हलकी सी चपत मारकर, "जल्दी से ठीक हो जा बे, केद्या।"कहा था। पापा की दिलवाई सागवानी मेज पर किताबें सजाकर अपने कमरे में पढ़ाई करने में व्यस्त श्रीदादा। दसवीं की परीक्षा में अच्छे अंकों से उत्तीर्ण कर लेने पर पापा ने उसे उपहारस्वरूप दी थी वह मेज। मेरी अपलक निगाहों का राज वह जान गया था, सो उसने मुझे भी शहद की उँगली चटाई, "केद्या, तू भी इस मेज पर बैठकर पढ़ाई कर सकता है। लेकिन शर्त यही है कि मेरी बराबरी के अंक प्राप्त करने होंगे।···हाँ।"

श्रीदादा को इस स्थिति में देखकर बरबस मेरी आँखें भर आईं। व्हील चेयर के हत्थे पर स्थिर, उसके काठनुमा, कमजोर बने हाथ पर मैंने अपना हाथ रखा और पूछा, "पहचाना मुझे? बताओ, मैं कौन हूँ?"

"केद्या···" उसने अत्यंत क्षीण स्वर में जवाब दिया।

"केद्या···।" एक लंबे अरसे बाद उसी नाम से···गले में फुरेरी सी हुई और मैं थूक निगलने को हुआ। इस कदर भावावेग··· ? मुझे भी ताज्जुब हुआ। श्रीदादा को लेकर कितनी सारी शिकायतें थीं मेरे मन में? गुस्सा-ही-गुस्सा भरा पड़ा था। पर्त-दर-पर्त गुस्सा-ही-गुस्सा! मेरे स्वभाव की यह विशेषता है कि मैं गुस्से को किसी भी स्थिति में पी नहीं सकता। मम्मी को लेकर मन में उभरी गाँठ ही क्यों न हो···उनकी बीमारी के आखिरी दौर में भी मेरा खून उबल नहीं रहा था? और इस वक्त?

मैंने श्रीदादा के बगल में ही एक कुरसी हथिया ली थी और बैठ गया उसी पर। खिड़की से पूरे महानगर का नजारा दिखाई दे रहा था। जगर-मगर लट्टू···गगनचुंबी अट्टालिकाएँ, विज्ञापन, नियॉन साइन, होर्डिंग, श्रीदादा की ओर मैंने निगाह फेरी। सूज़न ने बिल्कुल ठीक कहा था, उसका चेहरा वाकई ब्लैंक था। सूज़न उसके कबर्ड, कपड़े तथा अस्त-व्यस्त पड़ी अन्य चीजों को सँवारने में व्यस्त थी।

"मेरे लिए तुम यहाँ आए, थैंक्स!" श्रीदादा ने कहा। बड़ी मुश्किल से वह बोल पाया। उसकी हँसी भी बेजान सी लग रही थी, "यहाँ···आओ" कहते हुए उसने अपना हाथ ऊपर उठाया। वह मुझे गले लगाना चाहता था।

मैं उठकर उसके करीब गया। उसने मेरे गले में अपनी बाँह डालकर मुझे सीने से लगाया। मेरे सिर को चूमता रहा।

''कितने साल बीते रे केद्या···'' कहकर सूज़न की ओर मुखातिब होते हुए उसने कहा, ''माइ ब्रदर सूज़न, मुझसे मिलने आया है, फ्रॉम इंडिया···यस, फॉर मी···माइ ब्रदर···''

सूज़न मुसकराते हुए आगे आई और उसने पीछे से श्रीदादा के गले में बाँह डालीं और थोड़ा झुककर उसके गाल-से-गाल रगड़ते हुए कहा, ''यस डैड, आई नो, योर ब्रदर! मैं जानती हूँ कि तुम्हें कितना सुकून मिला, इनके आने से। आई नो। ऐंड आई एम ऑल्सो हैप्पी। अब आप जल्दी से ठीक हो जाइए, डैड···यू शुड! अंकल कुछ दिन रहेंगे यहीं, हमारे साथ।''

''सच? केद्या···मेरे लिए?'' श्रीदादा ने मुझसे पूछा। अब तक उसके चेहरे पर रौनक आ गई थी और ताजगी भी। उसकी आँखों के नीचे, कोटरनुमा झुर्रियों में दो-एक बूँद आँसू दबे पड़े थे। सूज़न ने रूमाल से उन्हें पोंछ डाला और उससे दूर होकर कहा, ''डैड मैं डॉक्टर से मिल आती हूँ। अभी आई। अंकल आए हैं, उन्हें बताना होगा न? ओके?''

वह चली गई। अब श्रीदादा और मैं, हम दो लोग ही बचे थे कमरे में। उससे क्या बात की जाए? मैं समझ नहीं पा रहा था। उसने भी चुप्पी साध ली थी, पूर्ववत् चेहरे पर फिर से वही बदहवासी। मैं बचपन की स्मृतियाँ ताजा करने की फिराक में था। उसने इसी बीच पूछा, ''क्या बजा होगा?'' एक बार नहीं, कई बार दोहराता रहा उसी सवाल को। अब व्हील चेयर के पीछे की ओर उसने अपनी गरदन टिकाई और आँखें मूँदकर पलकें झुका लीं; शायद उनींदेपन का असर हो।

दरवाजे पर दस्तक हुई, तो मैंने मुड़कर देखा। नर्स थी। उसने एक मधुर मुसकान बिखेर दी। श्रीदादा को ''स्लीपिंग?'' पूछा और उसे बेड पर लिटाकर बीपी देखा। रीडिंग देखकर वह चली गई। श्रीदादा का मुँह अधखुला था। बंद पलकों की ओट से पपोटों की हलचल बाकायदा दिखाई दे रही थी। उसका बदन हड्डियों का ढाँचा भर रह गया था। इस वक्त मम्मी होतीं तो? श्रीदादा को इस हालत में देखकर, इतने में उसके बदन में सिहरन हुई, जैसे कोई झटका लगा हो। उसने तपाक् से पलकें खोल लीं। अभी भी वह खोया-खोया सा लगता था। लेकिन चेहरे पर वही सवालिया सूनापन। कैसी, उथल-पुथल मची होगी उसके दिल में? कौन सा तूफान मँडरा रहा होगा उसके दिमाग में? मैं तो बस टकटकी बाँधे देखता रहा उसकी ओर, बस। सूज़न के आते ही हम चल दिए। कुल मिलाकर उसकी ऐसी स्थिति किसी को भी बेचैन कर सकती थी, मैं भी बेचैन हुआ।

रात के खाने में सूज़न ने पास्ता बनाया था। मुझे तो पास्ता बिल्कुल भी नहीं भाता,

पर कहें किससे? पेट में तो चूहे दौड़ने लगे थे, महसूस भी हो रहा था। बाद में उसने फ्रिज में से आइस्क्रीम का पैक बाहर निकाला। छुरी से उसके स्लाइस काटते हुए उसने कहा, "कल डैडी के लिए ले जाएँगे आइस्क्रीम। ही लव्स डेजर्टस् सो मच···"

मुझे तो बचपन से ही आइस्क्रीम बहुत ज्यादा पसंद है। शायद श्रीदादा को वह पसंद नहीं थी। इसीलिए हमारे घर में आइस्क्रीम लाने पर अघोषित पाबंदी सी लगी होती थी। मैं प्रतिवाद करने ही जा रहा था कि उसे भला···पर मैं चुप रहा। बीच के कई वर्षों के अंतराल, हर बार मेरी गिनती से छूटते क्यों जा रहे थे साल?

सूज़न ने आइस्क्रीम चखते हुए कहा, "आप तो भौंचक रह गए होंगे डैडी की हालत देखकर?···स्टंड? लेकिन आपको सामने पाकर उन्हें कितनी राहत मिली। रियली! आपने क्या महसूस किया भाई से मिलने के बाद?"

वाकई, क्या महसूस किया मैंने? श्रीदादा की स्थिति को देखकर मैं हिल गया, भाव-विभोर हो गया। जबकि वह मेरे स्वभाव के विपरीत था। लेकिन इतने लंबे अंतराल के बाद अपने भाई को ऐसी हालत में देखकर क्या गुजरी थी मेरे दिल पर? सवाल तो मार्के का था। टटोलता रहा मैं अपने दिल को। सोच में भी पड़ गया।

"अंकल, यू नो, दीज आर ब्लड रिलेशंस! आर दे? मुझे तो कोई आइडिया नहीं इसके बारे में, न ही कोई अनुभव। मैं निपट अकेली···अंकल···आपको देखने के बाद···आई एम सो रिलैक्सड···यू कांट इमेजिन। बचपन में आपको देखा तो था, पर इससे ज्यादा कुछ नहीं। फिर भी मुझे तीव्रता से महसूस हुआ कि यस, आई हैव स्ट्रॉन्ग सपोर्ट। अपना भी कोई है इस जहाँ में···"

मुसकराकर उसे तसल्ली देते हुए मैंने कहा, "सूज़न, डोंट वरी।"

रात का जेट लॅग···नई जगह और श्रीदादा···लगता था कि नींद नहीं आएगी; पर वैसा नहीं हुआ। गहरी नींद आई मुझे। सवेरे आँख खुलते ही खिड़की से बाहर देखा, समूचे शहर पर जैसे बर्फ की चादर बिछी थी। समय का सही अनुमान नहीं लग पा रहा था या समूचा परिसर जैसे ठिठुरने से निश्चेतन हो रहा था। सभी पेड़ और हरीतिमा भी जैसे बर्फमय हो गई थी···हिमानी।

मैं ऊपर से नीचे आया। सूज़न दरवाजे से बाहर बर्फ तोड़कर साफ करने में व्यस्त थी। मैंने कहा, "लाओ, मुझे दे दो।"

"नो थैंक्स, हमें आदत है इसकी, ऐंड आफ्टर ऑल, यू आर माई गेस्ट!" वह खिलखिलाई।

मैंने देखा, बाहर कहीं रास्ता था ही नहीं, जैसे चारों ओर बर्फ-ही-बर्फ! मकान तथा बर्फ से लदे-फंदे पेड़ जिधर देखो, सन्नाटा-ही-सन्नाटा। सबकुछ निःस्पंद और निस्तब्ध। मुर्दनी सी छाई हुई। अपने देश में सवेरे-सवेरे ब्रश करते हुए गैलरी में खड़े

रहो तो दिखाई देंगे लोगों के हुजूम···भीड़···भागम-भाग···और चिल्ल-पों। मुझे यहाँ, इस वक्त बेहद अजनबी सा लग रहा है। सूज़न भी अपरिचित सी प्रतीत हो रही है, आखिर किसलिए आया हूँ मैं यहाँ?

''नींद-वींद तो आई न आपको? या कि जेटलॅग··· ?'' सूज़न ने पूछा और भीतर जाकर टोस्ट-बटर-कॉफी का थाल ले आई। कोई सीरियल भी था बाउल में।

''यहाँ एक टेंपल है। बड़ा ही खूबसूरत है। डैड और मैं कभी-कभार चले जाया करते थे। मैं शाम को अस्पताल आऊँगी। वहीं से मंदिर होते हुए घर आएँगे।''

ठीक मेरे दिल की बात समझ गई वह। भगवान् जाने, कैसे?

स्टोअर जाते समय सूज़न मुझे अस्पताल में श्रीदादा के पास छोड़ गई। गाड़ी चलाने के दौरान भी उसकी बातों का सिलसिला बराबर जारी रहा। वह बता रही थी, अपने बॉयफ्रेंड मॅक के बारे में···कि वह कोई प्रशिक्षण लेने ऑस्ट्रेलिया गया है···कि वह बड़ा ही बातूनी और मिलनसार है, आपसे मिलकर बहुत ही खुश होता वह···आदि। लेकिन मैं बेचैन था। इसलिए कि शाम तक मुझे श्रीदादा के सान्निध्य में रहना है···कैसे कटेगी, पता नहीं।

रविवार को सुबह जल्दी ही हम अस्पताल पहुँचे। उस दिन सूज़न को काम पर नहीं जाना था। श्रीदादा इंतजार में ही बैठा था। पिछले दो हफ्तों में उसके स्वास्थ्य में आया सुधार साफ दिखाई दे रहा था।

''डैड आपके लिए कॉफी लाऊँ? लेंगे न आप अंकल के साथ?'' सूज़न ने पूछा। श्रीदादा ने गरदन हिलाकर स्वीकृति दी।

''श्रीदादा, तुम कितने बदल गए हो इस बीच। कॉफी तो तुम्हें फूटी आँख नहीं सुहाती थी। जबकि मैं कॉफी भक्त ही था मानो। तुम यह कहकर मेरी खिल्ली उड़ाया करते थे, 'कॉफी औरतें पीती हैं, क्या तू औरत है रे केद्या'?''

''अरे हाँ,'' कहकर श्रीदादा ने कहकहा लगाया। ठठाकर हँसने पर श्रीदादा की हँसी गले में ही अटक जाती थी। ठीक उसी तरह की हँसी थी उसकी। उसकी हँसी की इस विशेषता को तो मैं लगभग भूल ही गया था।

तिस पर मम्मी चिकोटी लेती···उसी बात के क्रम को मैंने आगे बढ़ाया, ''देखो श्री की आदतें कितनी अच्छी हैं। कुछ सबक लो उससे!''

''मम्मी-तो-मम्मी ही थीं। वह मेरे दुर्गुणों को भी सगुणों का जामा पहनाती थी और तुम्हारा आदर्श मैं ही तो था। तुम खूब कोसते होंगे मुझे, क्यों?'' श्रीदादा ने हँसी-हँसी में कहा, तो मैं एकदम चौंक गया। विगत हफ्ते-दो-हफ्ते में ऐसी छोटी-बड़ी कई यादें ताजा होती रही थीं। शुरू-शुरू में मुझे काफी तकलीफ होती थी। पर यही तो एकमात्र इलाज था श्रीदादा की बीमारी का—द मोस्ट इफेक्टिव थेरैपी। इसलिए मैं काफी सावधानी

बरतता था। लेकिन श्रीदादा के सवाल ने मुझे बुरी तरह से झकझोरा और मेरे दिल में भीतर-ही-भीतर सुलग रही चिनगारियाँ फटने को हुईं। श्रीदादा हमेशा लाड़-प्यार की चाशनी में ही पगता रहा आज तक। मैं, जब छोटा था, तो "श्री को देखो···वह कितना होनहार है···कितना संजीदा है"—हरदम मम्मी के मुँह से ऐसी ही टिप्पणियाँ सुनने को मिलती थीं। और मैं? मैं कैसा था? मुझे महसूस हुआ कि त्रासद स्मृतियों को मैं यूँ ही उलीचता जा रहा हूँ और मुझे हँसी भी आ रही है? इसकी वजह क्या हो सकती है।

"मम्मी की आँखों का तारा था मैं। तुम अभी उसके पेट में थे केद्या। उसे पता चला, तो कितना रोई थी वह! उसने मुझे कहा था कि इस बच्चे के कारण तुम मुझसे दूर तो नहीं चले जाओगे?" श्रीदादा हँसते हुए कहता जा रहा था और उसकी बातें मुझे बकवास लग रही थीं। वह चुप क्यों नहीं हो जाता मुझे लगा? फौरन वहाँ से खिसकने की तीव्र इच्छा होने लगी थी। मैं अवांछित था, इस बात का जिक्र श्रीदादा क्यों कर रहा है? इस वक्त क्यों सुना रहा है मुझे? क्या ये स्मृतियाँ उसके गिरते स्वास्थ्य के लिए टॉनिक सिद्ध हो सकती हैं? मैं तो जवाब देता ही नहीं था। फिर भी श्रीदादा का सिलसिला बराबर जारी था।

"मम्मी का इतना लगाव क्यों था मुझसे? इतना ज्यादा! ॲबनॉरमॅलिटी की सीमा तक?"

श्रीदादा मुझसे पूछे! मुझे! मेरे मामले में ठीक इसके विपरीत सवाल पूछा जा सकता था···फिर भी, क्या वह नहीं जानता था हकीकत? कि मम्मी मुझ पर लबालब प्यार क्यों नहीं उँड़ेलती?

"केद्या, मैं मरते-मरते बच गया था। मौत के मुँह से निकल आया था। हाँ, इसलिए," श्रीदादा ने बताया। और मैं अनचाहे जन्मा था इसीलिए? गलती से मैं पैदा हुआ इसीलिए? मर क्यों नहीं गया मैं इसीलिए? इसीलिए मम्मी···ये ही सवाल हरदम मुझे कुरेदते थे, उनके शिकंजे से खुद को बचाते-बचाते मैं जैसे-तैसे कदम-दर-कदम आगे बढ़ता जा रहा, बड़ी शिद्दत से···अकेले रहकर?···तनहाई को ओढ़कर, और श्रीदादा ठीक उन्हीं सवालों को मेरे सामने पेश कर रहा है···मुझे मात देने के लिए।

मैं फौरन उठ खड़ा हुआ और मुड़कर जाने लगा तो दरवाजे में सूज़न थी, डॉक्टर के साथ। उन्हें देखते ही मैं सँभल गया, 'हेलो' आगे बढ़कर मैंने हाथ मिलाया। जवाब में 'गुड मॉर्निंग' कहकर डॉक्टर भीतर आए। डॉक्टर अभी बच्चा लगता था। मुश्किल से तीस-बत्तीस का होगा। वर्ण सफेद···गोरा, यानी शायद जर्मन होगा। वह श्रीदादा के करीब गया और उससे हाथ मिलाते हुए उसने कहा, "नाउ, मि. थत्ते, यू लुक क्वाइट फ्रेश! इट्स अ मैजिकल चेंज। आई मस्ट थैंक योर ब्रदर···उसी की बदौलत यह करिश्मा हुआ और आप सुधार पर हैं।" कहकर डॉक्टर ने उसकी जाँच भी की—आँखें, जुबान, नाखून आदि। उसके बाद डॉक्टर ने मुझे तथा सूज़न को बाहर बुला लिया।

कॉरीडोर में फिर एक बार मुझसे हाथ मिलाकर उन्होंने कहा, ''थैंक्स अ लॉट! मेरे पेशेंट की स्थिति आपकी बदौलत सुधर रही है।'' फिर सूज़न की ओर देखकर वे मुसकराए।

''इन योर केस, देयर इज नो अदर सोल्यूशन। दिस इज अ मैजिक ऑव रिलेशंस ऐंड रूट्स। इस तरह के डिप्रेशन का यही एकमात्र इलाज होता है और हम इसी की सिफारिश करते हैं और मरीज ठीक भी हो जाते हैं।''

''डॉक्टर, मुझे अभी और कितने दिन यहाँ रहना होगा?'' मैंने पूछा।

''इट डिपेंड्स···इट डिपेंड्स ऑन दि इंप्रूवमेंट इन दि मेंटल कंडीशन ऑव योर ब्रदर। मैं समझ सकता हूँ आपकी दिक्कतों को···आपके कई काम रुके हो सकते हैं···आपके देश में···लेट्स सी। आप खूब बातें कीजिए पेशेंट से···पुरानी, पुरानी यादें ताजा करते रहिए। आपकी भाषा, पेरेंट्स, एंबियंस, वे दिन,एवरीथिंग—मरीज को लगना चाहिए कि वह अपने ही देश में, स्वजनों के बीच में है। लेट्स होप ही विल रिकवर वेरी फास्ट!''

मैं और सूज़न भीतर आए। श्रीदादा खिड़की में से बाहर देखते हुए बैठा था। सूरज का केसरिया गोला ऊँची-ऊँची इमारतों के ऊपर, आधारहीन···लटकता सा दिखाई दे रहा था, जैसे कोई लैंप शेड किसी ने आसमान से लटका दिया हो। ढलते सूरज की वह आखिरी झलक थी, उसके सिमटते क्षणों का सुनहरा स्पंदन या मानो—हम तीनों, आँखों में प्राण लिये खिड़की में से अपलक वह अपूर्व नजारा देखते रहे।

पापा ने जब आखिरी साँस ली, तो उनकी आँखें खुली-की-खुली रह गई थीं आखिर में। उनके बेड के ऊपरी हिस्से में, बाईं ओर ऐसी ही एक खिड़की थी, जिस पर झिलमिल परदा लहराता था। पवन के झकोरे से उसके लहराने लगते ही बाहर सूर्य-बिंब दिखाई पड़ता था। उनके निधन से कुछ ही पहले मम्मी घर जाने के लिए निकल पड़ी थी। वहाँ मेरे पहुँचने के बाद ही वह चली थी। सामने के सोफे पर बैठते हुए मैंने यूँ ही पापा की ओर देखा, खेल खत्म हो चुका था, ''केदार···आ गए?'' अभी उनके शब्द पूरे हुए भी नहीं थे···न कोई उठा-पटक···न आह-कराह···न हिचकियाँ···

अभी···सूर्यास्त का दृश्य देखते हुए मुझे वे याद आए और बरबस मेरी आँखें भर आईं। बहुत ही छोटी उम्र में मुझसे उन्होंने विदा ली, विलंब से पैदा होने का हर्जाना चुकाना पड़ा मुझे···इस रूप में। पापा के निधन की खबर मिलते ही श्रीदादा आया तो नहीं, पर मम्मी को फोन किया था उसने। घर से श्रीदादा के भाग जाने के बाद ही पहली बार उन्हें दिल का दौरा पड़ा था, उसके बाद धीरे-धीरे उनकी बोल-चाल धीमी पड़ती रही। अपने सभी गम पी गए थे वे···सच पूछो तो पापा से मैं उतना अधिक नाराज नहीं था, जितना मम्मी से था। वैसे तो श्रीदादा उनका भी प्रिय पात्र था। उनसे उसे अधिक

प्यार मिला हो सकता है, किंतु मुझे वे प्यार करते थे। उन्हें नाज था मेरी संजीदगी पर, मेरी बौद्धिक क्षमताओं पर। मैं हारमोनियम से खेला करता था। पुराने गीत···मैं नोटेशंस पढ़ सकता था···गाने की विधिवत् शिक्षा ग्रहण न करने के बावजूद···पापा मेरी इस विशेषता की सराहना जब-तब किया करते थे, ''तुम्हारे लिए एक अच्छी सी बाजा पेटी लाएँगे हम।''

एक बार मम्मी-पापा की खुसुर-पुसुर हो रही थी। पापा मम्मी से कह रहे थे, ''केदार भी तो अपना ही खून है नीरा? तुम बार-बार अवांछित···अवांछित कहकर उलाहना क्यों देती हो, उसे, सुनकर उसके दिल पर क्या गुजरती होगी? कभी सोचा तुमने? क्या वह सौतेला बेटा है हमारा? यदि नहीं, तो सौतेला व्यवहार क्यों करती हो उसके साथ? वह इसके लिए हल्ला-गुल्ला नहीं करता तो क्या हुआ? बच्चा अपना है, फिर भी कोई सीमा होती है कि नहीं, किसी की भद्रता की?''

''केद्या, पापा को गए बारह साल हुए होंगे न! क्यों?'' सूर्य-बिंब इस बीच अदृश्य हो चुका था। व्हीलचेयर को घुमाकर मेरी ओर देखते हुए उसने पूछा, तो मेरी तंद्रा भंग हुई। उसके इस सवाल से मुझे आश्चर्य भी हुआ। उसे भी ठीक इसी वक्त पापा की याद भला कैसे आई···मेरी ही तरह?

''इन दिनों पापा याद आते हैं जब-तब,'' श्रीदादा कहने लगा, ''एक बार उन्होंने मुझे फोन किया था, घर से नहीं कहीं और से। सुन तो रहे हो न केद्या।'' उन्होंने कहा था, ''तुम चुपचाप निकल भागे···ठीक किया तुमने। वरना तो हमारे प्यार में जकड़े थे तुम। माना कि तुम आखिरकार हमारे बेटे हो। लेकिन हर व्यक्ति की खालिस अपनी जिंदगी भी होती है कि नहीं? लेकिन तुम्हारी माँ पागल है। तुम सात समंदर पार चले गए, फिर भी हरदम उसके जेहन में तुम बसे रहते हो। पलभर भी तुम्हारी याद से अलग नहीं होती वह, लाख समझाने पर भी नहीं समझती, लगातार आँसू बहाती है, जब देखो, तुम्हें फोन लगाने की जिद करती है, तुम्हीं घुड़की देकर एक बार उसे कड़े शब्दों में समझाओ···क्या उसका ऐसा व्यवहार, यानी केदार के साथ अन्याय नहीं है?''

''तो फिर? किया था तुमने फोन?'' इस सवाल को मैं टालना चाहता था, पर रहा नहीं गया मुझसे।

''नहीं तो! मैंने उसे फोन करना ही बंद कर दिया, यानी कि बहुत कम। उसके उलझाव को रोकने का यही तो कारगर उपाय हो सकता था। न रहेगा बाँस···'' मुझे याद आया, सोसाइटी के गणेशोत्सव में एक नाटक में मुझे कृष्ण की भूमिका दी गई थी। दादा उसमें नहीं था। मम्मी को पता चला तो आयोजकों से मिलकर उसने दादा को जबरदस्ती नाटक में शामिल करवाया। क्योंकि श्रीदादा को भी ललक थी। और वह इच्छा व्यक्त करे और मम्मी उसे पूरा न करे, ऐसा भला कभी हो सकता था?

मेरे दिमाग में फिर से कीड़ा कुलबुलाने लगा। मनहूस यादें···और घिनौनी हरकतें लगता था, जैसे सिर फट जाएगा, बल्कि आनन–फानन में यहाँ से लौट जाने का निर्णय भी तुरत–फुरत में ले लिया जाए। इन यादों से श्रीदादा की हताशा दूर हो जाएगी। उसकी जिंदगी का, किसी–किसी मोड़ पर अवरुद्ध प्रवाह, ये स्मृतियाँ रास्ता देंगी उन्हें। ऐसी प्रत्येक स्मृति उसकी बीमारी का कारगर उपाय अवश्य सिद्ध होगी; उस पर जीवन–रस बरसाएगी। लेकिन वही स्मृतियाँ मेरे लिए तकलीफदेह हैं, क्यों सहता रहूँ मैं यह आत्मक्लेश? ऐसी सभी स्मृतियों को खारिज कर देने के बाद ही तो किसी हद तक सँवर पाई है मेरी जिंदगी। मुझे नहीं खोजनी हैं अपनी जड़ें···नहीं पहुँचना है मुझे अपने रूट्स तक!

"सूज़न, हम चलें?" मैं फट से उठ खड़ा हुआ।

सूज़न हम दोनों के बीच अपनी भाषा में हो रहे वार्त्तालाप को चुपचाप सुनती रही थी, चाव से। लेकिन अब हैरत से मेरी ओर देखते हुए वह भी खड़ी हुई, "बाय डैड···अब सो जाइए···थक गए होंगे आप?"

"कल किस वक्त आओगे?" श्रीदादा ने पूछा और हौले से "केदार···" कहकर मुझे पुकारा तथा इशारे से अपने पास आने के लिए कहा। उसके जज्बाती आवेग के एहसास से अनभिज्ञ होने का स्वाँग भरते हुए मैं उसके करीब चला गया, तो उसने मेरा हाथ थामकर उसे चूम लिया।

"थैंक्स! कम–से–कम तुम आए तो सही। दौड़कर आए···" उसने कहा। मैं अलिप्त होकर पूरी तटस्थता के साथ उसकी ओर टकटकी बाँधने की फिराक में था कि मेरा दूसरा हाथ भी अनायास उसके उसी हाथ पर आप ही रखा गया, जिससे उसने मेरा पहला हाथ थाम रखा था। पर मैं बोला कुछ नहीं।

श्रीदादा का स्वास्थ्य अब तेजी से सुधार पर था और डॉक्टर ने भी इसकी पुष्टि की थी। इस बीच सूज़न से भी अच्छे–खासे मैत्रीपूर्ण संबंध स्थापित हो चुके थे। वह स्टोर में विभिन्न मौकों पर हुई आपबीती के किस्से सुनाकर खुद ही खिलखिलाती रहती थी। एक दिन सवेरे कॉफी टेबल पर उसने पूछा, "आपको कैसा लगा मॅक? करूँ उससे शादी?"

मैंने मॅक की शक्ल तक नहीं देखी थी, फिर भी उसने मेरी राय माँगी? यहाँ भला कोई किसी की जिंदगी को लेकर किसी से राय माँगता भी है? खुद अपनी जिंदगी के बारे में भी?

"तुम्हारा, यहाँ का परिवेश बिल्कुल ही अलग है सूज़न···हमारे देश में मोरॅलिटी हॅज ट्रेमेंड्स इंपॉर्टेंस। तुम्हारे देश की स्थितियाँ अलग हैं। यहाँ, तुम्हारी पीढ़ी निजता, यानी व्यक्तिगत स्वतंत्रता की हिमायती है और फिर, मैं हूँ छड़ा आदमी।···ब्रह्मचारी!"

वह उठकर हँस दी। कहने लगी, "बताइए न अंकल, और क्या–क्या कॉन्सेप्ट्स हैं आपके देश में? व्हाट इज मोरलिटी? बताइए न प्लीज···"

उसके इस सवाल पर मैं भी हँस पड़ा।

"हमारे समाज में पहले किसी व्यक्ति का पसंद होना, और पति के तौर पर उसे स्वीकार करना, इन चीजों का बड़ा महत्त्व होता है। ऐसा करना बड़ा ही सार्थक है सूज़न! इसके अलावा दूसरे को जाँचने-परखने-समझने की भी उतनी ही अहमियत होती है। पति के रूप में किसी को स्वीकार कर लेने के बाद कई तरह के सुलह-समझौतों से गुजरते हुए उसके साथ निभाते रहना भी उतना ही महत्त्वपूर्ण होता है; क्योंकि कोई भी इनसान किसी को भी पूर्णतया, साबुत रास नहीं आता। समझ में आई मेरी बात सूज़न?" अन्यथा वह खिंची-खिंची सी रहती थी, ऊब जाती थी मेरी सोहबत में; पर अबकी बार उसके चेहरे पर उत्सुकता के भाव दिखाई दे रहे थे। वह इंतजार कर रही थी कि मैं और भी बातें करूँ।

"सूज़न, पति को मौसम बदलते ही ऋतु-परिवर्तन की तरह बदलने की···यूज ऐंड थ्रो जैसी अवधारणा सामान्यत: हमारे यहाँ नहीं होती। हम विवाह को एक संस्कार मानते हैं। पति-पत्नी में बिल्कुल ही न बनती हो और हर तरह के प्रयासों के बाद भी एक-दूसरे का साथ निभाना बिल्कुल ही असंभव हो जाए, तो ही अंतिम विकल्प होता है—तलाक!" मैं ये बातें कुछ इस अंदाज में बता रहा था, जैसे मैं भुक्तभोगी हूँ। जिसे वह कहाँ तक समझ पाई, भगवान् जाने।

"ओह···आई सी।" उसने कहा, "आई रीड इट इन अ बुक, मैरेज मींस ए बांड, इज इट रियली?"

मैंने गरदन हिलाई और कहा, "और सूज़न···आप लोग अपनी जिंदगी में लोगों का आना-जाना कितनी सहजता से स्वीकार कर लेते हैं? जैसे आम तौर पर किसी को आप अपने घर बुलाते हैं और उसे सी ऑफ कर देते हैं; और फिर उस व्यक्ति को सी ऑफ करने की बात का आप लोगों को कोई पछतावा भी नहीं होता···तनिक भी रंज नहीं। किसी व्यक्ति के साथ गुजारे हुए दिनों की यादें, अंतरंगता, खट्टे-मीठे अनुभवों के कोई भी निशान आप लोगों के दिल में कहीं भी उत्कीर्ण नहीं रहते? ऐसी यादें कभी भी आपको सताती नहीं? बेचैन नहीं करतीं? रिश्ते तिरोहित कर देने पर कोई मलाल नहीं होता आप लोगों को?" मैं बड़े ठाठ से एक-एक गेंद उसकी ओर उछालता जा रहा था। दरअसल रिश्ते-नाते मेरे लिए भी भला कब महत्त्वपूर्ण रहे? अलबत्ता, न भी रहे हों, पर यदा-कदा उनके महत्त्वपूर्ण होने का हलका सा एहसास होता भी तो है! मम्मी को लेकर कड़ी नाराजगी का भाव दिल में निरंतर होने के बावजूद, वह जब चल बसी तो मुझे यकीनन महसूस हुआ था कि···उफ! माँ का रिश्ता अब हमेशा-हमेशा के लिए मिट गया। आखिरकार वह माँ थी मेरी। अपनी कोख से जन्म दिया था उसने मुझे। कोई भी रिश्ता बहुत गहरा न हो, तो भी उसके होने का एहसास ऊर्जस्वल होता है।

मेरे सवालों ने जैसे उसके मस्तिष्क को झिंझोड़ा था। वह कुछ कहने को हुई, पर

सिर्फ उसके हाथ ही हिलते रहे, जुबान नहीं खुली। थोड़ा और सोचकर वह कहने लगी, "यस, आपकी बातें सही हो भी सकती हैं; बट वी हैव रूट्स टू। इनसान, उनसे जुड़ी स्मृतियाँ ही क्या रूट्स नहीं बनतीं? और अंकल, आप ही ऐसा एकाध भी पेड़ बता सकेंगे, जिसके रूट्स ही न हों? तो फिर इनसान भला विदाउट रूट्स कैसे हो सकते हैं? वी हैव इमोशंस, हम भी इनसान ही तो हैं और इनसानों के साथ जुड़ भी जाते हैं। बट देयर इज अ बिट डिफरंस···वी डू गेट इन्वॉल्वड बट नॉट एनटैंगल्ड।"

वह अपनी जगह से उठकर भीतर गई और मॅक की तसवीर ले आई मुझे दिखाने। तसवीर में तो उसकी उम्र ज्यादा लगती थी। उसके परिजनों के, यानी माँ-बाप के साथ भी उसकी एक तसवीर थी। उसमें जरूर वह युवा लगता था।

"मॅक की माँ पिछले साल ही चल बसी। अपने पिता के बारे में वह ज्यादा कुछ बताता नहीं। उसका कहना है कि माँ को उन्होंने बहुत ज्यादा कष्ट दिए थे···उन स्मृतियों को हिंस्र यादें करार देता है वह। मैं समझाती तो हूँ उसे···बट स्टिल दोज आर मेमरीज आफ्टर ऑल। वह भी कुछ ऐसा ही कहता है और मेरे लिए भी तो वे मेमरीज ही हैं।

अब सूज़न कुछ ज्यादा प्रगल्भ महसूस हुई मुझे···लिटल मोअर मैच्युअर्ड और सेंसिबल भी। शायद अब तक की उसकी जिंदगी का परिपाक था यह।

"अब चलना होगा न अस्पताल?" घड़ी देखकर मैंने कहा।

रोजाना की ही तरह, काम पर जाते हुए रास्ते में उसने मुझे अस्पताल छोड़ा और वह आगे निकल गई। मैं श्रीदादा के कमरे में गया, तो वहाँ एक महिला पहले से ही बैठी मिली। अमरीकी, महिला ही थी वह। अतः 'सॉरी' कहकर दरवाजा उढकाए मैं बाहर जाने लगा तो श्रीदादा ने मुझे बुला लिया और पूछा, "तुमने पहचाना मेरी को?"

मैंने हड़बड़ाकर उसकी ओर देखा। वाकई मैं उसे पहचान नहीं पाया था। वैसे भी एक लंबे अंतराल के बाद हम रूबरू हो रहे थे इसलिए···खैर। मुझे वह कुछ-कुछ सूज़न जैसी ही लग रही थी। लेकिन उम्र में वह श्रीदादा से भी अधिक बड़ी दिखती थी। बोलचाल और व्यवहार में बहुत ही औपचारिक सवाल मुझसे पूछे और जाने के लिए उठ खड़ी हुई। जाने से पहले श्रीदादा के माथे को उसने चूमा और 'बाय' कहा।

वह चली गई। उसके बाद श्रीदादा ने कहा, "सूज़न ने तुम्हें बताया ही होगा, हम जुदा हो चुके हैं। बीच में एक बार साथ-साथ रहने का प्रयास तो किया था; पर बात बनी नहीं। एक-दूसरे को चाहने के बावजूद सह-वास संभव नहीं हो पाता कभी-कभी···"

श्रीदादा को लगा था कि उस संबंध में मैं विस्तार से जानना चाहूँगा। लेकिन मैंने अपना मुँह बंद रखना ही बेहतर समझा। क्योंकि वह उसका ज़ाती-मामला था। शायद इसी वजह से अवसाद···। कुछ देर चुप रहने के बाद उसने कहा, "एक बात पूछूँ, तुमने शादी क्यों नहीं की?"

उसका यह सवाल बिल्कुल ही अनपेक्षित था। किसी और बहाने से कोई अन्य व्यक्ति भी यदि मुझे यह सवाल करे, तो मैं उखड़ जाता हूँ। हठात्, यह पूछने का अधिकार मैंने किसी को नहीं दिया है; लेकिन पता नहीं क्यों, श्रीदादा की नुक्ताचीनी से मैं तनिक भी विचलित नहीं हुआ। सीधा सा जवाब है, "मुझे कभी लगा ही नहीं कि मैं शादी करूँ।"

"सच?"

"हाँ, बचपन से ही मैं तन्हाई पसंद रहा हूँ, अब इसकी आदत सी हो गई है। यही रास आता है मुझे और सुकून से रहता हूँ मैं," मुझे उम्मीद थी कि श्रीदादा अवश्य पूछेगा, क्यों? ऐसा ही क्यों?

"क्या अभी भी तुम इसी फैसले पर अडिग हो?" उसने एक अलग तरह का सवाल किया।

"बेशक! और अभी भी से क्या तात्पर्य है तुम्हारा?" मैंने आश्चर्य व्यक्त किया।

"केदार, यह मैंने इसलिए पूछा, क्योंकि अकेलापन मुझसे बरदाश्त नहीं होता। कभी भी नहीं हुआ···मेरी ने हमेशा-हमेशा के लिए मुझे तन्हाई बख्श दी। हम साथ-साथ रहे, तब भी और जुदा होने के बाद भी। रिश्ते जोड़ना और व्यक्तियों से निभाना, किसी से भी बँधे-बाँधे रहना, उसकी फितरत में ही नहीं रहा कभी। उसकी मिट्टी ही कुछ ऐसी है।" उसके इस बयान पर मैंने कोई टिप्पणी नहीं की। किंतु उसी ने बात आगे बढ़ाई, "मम्मी ने मुझे लगभग पंगु बना दिया। स्कूल में कोई तनिक ऊँची आवाज में कुछ कह दे, तब भी मेरी चड्डी गीली हो जाती थी। इस कदर बुजदिल। लेकिन अंततः मैंने आर-पार की हिम्मत जुटाई और घर से भागकर यहाँ चला आया। पर वह खुद्दार श्री दोबारा कभी प्रकट ही नहीं हुआ केदार।"

फिर भी मैं चुप रहा। सोचा कि बोलने दो उसे।

"मेरी बहुत ही रूखी औरत है···दो-टूक और कटी-कटी सी। औरत होने के बावजूद उसका दिल कभी भी हरा-भरा नहीं हो सका। मुझे कदम-कदम पर, हर छोटे-छोटे मामले में किसी-न-किसी के सहारे की आवश्यकता महसूस होती थी; जबकि मेरी हर बार तटस्थ रहती थी, सरोकारहीन सी, एक मिनट भी हम हँसी-खुशी नहीं बिता सके। अंततः पूर्ण विराम लगाना ही बेहतर समझ उसने···और मैंने भी···" श्रीदादा रुकने का नाम ही न लेता था। अब मुझे डर सा लग रहा था कि कहीं डिप्रेशन फिर से हावी न हो जाए उस पर?

"श्रीदादा," मैंने उसे रोकने की कोशिश तो की, पर उसके दिमाग पर मानो खब्त सवार हो गया था।

"तुम चुपचाप सुनते रहो, बस···" उसने झुंझलाकर कहा, "किससे बात करता मैं? बोलो? कोई था? अकेला ही तो था···सालोंसाल! अब ऊब गया हूँ इस तन्हाई से। दम

घुटने लगता है मेरा। सच कहता हूँ केदार, यहाँ के लोग सिर्फ अपने लिए जी रहे होते हैं, परिचित भले होते हों, पर दोस्त नहीं बन सकते। और हमारे भारतीय लोग भी यहाँ आने के बाद रंग बदलते हैं अपना···और उन्हीं से हो लेते हैं।'' श्रीदादा इस कदर ऊँची आवाज में बोल रहा था, गोया मैं बहरा हूँ। मैं भौंचक सा उसकी बातें सुनता जा रहा था। पर इसी दौर में वायलंट न हो जाए···डर लग रहा था···नर्स को सूचित करें, लेकिन वह शांत हो गया था। अपनी हथेली की रेखाओं को गौर से देखते हुए उसने कहा, ''ऐसा नहीं कि मेरी मुझसे प्यार करती ही नहीं थी, लेकिन प्यार जतलाने का उसका अंदाज सर्वथा भिन्न था केदार। मेरी सूज़न पढ़ाई में भले ही तेज न हो; पर वह मुझ पर गई है। वह मुझे पढ़ सकती है, समझ सकती है···'' एक बारगी बारीकी से मुझे घूरकर उसने कहा, ''तुम अपनी जिंदगी को वेल-बैलेंस्ड बना सके। तुम भावना-विवश नहीं होते, यह बहुत बड़ी बात है। अकेले जी सके तुम···सिर्फ अपने लिए जीना सीखा तुमने, गुड। मुझसे नहीं हो सका यह सब। घर से, मम्मी से दूर हो गया। आजाद पंछी की तरह जीने की तमन्ना थी, किंतु सफल नहीं हो सका। हार गया मैं···हाशिए से बाहर हो गया।''

अकेलापन अनिवार्यतः हिस्से में आना और जबरदस्ती उसका थोपा जाना दो सर्वथा भिन्न स्थितियाँ होती हैं और यही फर्क था हम दोनों में। मैं अकेला, निपट अकेला बना रहा। उसी का अभ्यस्त हुआ और तन्हाई के साए में जीना ही मुझे खुशगवार लगता रहा। और श्रीदादा कहता है कि मैं अपनी जिंदगी को वेल-बैलेंस्ड बना सका। मैं मम्मी को कोसता था, गुस्सा हो जाता था और मेरा गुस्सा होना, यानी एक तरह से मम्मी से भीख माँगने जैसा ही था कि मैं भी तुम्हारा ही बेटा हूँ। श्रीदादा की बराबरी का प्यार मुझे भी दो तुम और माँ की ममता भी मैं हाशिए से बाहर होता जा रहा हूँ···आपकी बदौलत···मजबूरन इसे भी मैं स्वीकार करता हूँ और आज श्रीदादा उसी मम्मी की बखिया उधेड़ रहा है···हद से ज्यादा लाड़-प्यार बरसाकर पंगु बना देने की तोहमत लगा रहा है उस पर···!

माना, श्रीदादा की परवरिश में मम्मी से भूल हुई। सूज़न तो यहाँ की संस्कृति में पली-बढ़ी लड़की है। फिर भी श्रीदादा का पूरा ध्यान रखती है। अब कोई बताए कि श्रीदादा ने क्या किया अपने पापा-मम्मी के लिए? क्या इसका मलाल नहीं होता उसे? और ऊपर से कहता है कि यहाँ हर व्यक्ति सिर्फ अपने ही दायरे में सिर्फ अपने लिए ही जीता है? श्रीदादा के इस दो मुँहेपन से मुझे घिन आने लगी, और तीव्र संताप भी। यह वक्त उसे खरी-खोटी सुनाने का शायद नहीं था, फिर भी कहने को मन हो रहा था कि तुमने किसी के लिए कुछ किया भी? मम्मी के लिए ही सही? सच तो यह है कि उसे खरी-खोटी सुनाने का कोई मौका ही नहीं मिला कभी···और बेमौके सुनाने का कोई मतलब नहीं होता···

मैं अपनी जगह से उठा और "चलता हूँ," कहकर बाहर निकल आया वहाँ से। उसे अटपटा जरूर लगा होगा; पर मेरा जी उचट गया। वहाँ एक पल भी रुकने की इच्छा नहीं थी। नीचे लॉबी में आया। वहाँ मोटे-मोटे गद्दोंवाले आलीशान सोफे थे··· नीलाभ संगमरमरी फर्श, उस पर चमचमाते सितारों की रौनक···शांत, शीतल माहौल। इसी बीच सामने मेरी दिखाई दी। मेरी ओर ही आने लगी थी। जी हाँ, वह मेरी ही थी। करीब आकर उसने मुझसे कहा, "हैलो, आपका ही इंतजार कर रही थी। टी, कॉफी, एनीथिंग एल्स ? मुझे कुछ कहना है आपसे ?"

हम एक ओर बैठ गए। गरम कॉफी की चुस्की लेते हुए वह बताने लगी, "आपका भाई, वेरी सेल्फिश गॉय! हरदम किसी-न-किसी का सहारा लिये हुए। अपने जज्बातों को भुनाता है, जब-तब···स्किलफुली थ्रस्ट्स हिज इमोशंस, यू सी। इसीलिए मैं कहती हूँ कि चले जाइए यहाँ से। आप इतनी दूर से यहाँ आए, यही काफी है।" उसकी आँखें गहरी कंजी थीं। चेहरे पर चकत्तेनुमा स्याह धब्बे···और सुनहरी भौंहें।

मैं उसकी बातें सुनता रहा। दरअसल, पहली बार इतनी देर तक हम आमने-सामने थे, पर उसकी बातों से मुझे लगा कि वह बेबाक और साफ-सुथरी औरत है। श्रीदादा के बारे में उसकी टिप्पणी बिल्कुल ही यथार्थ थी। मेरी ने ठीक ही कहा कि वह सेल्फिश कब नहीं था···यहाँ आने के बाद तो उसमें इजाफा हो गया, हो सकता है···शायद मम्मी के अतिरिक्त प्यार की वजह से···और वह खुद कहता भी है···मुझे याद है, वह बात-बात पर रूठ जाता था और मम्मी उसकी चिरौरी करती थी।

"मैंने बहुत कोशिश की, श्री को सुधारने का हर संभव प्रयास मैंने किया, खूब लड़ाई-झगड़ा करती थी, जिंदगी को खींचती रही आगे-आगे, पर बात बनी नहीं। आप तो उसे अच्छी तरह से जानते ही होंगे। डिप्रेशन भी ऐसी ही एक बीमारी हुआ करती है। अपनी अनियंत्रित भावनाओं के हाथ का खिलौना बना, सबको कठपुतलियों की तरह नचाने वाला···एब्सर्ड। कितनी बार आएँगे आप यहाँ ? और क्यों आएँगे ?"

मेरी प्रतिक्रिया जानने के लिए वह अनिमेष मुझे घूरती रही। मैं असमंजस में था कि क्या कहूँ···कैसे कहूँ··· ?

मैंने सिर्फ इतना भर कहा, "डॉक्टर से बात करूँगा मैं···"

"आप भी तो मुझसे सहमत होंगे, एवरी बडी हैज टू कैरी हिज क्रूस ऑन हिज ओन शोल्डर्स। जिंदगी में प्रैक्टिकल होना पड़ता है। सूज़न से भी मैं यही कहा करती हूँ। आप अपनी मौजूदगी की आदत न डालें उसे। अन्यथा वह किसी भी क्षण धराशायी हो सकता है। ऐसे लोग मुझसे बरदाश्त नहीं होते। मैं नफरत करती हूँ उनसे···हेट देम लाइक एनीथिंग।"

उसने बिल चुका दिया। पर्स में से कंघी निकालकर अपने सुनहरे बाल ठीक-ठाक किए और मुझसे शेकहैंड करते हुए कहा, "आप सोचिए और तय कीजिए। मैंने तो

अपने दिल की बात कह दी। पर अच्छा लगा आपसे मिलकर। ऐसा नहीं कि मैं लोगों से अपने आपको दूर रखती हूँ, परहेज करती हूँ उनसे। श्री के मम्मी–पापा से सिर्फ एक ही बार मेरी मुलाकात हो पाई। बाद में भी उनसे मिलते रहने में मुझे आनंद ही आता, किंतु संभव नहीं हुआ। लड़ाई–झगड़ों में ही हम रीत गए। आखिरकार अलग–थलग ही पड़ गई न मैं? दूसरी शादी तो मैंने जरूर की, बट आई कुडंट गेट इन्वाल्व्ड···आदमी की थाह पाना बड़ा मुश्किल होता है, आई नो दैट; लेकिन श्री जैसे इनसान किसी भी तरह से, किसी के पल्ले नहीं पड़ते। इसकी जरूरत भी महसूस नहीं होती। आफ्टर ऑल आई हेट इमोशंस, आई कांट बियर इट···रियली! हाउएवर इट्स ओके···सी यू···बाय···''

उसे प्रतीक्षा थी ही नहीं, मेरी प्रतिक्रिया की। वह सिर्फ अपना पक्ष पेश करना चाहती थी, बस। अपना बयान खत्म कर वह डग भरती हुई चली भी गई। मैं अपनी जगह बैठा ही रहा। किंतु यकीनन सावधान हो गया। मेरी ने मेरी आँखें खोल दी थीं। मुझे यथाशीघ्र लौटना ही था। उसके शब्द मेरे कानों में गूँज रहे थे। मैं जो भी हूँ? जैसा भी हूँ···इस ओर से मैंने आँखें मूँद ली थीं। उसी का एहसास मेरी ने करवाया। उसका बयान बेबाक और पारदर्शी था। उसमें श्रीदादा का भी अपना कोई पक्ष हो सकता है; पर फिर भी वह खुद भी तो शीशे के सामने खड़ी रही थी, श्रीदादा के ही बरअक्स···

अपनी कुरसी छोड़कर मैं लिफ्ट के पास आ खड़ा हुआ। मैंने मन–ही–मन पक्का इरादा कर लिया था कि अभी डॉक्टर से मिलकर जाने की तारीख तय करूँगा। संयोग उस दिन डॉक्टर वहाँ थे और उन्होंने मुझे मिलने का समय भी दिया।

''डॉक्टर, क्या मुझे अब लौटने की इजाजत मिलेगी? मेरे बहुत सारे काम रुके पड़े हैं वहाँ। अब मेरे भाई की स्थिति कैसी है?''

डॉक्टर ने फौरन हरी झंडी दिखाते हुए कहा, ''यू कैन गो डेफिनेटली, लेकिन मैं ऐसा तो नहीं कहूँगा कि आपका भाई पूरी तरह से स्वस्थ हो गया है। बीच में एक बार उसने आत्महत्या के अपने इरादे का जिक्र भी किया था। इसीलिए तो उसे यहाँ भरती करवाया गया था। अब उसका डिप्रेशन कंट्रोल में तो है, पर किसी हद तक वह अभी भी बाकी है। हाँ, अकेलेपन की उसकी तल्खी जरूर कम हुई है। हाऊएवर वी मस्ट बी थैंकफुल टू यू! आप मुझे कभी भी फोन कर सकते हैं, इफ नीडेड।''

डॉक्टर के केबिन से बाहर निकलते ही मैंने सूज़न को फोन मिलाया और कल, परसों की तारीख का किसी भी विमान कंपनी का टिकट खरीदने की हिदायत मैंने उसे दी। वह एक हफ्ता और रुकने के लिए कह तो रही थी, किंतु मैंने मना किया। दस मिनट में ही उसका फोन आया। टिकट बुक हो चुका था। दूसरे दिन देर रात की फ्लाइट का था। अब मैं आश्वस्त था।

रात को जब मैं घर पहुँचा तो सूज़न कुछ बेचैन सी जान पड़ी, ''अंकल, लगभग

एक महीना आप यहाँ रहे तो मुझे बड़ी ही राहत सी महसूस हुई। मैं जानती हूँ कि आपके कई सारे काम रुके पड़े होंगे और आपका जाना जरूरी भी है। आफ्टर ऑल एवरी बडी हैज हिज ओन लाइफ।''

वह बहुत ही मायूस हो रही थी और यह स्वाभाविक भी था। मुझे भी उसके संग रहते हुए बड़ा ही आनंद आया था। कल मैं चला जाऊँगा यहाँ से। उसके बाद तो तन्हाई का वही आलम होगा, जिसमें मैं हाथ-पैर मार रहा हूँगा, फिर से और सूज़न यहाँ...क्या रिश्ता है हमारा यहाँ, लेकिन बाद में तो वह भी नहीं बना रहेगा, मुझे पक्का मालूम था।

''इ-मेल से हम मिलते रहेंगे और बातचीत भी होगी हमारी। प्रॉमिस? आप भेजेंगे न इ-मेल मुझे?'' सूज़न की बातों में आत्मीयता थी। दिल की गहराई से बोल रही थी वह। तथापि मुझे पूरा विश्वास था कि इ-मेल, चैटिंग, संपर्क-वंपर्क, ये सब चीजें वायवी हैं, कुछ ही घंटों में, वह उर्मि खत्म हो जाती है। ऐसी आशंका मेरे बारे में भी उतनी ही लागू होती है। मैं खुद भी तो पूरी तरह से आश्वस्त नहीं था, अपनी इस वचन-पूर्ति के प्रति। ज्यादा-से-ज्यादा एकाध महीने तक टिका रहता है, इस तरह का भावावेग। उसके बाद प्रतिबद्धता भी डाँवाँडोल हो सकती थी?

''अंकल, मैं भी किसी समय भारत-यात्रा की योजना बनाऊँगी डैड के साथ...वे भी बहुत खुश होंगे। चलेगा न?'' उसने पूछा।

''चलेगा क्यों, दौड़ेगा। जरूर आओ।'' मैंने हामी भरी।

''आप मुझे दादा-दादी की तसवीरें दिखाएँगे और डैडी की भी...बचपन की तसवीरें...और आपकी भी। मुझे तो डैड के घर का चित्र बिल्कुल भी याद नहीं आ रहा। दुबारा आऊँगी तो अवश्य याद रखूँगी।''

''तुम उस बँगले की बात कर रही हो? वह तो मैंने कभी का बेच दिया। मैं क्या करता इतने बड़े उस बँगले का?'' सूज़न ने नटखट अंदाज में मुसकराते हुए कहा, ''अंकल, अब आप भी इस अकेलेपन से मुक्ति पाइए। शादी कर लीजिए जल्दी से...''

''तुम कहती हो तो सोचना ही पड़ेगा मुझे।'' मैंने भी उसी चटपटे अंदाज में जवाब दिया। किंतु देखा, तो सूज़न की आँखों में पानी था।

''अंकल, आप दोबारा यहाँ आएँगे?''

मैं कहने को था, ''नहीं, बिल्कुल नहीं;' किंतु उसके नीर भरे नेत्रों ने मुझे ऐसा कहने से रोका, ''आ भी सकता हूँ और नहीं भी आ सकता हूँ, यानी कुछ कहा नहीं जा सकता,'' मैंने जवाब दिया और विषयांतर करते हुए कहा, ''चलो, बाहर चलकर आइस्क्रीम खाते हैं...''

सूज़न तो उछल पड़ी, ''ग्रेट आइडिया!''

रात को जब हम लौटे तो ग्यारह बज रहे थे। पलकें भारी हो रही थीं, किंतु लेटा,

तो नींद नहीं आ रही थी···हीटर की मंद-मंद उष्मा भरे उस कमरे की छत पर मेरी आँखें गड़ी थीं। बर्फ की भुरभुरी वर्षा का नजारा खिड़की में से बाकायदा दिखाई दे रहा था। इस घर में दोबारा मेरे लौट आने की कोई उम्मीद नहीं थी। सूज़न से पुनः मुलाकात होगी भी, संभवतया नहीं। उसका भारत आना हुआ तो ही श्रीदादा की ठिठुरी, ठिठकी जिंदगी पुनः गतिमान होगी···सूज़न उसके साथ ही है। और मेरी ने कहा भी था, खुद ही को अपनी राह बनानी पड़ेगी। क्या ऐसी ही नहीं रही मेरी डगर? क्या इसी से मेरी मुझे हमखयाल लगी?

देर रात गए किसी वक्त आँख लगी···

सवेरे नाश्ता किया। सामान समेट लिया था, उठाकर नीचे चला आया। सूज़न मुझे अस्पताल छोड़नेवाली थी। पूरा दिन वहीं, श्रीदादा के साथ बिताकर रात को वहीं से हवाई अड्डे जाने की योजना थी।

मैंने टिकट की रकम सूज़न को पेश की। वह सकपकाई, "वाट इज दिस फॉर?"

"टिकट की रकम।"

"ओ नो!" हाथ पीछे हटाते हुए उसने कहा, "अंकल, मैंने यहाँ बुलाया आपको··· डैड के लिए।"

"अरे बाबा हाँ, पर टिकटें तो मेरे लिए थीं न··· ?"

पर वह रकम लेती न थी। तब मैंने कहा, "लुक सूज़न, आई एम योर अंकल, यू नो, दिस इज माई ऑर्डर!"

वह जोरों से खिलखिलाई, और मुझसे लिपट गई। मैं हड़बड़ा गया। तथापि अनायास प्यार से मैंने उसकी पीठ थपथपाई। शायद जिंदगी में पहली बार कोई व्यक्ति इतनी आत्मीयता और आंतरिक उर्मि के साथ गलबहियाँ डाले, मुझे अपने सीने से लगा रहा था···नजदीकी स्वजन अंतरंग स्नेह का अपना अधिकार जतला रहा था। तिस पर मेरी भी आँखें भर आईं। कुछ पल उसी स्थिति में रहने के बाद वह अलग हुई और आँखों की नमी को पोंछते हुए उसने कहा, "डैड···मुझे डैड की चिंता लगी रहती है अंकल। वे ठीक तो हो जाएँगे न? वे कुछ ऐसा-वैसा तो नहीं न करेंगे?"

"नो-नो···डोंट वरी सूज़न, वह स्वस्थ हो रहा है अब। डॉक्टर ने कहा कि अच्छी-खासी प्रगति है। रियली···बिलीव मी।"

"आई लव हिम अंकल, ही इज वेरी लोनली, शियर लोनली गॉय···"

मैंने उसके सिर को थपकाते हुए कहा, "लेकिन तुम जो हो उसका सहारा। वह बेशक तंदुरुस्त हो जाएगा। कोई छोटी-मोटी नौकरी ढूँढ़ लो उसके लिए। समझी?"

"थैंक्स अंकल, थैंक्स अ लॉट फॉर···"

"लीव इट सूज़न···" मुझे अनुमान हो गया था कि इससे आगे वह क्या कहनेवाली

है। इसलिए उसे वहीं पर रोकते हुए मैंने कहा, "नो फॉरमलिटिज···प्लीज···चलो, चले चलते हैं।"

हम चल पड़े। सूज़न गुमसुम थी। अब हमारी गाड़ी अस्पताल के करीब आने लगी थी, तो यकायक वह कहने लगी, "आप यहाँ आए, कितनी सारी बातें हुईं, हम लोग घूमे-फिरे, टेंपल में भी गए, ये दिन कभी नहीं भुला सकूँगी मैं। आपने एक बार पूछा था अंकल, डू यू रिमेंबर? ये स्मृतियाँ हरगिज नहीं मिट सकेंगी···आई एम श्योर! हमेशा-हमेशा के लिए मेरा संबल बनी रहेंगी···दि मोस्ट इंटिमेट मेमरीज···" गाड़ी चलाते हुए उसकी निगाहें ठीक सामने की ओर थीं। इसी बीच गरदन मोड़कर सिर्फ एक बार उसने मेरी आँखों में देखा और मुसकराई। व्हील पर से एक हाथ हटाकर, चश्मे को तनिक ऊपर की ओर खिसकाते हुए उसने आँखों की नमी पोंछ डाली।

"यू नो अंकल, ब्लड रिलेशंस आर इंटेंसली सिमिलर टु द रूट्स···ऐंड दे कॉल यू। और यादें भी···इसीलिए मैं आपको बराबर याद आती रहूँगी···" कहकर वह फिर से हँस दी। उसका हँसना-बोलना मासूमियत से ओत-प्रोत था। कोई बालिका गहरी सूझ-बूझ के छद्म आवेश में डटकर कोई प्रतिपादन करे···निरीहता के साथ, ठीक वही अंदाज था सूज़न का। उसकी सराहना में मैं मुसकराया।

"मैं ही कहे जा रही हूँ कि मैं आपको बेसाख्ता याद आती रहूँगी, लेकिन आपने तो ऐसा कुछ भी नहीं कहा···" गाड़ी पार्क करने के दौरान झूठ-मूठ की नाराजगी जतलाते हुए उसने कहा, "जब तुम्हें लगता है तो वह जरूर आएगी ही।" कहकर मंद मुसकान बिखेरते हुए मैं नीचे उतरा। डिकी में से अपना सामान मैंने उतार लिया।

"मैं आती हूँ ऊपर तक।" वह आग्रह कर रही थी।

किंतु मैंने उसे मना किया और विदा लेने के अंदाज में कहा, "देन बाय! मॅक को बताना। ऑल दि बेस्ट फॉर यू, योर फ्यूचर···ऐंड बेबी टू!" चश्मे के भीतर की चुलबुली कत्थई आँखों में एकबारगी झाँक लेने के बाद मैं अस्पताल की सीढ़ियाँ चढ़ने को हुआ। मैं श्रीदादा के कमरे में आ पहुँचा। पत्र-पत्रिकाओं को उलटते-पुलटते मैं वहीं, एक कुरसी पर बैठा रहा। थोड़ी देर बाद नर्स दस्तूरी रीडिंग्स लेने वहाँ पहुँची।

"स्लीपिंग? या या···कल नींद की गोलियाँ दी थीं इन्हें। रात में हलका सा दौरा पड़ा था इन्हें। डिप्रेशन का। वायलंट भी हुए थे···" उसने कहा।

मैंने सिर्फ "हूँह" कहा। ज्यादा कुछ भी नहीं पूछा मैंने। मुझे तो बस, अब निकलना ही था एयरपोर्ट जाने के लिए। लेकिन श्रीदादा को बताऊँगा तो···वह फिर से···और अब किसी भी स्थिति में मुझे रुकना नहीं था, बल्कि संभव नहीं था।

बैठे-बैठे ऊब गया था, तो तफरीह करने के लिए चल दिया। अस्पताल वाली सड़क पार करने के बाद कुछ दुकानें दिखाई दीं। वहाँ चला गया। थोड़ी सी खरीददारी

भी की और लौट आया। इस बीच श्रीदादा की नींद खुल गई थी। वह फ्रेश दिखता था। मुझे देखते ही खुशी से मुसकराया।

"काफी देर सोता रहा। अब अच्छा लग रहा है। अभी आ ही रहे हो?"

मैं लौटने की तैयारी में हूँ, यह भला उसे बताएँ तो कैसे? पर बताना जरूरी था। घड़ी की सुई जैसे दौड़ने लगी थी। आखिरकार मैंने साफ-साफ कह दिया।

"कब? अभी जा रहे हो?" उसने पूछा। पर उसके पूछने में आश्चर्य का भाव नहीं था, न ही अप्रत्याशित होने का कोई एहसास था। शायद उसे मेरी वापसी की भनक लग गई थी। इस सूचना का उस पर विपरीत असर न होता देखकर मुझे तसल्ली होने लगी थी। इसके बावजूद कहीं-न-कहीं दिल में ऐसा भी लगता था कि वह मुझसे जरूर कहेगा, "अबे रुक न केद्या? तुझे क्या पड़ी है वहाँ? जल्दी क्यों कर रहा है?" मुझे सिर्फ लगता था, या कि मुझे उम्मीद थी? और क्यों थी?

मैं उलझता जा रहा था उसके अंतरंग में? उसकी जिंदगी में? मैं आसानी से किसी के पल्ले नहीं पड़ता, मुझे पूरा विश्वास था, फिर भी ऐसे-कैसे पसीज गया मैं? और क्यों? किसलिए? किसके लिए? श्रीदादा के लिए? क्या मेरी भूमिका पूरी नहीं हुई थी? श्रीदादा औपचारिक रूप से ही सही, क्यों कहने को था, कुछ दिन और रुक जा! क्या यह वही श्रीदादा नहीं था?

"केदार धन्यवाद। तुम हो···तुम मेरे लिए यहाँ तक आए···शायद यही मेरे लिए किसी करिश्मे से कम नहीं था। इसी के बूते मैं···" इस बीच वह हाँफने लगा था। तनिक ठिठककर वह मंद मुसकराया और हौले से उसने कहा, "मैं बीच-बीच में आ जाया करूँगा इंडिया में। केवल पूर्व स्मृतियों से ही मैं जी उठा हूँ। लगा, जैसे मैं अपने उसी घर में आ गया हूँ, अब हम संपर्क में रहेंगे?"

अपने घर में? बँगला बेचने के लिए उसकी सहमति लेनी थी तो उसने छूटते ही अपना दामन झटकते हुए कह दिया था, "तुम्हें जो उचित लगे, करो। मेरा उससे कोई वास्ता नहीं केद्या···"

"क्यों रहेंगे संपर्क में?" अनायास ये शब्द मेरी जुबान पर आए तो सही, पर मैंने खुद को रोक लिया। अच्छा हुआ कि मैं रोक सका। इसका मतलब यह हुआ कि मैं पूर्व स्थिति में आ गया हूँ।

मैंने घड़ी में देखा। अब फौरन चलना चाहिए था। मैं बैग लेने गया तो श्रीदादा ने मुझे आवाज दी और अपने करीब बुला लिया। बार-बार हाथ ऊपर उठाकर वह मुझे अपने सीने से लगाता रहा—"कैद्या, मेरे भाई···आ जाओ फिर कभी, मेरे लिए," उसका गला भर आया था, मैंने महसूस किया। फिर भी मैं बेअसर रहा। कुछ क्षण उसी स्थिति

में खड़ा रहा और बाद में वहाँ से निकलते समय मैंने कहा, "अच्छा अब चलूँ··· ? ध्यान रखना अपना। जल्दी से ठीक हो जाओ।"

और बैग उठाकर फुरती से दरवाजे से बाहर चल दिया।

"आ जाना फिर कभी मेरे लिए," श्रीदादा के लिए···हुँह। क्या उसी की सेवा में नहीं रहे सब लोग हरदम! मम्मी, पापा, उसकी सूज़न और मेरी भी, उसकी भीतर-बाहर की भूमिका के बावजूद। उसका केद्या भी था और उसके उखड़े-बिखरे रूट्स भी···किसी-किसी के लिए पूरा जहान होता है और किसी के लिए कोई नहीं···उसके रूट्स भी उसके लिए नहीं होते। आखिर ऐसा क्यों? मेरे रूट्स क्या मेरे लिए नहीं हैं?

मैं लॉबी पार करते हुए अस्पताल से बाहर आया। लट्टुओं की रोशनी से जगमगाता शहर, लेकिन सामने ही एक छोटी सी शांत, साफ-सुथरी पगडंडी दिखाई दे रही थी··· पेड़ों के झुरमुट में से बल खाते आगे बढ़ रही, उसके बगल में बगीचा, लॉन का खुशनुमा लैंडस्केप···लट्टुओं की रोशनी में भी प्राकृतिक रंगों की खूबसूरती से किसी को भी आकृष्ट कर लेनेवाले मनमोहक फूलों के गुच्छे और उनमें से भी उभरकर अपने हलके लवेंडर रंग का जादू बिखेर रहा एक अत्यंत मनभावन गुच्छ···इनके बीच में से गुजरकर मेरे कदम आगे बढ़ रहे थे। पत्तों की सरसराहट, पवन की चुभन···और एक आह्लादक सिहरन···वैसे भी अभी समय तो काफी था, सोचा कि थोड़ी देर प्रकृति की गोद में समाए रहूँ। उस शांत नीरव पगडंडी पर मैं चलता रहा···चलता रहा···अकेले ही··· ।

(पूर्व प्रकाशन : इंद्रप्रस्थ भारती : वर्ष 26, अंक-4, अक्तू.-दिस. 2014)

□

श्रद्धा

इस कहानी में उठाए गए महत्त्वपूर्ण बुनियादी सवाल एवं मुद्दे—

1. मजहब इनसान के कद से हरगिज बड़ा नहीं हो सकता। वह इनसान और इनसानियत का पैमाना नहीं होता, न व्यक्ति की गरिमा उससे जुड़ी होती है। आखिरकार इनसान तो इनसान होता है और यही उसकी असली पहचान है।

2. धर्म का ढकोसला खड़ा करो तो पाबंदी अथवा ज्यादती जैसे सभी शब्दों की हवा निकल जाती है।

3. रस्मो-रिवाज तो घावों पर मरहम लगाने के बजाय उन पर नमक छिड़कने का काम करते हैं।

4. बुजदिल और कमजोर इनसान ही श्रद्धा को भुनाने की हिमायत करते हैं और हथियारों से उसकी जड़ें काटना आसान नहीं होता। ऐसे में हथियार भोंथरे साबित होते हैं। मजहब आदमी को इनसान बनने की तमीज सिखाता है··उसे इनसानियत की राह दिखाता है।

5. किसी पर किसी का मजहब थोपकर उसकी जिंदगी का नूर बदलने की ज्यादती क्या उस धर्म को अपमानित नहीं कर रहा होता? अपनी प्यास बुझाने के लिए किसी की श्रद्धा को जबरन दाँव पर लगाना क्या न्यायोचित होगा? क्या इसकी इजाजत कोई भी धर्म देता है? क्या इसकी हिमायत किसी भी स्थिति में की जानी चाहिए?

6. क्या निराशा और अवसाद आदमी को पशु बना देते हैं? क्या वाकई मजहब दहशत को हवा देता है?

7. धर्म यानी कपड़े पर लगा दाग-धब्बा थोड़े ही है, जो धोने से साफ हो जाएगा। माना कि कोई व्यक्ति अवसाद की चपेट में आकर मजहब या अल्लाताला के सहारे की आवश्यकता महसूस करता है, जो उसे राहत भी दिला सकती है, लेकिन दुनिया में ऐसी कोई श्रद्धा है, जो इनसानी रिश्तों की

ही धज्जियाँ उड़ा देती हो? श्रद्धा या विश्वास रिश्तों को मजबूत बनाते हैं या उन्हें उधेड़ डालते हैं? क्या रिश्ते-नाते इस कदर वायवी होते हैं? और श्रद्धा की ताकत उनकी जड़ों को हिला सकती है?

8. यदाकदा महसूस होता रहता है कि युवा पीढ़ी को कोई भी संबल नाकाफी लगता है। डाँवाँडोल आत्मविश्वास के साथ हबड़-धबड़ जिंदगी जीते हैं वे। स्वजनों-परिजनों¨ बल्कि खुद से भी कटते चले जाते हैं ये लोग¨ तनहा पसंद बन जाते हैं और यही तनहाई लीलने लगे तो भगवान् भरोसे छोड़ देते हैं वे अपनी जिंदगी को। अपना रसूख भी सौंप देते हैं अल्लाह को¨

9. खुद को भगवान् के हवाले कर दो तो चिंताओं से निजात पाने का मार्ग प्रशस्त हो जाता है। कुछ भी करने की जरूरत नहीं। अत्यंत आसान तरीका। और यह बात दिमाग में फिट हो जाए तो भुनाते रहो निष्ठा और श्रद्धा को¨ कत्ले आम करते रहो इनसानों का, उनके जज्बातों का। और कहीं किसी की गिरफ्त में आ जाओ तो मजहबी रंग देकर मुक्त हो जाओ।

10. क्या मजहब ही हमें संस्कार नहीं बख्शता? ये संस्कार ही तो हमारा व्यक्तित्व होते हैं। क्या यही हमारी पहचान नहीं होती?

यशोदा ने घड़ी की ओर निगाह फेरी। सुई बारह के आँकड़े को छूने लगी थी। सामने वाली इमारत के दीये भी एक-एक कर खामोश हो चुके थे। पूरे चौदह घंटे से भी अधिक¨ सवेरे नौ बजे के आस-पास कॉलेज जाने के बहाने अरशद घर से चल पड़ा था। इतने लंबे समय तक घर से बाहर रहने का मतलब क्या होता है? क्या करता है, कहाँ जाता है कुछ पता नहीं। अजीब मंजर है, कुछ पूछो तो कोई जवाब नहीं। यह है नई पौध! पता नहीं, ऐसे कौन-से गूढ़ प्रश्न इस पीढ़ी के सामने होते हैं। जो उनके माँ-बाप भी हल नहीं कर सकते!

यशोदा काफी देर तक बैठी रही और अब उठकर बेडरूम में आ गई। सैयद सो रहा था, गहरी नींद में था। उसके होंठ तनिक खुले थे और मुँह से सीटी बजने सी आवाज रुक-रुककर निकल रही थी। अभी, कुछ देर पहले हम बातें कर रहे थे, तो सैयद ऊँघता रहा था। इतनी जल्दी इस कदर गहरी नींद का मतलब है, वह काफी थका हुआ था। बहरहाल यह भी सच है कि पिछले साल के हार्ट अटैक ने तो जैसे उसे निचोड़ लिया। अन्यथा सैयद के इस कदर श्लथ-विश्लथ होने की कोई वजह नहीं थी। कॉलेज के दिनों की उसकी चुस्ती-फुरती बढ़ती उम्र के तकाजे से बिल्कुल बेअसर रही थी। उन दिनों वह हरदम अपने दोस्तों से घिरा रहता था। पढ़ाकू वृत्ति, प्रभावी वक्तृत्व, बेबाक विचार¨ और बिंदास खुद्दारी¨ ।

रसोई में यशोदा को खुड़-खुड़ सुनाई दी, तो उसे लगा कि अरशद आ गया। वह लपककर उस ओर गई और झाँककर देखा, वह असलम था, बड़का।

"अरशद...नहीं आया?" यशोदा ने पूछा तो चाय की प्याली हाथ में थामे, मुड़कर जाते हुए असलम ने जवाब दिया, "नहीं! आ जाएगा। लेकिन तुम क्यों इतनी परेशान हो उसके लिए? सो जाओ इत्मीनान से। मैं हूँ न, इंतजार करूँगा उसका।"

"पता नहीं कहाँ जाता है, क्या करता है यह लड़का? पढ़ाई में तो इसका ध्यान ही नहीं है..." यशोदा ने चिंता जतलाई। असलम ने चाय की प्याली नीचे रख दी और कहा, "तुम फिक्र न करो अम्मी, मैं बात करूँगा उससे।"

अम्मी ने सुन तो लिया पर शक था कि असलम शायद ही अरशद से कुछ कहेगा, क्योंकि उन दोनों में बातचीत बंद जो थी! पिछले कुछ अरसे से वे एक-दूसरे को टालते हैं। यूँ तो असलम शुरू से बड़ा ही समझदार रहा है। तेज और चुस्त, सैयद की ही तरह। संभवतया इस वजह से भी अरशद के दिल में असलम को लेकर कोताही का आलम बन गया हो। तुलना तो हम कर नहीं रहे, पर अरशद के दिल में कड़ापन जरूर है।

"और तुम्हारा प्रोजेक्ट हो गया पूरा?" विषयांतर करते हुए यशोदा ने असलम से पूछा।

"पूरा तो नहीं हुआ अभी। और तुम्हारी मदद के बिना पूरा होगा भी नहीं।" असलम ने तैश में आकर आगे कहा, "तुम तो जानती हो, मेरा विषय है—'इनसान की जिंदगी में मजहब की अहमियत!' इस मामले में तुम्हारी क्या राय है?"

"मेरी राय? मैं भला क्या राय दे सकती हूँ?" उसने मुसकराते हुए कहा।

"बेशक दे सकती हो तुम अपनी राय। अब तुम मुझे बतलाओ, हम ईद-वीद मनाते हैं, रस्मो-रिवाजों पर अमल करते हैं, परंपराओं का निर्वाह करते हैं, क्या इसी हद तक मजहब का अर्थ हमें अपेक्षित होता है?"

"सुनो असलम, हमारे हिंदू धर्म में तो पुश्त-दर-पुश्त चले आ रहे रिवाजों का सख्ती से पालन करने का भी बंधन नहीं है..." तनिक ठिठककर कुछ सोचते हुए उसने कहा।

"पैदल चलते हुए अचानक ठोकर लगने के बाद हमारे मुँह से 'उफ' निकलती है। तब हमें पता चलता है कि हमारे पैरों में उँगलियाँ होती हैं और उन्हें भी चोट लग सकती है...धर्म का स्वरूप भी मुझे ऐसा ही प्रतीत होता है। कहीं कोई वारदात हो जाती है, किसी के दिल को ठेस पहुँचती है, हबड़-धबड़ मचती है...तब लोगों को महसूस होने लगता है कि अपना भी कोई धर्म है। दिल में हो रही जलन हठात् यह एहसास दिलाती है इनसान को।"

असलम नीची निगाहों से इस तकरीर को कागज पर उतार रहा था। इसी बीच वह मुसकराया। वह लिख रहा था तो उसके बालों में दो छल्ले साफ दिखाई दे रहे थे। यशोदा को स्मरण हो आया कि बापू के सिर के बालों में भी ठीक ऐसे ही छल्लेदार गुंजलक थे। इसकी शक्ल–सूरत भी बापू सी ही भोली–भाली और पारदर्शी। हाँ, वर्ण जरूर सैयद का था, गोरा चिट्टा। इसके अलावा अन्य कोई भी मुसलमानी तेवर नहीं। सैयद की अम्मीजान ने तो इसके पैदा होते ही कह दिया था, ''यशोदा, तू तो अपने खानदान का नजराना लाई है बेटी!''

असलम लिखने के बीच में ही रुक गया। पेन की स्याही उँगलियों के पोरों पर रिस रही थी, सो उसने रूमाल से वह पोंछ दी।

''लेकिन अम्मी, तुम्हारे अपेक्षित अंदाज में धर्म एक बार लोगों के दिलों में पैठ जाए, तो उसका एहसास तीव्र से तीव्रतर होता चला जाता है और अंततः वह भयंकर विभीषिका में तब्दील हो जाता है। क्यों?''अपनी जगह से उठकर वह किचन स्टैंड के पास गया, बाकी बची चाय उसने अपनी प्याली में भर ली और दोबारा अपना आसन फिर से ग्रहण करते हुए उसने कहा, ''मजहब का अर्थ लोग सही मायने में जज्ब ही नहीं कर पाते, अम्मी! तुम्हारा हिंदू धर्म तो वैसे ही लिबरल है···प्रजातंत्र की तरह।''

यशोदा फूले न समाकर बेटे को ताकती रही। उसके विचारों की व्यापकता··· प्रगल्भता···दिमागी क्षमता···

''तुम्हारा मजहब अम्मी, इनसान के साथ इनसान की ही तरह पेश आता है···और उसे इसकी छूट भी देता है···ईसाइयों में ईसा के बकौल सहनशीलता और क्षमाशीलता बाकायदा समाई होती है, हमारा इसलाम अमन में यकीन तो करता है, लेकिन···''

यशोदा को महसूस होता रहा कि वह हूबहू सैयद ही है। वही सोच, वही अंदाज–ए–बयाँ।

''लेकिन क्या?'' उसने पूछा।

''कुरान शरीफ में लिखा कुछ और होता है और हकीकत में वह कुछ और ही बन जाता है। इसलाम तो सिर्फ इसी की दुहाई देता है कि आप इसलाम के लिए हैं और इसलाम की वजह से आपकी हैसियत है। आपकी जेहन में इसलाम और खालिस इसलाम बसा है···आप उससे जुदा नहीं रह सकते···''

सैयद इस मामले में अपने मुसलमान दोस्तों के साथ लंबी बहसें किया करता था ठीक इसी तरह। सैयद का वही रूप यशोदा को बराबर याद आता रहा, तनिक मोटा सा कॉलेज कुमार···गोल–मटोल, किंतु उम्दा खूबसूरत। कटी–छटी, सँवरी सी दाढ़ी···और तीखे नैन–नक्श जैसे किसी साँचे में ढला हो। बहस के दौरान उसके गुब्बारे जैसे दाड़िमी गाल और भी सुर्खरू बन जाते···इसलामियत का संजीदा, संतुलित गुमान भी,

किंतु कुछेक मामलों में बेबाक दृढ़ता भी। वह अपने दोस्तों से पूछा करता था, ''नमाज तो मैं भी अदा करता हूँ और कुरान भी अकीदत के साथ पढ़ता हूँ। लेकिन इन बातों को थोपा क्यों जाता है? सख्ती क्यों बरती जाती है? क्या यही पहचान है मुसलमान होने की? क्या कोई इनसान इससे जुदा कुछ सोच नहीं सकता? उसके जज्बातों का रंग अलग नहीं हो सकता? इनसान के वजूद की हिमाकत करनेवाला मजहब भी भला कोई मजहब हो सकता है?''

यशोदा आनन-फानन में असलम से कह गई, ''तुम्हारे अब्बू का खयाल बताऊँ? कॉलेज के दिनों में वे अपने दोस्तों से दरख्वास्त किया करते थे, 'तुम अपने मन से मजहब को सिर पर उठा लो तो बात समझ में आती है। लेकिन किसी के दबाव में अथवा लालच में आकर क्या ऐसा करना उचित है? खौफ खाकर तुम मजहब से जुड़ जाने के बजाय बँध जाते हो। वफादारी तो निभा लोगे पर तल्लीन नहीं हो पाओगे, तदाकार नहीं हो पाओगे।'''

''ठीक कहती हो अम्मी तुम।''

''लेकिन असलम, इस कदर बेबाकी से तुम चीजों को पेश न करो अपने प्रोजेक्ट में।''

''सो भला क्यों? शोले भड़केंगे?'' वह मुसकराया। ''किसी बात को अपनी तरह से कहने की आजादी इनसान को नहीं होती⋯?''

''होती तो है। पर लोग इसे हजम नहीं कर पाते। यदा-कदा हम खुद भी तो मजहब की जद में नहीं आ जाते⋯बखुशी? जहाँ तक मेरी बात है, मैं हिंदू हूँ। तुम्हारे अब्बू ने जब मेरा हाथ माँगा तो सबसे पहले धर्म के विचार ने ही मुझे झकझोरा। सैयद ने मुझे मोह लिया था, मैं उस पर जान छिड़कती थी, फिर भी उसने मेरे सामने शादी का प्रस्ताव क्या रखा; उसका मुसलमान होना मेरे लिए चुनौती बन गया था। मुझे अपने धर्म की याद तीव्रता से दिलाता था। आखिर क्यों? क्या इससे पहले मुझे अपने हिंदू होने का तीव्र एहसास कभी हुआ था?''

''अम्मी, तुम्हें बहुत ही तकलीफ हुई होगी न⋯इसलाम के रस्मो-रिवाजों में रच-बस जाने में?''

असलम के इस सवाल पर वह मुसकराई, ''अलबत्ता तकलीफ तो हुई। इतने बड़े थाल में सामूहिक भोजन, बुरका, सज्दे, इबादतें पर असलम, सैयद के लोगों ने मुझे सँभाल लिया, पूरी तवज्जो दी और मैं पार पा गई। उन्होंने किसी भी मोड़ पर मेरे साथ कोई सख्ती नहीं बरती, न ही इसलामियत को मुझ पर थोपने की जुर्रत की। तुम्हारे अब्बू तो कट्टर मुसलमान हैं, लेकिन उन्होंने भी मुझे कभी मजबूर नहीं किया; क्योंकि असलम, सच पूछो तो मजहब का कद इनसान और इनसानियत से ऊँचा नहीं होता।''

"यदि ऐसा है, तो सच बताओ अम्मी, तुम जितनी श्रद्धावान अपने धर्म के प्रति हो, क्या इसलाम में भी तुम्हारी उतनी ही अकीदत है?"

यशोदा ठिठक गई। इस सवाल का जवाब वह तुरंत नहीं दे पाई। सैयद के घर की बहू बनने के बरसों बाद भी उसने इसलाम कबूल नहीं किया। वह दोनों धर्मों को अपना मानती रही थी। यदि यह सच है तो असलम के सवाल का जवाब देने में भला उसकी जुबान क्यों लड़खड़ाई?

"अपने धर्म के भी सिर्फ उन्हीं उसूलों को मैंने अपनाया, जो मेरी कसौटी पर खरे उतरे। किसी भी इनसान को दिल की गहराई से जो चीज अच्छी लगे और इनसान होने के नाते, जो उसके दिल में गहरे पैठ जाए, वही तो है, श्रद्धा···अकीदत। क्यों?"

यशोदा ने वाक्य पूरा किया। अब हकबकाने की असलम की बारी थी। वह हैरत से अम्मी को ताकता ही रहा, बस।

"कुछ लोग श्रद्धा को भी ढकोसला बनाते हैं, श्रद्धा का दंभ भरते हैं। न मैंने परदा किया, न ही बिना नागा सजदे किए। वैसे तो, मंदिर में भी मैं कहाँ रोजाना जाती थी? किंतु इसका मुझे कभी मलाल या अपराधबोध नहीं हुआ।" वह फिर एक बार ठिठक गई। उसे लगा कि जिस खानदान ने मेरी मजहबी अक्षुण्णता को बरकरार रहने दिया, उस खानदान तथा उनके मजहब के प्रति, इसी वजह से तो मेरा लगाव हो गया। उसे याद आता रहा कि सैयद से रिश्ता तय होने के बाद उसे जज्ब करने में कितनी तकलीफ हुई थी माँ और बापू को। सैयद बाकायदा उनसे मिलने घर आया था। मुझसे भी उसने रिश्ते की बात चलाने से पहले आगाह किया था, "यशोदा, मुझसे शादी करने में तुम मजहब का हौवा मत खड़ा करो। मैं मुसलमान तो हूँ, पर उसके अधीन नहीं हूँ। तुम्हें यकीन नहीं होगा, पर हकीकत में मेरे घरवाले भी पूरे आजाद-खयाली हैं। हाँ, मेरे अब्बा जान जरूर थोड़े सख्त और कट्टरपंथी हैं। फिर भी वे मान जाएँगे। तुम हमारे घर की दहलीज पार करोगी, अपने मजहब के साथ। उसके बाद सैयद पूरे कुटुंब-कबीले के साथ आया था हमारे घर। अब्बाजान भी उसमें शामिल थे। उन्होंने तो बापू का हाथ थामकर बड़ी आत्मीयता के साथ कहा था, "भाईजान, मैं जरूर अपने मजहब का अकीदा हूँ और उसकी सेवा करने में जिंदगी बिताना अपना फर्ज मानता हूँ। इसीलिए मुझे कोई अधिकार नहीं है कि मैं अपनी होनेवाली बहू के मजहब को खारिज कर दूँ। यह आपकी बेटी है, हमारी भी बेटी ही रहेगी।"

बापू तो दंग रह गए, सुनकर। लेकिन वे संतुष्ट नहीं थे। उन्होंने तो स्पष्ट शब्दों में कहा भी था, "सो तो ठीक है, लेकिन आपके मजहब में औरत को···" तिस पर उन्हें टोकते हुए, सैयद ने कहा था, "यशोदा मेरे साथ शादी करेगी, न कि मेरे मजहब से।"

"लेकिन आप लोगों में तो लड़के के साथ-साथ मजहबी रिश्ता भी कायम हुआ

माना जाता है।'' माँ ने दलील पेश की। इस पर मुसकराते हुए सैयद ने ही कहा, ''तभी तो कह रहा हूँ यशोदा का निकाह मेरे साथ होगा।''

उसके बाद अमीना, अम्मीजान ने भी माँ को पूरी तरह से आश्वस्त किया, बल्कि वचन दिया। मेहमानों के चले जाने पर बापू ने कहा, ''निर्णय तुमने लिया है और जिंदगी भी तुम्हारी अपनी है। लेकिन मुझे यह रिश्ता मंजूर नहीं। यूँ समझ लो कि दिल है कि मानता नहीं। हमारे विचार उनकी तरह पुरोगामी नहीं हैं।'' शादी तो हम करने ही वाले थे, वे अच्छी तरह जानते थे। हमारे नजदीकी रिश्तेदार और माँ-बाप···इतने ही बराती थे हमारी ओर से। शादी के बाद तो उनकी आवाजाही बंद हो गई, पूरी तरह से। लेकिन धीरे-धीरे स्थितियाँ सामान्य होती रहीं। पहले माँ को यकीन हुआ। उसके बाद बापू का रुख भी बदल गया। उनका आना-जाना शुरू हुआ। सैयद के घरवाले तो खुले विचारों के हिमायती थे। इसलिए बापू को दिया वचन निभाने में उन्होंने कोई कसर नहीं छोड़ी। इसी दृढविश्वास के बूते, दोनों धर्मों के साए में असलम, अरशद पले-बढ़े···मिले-जुले संस्कारों में।

दरवाजे पर जोरदार लात मारे जाने से वह धड़ाम से खुल गया, तो यशोदा एकदम से चौंक गई और असलम भी। वह कमरे से बाहर आई तो वहाँ अरशद खड़ा था··· भीतर आने की ताक में था। यशोदा को देखते ही वह कुछ सहम तो गया, पर दूसरे ही क्षण उसकी कंजी, हरी आँखों का गुरूर उफान पर आ गया। जूते उतारकर उसने रैक की ओर जैसे उछाल दिए। भीतर प्रवेश करते-करते बेल्ट ढीली करने में भी उसकी ऐंठन देखी जा सकती थी।

''मुझे खाना नहीं खाना है···'' उसने यशोदा से कहा।

''लेकिन इतनी देर तक कहाँ था तू?'' यशोदा के पीछे-पीछे बाहर की ओर गए असलम ने पूछा।

''लेट हो गया, सॉरी!'' उसकी तरेरी बरकरार थी।

''यह मेरे सवाल का जवाब नहीं। कहाँ थे तुम? कुछ बताओगे भी?''

''बोला न सॉरी?''

''बस, सॉरी बोलने से मसला हल हो जाएगा?'' असलम ने झुँझलाकर कहा।

''दिन भर तुम दर-दर की खाक छानते रहते हो···बिना वजह। शर्म नहीं आती तुम्हें? इधर अम्मी तुम्हारा इंतजार कर रही होती हैं···परेशान सी। हमें फिक्र होने लगती है और तुम आवारागर्दी में मशगूल रहते हो?''

अरशद सुलगती निगाहों से असलम को घूरता रहा, तो यशोदा ने ही बीच-बचाव करते हुए कहा, ''अरशद, कल से जल्दी आ जाया करो। अब जाओ, अपने कमरे में जाकर सो जाओ।'' अरशद पैर पटकते हुए वहाँ से चला गया तो असलम की ओर

देखते हुए यशोदा ने कहा, ''तुम लगे रहो अपनी पढ़ाई में। मुझे ही अरशद के साथ बात करनी पड़ेगी।''

दूसरे दिन सवेरे सैयद नाश्ते आदि से निपटकर दफ्तर जाने की तैयारी में था। जूते के फीते बाँधते हुए उसने पूछा, ''शहजादे शायद नींद में हैं? कल रात कितने बजे तशरीफ लाए थे आला हजरत?''

यशोदा ने कोई जवाब नहीं दिया, तो हमेशा की तरह उसके दिल की दुखती रग को थामते हुए उसने कहा, ''यशू मुझे भी अरशद की ही फिक्र है। पर ऐसा भी लगता है कि यह एक मोड़ है उसकी जिंदगी का। उसके हमउम्र कई लड़कों के हिस्से में ऐसा मनहूस दौर आ ही जाता है। और वे जैसे अँधेरे में टटोलने लगते हैं। सही दिशा न मिल पाने की वजह से वे हड़बड़ा जाते हैं, बौखलाने लगते हैं...वह भी इस वक्त बौखलाया सा है...दिशाहीन।''

''इसलिए चुप्पी साधे रहना क्या जायज है? घुन्नापन ओढ़ लेने से सुधर जाएगा वह? यही हल है समस्या का? सैयद, जरा सोचो भी। हल है क्यों नहीं, बराबर है। पढ़ाई में ध्यान नहीं देना चाहिए?'' यशोदा ने बिफरकर कहा।

''नई पीढ़ी के सामने दो बढ़िया विकल्प होते हैं, यशू। या तो उद्दंडतापूर्ण व्यवहार करो और घर में तहलका मचाओ, या फिर घुन्नापन ओढ़ लो। लेकिन तुम चिंता न करो, यशू। आखिर वह हमारा बेटा है। तुम्हारा नहीं—यशोदाजी...मुसलमान लहू है वह!'' उसकी इस चिकोटी से यशोदा को कोई खास राहत नहीं मिली। वह बेजान सी मुसकराई, बस।

उसने तय कर रखा था कि सैयद चला जाए तो वह अरशद से गुफ्तगू करेगी। अत: वह अरशद के कमरे की ओर रुखसार हुई। वह नमाज अदा कर रहा था। उसके सजदे में भी एक किस्म के समर्पित, अक्खड़ मनोभाव की झलक यशोदा को दिखाई दी। पाँच साल का अरशद...यही रंग-रूप...पर इतनी सी कद-काठी। अब्बू उसे मदरसे में छोड़ आते थे रोजाना, जहाँ मौलवीजी उसे अरबी पढ़ाते थे। असलम को भी ले आया करते थे। वहाँ से घर वापस आने पर अरशद बहुत ही बात करता था। कई तरह के सवाल किया करता था। जैसे, ''क्या हमारा इसलाम दुनिया का सर्वश्रेष्ठ मजहब है? अल्लाह-ताला के रहमोकरम से हमें जन्नत नसीब होती है, जन्नत कैसी होती है? कुछ इसी तरह के सवाल वह किया करता था। उसकी कंजी आँखों में ओत-प्रोत कुतूहल में प्रिज्म सी बहुआयामी पारदर्शिता झलकती थी। अमीना ने उसके लिए काले रंग का एक कोट सिलवाया था, जो खूब फबता था उस पर। उस कोट में एक खूबसूरत राजकुमार सा लगता था। अब्बू तो उसे 'छोटे नवाब' पुकारते थे। नमाज अदा करते वक्त वह पूछा करता था, ''अम्मी, मैं कछुआ लगता हूँ न?'' असलम नमाज पढ़ता था और पैर छूकर

प्रणाम भी करता था। बुजुर्गों का समादर करने का यही तरीका था उसका। इसके ठीक विपरीत अरशद कहा करता था, ''मैं हरगिज नहीं झुकूँगा। मुझे बताया गया है कि सिर्फ अल्लाह के सामने ही झुकना चाहिए···।''

''ऐसा नहीं करते अरशद। बड़े-बुजुर्गों की इज्जत करने का यह एक तरीका है। ऐसा करने से उनकी दुआ मिलती है। बड़ों के सामने झुकने में कोई हर्ज नहीं।'' मेरी नसीहत पर खिलखिलाते हुए सैयद फब्ती करता, ''पक्का मुसलमान है तुम्हारा बेटा, यशोदा!''

बल्कि अरशद छोटा था, तब भी रोजे रखता था। पेट में कितने ही चूहे दौड़ते हों बच्चों को तो बड़ी तेज भूख लगती है, तो भी वह टस-से-मस नहीं होता था। कुरान भी बड़ी सफाई से पढ़ लेता था। अरशद और असलम में यह भी एक फर्क था। असलम मजहब का न ज्यादा करीबी था, न ही उससे वह बहुत ज्यादा फासला रखता था। वह कड़ा नियाजी-नमाजी तो नहीं था, यदा-कदा इधर-उधर भी हो जाता था। यशोदा अपने तईं कुछ त्योहार मनाती थी, उसमें भी असलम दिलचस्पी दिखाता था।

यशोदा नहाने-धोने से निपटने के बाद हॉल में आई। वहाँ अरशद चाय की चुस्कियों के साथ अखबार में सिर गड़ाए था। सिर नहाए बालों से पानी को निथारने के लिए लपेटा गमछा खोलकर बालों को सहलाते हुए यशोदा ने कहा, ''अरशद, तुमसे बात हो सकेगी इस वक्त?''

''मैं जानता हूँ तुम पूछना चाहती हो कि मैं इतनी देर से घर क्यों पहुँचता हूँ? ढंग से पढ़ाई क्यों नहीं करता? दिन भर कहाँ रहता हूँ, क्या करता हूँ?'' उसके तेवर तल्ख ही थे।

''अरशद, मैं जानना चाहती हूँ कि तुम्हारी प्रॉब्लम क्या है? कौन सी उलझनों में फँसे रहते हो तुम? ढंग से बात भी नहीं करते तुम किसी से?''

''क्योंकि वे मेरी उलझनें हैं और मैं ही उनसे निपटूँगा। और अम्मी, तुम कितनी बार वही-वही सवाल दोहराओगी? जहाँ तक मेरी पढ़ाई का सवाल है, मैं साफ-साफ बता दूँ कि मुझे पढ़ने-वढ़ने में कोई दिलचस्पी नहीं है।'' उसने तल्ख-तर्रार अंदाज में बेझिझक कह दिया। सुनकर यशोदा दंग रह गई।

''क्या मतलब? पढ़ने में दिलचस्पी नहीं?''

''कह तो दिया। अम्मी, मुझे असलम की तराजू में तौलने की भूल न करो। कोई भी उम्मीद न करो मुझसे। मेरे मुकद्दर में कामयाबी का पन्ना है ही नहीं। करना तो बहुत कुछ चाहता हूँ, पर खुदा का रहम हो तब न···''

अरशद के मुँह पर तो अकसर ताले ही पड़े रहते थे, किंतु आज पता नहीं कैसे, खुल गए···उसकी बातों का नकारा रुख···उसकी बेरुखी और गुरूर···यशोदा और अधिक चिंतित हो गई।

''मैं ऊब गया हूँ अम्मी! मेरी जिंदगी का मकसद कुछ अलग था। मैं डॉक्टर बनना चाहता था। मर-मर के पढ़ाई करता रहा, पर क्या मिला? मेडिकल की बात छोड़ो, पर साइंस में भी नहीं मिला एडमिशन। कॉमर्स-वॉमर्स मुझे अच्छा नहीं लगता।''

यशोदा को उसकी दलीलें अजीब सी प्रतीत हो रही थीं। यह तो हकीकत है कि वह डॉक्टर बनना चाहता था···किंतु साइंस में एडमिशन न मिलने पर कॉमर्स की पढ़ाई का फैसला खुद उसी का था।

''लेकिन अरशद, महज टोकने-कोसने से थोड़े ही बात बनेगी? तुम अपनी मरजी से ही कॉमर्स के रास्ते चले गए। और मैं कहती हूँ कि जो जैसा चाहा, वैसा नहीं हुआ तो ऐसी कौन सी आफत आ गई··· ?''

''बस करो अम्मी···यह सब कोरी बकवास है। मैं पूरी तरह से फ्रस्ट्रेट हो गया हूँ। पस्त हिम्मत। फिजूल है सब।''

यशोदा को काटो तो खून नहीं! वह अरशद के चेहरे को ताकती ही रह गई। समस्या यही थी कि उससे बात करें तो कैसे?

''लेकिन अरशद, इनसान अपनी जिंदगी को खुद ही सँवारता है न! उसे सँवरने का मौका ही न देने का विकल्प बिल्कुल जायज नहीं हो सकता।''

''पर मुकद्दर में यही लिखा है तो कोई क्या कर सकता है?''

''शायद खुदा को यही मंजूर है···'' उसने झुँझलाकर कहा।

''ऐसा नहीं अरशद। खुदा, अल्लाह-ताला···'' यशोदा उसे समझाने लगी।

''अम्मी!'' तैश में अरशद चिल्लाया और दूसरे ही पल उसने ठोकर से सेंट्रल टेबल लुढ़का दी। ''देखो, तुम खुदा-वुदा को मानती नहीं हो, न सही; पर मैं मानता हूँ···और खूब मानता हूँ।''

उसके ऐसे व्यवहार से यशोदा भौंचक्की रह गई। अरशद का खून मानो खौलने लगा था और उसकी आँखों में अंगारे बरसने लगे थे। यशोदा की नजर-से-नजर भिड़ाते हुए उसने कहा, ''मुझे मालूम है, मैं निकम्मा हूँ। गया-बीता। तिरिया-चरित्तर। बाबा भी बोलते थे···''

यशोदा उसकी बात को समझ ही नहीं पा रही थी। वह भरमाई निगाहों से अपलक अरशद की ओर देखती रही, बस। उसे लगा था कि वह पूछेगी, ''यह बाबा कौन है?'' पर उसकी ओर से कोई प्रतिक्रिया न आती देखकर अरशद ने ही सफाई पेश की, ''एक मौलवी साहब हैं। मसजिद के पास एक दरगाह में रहते हैं। वे भविष्य-कथन करते हैं। मैं उनसे मिलने जाया करता हूँ, सुकून मिलता है मुझे। वे बोलते हैं कि हम अल्लाह की इबादत में कम पड़ते हैं कभी-कभार।''

अब यशोदा कुछ-कुछ समझ पाई उसकी बातों का संदर्भ···और वह एकबारगी

हिल गई भीतर से। यह पागल लड़का तो बहक रहा है…मौलवी…ज्योतिष…नसीहत! कब से जारी है यह दौर? किसके बहकावे में आकर फँस गया है इस शिकंजे में? कौन बना रहा है उसे उल्लू?

"अरशद, ऐसे लोगों के झंझट में क्यों पड़ना चाहिए हमें? ये लोग हमारी कमजोरी, मजबूरी का फायदा उठाते हुए अपना उल्लू सीधा कर लेते हैं।" उसे मालूम था कि यह टिप्पणी अरशद को नागवार गुजरेगी। इसलिए बहुत ही सौम्य शब्दों में उसने अपनी बात कही।

"लेकिन तुम्हें कैसे पता?" उसने उछलकर कहा, "तुम्हें हो न हो, पर मुझे भरोसा है। मेरे इस रुझान पर भी एतराज है तुम्हें?" बहस को यहीं समाप्त करते हुए उसने सोफे पर बिखरे पड़े अखबार के पन्ने समेट लिये और दनदनाते हुए वह चला गया।

यशोदा का दिल बैठ गया जैसे। क्या यही विरासत सौंपी हमने उसे? ऐसे ही संस्कार दिए? कोई बात बिगड़ जाए तो खुदा को गिरवी रखते हुए ऐसे हथकंडे अपनाकर निरीह श्रद्धा को भुनाते रहना क्या उचित है? ऐसा क्या हुआ कि वह घोर अवसाद का शिकार हो गया? उससे पार पाने के लिए कोई और रास्ता ही नहीं दिखाई दिया उसे? उसे सुसंस्कारित करने में कहीं कमी रह गई कि व्यक्ति की जिंदगी का संबल सिद्ध होनेवाली श्रद्धा को अरशद भुलावा या छलना करार दे रहा है?

इन सभी विचारों में खोई यशोदा को पता ही नहीं चला कि अरशद वहाँ से कब खिसक गया।

"यशोदा अपनी माँ के घर जाने की फिराक में थी। बस, यूँ ही माँ से मिले एक अरसा हो गया था। अरशद को लेकर भी बहुत सी बातें करनी थी। वह ताला लगाने को थी कि फोन की घंटी बजने लगी। उसने फोन उठाया। बहुत-सारा कोलाहल सुनाई पड़ रहा था, पर बोलनेवाले की आवाज ठीक से सुनने में नहीं आ रही थी। धीरे-धीरे आवाज साफ होने पर पता चला कि वह असलम का दोस्त अलताफ था। उसके साथ-साथ वनिता का बोलना भी सुनाई पड़ता था। कभी-कभी अरशद से मिलने आ जाया करती थी," अलताफ ने बताया।

"असलम अपने प्रोजेक्ट के बारे में बयान दे रहा था, उसी दरमियान कुछ लड़कों ने ऊधमबाजी शुरू की और उसका भाषण बंद करवाया। पत्थर भी फेंके गए। एक पत्थर असलम के माथे पर भी लगा और घाव गहरा होने से असलम गश खाकर गिर पड़ा। उसे अस्पताल में भरती करा दिया गया है। कॉलेज से करीब ही डॉ. गिरजे के अस्पताल में उसका इलाज चल रहा है। दो-चार घंटों बाद उसे अस्पताल से छुट्टी मिल जाएगी।"

''मैं अभी आई।'' कहकर उसने फोन रख दिया।

यशोदा अस्पताल पहुँची। वहाँ काफी लड़के असलम को घेरे खड़े थे। असलम की आवाज भी सुनाई पड़ रही थी। यशोदा को वहाँ पाकर वनिता ने लड़कों को हटा दिया। घाव तो गहरा था ही, फिर भी गनीमत है कि आँख सही थी। पर आँख में खून उतर आया था। बरौनियों में सूजन थी और गले के पास खरोंच के निशान थे।

''यह सब कैसे हुआ, बेटा?'' असलम के पास बैठते हुए यशोदा ने पूछा, ''मैंने तुम्हें आगाह किया था कि···''

''लेकिन मैंने न इसलाम के खिलाफ कोई बयान दिया था, न ही कोई फिकरेबाजी की थी।'' असलम ने सफाई पेश की।

''पर असलम, तुमने हिंदूधर्म को लेकर जो तकरीर की।'' वनिता ने कहा।

''तो?''

''अनजाने में इसलाम से तुलना हो ही गई न।''

यशोदा ने वनिता की ओर निगाह फेरी।

''लेकिन मैंने तो सभी मजहबों की विशेषताओं के बारे में बताया था। प्रत्येक मजहब का स्वरूप, उसकी रूपरेखा, उसकी अवधारणाएँ, सीमाएँ···आदि ब्योरे मैं पेश करता रहा था। इसे भला तुलना कैसे कहा जा सकता है? लेकिन ऊधमी मुसलमान लड़कों ने मेरी बातों को तुलना के रूप में लिया, क्योंकि आप लोगों के जेहन में बरसों से, पीढ़ियों से तुलना ही कुंडली मारकर बैठी है।'' असलम ने अपनी पैरवी की।

''असलम, मुझे तुम्हारी एक बात बहुत अच्छी लगी—रादर-पसंद आई···'' अब अलताफ ने तकरीर में भाग लिया। ''वास्तव में हमारी जिंदगी किस हद तक, किस मायने में मजहब से जुड़ी होती है? सिर्फ ईद और त्योहार मनाने की सीमा तक? अत्यंत मार्मिक सवाल है यह! अपनी रोज की जिंदगी, दैनंदिन समस्याएँ कई तरह की समस्याओं के हल ढूँढ़ते हुए अपना अस्तित्व बनाए रखने की कशमकश···का मजहब या त्योहारों से भला कोई वास्ता होता है? खुद ही को रास्ते बनाने पड़ते हैं, उत्तर तलाशने होते हैं। इसमें मजहब की भला क्या भूमिका हो सकती है? हर इनसान की जज्बाती सीमा ही मजहब सहायक हो सकता है।''

''बल्कि, मेरी तो राय थी कि ज्यादातर वह बाधक बनते ही पाया जाता है। किसी मजहब ने अब तक हमारी कोई समस्या सुलझाई भी है? हो सकता है, हमारी मुसीबतें ही बढ़ाई हों। एक तरह से हमारे जज्बातों को ललकारते हुए, उनसे खिलवाड़ करते हुए। हमारी नाकाबंदी करते हुए। हिंदू-ईसाई, मुसलमान···सभी मजहबों को लेकर मेरा यह सवाल है।''

यशोदा उनकी तकरीर को इत्मीनान से सुन रही थी। बहस का सिलसिला तोड़ते

हुए वनिता ने अपनी जगह से उठकर एक गोली असलम के हाथ में थमाई और पानी का गिलास उसके सामने रख दिया।

''असलम, तुम यह क्यों भूल रहे हो कि यह कॉलेज नहीं, अस्पताल है।''

उसकी टिप्पणी से यशोदा भी होश में आ गई और उसने कहा, ''असलम, अब तुम आराम करो। मैं अरशद और सैयद को फोन करके अभी आई...''

''रुक जाओ अम्मी, अब्बू को मत बताओ अभी। घर लौटने के बाद वैसे भी पता चल ही जाएगा। वरना वे बेकार ही परेशान हो जाएँगे।'' यशोदा को बात जँच गई।

''और अम्मी, अरशद को मैंने फोन किया था।'' वनिता ने कहा।

इस मौके पर असलम ने विस्तार से वनिता का परिचय करवाया। इस प्रकार घूम-फिर कर बात फिर से प्रोजेक्ट पर ही आ पहुँची। अलताफ के प्रोजेक्ट पर भी बहस छिड़ी। असलम ने यशोदा से कहा, ''अलताफ की ही तरह वनिता का प्रोजेक्ट भी नायाब है, अम्मी उसने सिंधी शरणार्थियों के मसले पर अपनी बात केंद्रित की है।''

''सिंधी?''

''जी! वनिता सिंधी है, अम्मी।''

''बँटवारे के दौरान मेरे परदादा सिंध से यहाँ आए थे। हिंदू होने के नाते उन्होंने यह फैसला किया था।''

''मुद्दा तो बहुत सटीक उठाया है उसने—शरणार्थी और उनके पुनर्वास का। तुम जरूर पढ़ो अम्मी, उसके प्रोजेक्ट को।''

जिज्ञासावश यशोदा ने पूछा, ''क्या अभी भी सिंधियों को शरणार्थियों की श्रेणी में ही गिना जाता है?''

''बेशक,'' वनिता कहने लगी। ''जड़ों से उखड़ जाने की टीस अभी भी सालती है हमें। हमारी जमीन ही नहीं बची रही और हम आज भी शरणार्थी ही कहलाते हैं। हमारी आवाज कोई सुनता है? कोई आगे आता है हमारी समस्याओं को सुलझाने? हम तो अपने शरणार्थीपन को शाप मानते हैं...बेशक...यह ठप्पा हमारे माथे पर अभी भी बरकरार है।'' वह बात तो संजीदगी से कर रही थी, किंतु उसकी आहों की टीस जरूर महसूस की जा सकती थी।

यशोदा उसे अच्छी तरह से निहारते हुए उसकी तकरीर भी सुन रही थी। सामान्य कद-काठी की इत्ती सी लड़की। उसके चेहरे पर मासूमियत और अदाओं में निरीहता और कुतूहल...। आँखों में तनिक उदासी...पंखुड़ियों से नाजुक होंठ...कुछ-कुछ फतरड़ी सी नाक...महीन सी आवाज...अकसर असलम से मुलाकात करने आती है यह। कितनी परिपक्वता है इसकी बातों में इसे देखकर अनुमान नहीं होता है कि यह इस कदर बेबाक और स्पष्ट वक्ता होगी। असलम से दो-एक साल छोटी हो सकती है...संभवतया अरशद

की उम्र की होगी? क्या वनिता, क्या अलताफ; कमसिन उम्र में इतनी व्यापक दृष्टि, गहरी समझ और सटीक तर्क···इनकी तुलना में अरशद कौन सी पायदान पर होगा? ऐसी कोई ठोस, नई दृष्टि क्या उसे मिल पाएगी? अपनी समस्याओं की सही नब्ज थामनेवाले, उन पर गहराई से निष्पक्ष सोचनेवाले और पूरी शिद्दत के साथ जोरदार शब्दों में अपनी बात लोगों के सामने रखनेवाले ये लड़के···कहाँ ये होनहार बिरवान की पाँतें और कहाँ अवसाद में डूबा, निराशा के अंधकार को उलीचनेवाला अरशद! चैन-ओ-सुकून पाने के लालच में मुल्ला-मौलवियों का दामन थामनेवाला, गुमराह अरशद···उनकी बैसाखी के सहारे अपनी ज़िंदगी को सँवारने के बहाने बेहूदगी पर उतर आया है?

राउंड पर आए डॉक्टर ने फिर से असलम का मुआयना किया और उसे घर जाने की अनुमति भी दी।

असलम को छोड़ने वनिता-अलताफ भी साथ में आए थे। सैयद अभी आया नहीं था, सो अरशद ने ही दरवाजा खोला। उसे सामने देखकर तमतमाए अंदाज में ही यशोदा ने भीतर कदम रखते हुए अरशद से पूछा, ''तुम्हें पता चल गया था न कि असलम घायल हो गया है? फिर भी उसकी खोज-खबर लेने नहीं आए तुम?''

''मैं एक्स्ट्रा पीरियड में बिजी था, क्या करता?''

''अच्छा जाओ, पानी पिलाओ इन सब लोगों को।''

यशोदा शायद इसी प्रतीक्षा में थी कि वनिता-अलताफ के फारिग होते ही वह अरशद को आड़े हाथों लेगी।

उन दोनों के जाते ही उसी तमतमाए अंदाज में उसने अरशद से पूछा, ''आज ही तुम्हें जरूरी क्लास अटेंड करनी थी? असलम अस्पताल में था, तब भी?''

''तुम्हारा मतलब क्या है? मैं झूठ बोल रहा हूँ?'' अरशद ने उद्दंडता से ही जवाब दिया, तो यशोदा और भी बिफर गई।

''गए होगे उस मौलवी बाबा की भाड़ झोंकने?''

''अम्मी!'' उसने लगभग डपटने के अंदाज में कहा, ''इस तरीके से बात मत करो···मालूम है तुम्हें? उन्होंने पहले ही मुझे आगाह किया था कि आज कोई वारदात जरूर होगी। सच हुई न उनकी बात? अब बोलो··· ।''

''अच्छा! यानी कि तुम फिर से बाबा के जाल में···'' यशोदा ने उसे हड़काते हुए कहा।

''हाँ, गया था, और जरूर जाऊँगा।'' अरशद ने भी उतनी ही तल्खी से जवाब दिया। असलम अब तक आँखें मूँदकर पलंग पर लेटे उनकी नोक-झोंक चुपचाप सुनता रहा था। उसने इशारे से अपनी अम्मी को चुप रहने की हिदायत दी। तब कहीं यशोदा ने अपने तेवर बदले और सुलगती निगाहों से अरशद को घूरती हुई, वह भीतर चली गई।

रात्रि भोज के दौरान सैयद को पता चला तो वह भी उखड़ गया। उसने प्रिंसिपल साहब से मुलाकात करने का पक्का इरादा जतलाया, किंतु असलम ने उसे रोका।

''मत जाओ अब्बू प्रिंसिपल साहब से मिलने। उलटा आपको ही दो बातें सुनाएँगे वे और इल्जाम लगाएँगे कि आप ही ने बच्चे की भावनाओं पर आघात किया है। आपसे वे माफी माँगने के लिए कहेंगे। वैसे भी किसी के जज्बातों को ठेस पहुँचने पर हम खुद माफी माँगते ही हैं। लेकिन अगला यदि जान-बूझकर बदनीयती पर आमादा हो जाए तो कोई भला क्यों माफी माँगे?''

''लेकिन तुम्हें माफी माँगनी ही पड़ेगी।'' अरशद ने आनन-फानन में उबलते हुए कहा, तो सैयद और यशोदा चौंककर उसे घूरते रहे।

''इसलाम को कोसा तुमने, गाली भी दी। इसलिए मैंने ही उछाला था वह पत्थर।'' अत्यंत बेरहमी से उसने कहा।

''इसलाम तो मेरा ही धर्म है, अरशद¨और मुझे भी उतना ही फख्र है अपने मुसलमान होने पर। मैं नहीं समझता कि मैंने इसलाम को कोसा है। हाँ, मैंने इसलाम की सीमाओं को जरूर रेखांकित किया था। सो तो सभी धर्मों की विशेषताओं का जायजा मैंने लिया था, इसे रैशनल थिंकिंग कहते हैं, अरशद मियाँ! समझे?''

''तूने इसलाम को बाकायदा गाली दी।'' अरशद, चिल्लाया। उसके इस रवैए से सभी लोग हतप्रभ से रह गए।

''क्या हो गया है इसे? मैं कुछ भी समझ नहीं पा रही हूँ, सैयद¨यह क्यों इस तरह बहकता जा रहा है दिनोदिन? और अंधविश्वासी भी¨'' बाद में वह अरशद को घूरते हुए दोबारा बरस पड़ी, ''तुम क्या समझते हो? तुम्हारे इस तरह चीखने-चिल्लाने का कोई जवाब नहीं है हमारे पास? क्यों कर रहे हो तुम ऐसी बेजा हरकतें?''

''तुम भला क्या समझोगी? तुम क्या समझोगी इसलाम की ताकत को, अम्मी? तू तो¨'' अरशद का ऊपरी होंठ गुस्से के मारे फड़क रहा था और बाईं आँख की सिकुड़ी बरौनी थरथरा रही थी। उसकी जाहिल आँखों में व्याप्त मगरूरी किसी को भी बरदाश्त नहीं हो सकती थी। उसके इस रूप को देखकर यशोदा की आँखें भर आईं। अरशद ने अपनी बात आधे में ही काट दी थी—यशोदा कुछ समझ गई। शायद उसके अगले हिस्से में 'काफिर' या कोई भद्दी सी गाली¨और उससे भी ज्यादा खतरनाक थी उसकी हिकारत¨हेयता।

''अरशद!'' अब की सैयद की आवाज, फिर एक बार तेज होने लगी थी। ''नालायक! अपनी अम्मी से बात करने की तमीज भी है तुझे?'' वह दो कदम आगे बढ़ा भी, पर उसने तुरंत अपने आपको रोक लिया। सैयद के ऊपर उठे हाथ को पूरे बिंदासपन के साथ टकटकी बाँधे, देखते हुए डटकर खड़ा था अरशद। उसकी आँखें मानो जहर उगल रही थीं।

"इसलाम के बारे में उलटा-सीधा कहने की जुर्रत फिर कभी मत करना, समझे?" अपनी निगाहें अब असलम की ओर फेरते हुए उसने कहा और यशोदा पर नजर गड़ाकर उसने आगाह किया, "और तुम भी सुन लो, अम्मी! इसलाम पर छींटाकशी करने का कोई अधिकार नहीं तुम्हें। क्या···?"

उसका हर शब्द मानो किसी लहूलुहान घाव से बहते खून से लथपथ था। उसके बाद वह पल भर भी वहाँ रुका नहीं, पैर पटकते चला गया।

यशोदा के अंगांगों से जैसे चेतना लुप्त होती रही। लेकिन फिर से होश में आने पर उसकी थरथराती पलकें गीली हो गईं। सैयद बेबस निगाहों से यशोदा को ताकता रहा और असलम की नजर उन दोनों पर टिकी थी।

"सैयद को अस्पताल में भरती कराना पड़ा था। अंजायना की तकलीफ जो शुरू हुई थी उसे। यशोदा की व्यस्तता अब कुछ ज्यादा ही बढ़ गई थी। वह तनिक बुझी-बुझी सी भी लग रही थी। यशोदा की माँजी कुछ दिन बेटी के पास रहने उसके घर आई थीं। वैसे भी, बापू के गुजर जाने के बाद वे बिल्कुल अकेली हो गई थीं। सैयद की अम्मी अमीना के निमंत्रण पर कुवैत गई थीं, कुछ महीनों के लिए। अन्यथा वे हरदम यशोदा की मददगार बनी रहती थीं। उनका भी अलग से अपना एक फ्लैट नेरूळ में था—वे भी वहाँ अकेले ही रहती थीं। वहाँ उनका सुखी परिवार था···रमी ग्रुप···सखियों के समूह में वहाँ की जिंदगी में वे रच-पच गई थीं, लेकिन यशोदा के घर बीच-बीच में वे जरूर हो आती थीं।

असलम अभी-अभी अस्पताल से होते हुए घर आया था। वैसे भी समय हो रहा था, सो यशोदा की माँजी ने चाय बनाई, असलम को एक प्याली दी और यशोदा के लिए थरमस लेकर अस्पताल जाने के लिए निकली ही थीं कि उन्होंने अरशद को आते देखा। शायद वह कॉलेज से आ रहा था। उसे देखते ही वे वापस मुड़ गईं, चप्पलें उतारकर अरशद के लिए चाय बनाने के लिए चौके की ओर आगे बढ़ ही रही थीं कि अरशद ने भाँप लिया और कहा, "आप जाइए, नानीजी। मैं बना लूँगा चाय।"

"अरे तू बैठ तो सही, अभी बनाती हूँ मैं।"

"मैंने बोला न···" उसकी आवाज के कड़े रुख को देखते हुए वे ठिठक गईं।

"यशू भुनभुनाएगी। और अरशद, उसकी परेशानियाँ बढ़ाने···" अरशद ने अपनी पैनी निगाहों से उन्हें घूरते हुए कहा।

"क्यों? मैं बढ़ाता हूँ उसकी परेशानियाँ? और कोई काम नहीं है मुझे?" उसने गुर्राते हुए, उलटा उन्हीं से पूछा।

अब तो उससे बात करने में भी डर लगता है। सोच-सँभलकर बात करनी पड़ती है। बिना बात के वह उखड़ जाता है, कोसता है, हड़काता है, गुर्राता है, जलील करता

है···तौबा-तौबा। या फिर इस तरह रूखी-रूखी बातें करता है, जैसे कोई रिश्ता ही नहीं है हमारा उससे।''

''वैसा नहीं रे बाबा, लेकिन तेरे अब्बू···''

''मेरी वजह से ही अब्बू बीमार हुए···ऐसा ही कहते हैं न सब लोग? क्यों?''

यह सुनते ही असलम ने चाय की प्याली नीचे रख दी और बड़े ही इत्मीनान से कहा, ''अरशद, यह वहम है तुम्हारा। ऐसा कोई नहीं कहता। नानीजी, आप जाइए। वह बना लेगा चाय।''

यशोदा की माँजी चली गईं। अरशद भी उठकर जाने लगा। तो असलम ने कहा, ''इधर आ, बैठ मेरे पास। पहले यह तो बता कि तू सबसे गुस्से में ही क्यों बात करता है? और नानी से उलझने की क्या वजह थी? वे तो काम में मदद करने के लिए ही आई हैं। और हाँ, अब तो अब्बू भी बीमार चल रहे हैं। हम लोगों की जिम्मेदारी बढ़ गई है। है न?''

अरशद ने असलम को एकबारगी नीचे से ऊपर तक देखा और छद्म हँसी के साथ कहा, ''अब्बू के बीमार होने की वजह जानते हो? इसलाम पर छींटाकशी! इसलाम पर छींटाकशी करनेवालों के हिस्से में यकीनन ऐसी ही जलालत आती है समझे?'' उसने कंजी आँखों की नजर असलम पर गड़ाए रखी।

''अरशद!'' असलम ने लगभग चिल्लाकर उसका प्रतिवाद किया। ''तुम पागल तो नहीं हो गए? क्या बकवास कर रहे हो?''

''मुझे बताओ, मेरा यदि किसी बात में गहरा विश्वास है तो तुम सभी को वह बकवास लगता है? बोलो, क्यों लगता है? जवाब दो··· ।'' उसने भी उतनी ही ऊँची आवाज में जवाब दिया।

''क्योंकि तुम ऐसे लोगों के शिकंजे में फँस गए हो, अरशद कि···''

''ऐसे यानी कैसे?''

असलम ने कोई सफाई नहीं दी तो अरशद ने उछलकर कहा, ''तुम्हारा ठीक है भाई, अल्लाह मेहरबान है तुम पर। लेकिन मुझसे रूठे हुए हैं अल्लाह ताला। मेरा कोई मुस्तकबिल है? कोई सुनवाई है मेरी? तुम्हारे पास दिमाग है। कामयाबी तुम्हारे कदम चूमती है! बोलने का अंदाज भी तेज-तर्रार है तुम्हारा···तुम चाहते थे साइंस की पढ़ाई करना, तुम्हें मौका मिला।''

असलम शांति से सुनता रहा। उसे सूझ नहीं रहा था कि इसके जवाब में क्या कहा जाए। इसी बीच यकायक फिर से उत्तेजित होकर अरशद ने कहा, ''वो बाबा बोलते हैं कि इस सबकी जड़ में है तेरी अम्मी। हिंदू है न वो, इसीलिए मेरी छीछालेदर हो रही है। ऊपर से तेरे अब्बू ने उसे मुसलमान नहीं बनने दिया। तो फिर क्यों रहेंगे अल्लाह मुझ पर मेहरबान?''

असलम को काटो तो खून नहीं! आँखें फाड़कर वह अरशद को देखता-सुनता रहा। इसके वहम को भला कैसे दूर किया जाए? कहाँ ले जाएगी, उसे यह अकीदत? यह उसका बुद्धूपन है या हिमाकत? अथवा गुरूर? गहन अवसाद? अथवा दिशाहीन भटकन?

असलम अपनी जगह से उठकर उसके करीब जा बैठा और उसे शांत करने के अंदाज में बड़ी ही संजीदगी के साथ उसने कहा, ''मैं कुछ कहूँ तो सुनोगे? अरशद, तेरी अम्मी और अब्बू मेरे भी तो हैं। ऐसे में, अल्लाह सिर्फ तुझ पर ही गुस्सा क्यों उतारेंगे?''

असलम की दलील को हवा में उड़ाते हुए अरशद ने आँखें तरेरकर कहा, ''मेरे विश्वास का मजाक उड़ाते हो? उसकी धज्जियाँ उड़ाते हो?'' लेकिन असलम उसका हाथ थामे रहा।

मुझे भला क्या हक है तुम्हारे विश्वास की खिल्ली उड़ाने का? सिर्फ मुझे ही क्यों, किसी को भी नहीं है यह हक! मेरी इल्तिजा तो सिर्फ इतनी है कि विश्वास को अपने व्यक्तित्व पर हावी न होने दो। अन्यथा लत बनकर वह इनसान को लीलने लगता है। उसकी पाकीजगी पर कसैलेपन की परत चढ़ने लगती है। अपनी सोच को गिरवी न रखो किसी के पास, न ही किसी की बाँदी बनने दो उसे। बस, इससे अधिक कुछ नहीं कहना मुझे।''

अरशद ने झकझोरकर उसके हाथ से अपना हाथ छुड़ा लिया।

''मुझे मत पढ़ाओ पाठ, और बंद करो यह भाषणबाजी।'' फिर भी असलम ने अपनी कोशिश जारी रखी।

''तुम बता सकोगे कि अम्मी ने इसलाम के कौन से रस्मो-रिवाजों का पालन नहीं किया? जिस निष्ठा से वे अपने मजहब का लिहाज करती हैं, उतनी ही शिद्दत से क्या वे इसलाम की इज्जत नहीं करतीं? विधिवत् इसलाम कुबूल न करने से भला क्या फर्क पड़ता है? बताओ, कोई कमी है उनके व्यवहार में?''

''कमी? बहुत बड़ी कमी है। इसलाम को ऐसा खिलवाड़ मंजूर नहीं। हिंदूधर्म में चलती होगी हेरा-फेरी। लिबरल है उनका धर्म। और तू भी उस मजहब की गिरफ्त में चला गया? हमारा इसलाम सबसे न्यारा है...सबसे ज्यादा ताकतवर धर्म। जैसा मन में आए, व्यवहार करो। परदा करने से नफरत है, तो न पहनो बुरका। इबादत करने रोजाना मसजिद नहीं जा सकते, तो मत जाओ। वाह! क्या इसलाम में छूट है इसकी? नहीं चलेगी ऐसी हबड़-दबड़।''

असलम के हाथ को झकझोरते हुए गला फाड़कर वह चिल्लाया, ''बताओ, अल्लाह क्यों नहीं है मेहरबान मुझ पर? अपाहिज क्यों बनाया तुझे अल्लाह ने? कुछ भी तो नहीं, मेरे पास। नालायक हूँ मैं। खालिस बुद्धू।''

उसकी खीझ को देखकर असलम को बाजी हारने का एहसास हुआ। उसके गुस्से में विवशता थी और अगतिकता भी। छोटा भाई होने के नाते वह अरशद के साथ खेला करता था अभी, कुछ अरसा पहले तक। खेल के दौरान भी वह अपनी हेठी चलाता था, रूठ जाता था, भुनभुनाया करता था। कभी-कभी तो हाथापाई की नौबत भी आ जाती थी। लेकिन अम्मी की फटकार सुनते ही दोनों गलबहियाँ डालते थे। हारकर असलम की बात को वह मान भी जाता था। क्या यह वही अरशद है ? कब और कैसे इस कदर पुख्ता हो गई मजहबी गाँठ उसके दिल में ? गाँठ या जमीन ? जमीन ? अपनी जमीर को गिरवी रखवानेवाली जमीन··· ?

असलम फिर से उसके करीब चला गया। दोस्त की तरह उसने अरशद के कंधे पर बाँह रख दी और कहा, ''मैं हूँ न तेरे साथ। तू क्यों फिक्र करता है ? और अरशद, ऐसा थोड़े ही हो सकता है कि जिंदगी में तुम्हें कुछ हासिल ही न हो ? कुछ-न-कुछ तो जरूर तुम्हारे हाथ लगेगा। डटे रहो। हिम्मत क्यों हारते हो ?'' अरशद की ओर देखकर वह हलका सा मुसकराया, ''और अम्मी पर गुस्सा उतारने से थोड़े ही अल्लाह की रहमत हासिल होगी तुम्हें ? अपने इसलाम में है ऐसी कोई जगह या प्रावधान ?''

''मुझे नहीं मालूम।'' अरशद ने उसकी बात काटते हुए कहा। बातों-बातों में उसने अपने कंधे पर से उसकी बाँह भी हटा दी। ''सुनो, मुझे किसी से सिंपैथी-विंपैथी नहीं चाहिए; और हाँ, फिर एक बार कान खोलकर सुन लो, जो लोग किसी भी तरह से इसलाम को नीचा दिखाने का दुस्साहस दिखाते हों···आइ हेट देम···हेट देम अटरली।'' और असलम की ओर पीठ किए वह कुछ देर खड़ा रहा। बाद में वह दरवाजे की ओर मुड़ा, और रैक पर रखे जूते जमीन पर पटकने के बाद लात मारकर उसने दरवाजा खोला।

''मैं जा रहा हूँ अस्पताल।'' उसने कहा।

सामने गेट में से वनिता अंदर आने लगी थी। अरशद के साथ-साथ असलम ने भी उसे देखा। अरशद ने कदम बाहर रखा था, वापस पीछे हटाया और गरदन तिरछीकर असलम पर तीखी निगाहों से वार करते हुए उसने इत्मीनान से तीर चलाया।

''यह लड़की हिंदू है न, क्यों आती है हमारे घर ? एक और नई मुसीबत मोल न लो···बताए देता हूँ। अब्बू का नुकसान···उनकी बीमारी···उसकी वजह···तुम जानते हो सबकुछ।''

''अरशद!'' अब आपे से बाहर हो गया असलम। उसने लपककर अरशद की कलाई पकड़ ली। आँखों से अंगार उगलते हुए उसने असलम की ओर देखा और उसकी पकड़ को धत्ता बताया। वनिता दरवाजे के पास ही ठिठककर खड़ी होने के बावजूद वह बाहर निकल गया और उसने दरवाजा धड़ाम से बंद भी कर दिया।

दरवाजा खोलकर भीतर वनिता को कुछ क्षण देख ही नहीं पाया वह अपनी आँखों से।

बीमारी से ठीक होने के बाद सैयद ने ज्यादा दौड़-धूप करना बंद कर दिया था। हर रोज जल्दी ही काम से निपटकर घर में आराम करना ही अब उसका दस्तूर बन गया था। स्वास्थ्य की ओर विशेष ध्यान देना अब जरूरी हो गया था। अरशद इस बार इम्तिहान में फेल हो गया था। लेकिन यशोदा खामोश थी। उसने कुछ भी तो नहीं कहा था उसे। वैसे भी यशोदा से उसका सरोकार नहीं रह गया था। दिनोंदिन यशोदा को लेकर उसकी निगाहों में व्याप्त घृणा और हिकारत का भाव तीव्र से तीव्रतर होता जा रहा था।

यशोदा ने उसका संवाद भी अब 'नहीं' के बराबर ही रह गया था। मानो यशोदा से उसने खुद को पूरी तरह अलग कर लिया था···

असलम पूरी यूनिवर्सिटी में अव्वल आया था और एक इंटरव्यू में वह कामयाब भी हो चुका था। अमरीका में आई.टी. क्षेत्र का दरवाजा अब उसके लिए खुल गया। वहाँ की यूनिवर्सिटी से इस आशय का पत्र अभी आया ही था कि असलम ने घर में प्रवेश किया। यशोदा और वह खाने की टेबल पर साथ-साथ बैठे तो असलम ने यशोदा से इस चिट्‌ठी का जिक्र किया। मुद्‌दतों बाद अवसर मिला है तो वह जाएगा ही···जाना भी चाहिए उसे···इस तरह से लगभग वह अपना मन बना ही चुकी थी; लेकिन आज प्रत्यक्ष चिट्‌ठी पढ़कर उसका दिल बैठ गया। क्योंकि असलम उसकी आँखों का तारा था। सैयद की बीमारी···अरशद की तनातनी आदि हर मामले में बराबर यशोदा के साथ रहा वह। उसी के कोसों दूर जाने की कल्पना से उसकी आँखें भर आईं।

"तुम कहो तो मैं रद्‌द कर दूँ अम्मी?" उसकी आँखों की नमी असलम की निगाहों से छिपी नहीं थी। "यकीन मानो अम्मी, मुझे वहाँ जाने का आकर्षण बिल्कुल नहीं है।" उसकी हथेली पर अपना हाथ थामते हुए उसने कहा।

"नहीं, नहीं, ऐसा-वैसा कुछ मत सोचो।" यशोदा ने रूमाल से फौरन अपनी आँखें पोंछ डाली। इतना अच्छा मौका हाथ लगा है। मेरी बला से क्यों गँवाते हो उसे? पागल लड़का! मेरी आँखें तो यूँ ही भर आईं; क्योंकि तुम ही तो मेरे हमराज हो और किसके सामने फफोले फोड़ती मैं! तू नहीं होगा, उसका गला फिर रुँध गया। तनिक रुककर उसने आगे कहा, "अरशद ने तो कुट्‌टी ही कर ली है। ढंग से एक लफ्ज भी नहीं बोलता। अम्मी को देखते ही उसका खून खौलने लगता है। हरदम वह फुँफकारता रहता है बस, हमेशा जहर भरा रहता है उसकी नजर में।"

"अम्मी, सब ठीक हो जाएगा। मजहबी खब्त एक-न-एक दिन उतर जाएगा उसके दिमाग से···थोड़ा सा इंतजार करो बस।"

"अकेले में जब मैं सोचती हूँ तो लगता है असलम, मैंने धर्म को अपनी जिंदगी में कभी कोई अहमियत नहीं दी। लेकिन अब वही धर्म मेरे और अपने बेटे के बीच में···" उसका गला भर आया।

"मैंने कहा न अम्मी। तुम उसकी बातों की ओर ज्यादा ध्यान मत दिया करो।" असलम ने अपनी हथेलियों से अम्मी के गालों को सहलाते हुए उसे शांत करने का प्रयास किया।

"बहुत इंतजार किया···सब्र का मीठा फल पाने के लालच में। उसके दिमाग पर सवार फितूर उतर जाने की उम्मीद में ही एक-एक पल काटती रही। लेकिन अब डरने लगी हूँ असलम।" भावना विवश होकर असलम के सीने पर उसका सिर झुक गया। "उसके और मेरे बीच की खाई गहराती जा रही है।"

असलम ने अम्मी से गलबाँह डालते हुए बात आगे बढ़ाई, "मेरे यहाँ न रहने पर वह सँभल जाएगा। अपनी जिम्मेदारी को महसूस करेगा, यकीन मानो। मैं भी नहीं होऊँगा, मुझसे भी तो वह उतना ही खार खाता है···और वनिता भी आती रहेगी बीच-बीच में। वह भी सुकून दिलाएगी तुम्हें, तुम अब्बू का ध्यान रखना। वक्त-जरूरत वनिता को बुला भी सकती हो।"

"खैर! छोड़ो भी, इतनी अच्छी खबर लाए हो तुम। लो, मुँह मीठा कर लो," कहकर यशोदा पूर्ववत् हो गई। काफी हद तक उसकी गाड़ी पटरी पर आ चुकी थी।

□

चिलचिलाती गरमी का तल्ख मौसम था, पेड़ों, पत्तों के पोरों से जैसे धूप ही रिसती थी···इस कदर गरमी। यशोदा साड़ी पर कढ़ाई करने में व्यस्त थी। इसी बीच वनिता आ गई, तो यशोदा ने राहत की साँस ली। असलम को विदेश गए लगभग दो महीने हो चुके थे। घर में उसके होने से एक रौनक सी रहती थी। घर हरा-भरा सा लगता था। उसके दोस्तों का आना-जाना, उनकी बहसें···किताबों पर चर्चा···घर में उसके अस्तित्व से ही चहल-पहल रहती थी।

वनिता ने आगे बढ़कर यशोदा की हथेली पर अपना हाथ रखते हुए कहा, "अम्मी, मुझे लगता है कि आपसी रिश्ते इतने सतही और वायवी कदापि नहीं होते। हमारे कुछ रिश्तेदार अभी भी पाकिस्तान में हैं; पर मीलों दूर रहने के बावजूद वहाँ उनके होने का एहसास भी कहीं-न-कहीं दिल को तसल्ली देता है। आखिर कैसे?" अपने हाथ से यशोदा की हथेली को दबाते हुए उसने अपनी बात जारी रखी, "बल्कि अरशद को देखकर मेरे दिल में सवाल आता है कि रिश्ते-नातों का संबल भला इस आदमी को अपर्याप्त क्यों लगता है? किसी भी श्रद्धा या निष्ठा से अधिक ऊर्जस्वल नहीं होता ऐसा एहसास?" यशोदा ने सिर्फ गरदन हिलाई।

"हम में से कोई भी यकीनन इस कदर मजहब की जद में नहीं है। न असलम, न सैयद, न ही मेरी सासू माँ। हाँ, सैयद के पिताजी जरूर···वनिता, मैं विशेष रूप से कहना चाहूँगी कि हम लोगों में आरती उतारने की जो रस्म है न, वह मेरी सासू माँ को बहुत

पसंद है। आरती उतारने से आयु बढ़ती है, यह धारणा उसके मूल में होती है, जिसे वे 'कितनी सुहानी है'…कहकर नवाजा करती हैं।

"क्या अभी भी वे अमीना बुआ के साथ कुवैत में ही हैं?"

"हाँ, सैयद की बीमारी की खबर मिलते ही इधर आने की तैयारी में थीं, किंतु मैंने ही अमीना से कहकर उन्हें वहीं रोक लेने का अनुरोध किया। वे भी अब पचहत्तर पार कर चुकी हैं, पर मेरा सहारा हैं…शुरू से रही हैं। अंतरंग सखी सा व्यवहार होता है उनका।"

अरशद घर में आ चुका था। किंतु वे बातचीत में इतनी व्यस्त थीं कि उसके आने की सुध नहीं रही उन्हें। लेकिन अचानक वनिता का ध्यान गया, तो वे चौकन्नी हो गईं।

"हैलो! कैसे हो?" उसने मुसकराते हुए अरशद से पूछा।

जवाब में उसने वनिता को आर-पार सिर्फ देखा, बस। उसके हैलो का जवाब देना उसने जरूरी नहीं समझा। बल्कि अपनी ही पिनक में वह भीतर चला भी गया। जाहिर है कि वह खुश नहीं था।

"देखे न तुमने उसके तेवर? लेकिन तुम दिल छोटा न करो।" यशोदा ने उसे सांत्वना देते हुए कहा।

"जी, बिल्कुल नहीं। मुझे भी आदत सी हो गई है इन चीजों की। इतना कुछ झेलना पड़ा है कि…अभी भी हम लोगों पर शरणार्थी होने का ठप्पा लगा हुआ है…बात है तो इतनी सी, पर गहरा घाव हो जाता है, आदमी की नजर से ही पता चल जाता है, अरशद तो शुरू से ही मुझसे खफा रहता है, नहीं पसंद करता मुझे, यहाँ मेरा आना उसे कतई रास नहीं आता। मेरा हिंदू होना…आपकी ही तरह…और असलम से मेरे रिश्ते की बात…उसे बिल्कुल गवारा नहीं…"

यशोदा ने एक उसाँस लेकर कहा, "कभी-कभी व्यक्ति की थाह पाना मुश्किल हो जाता है। कभी-कभी माँ भी अपने बेटे के अंतस को समझ नहीं पाती। पर वनिता, असलम ने अपने प्रोजेक्ट में जो सवाल उठाया था, 'हर रोज की हमारी जिंदगी में मजहब का कहीं कोई एहसास होता है हमें?' क्या वाकई हमारी रोजमर्रा की समस्याओं से कोई सरोकार होता है धर्म का? मुझे तो यह सवाल बड़ा ही मार्मिक प्रतीत हुआ था, पर अब लगने लगा है कि हाँ, सरोकार अवश्य होता है। मजहब अभिन्न रूप से जुड़ा होता है व्यक्ति के साथ। मेरा धर्म तो मेरे आँचल से ही जुड़ा हुआ है…अब महसूस होता है…" यशोदा की आँखों में अनायास आँसू भर आए।

वनिता कुछ देर निःस्तब्ध बैठी रही उसके पास। खुले में चमकती धूप की ओप अब धीमी पड़ गई थी। धूप का रंग अभी आँखों में समाने लगा था कि आनन-फानन में बारिश ने कुछ नए रंग बिखेर दिए। पानी में नहाए, झबरीले प्राणी की लटकन-झटकन

से बिखरती बूँदों की ही तरह थीं, बादलों की यह छिटकन। कुछ देर बाद वनिता चली गई, तो खिड़की में से फुहारों की छींटा-कशी को बड़े ही चाव से वह देखती रही। सैयद के आने में अभी कुछ समय बाकी था। भीतर अपने कमरे में अरशद और बाहर यशोदा···अचानक धड़ाम से किसी चीज के गिरने की आवाज आई। यशोदा लपककर चौके की तरफ गई, खिड़की में से बिल्ली आई थी और रसोई की शेल्फ पर रखा दूध का कप जमीन पर गिर पड़ा था, उसी की आवाज थी वह। लेकिन यशोदा के आने की आहट पाकर वहाँ से वह खिसक गई थी। टूटे कप के टुकड़े इकट्ठे कर उन्हें कूड़ेदान के हवाले करने यशोदा बाहर आई तो उसने देखा, अरशद सोफे पर बैठा था।

"वह लड़की किसलिए आई थी यहाँ?" उसने दहाड़ते हुए पूछा।

कोई जवाब दिए बिना यशोदा ने दरवाजा खोला और बाहर जाकर उसने टुकड़े कूड़ेदान के हवाले कर दिए। उसके लौट आते ही और भी ऊँची आवाज में कहा—"तुम्हें मालूम है। वह लड़की मेरी आँखों की किरकिरी है। उससे सख्त नफरत है मुझे, अम्मी।"

"क्यों?" उसकी नजर-से-नजर भिड़ाते हुए यशोदा ने पूछा, "इसीलिए न कि वह भी मेरी ही तरह हिंदू है। तुम भले ही उससे नफरत करो, पर असलम उसे बेहद चाहता है। हम सभी को पसंद है वह।"

उसके जवाब में अरशद का पारा और भी चढ़ गया और उसने ठोकर मारकर सोफे की कुरसी उलट-पुलट दी। निचले होंठ में दीर्घ दाँत को धँसाकर उलटी पड़ी कुरसी को फिर एक बार ठोकर मारते हुए उसने कहा, "कान खोलकर सुन लो, वह दोबारा यहाँ नहीं दिखनी चाहिए मुझे। क्या? मैं जानता हूँ असलम तुम्हें जरूर प्यारा है, तो मेरी बला से। लेकिन वह चला गया है यहाँ से। अब मेरा राज चलेगा इस घर में।" और टेबल पर रखी किताबें तमतमाते हुए उसने बिखेर दीं।

यशोदा भौंचक सी देखती रह गई उसके वहशीपन को। उसका गुरूर, खौफजदा सुर्खरू निगाहें, फड़कती नथूनें और पेशानी पर लहराती आवारा जुल्फें। उसकी यह बेमुरब्बत, तमाशाई बेहूदगी अब नई बात नहीं रह गई थी। आतंक का घरेलू तोहफा! लेकिन आज की भड़ास, यानी काफी अरसे से दिल में इकट्ठी हुई घुटन का विस्फोट था। यशोदा भीतर-ही-भीतर सहम गई। उसी पिनक में अरशद ने शो-केस खोला। वह स्वयं असलम और अरशद—तीनों की मिली-जुली तसवीर का, वहाँ रखा फ्रेम झपटकर उसने उठाया तो यशोदा ने चीखकर कहा, "बहुत हो गया। बस करो अरशद यह तमाशा।"

"बस करूँ?" कहकर वह यशोदा को घूरने लगा। उसका चेहरा इस कदर लाल हो रहा था कि उसके गालों पर उभरे दो-चार मुँहासे तरेरकर कहीं फट न जाएँ···आगबबूला हुआ जा रहा था। उसके ऐंठते, बेदरकार कदम—यशोदा सहम कर दो कदम पीछे हट

गई। उसे लगा जैसे यह उसका बेटा अरशद हो ही नहीं सकता—लाल-पीली, अंगार उगलती आँखें···उनमें व्याप्त खूँखारी···मानो जान का दुश्मन हो। उसे लगा कि उस फोटो फ्रेम को वह उसकी दिशा में भाले की तरह उछाल सकता है। शायद थूक, थूक भी दे···तेजाबनुमा। जहरीली लार। अरशद की कसैली नजर कहीं उसे विरूप कर देने पर आमादा तो नहीं···! यशोदा उसके सामने खुद को लुंज-पुंज महसूस कर रही थी। यशोदा डर के मारे बदहाल हुई जा रही थी। जरा लड़खड़ाते हुए फौरन जमीन पर बैठ जाना ही उसने उचित समझा, शरणागत की तरह। अरशद ने उसे हिकारत से घूरते हुए सोफे की दिशा में फ्रेम को उछालने के बाद बड़ी उद्दंडता से सोफे पर ठोकर लगाई और बाजी जीतने के हिंस्र आवेग से सिर हिलाकर पेशानी पर उतरे बालों को सँवारा।

"अरशद···" यशोदा ने बुझे-बुझे से अंदाज में आवाज दी, किंतु अपने ही तैश में उसे अनसुना कर दनदनाते हुए वह दरवाजे से बाहर चला गया।

अभी कुछ समय बीता ही था कि सैयद ने घर में प्रवेश किया और निढाल सी यशोदा को सोफे के सहारे बैठे पाया—अँधेरे में अकेली बैठी, सहमी-सिकुड़ी-सी··· बदहवास। बाहर अनपेक्षित रूप से बादल बरस रहे थे।

"क्या हुआ यशू? ये क्या हालत बना ली तुमने?" बारिश में भीगे बदन से भीतर आए सैयद ने उसके सामने ही पालथी मारते हुए पूछा। भीगे बालों से टपकती बूँदें पसीने से चिकनाए गालों पर ढुरक रही थीं। अनजान सी, बेगानी नजर से उसने सैयद की ओर देखा और कुछ देर तक उसी अंदाज में वह टकटकी बाँधे रही। और उसके बाद उसकी बाँहों में वह समा गई, पूरी तरह से। पर निगाहों में उलझन और लुटी-पिटी बेबसी···

"कुछ तो बोलो यशू? तबीयत तो ठीक है न तुम्हारी? अरशद ने···? क्यों?"

सैयद भाँप गया था। वह यशोदा को प्यार से सहलाता रहा। किंतु उसकी निढाल ठिठुरन में उतार आने की कोई सूरत नहीं दिखाई पड़ रही थी। उसकी जुबान को जैसे काठ मार गया था। बारिश की वजह से उमस कुछ कम जरूर हुई थी, पर उसके चेहरे से पसीना चू रहा था। सैयद का स्पर्श उसे हर तरह से नाकाफी महसूस हो रहा था। कुछ देर बाद सैयद ने उसकी बाँहें थामकर उसे खड़ा करने का प्रयास किया। वह खड़ी हुई भी, पर उसकी चाल बेजान सी लग रही थी। वह भीतर आ गई। सैयद गीले कपड़ों में ही उसके पास बैठा अरशद का इंतजार करता रहा।

दरवाजा महज अटकाया हुआ था, उसे ठेलकर अरशद भीतर आया। उसकी आहट पाकर सैयद कमरे से बाहर आया और अरशद पर लगभग झपट पड़ा। एक जोरदार तमाचा उसने अरशद के जड़ दिया और कहा, "यह क्या पागलपन है अरशद? इसे तुम इसलाम की अकीदत समझते हो? मेरी नजर में तुम निहायत बुजदिल और कायर हो।

बेहद डरपोक इनसान ही इस तरह का वाहियात हंगामा खड़ा करते हैं। यदि इसी को तुम अकीदा मानते हो, तो वह तुम्हारे भीतर कुछ नायाब कारनामा कर दिखाने का माद्दा क्यों नहीं पैदा कर सकता? बोलो?"

अरशद का एक मुँहासा अब फटकर रिसने लगा था। उसके गाल पर सैयद की उँगलियों के निशान बाकायदा उभर आए थे। लेकिन अरशद की खूँखार नजरों की बेदिली अभी भी बरकरार थी। बड़े ही इत्मीनान से लेकिन अपनी उसी ऐंठन के साथ उसने फर्मान जारी किया।

"अम्मी को मुसलमान बनना होगा, बाकायदा मुसलमान।"

अब सैयद ने आव देखा, न ताव; ठेठ उसकी कॉलर पकड़कर उसने कहा, "तू कौन होता है रे फरमान जारी करनेवाला? किसी भी दूसरे मजहब को उस पर थोपना ज्यादती नहीं होगी उसके साथ? कुछ शर्म है तुम्हें? नालायक सिरफिरे... । किसी भी ज्यादती का मुँहतोड़ जवाब विरोध-प्रदर्शन ही होता है। समझे? आगाह करता हूँ मैं तुम्हें..."

नोक-झोंक की आवाज सुनकर यशोदा कँढोरती हुई, जैसे-तैसे कमरे में से बाहर आई। उसके होंठ कुछ बुदबुदाने को थे, पर आवाज ही नहीं फूटती थी।

"और यदि वह मुसलमान न बनने पर अड़ जाए तो...तो क्या कर लोगे तुम? कौन सा कहर बरपाकर दोगे मुझ पर, अम्मी पर? जरा मैं भी तो सुनूँ..." सैयद अभी भी गुस्से में उबल रहा था।

"पहले गुस्ताख तो आप हैं अब्बा! इसलाम की इज्जत को आपने नीलाम होने दिया। अम्मी का धर्म-परिवर्तन करवाए बिना आपने उनसे निकाह किया।"

"अच्छा?" सैयद ने हिकमती हँसी के साथ कहा, "मैं अपने धर्म को घातक हथियार नहीं मानता, तुम्हारी तरह। ऐसी जुर्रत तुम्हारे जैसे बुजदिल और कमजोर इनसान कर सकते हैं, श्रद्धा को भुनाने की हिमाकत करते हैं, खुदगर्ज इनसान!" फिर एक बार ठिठोली लगाते हुए उसने आगे कहा, "तुम लोग सोचते हो कि हथियारों से जड़ें काटना आसान होता है। पर ध्यान रखो, ऐसे में हथियार भोंथरे साबित होते हैं। यह सरासर मजहब की बेइज्जती है, निपट नामाकूल हरकत। मजहब आदमी को इनसान बनने की तमीज सिखाता है, उसे इनसानियत की राह दिखाता है। है न? यही होता है न उसका मकसद? कम-से-कम मेरे लिए तो यही सबसे बड़ा सच है, समझे?" इसी बीच थोड़ी साँस फूल जाने से वह सोफे पर बैठ गया।

यशोदा ने अरशद की ओर निगाह घुमाई। उसके तेवर अभी भी वही-के-वही थे।

"अब मेहरबानी करके तुम अंदर चले आओ...हम पर...अपने अब्बा पर रहम करो।" यशोदा ने चिरौरी की।

"जाऊँगा तो सही, पर..." अरशद ने अपनी उसी हेठी भरे अंदाज में गुर्राते हुए कहा,

''लेकिन पहले मुझे जवाब दो···तुम्हीं दो। तुम मुसलमान बनोगी या नहीं ? मेरी खातिर ?''

सैयद का खून फिर एक बार खौलना शुरू हो गया। वह तपाक् से उठ खड़ा हुआ, पर यशोदा ने उसे बमुश्किल दोबारा बैठा दिया और इशारे से उसे चुप रहने का अनुरोध कर उसने कड़कते हुए जवाब दिया, ''हरगिज नहीं···मुसलमान नहीं बनूँगी। तुम यदि अपनी जिद पर अड़े हो तो···तो मैं भी गाँठ की पक्की हूँ। क्यों बनूँ मैं मुसलमान ? मेरे शोहर ने और उनके रिश्तेदारों ने मुझे अपने धर्म के साथ अपना लिया है। मजहब की दीवारें उनके लिए हैं ही नहीं। फिर भी तुम यदि अपनी कायर हिंस्रता पर आमादा हो, तो मैं भी डटकर मुकाबला करने के लिए तैयार हूँ। तुम्हारे उस बाबा के बहकावे में तुम आ गए और तुमने अपने जेहन को गिरवी रख दिया उसके पास। पर ऐसी खोखली दहशत को मैं ठेंगा दिखाती हूँ। समझे ?''

''ठीक है। तुम्हारे कारण मेरी बरबादी अटल है। तुम यदि मेरी तबाही ही देखना चाहती हो, तो मुझे मेरे हाल पर छोड़ दो···'' जल-भुनकर उसने कहा और वहाँ से चलता बना।

सैयद ने यशोदा की ओर एकबारगी देखा। बाहर बरखा-बहार अभी भी जारी थी।···सैयद ने टेक लगाकर सोफे पर गरदन रख दी।

सैयद के मुरझाए चेहरे की टीस को यशोदा ने महसूस किया, किंतु उस पर कोई टिप्पणी किए बिना उसने सिर्फ उसके काँधे पर हाथ रख दिया, बस।

''मैं तो सोचता था कि लड़का फ्रस्ट्रेट हो गया है। आ जाएगा इस दायरे से बाहर।'' सैयद कहने लगा, ''हम भी मदद करेंगे, मशवरा करेंगे। लेकिन आज उसके तेवर देखकर तो मैं हैरान रह गया। निराशा या अवसाद क्या आदमी को पशु बना देते हैं ? क्या मजहब दहशत को हवा देता है ? अब तो मुझे भी उसकी चिंता होने लगी है··· तुम्हारी ही तरह, यशू।''

''तुम शांत हो जाओ, सँभालो अपने आपको।'' उसे ढाढ़स बँधाते हुए यशोदा ने उदास हँसी के साथ कहा, ''जो आजादी न सिर्फ तुमने, बल्कि तुम्हारे घरवालों ने भी बिन माँगे मुझे दी और मुझे हिंदू बना रहने दिया, उसकी पूरी कीमत बेटा वसूल कर रहा है, ऐसा ही करना चाहिए। आजादी के मायने अच्छी तरह से हमारे जेहन में उतार रहा है !''

''क्या तुम्हें मैं मजबूर नहीं कर सकता था धर्म-परिवर्तन के लिए ? लेकिन तुम्हीं बताओ यशू, किसी पर किसी का मजहब थोपकर उसकी जिंदगी का नूर बदलने की ज्यादती क्या उस शर्म को अपमानित नहीं कर रही होती ? अपनी प्यास बुझाने के लिए किसी की श्रद्धा को जबरन दाँव पर लगाना उचित होगा ? क्या इसकी हिमायत किसी भी स्थिति में की जानी चाहिए ? क्या यही मेरा बेटा है ? जो अपनी अम्मी को···''

सैयद की तल्खी कम होने का नाम नहीं ले रही थी। पत्र-पत्रिकाएँ, पुस्तकें आदि बिखरा-छितराकर अरशद अपना गुस्सा उतार चुका था। उन्हें एक-एक कर उठाते हुए करीने से एक ओर रखने की संजीदगी सैयद ने दिखाई। यशोदा मुँह सिलकर काम करते सैयद को देखती रही और कुछ देर बाद उसने कहा, "तुमने मुझे अपना धर्म बदलने के लिए मजबूर नहीं किया, इसीलिए इसलाम मेरे लिए और भी आदरणीय बन गया। इसी वजह से मैं तुम्हारे घर में समा गई—तुम्हारे घरवालों का दिल जीत सकी। तुम दिल में अपने धर्म की जितनी इज्जत करते थे, या अभी भी करते हो, उस पर कोई आँच नहीं आने दी तुमने। यही तो है असली धर्म-रक्षा।"

"बात तो ठीक है तुम्हारी, पर तुम्हारा बेटा ही तो उसकी धज्जियाँ उड़ाने पर तुला हुआ है⋯" दिल के फफोले फोड़ते हुए सैयद ने कहा तो सही, पर उसका गला रुँध गया, आँखों की नमी को रूमाल से पोंछते हुए अरशद द्वारा सोफे पर पटक दिया फोटो-फ्रेम सैयद ने उठाया, असलम और अरशद के बीच में बैठी यशोदा की तसवीर।

"अपना असलम कितना होनहार लड़का है⋯और तेज भी। क्यों यशू? हमारे हिस्से में सदा खुशियाँ ही बाँटी उसने। हालाँकि तुलना नहीं कर रहा हूँ मैं, फिर भी⋯" यशोदा ने सैयद की नजर से नजर मिलाई। उसकी समूची बीमारी मानो उन्हीं दो आँखों में शामिल थी। असमय आए बुढ़ापे का एहसास देती, उसकी आँखें⋯उनसे बहते आँसुओं के बरक्स उस वक्त किसी मासूम बच्चे के उत्साह से सराबोर लग रही थीं। उन्हीं सजल आँखों की वजह से उसके मुरझाए चेहरे पर भी रौनक दिखाई दे रही थी। उसमें चैतन्य की ओप भी थी। यशोदा को मन-ही-मन लगा कि यातना और दुःख-दर्द, दोनों एक साथ क्यों हावी हो गए उस पर! दिल की बीमारी ने उसके बदन को झुलसा दिया और बेटा⋯रही-सही कसर पूरी कर रहा है, उलाहना दे रहा है उसे, कलेजे पर वार कर रहा है, खैर⋯लेकिन यह दुःख झकझोरकर नींद में से जगा भी रहा है मानो। भावावेग में भरकर यशोदा सैयद के करीब गई और उसके कंधे पर उसने गरदन टिका दी। उसके सीने पर हाथ रखे वह दिल की धड़कनों को महसूस करती रही।

"हमारे संस्कार यूँ ही बेकार नहीं होंगे सैयद!" यशोदा ने कहा, पर उसे अनसुना कर सैयद बाहर हो रही बारिश का नजारा खिड़की में से देखता खड़ा रहा।

□

"कुवैत से अमीना और अम्मीजान लौट आईं। सैयद वेंटिलेटर के सहारे था। अरशद के साथ हुई कहासुनी और नोक-झोंक⋯शायद यही वजह रही हो। लगभग एक हफ्ते बाद ही उसे दोबारा दिल का जबरदस्त दौरा पड़ गया था और एक दिन सवेरे-सवेरे घर में ही वह धराशायी हो गया। असलम भी यहाँ आने के लिए वहाँ से चल पड़ा था। चार दिनों बाद उसका इम्तिहान होना था। कसौटी की घड़ी थी और यशोदा ने उसे आने के

लिए मना किया था, फिर भी···सिर्फ दो दिनों के लिए। आखिरी बार उसके दर्शन करने का मौका असलम को मिले, सिर्फ इसीलिए सैयद को वेंटिलेटर पर रखने का निर्णय डॉक्टरों ने लिया था। मतलब है कि सैयद का काम तमाम हो चुका था, लगभग···सिर्फ मौत को दहलीज पर ही रोक दिया गया था···फरेबी धड़कनों के सहारे। आखिरी साँस लेने की घड़ी मुल्तवी करने का आधुनिक नुस्खा···डॉक्टरी प्रगति!

सिर्फ उसके दर्शन हो सके, बस। खेल खत्म हो गया। दूसरे ही दिन सैयद 'स्मृति शेष' रह गया था। अब तक सभी रिश्तेदारों, परिचितों में 'सैयद' नाम से बनी हैसियत अब मिट गई थी। अब उसकी पहचान महज एक 'निःस्पंद काया' भर रह गई थी। उस निष्प्राण देह को भी अब आँखों से ओझल कर देना था। लेकिन उसे पाक-साफ करने के बाद। मानो बेजान अवशेष को आखिरी बार नहलाने से, उसके द्वारा जीते-जी किए गए सभी पाप धुल जाते हों। पाक-साफ, धुली-पुछी काया···किंतु निश्चेतन···अपने अस्तित्व का एतबार खो चुका कलेवर। यही बची-खुची पहचान थी उसकी।

"इना लिल्लाही वा, इना इलाही राजेउन···" की गुहार···तीसरे दिन से कुरान शरीफ की आयतों का पठन, यशोदा के हिस्से में आई चार महीनों की 'इद्दत'···यानी उस अवधि में घर से बाहर कदम रखना तो दूर, सिर्फ एक कमरे में बंद रहना। किसी पराए मर्द या छोटे बच्चे के साए से भी दूर रहने की सख्ती। उसूलन सिर्फ उजले ही कपड़े पहनना। अन्यान्य रस्मों की फेहरिस्त यशोदा को सुनाई जा रही थी।

दूसरे दिन असलम को लौटना था। रात की फ्लाइट थी। रुख्सत होने से पहले यशोदा को गले लगाकर उसने कहा, "ऐसा नहीं कि अब्बू बहुत ज्यादा धार्मिक थे। तुम इद्दत आदि न बरतो तो भी चलेगा। बड़ा ही मुश्किल होता है उसे निभा पाना, पूरे चार महीने परदा करना और तुम्हें तो बुरके की भी आदत नहीं। चाल-चलन से तो तुम मुसलमान बन ही गई हो। वैसे भी मैं जून में आ ही जाऊँगा। इस बीच निजाम चाचा से भी फोन पर बात करूँगा। अब्बू के कारोबारी ढाँचे का जायजा भी तो लेना होगा। अरशद से भी बात करूँगा।"

यशोदा ने बड़ी मुश्किल से सैलाब को रोक रखा था। लेकिन अब सभी बाँध टूट गए और वह फूट-फूटकर रोने लगी। अब वह निपट अकेली रह गई थी। पूरी जिम्मेदारी उसे सौंपकर सैयद चला गया था। बचे थे सिर्फ दो सिरे, यशोदा और अरशद। अरशद से शायद असलम की कोई बातचीत हो गई हो और उसने उसे कुछ समझाया भी हो।

उसी रात अमीना और ननदोईजी को भी निकलना था। क्योंकि अमीना की बेटी की डिलीवरी डेट पार हो चुकी थी और किसी भी समय जचगी होने की पूरी संभावना थी।

अम्मीजान नींद की गोलियों के सुपर्द थीं। यशोदा के रिश्तेदार, अड़ोस-पड़ोस की कुछेक परिचित औरतें आई थीं। उसे सांत्वना देने, चली भी गईं। सैयद के चाचा-चाची,

चचेरे देवर-देवरानी कुरानखानी में शामिल होने का वायदा करके चल दिए। सैयद का बिजनेस पार्टनर निजाम और उनकी बीवी नसीम भी फारिग हुए। इस तरह एक-एक कर पूरा घर खाली होता रहा। यशोदा, उसकी माँ, अम्मीजान और अरशद—ये ही चार लोग अब बचे थे घर में। वनिता रुकनेवाली थी, पर यशोदा ने ही उसे मना कर दिया।

भोजन से निपटने के बाद यशोदा की माँ रसोई की साफ-सफाई कर रही थीं। इसी बीच अरशद वहाँ आया और उसने आगाह किया, ''नानी, यहाँ कुरानखानी होगी परसों से। तुम इधर मत रहना। वैसे तो चलता है, लेकिन···''

''मैं चली जाऊँगी···'' यशोदा की माँ ने मुंडी हिलाकर हामी भर दी। उन्होंने सोचा, बेकार की खिच-खिच और कहा-सुनी से तो चुपचाप निकल जाना ही बेहतर होगा। व्यर्थ की मगजमारी करने से भला क्या फायदा? कम-से-कम ऐसे मौके पर उससे उलझना ठीक नहीं होगा। यशोदा के कानों तक उसकी हिदायत पहुँच चुकी थी। रात में सोने के लिए बिस्तर बिछाने वे कमरे में आईं तो यशोदा ने अत्यंत बेरुखी के साथ, बुझे-बुझे से अंदाज में कहा, ''अब मैं पस्त हो गई हूँ माँ। इस लड़के से बात करने की लौ नहीं रही मुझ में।''

''तो मत खोलो मुँह उसके सामने।'' उसके बालों को सहलाते हुए उन्होंने उसे समझाया। ''फिलहाल वैसा ही करो, जो वह कहता है। वैसे तो बाप से बिछुड़ने का गम उसे भी सालता ही होगा।''

''क्या पता?'' कहते हुए वह फूट पड़ी। सैयद तो चला गया। अंततः इसी बेटे की बदौलत उसे जबरदस्त दिल का दौरा पड़ा। सिर्फ यही जिम्मेदार है उसके लिए। फिर भी टस-से-मस नहीं! चेहरे पर शिकन तक नहीं अपराध-बोध की। आज भी उसके तेवर वही हैं और उसी मुकाम पर खड़ा है वह। बेमुरव्वत, बेदिल और बदमिजाज। बोलने में वही अक्खड़पन और गुरूर। सैयद के इंतकाल की खबर मिलने पर न मेरे पास आकर उसने कोई शोक व्यक्त किया, न मुझे सांत्वना दी, न ही मुझे सुकून दिलाने का कोई प्रयास किया। अकेले ही एक कोने में खड़ा, सैयद के शव को ताकता रहा···संगदिली से। भूल से भी अपनी अम्मी की खोज-खबर लेने की जुर्रत नहीं की उसने। कसमसाकर अंततः मैंने ही उसे पास बुलाया और उसके सीने पर अपना सिर धर देने की कोशिश की। तब मेरे सिर पर सिर्फ एक बार उसने हाथ रखा। शायद उस वक्त उसकी आँखें नम हुई थीं। क्या उस दौर में भी इसलाम का सहारा उसे पुरसुकूँ राहत दिलाने के लिए काफी था? या कि मौलवी बाबा का साया उसकी हौसला-अफजाई के लिए काफी था? या कि अपने ही बलखाए घमंड की जमीन उसकी श्रद्धा को अक्षुण्ण बनाए रखने के लिए सक्षम थी? टूटकर बिखर जाने के इस दौर में क्या मुझे अपने धर्म के आधार पर कोई बल मिला? तिनके का सहारा··· ? किसी भी रूप में किसी हद तक ही सही?

क्या असीम श्रद्धा अपने आत्मीय जन की मौत पर भी विजय प्राप्त कर सकती है? या कि उजड्ड, लुंठ, बेरहम बन गया है यह लड़का···

तनिक अंतराल के बाद बातों का सिलसिला पुनः आरंभ करते हुए यशोदा ने कहा, "माँ, कुरान-पठन के दौरान परदा करना ही बेहतर होगा न? वरना यह लड़का वहाँ भी बवाल खड़ा करेगा।"

अब अम्मीजान की नींद खुल गई थी। काफी देर तक आँखें मूँदकर लेटे रहने के बाद वे उठ बैठीं। सिरहाने चश्मा उतारकर रख रखा था। उसे आस-पास, यहाँ-वहाँ टटोलने के बाद वह उनके हाथ लगा तो उन्होंने उसे पहन लिया और यशोदा से कहा, "तुम्हें यदि दिल से लगता हो, तो ही परदा करो। थोड़ा सा भी न-नुकुर लगे तो बिल्कुल मत करो। यह तो हकीकत है कि सैयद हमसे बिछुड़ गया है। ये रस्मो-रिवाज तो हमारे घावों पर मरहम लगाने की बजाय उन पर नमक छिड़कने का काम करते हैं, उलाहना देते हैं।" कमीज के सिरे को चश्मे के नीचे से घुसेड़कर उन्होंने आँखों की नमी पोंछ दी और एक दीर्घ उसाँस लेकर यशोदा की माँ की ओर रुख करते हुए कहा, "आप यहाँ से जाएँगी नहीं। यहीं रहेंगी आप। कुरान पठन में कोई भी शामिल हो सकता है। अरशद भले ही चूँ-चबर करे, मैं जो हूँ। आप फिक्र न करें।"

सुनकर यशोदा गद्गद हो गई। सैयद तो चला गया, पर सासू माँ खम ठोंककर मेरी रक्षा में खड़ी हैं, यह भी क्या कम है। उनका यह संबल यकीनन मेरी नैया पार लगाएगा। मेरी शादी से पहले माँ-बापू से मुलाकात करने वे हमारे घर पधारी थीं और इसी तरह उन्होंने हमें ऊर्जा प्रदान की थी। वैसे देखा जाए तो एक कठमुल्ला मुसलिम परिवार की एक सामान्य महिला···बेटे के बिछुड़ जाने से गमजदा होने के बावजूद अपनी ही शर्तों पर अपनी ही जमीन पर खड़ी एक खुद्दार, बुजुर्ग माँ··· । अपने दुःखों को दरकिनार कर मेरे मन की थाह पाने की चेष्टा कर रही है, मुझे अडिग रहने की सीख दे रही है, मुझे हिम्मत दे रही है···क्या केवल सासू माँ की हद तक से ही मेरा रिश्ता है उनसे?"

शायद अम्मीजान की बात अरशद ने सुन ली थी। हल्ला-गुल्ला करने के अंदाज में ही वह भीतर आया और हड़काने लगा, "नानी, तुम्हें मैंने चेतावनी दी कि कुरानखानी के दौरान तुम यहाँ नहीं रहोगी। बस, अब हद हो गई। ये मजहबी जिल्लतें अब बरदाश्त से बाहर हो रही हैं। बंद करो यह सिलसिला। वरना मैं चला जाऊँगा घर छोड़कर···कहीं भी।"

यशोदा की माँ सकते में आ गईं। अम्मीजान भी भौंचक सी देखती रह गईं।

"अब्बू का जो हश्र हुआ, सो हुआ; अब तुम तो बहकी-बहकी सी बातें मत करो दादी माँ। कुछ तो लिहाज करो अपने मजहब का।" उसने धौंस दी।

यशोदा की माँ मुँह खोलने को थीं, पर अम्मीजान ने उन्हें रोकते हुए कहा, "आप बिल्कुल कसूरवार नहीं हैं। आप यहीं रहेंगी।" और अरशद की आँख-से-आँख भिड़ाकर कड़कते हुए उन्होंने अरशद को फटकारा, "तुम जा सकते हो। दरवाजा खुला है। जहाँ जी में आए, चले जाओ। अपने बेटे को तो मैं खो ही चुकी हूँ। मेरा, यशोदा का, हम सभी का इससे ज्यादा और क्या नुकसान होगा? और कौन सी अनहोनी बाकी बची है हमारे लिए?"

अरशद ने अपनी कंजी, हरी आँखें तरेरने की कोशिश अवश्य की। पर दूसरे ही क्षण पीछे मुड़कर, दनदनाते हुए वह निकल गया वहाँ से।

"लेकिन अम्मीजान…" वहाँ से दफा हो रहे अरशद की ओर इशारा करते हुए यशोदा की माँ ने जैसे-तैसे कुछ कहना चाहा।

"मैं बताती हूँ सुनो…" आँखों पर से चश्मा उतारते हुए उन्होंने कहा, "हमारे मजहब, यानी इसलाम का मर्सिया पढ़ने पर आमादा है यह नई पीढ़ी। अपने तईं, अपनी तरह से इसलाम की नोच-खसोट करने की होड़ सी लगी है उनमें। और हमारी बदकिस्मती से उन्हें ऐसा करने से रोकनेवाला भी तो कोई नहीं है! इनसान अमन-चैन की दुहाई देता है। मजहब के उसूलों पर जीना अलग बात है। लेकिन ये लोग अपनी सरोकारहीन, बेलौस, वाहियात जिंदगी को बड़ी ही बेशर्मी से मजहब के साथ जोड़ देते हैं। और ऊपर से तुर्रा यह कि हम मजहब की कद्र करते हैं, उसी का अनुसरण करते हैं। मजहब के एकमात्र पहरुए होने का दंभ भरते हैं। हुँह! मुआ कहता है कि इसी वजह से अब्बू को अपनी जान गँवानी पड़ी।"

यशोदा की माँ ने उसाँस भरते हुए कहा, "कभी-कभी यह भी महसूस होता है कि युवा पीढ़ी को कोई भी संबल नाकाफी लगता है। डाँवाँडोल आत्मविश्वास के साथ हबड़-दबड़ जिंदगी जीते हैं वे। परिजनों से, स्वजनों से…बल्कि खुद से भी कटते चले जाते हैं ये लोग, तनहा-पसंद बन जाते हैं। और यही तनहाई, जब उन्हें लीलने लगती है तो भगवान् भरोसे छोड़ देते हैं अपनी जिंदगी को। अपना रसूख भी सौंप देते हैं अल्लाह को…"

"और माँ, खुद को भगवान् के हवाले कर दो तो चिंताओं से निजात पाने का मार्ग प्रशस्त हो जाता है! कुछ भी करने की जरूरत नहीं। बड़ा आसान तरीका! ऊपर वाले को चिंता है सबकी। और यह बात दिमाग में फिट हो जाए तो भुनाते रहो निष्ठा और श्रद्धा को, कत्लेआम करते रहो इनसान का, उनके जज्बातों का! कहीं किसी की गिरफ्त में आ जाओ तो मजहबी रंग दे दो उसे और मुक्त हो जाओ।" यशोदा तैश में आकर कहने लगी, "सैयद ने एक बार टोका भी था कि चुनौती सामने आ जाए तो समग्रता से उस पर निगहबान होने का माद्दा भी नहीं होता तुम जैसे जवाँमर्दों में। इसी मायने में तुम लोगों को मैं बुजदिल और कायर कहता हूँ।"

''ठीक कहती हो तुम। मेरा सैयद—शुरू से ही उसकी सोच बिल्कुल अलग थी। उसका बित्ता भर हिस्सा भी इस लड़के में नहीं आ पाया। पागल है…निपट ठूँठ।'' सैयद की याद ने अम्मीजान को रुला दिया। उन्होंने सुबकते-सुबकते यशोदा को आश्वस्त किया, ''यशोदा, सैयद को जाना था सो चला गया। पर मैं हूँ न, तू दिल छोटा न कर बेटी।''

अब तो यशोदा भी फूट पड़ी और माँजी भी।

□

बाहर के हॉल में औरतों का मजमा लगा था। कुरानखानी का आज समापन होना था। सभी औरतें परदानशीं थीं। चेहरे का हिस्सा भर खुला था, बस। एक ही लय, किंतु मिले-जुले स्वर में पठन जारी है। अम्मीजान, सैयद की चाची, यशोदा की चचेरी देवरानी नसीम, अम्मीजान की परिचित अन्य महिलाएँ और सामूहिक पठन। यशोदा बुरके में थी, परिवार समेत इबादतगाह आदि जगहों पर जाते वक्त वह अकसर इतना एहतियात जरूर बरतती थी। उसे याद है कि अत्यंत आकर्षक कढ़ाई-बुनाई और रंग-बिरंगे लेस से सजे खूबसूरत बुरके दुकानों की शोभा बढ़ा रहे थे। बुरका खरीदने यशोदा, सैयद के साथ गई थी। दुकानों में सजी नुमाइश देखकर उसने सहज भाव से पूछा था।

''बुरके लगते तो बहुत ही खूबसूरत हैं, पर इसे पहनने के बाद क्या औरतें पसीना-पसीना नहीं होती होंगी?'' तिस पर मुसकराते हुए उसने जवाब दिया था, ''यही तो होती है धर्मपरायणता।'' मेरे बुरका पहन लेने पर उसने टिप्पणी की थी, ''यशू तुम स्मार्ट तो लगती हो, किंतु मुसलमान नहीं…।'' तब बुरके की जाली की आड़ से ही मैंने कहा था, ''मुसलमान न लगूँ तो न सही। पर तुमने सही जवाब दिया था, धर्मपरायणता। किंतु औरतों पर हरदम बुरकापोशी लादना क्या सही है? चौबीसों घंटे की बंदगी… ? वैसे तो हमारा धर्म ऐसे मामलों में कतई पीछे नहीं है। विधवाओं पर क्या-क्या नहीं गुजरी? तरह-तरह की लानत-मलामत और पाबंदियाँ! शौहर के गुजर जाने के बाद किसी भी तरह का ऐब करने पर पाबंदी। चेहरे की खूबसूरती को दरकिनार कर विरूपीकरण का दामन थाम लेना, ताकि पराए मर्द अपनी कसैली निगाहों से उसे आँख उठाकर देखने की जुर्रत ही न कर सकें। माथे पर बिंदी न लगाने की सख्ती, सिर्फ उजले भक वस्त्र पहनने की ज्यादती, किंतु बदलते समय के साथ औरतों ने ही ऐसे निर्बंधों के खिलाफ जंग छेड़ी। खैर…मुझे बताओ सैयद, क्या औरत सक्षम नहीं होती, आत्मरक्षा के लिए? जान की हिफाजत की दुहाई देते हुए औरतों पर थोपे गए बंधन क्या ज्यादती की श्रेणी में नहीं आते?'' मेरे सिर पर हलकी सी चपत जमाकर उसने हलके-फुलके अंदाज में जवाब दिया था, ''धर्म का ढकोसला खड़ा करो तो पाबंदी अथवा ज्यादती जैसे सभी शब्दों की हवा निकल जाती है, यशू।''

किसी अन्य धरातल पर कुलाँचे भर रहा यशोदा का दिमाग अब फिर से

कुरानखानी के माहौल में लौट आया था। आस-पास की सभी औरतें परदानशीं थीं। उनकी मुलायम, चिकनी त्वचा, सुव्यवस्थित, सँवरी हुई भौंहें, कुछेक के दाँतों-होंठों पर पान की लाली, उसे यकायक महसूस हुआ कि इनमें से किसी भी श्रेणी में वह खुद बेमेल सी है। कुरानखानी, मोहम्मद पैगंबर से जुड़े उसके संदर्भ और किस्से, परिवेश—सबकुछ अजनबी, अनोखा और बेगाना सा। सैयद मुझे पहली बार अपने घर लेकर आया था···मुसलमानी माहौल में। कीमती फर्नीचर, क्रॉकरी, क्रिस्टल की चीजें, लेकिन उस समय मुझे कुछ भी इतना अजनबी नहीं लगा था, न पराएपन का एहसास हुआ था। इसी मकान में, घरवालों की गवाही से सैयद की चाचीजी ने कई उलटे-सीधे सवाल किए थे। उस वक्त अम्मीजान ने ही उन्हें साफ-साफ कह दिया था, "भाभीजी, यशोदा ही इस घर की बहू बननेवाली है। आखिरकार सैयद की पसंद है ही!" बहू बनकर इस घर में मेरे आ जाने के बाद उन्होंने चाचीजी से एक खास दूरी बनाए रखना मुनासिब समझा था। शुरू-शुरू में तो आस-पड़ोस के लोग भी कतराते थे, नाक-भौंह सिकोड़ते थे। किंतु बाद में स्थिति सामान्य हो गई, इसके बावजूद चाची समेत सभी रिश्तेदार मुझे स्वजन ही लगे थे। उसके बाद तो वे आत्मीय भी बन गए। पर आज? अभी, इसी वक्त? क्या सैयद चला गया इसलिए? एक ही झटके में उधड़ गए सभी रिश्ते? अथवा खुद मैंने उधेड़ डाले? यशोदा फिर एक बार कुरान शरीफ के धरातल पर लौट आई।

पैगंबर हजरत मोहम्मद ने जबीर से कहा, "तुम्हारे वालिद साहब का जन्नत में किस तरह खैरमकदम हुआ, पता है तुम्हें?···अल्लाह से वालिद साहब ने दरख्वास्त की, "या खुदा, मैं फिर से उसी दुनिया में लौटना चाहता हूँ। वापस भेज दो मुझे, ताकि मैं आपके सगुण-निराकार रूप का बखान लोगों के सामने कर सकूँ।" तब अल्लाहताला ने उसे समझाया, "बरखुरदार, जिंदगी एक ही बार हासिल होती है, दोबारा नहीं। जन्नत में पहुँचने के बाद वापस नहीं जाया जा सकता। कभी ऐसा सोचो भी मत कि तुम्हारी मौत हो चुकी है। तुम जिंदा हो···साबुत जिंदा।" यशोदा का दिमाग फिर से कुलाँचे भरने लगा कि सैयद मरा नहीं, जिंदा है। ऐसा ही समझना चाहिए। यही बात दिल में बसा लेनी चाहिए। उसके गुजरने की बात को इतनी आसानी से जज्ब कर बसर किया जाए?···दिल का दौरा पड़ने के बाद भी ऐसा कभी नहीं लगा कि उसकी मौत की घड़ी तयशुदा है, नियति ने उसका इंदराज कर रखा है! सैयद ने भी नहीं सोचा था कि···एक बार मैंने यूँ ही बात छेड़ी थी, "सैयद, कैसे बीतेगा हमारा बुढ़ापा?" उसने मुसकराकर कहा था, "हम दोनों जीएँगे एक-दूजे के लिए। अलबत्ता पोपले, मुँह से मैं तुम्हें यशू बुलाऊँगा तो तुम सू-सू सुनोगी! मंजूर है तुम्हें? बोलो।" किंतु ऐसी नौबत ही नहीं आई। इतनी लंबी उम्र मिली ही कहाँ! यदि पहले पता होता तो एक-एक पल

उत्कटता से नहीं जी लेते हम? बापू ने एक बार कहा भी था, ''सैयद के रूप में हमें पुत्र-प्राप्ति हुई है।'' अपनी व्यस्तताओं में से समय निकालकर वह जब यहाँ आता है, तो लगता है कि वह लौटने की बात न करे तो बेहतर होगा।···ज्यादा-से-ज्यादा वक्त उसके साथ बिताने को मन करता है···'' शुरू-शुरू में बापू ने ही सैयद को लेकर कड़ा विरोध जतलाया था!

दो साल पहले बापू और अब सैयद, बाणगंगा परिसर में सभी क्रिया-कर्म उसी ने तो पूरे किए थे। हजरत मोहम्मद की ही तर्ज में गुरुजी ने भी यही कहा था कि इनसान का शरीर तो नश्वर होता है, पर आत्मा शाश्वत होती है, मृत्यु इनसान के जिस्म को नाकाम जरूर बना देती है, किंतु आत्मा फिर भी बरकरार रहती है, दरजबंद बाणगंगा परिसर, बला की गरमी, सैयद की अनावृत पीठ, उस पर जमी बूँदें, बदन से चू रहा पसीना, कलश हाथ में थामे, बाणगंगा के शांत निःस्तब्ध गुनगुने पानी में उतरा सैयद, फूलों से सजा कलश पानी की सतह पर हिचकोले खा रहा है, बड़ी ही शिद्दत के साथ अपनी मंजिल की तलाश में कुछ दूर तक तैरता रहा, पर अंततः जल के अधीन हो गया। उसके तैरते रहने के दौरान बराबर लगता रहा कि बापू हैं···बाकायदा मौजूद हैं। पर अंततः बची रही हिलोरें। बापू का बचा-खुचा अस्तित्व भी मिट गया। पानी की सतह पर तैरते कलश की ओर टकटकी लगी आँखें, मेरे साथ-साथ सैयद की आँखें भी झरती रही थीं। उसके माथे पर गुरुजी ने टीका भी लगाया था। गुरुजी के पूछे पहले ही सवाल के जवाब में सैयद ने कहा था, ''मैं मुसलमान तो हूँ, पर हिंदू रस्मों के अनुसार क्रिया-कर्म करने में मुझे कोई एतराज नहीं। दामाद हूँ मैं उनका, बेटा ही समझ लो। एतराज तो शायद आपको भी नहीं होगा···''

यशोदा की आँखें भर आईं। अतीत से वर्तमान में लौट आने पर उसे फिर से सुनाई देने लगी कुरानखानी की अनुगूँज। एक विशिष्ट लय में, समवेत स्वरों में आयतों की पुरकशिश अदाकारी···उसे महसूस होता रहा, सैयद ने बेटे के तौर पर बापू की चिता को अग्नि के हवाले किया। इस हकीकत के बावजूद आज इस कदर अजनबीपन क्यों हावी हो रहा है? मैं तो वही यशोदा हूँ, फिर भी···! और बापू के क्रिया-कर्म की बेसाख्ता यादें क्यों झकझोर रही हैं दिमाग को?···वह भी कुरानखानी के दौरान? रग-रग में समाए धर्म-संस्कारों का क्या यही अर्थ अरशद को अभिप्रेत है? तो फिर मैं भला अरशद से मुखालफत क्यों कर रही हूँ? मुसलमान बनने से क्यों कतरा रही हूँ? मेरा विरोध अरशद की सख्ती से है या कि मजहब से? उसके मजहब से? एक बार भी ऐसा क्यों नहीं लगा मुझे कि अरशद को जाने से रोकूँ, माँ-बेटे के रिश्ते में दरार न आने दूँ, उसका मन रखने के लिए ही सही, कह दूँ उसे कि तुम अपनी जिद पर अड़े हो तो मुझे मुसलमान बनना मंजूर है। मुसलमान बनने में अब रहा ही क्या है बाकी? बहू तो इसी खानदान की बनी

हूँ न ? बल्कि मैंने ही एक बार असलम से कहा भी था कि मजहब किसी इनसान के कद से हरगिज बड़ा नहीं हो सकता।

कुरानखानी का दौर पूरा हुआ। शिरिनी तकसीम हुई। इस बीच अरशद और अन्य सभी लोग मसजिद से लौट आए। निजाम और नसीम शायद दोपहर में आनेवाले थे, यशोदा से मिलने। नसीम ने इत्तिला दी थी। यशोदा की माँजी अपने घर हो आई थीं। वनिता भी मौजूद थी। यशोदा ने असलम की प्रत्याशित बीवी के तौर पर अम्मीजान से उसका परिचय करवाया। थोड़ी देर बाद अम्मीजान भीतर चली गईं। उन्हें आराम की सख्त जरूरत थी। उन्हीं के क्रम में यशोदा की माँ भी रवाना हुईं।

''कल ही फोन आया था असलम का। बता रहा था कि इम्तिहान के परचे ठीक-ठाक रहे।'' यशोदा ने वनिता से कहा।

''जी, मुझे भी किया था फोन उसने।'' वनिता ने सूचना दी।

इसी बीच अरशद वहाँ आ धमका। उसके हाथ में कुछेक पैकेट थे।

''कैसे हो ?'' वनिता ने उससे पूछा, जबकि उसने जान-बूझकर वनिता की ओर देखा तक नहीं था।

''असलम पूछ रहा था तुम्हारे बारे में···'' इसके बावजूद वनिता ने आगे कहा।

''मुझे क्या हुआ है ? अच्छा-भला तो हूँ।'' आँखें फेरकर बड़ी बेरुखी के साथ उसने कहा, ''मुझे भला मलाल क्यों होने लगा ? नालायक जो हूँ ? दरकार ही क्या है मेरी ?''

वनिता हड़बड़ाई सी चुप रही। कोई समुचित दलील उसके दिमाग में नहीं आ रही थी। ''मुझे बात करनी है अम्मी से।'' उसने साफ-साफ कह दिया तो वनिता उठकर जाने लगी। किंतु यशोदा ने उसे जाने नहीं दिया। वहीं बिठाए रखा।

''तो ? बोलो···यह कोई पराई थोड़े ही है ?'' यशोदा ने कहा।

''लेकिन मैं उसे यहाँ नहीं चाहता।'' उसने कड़कते हुए फरमान जारी किया।

''मैं फिर आऊँगी अम्मी। अब मुझे इजाजत दीजिए।'' वनिता चली गई तो यशोदा ने झुँझलाकर उसे फटकारा, ''बात-बात पर मुझे नीचा दिखाते हो, क्या इतना काफी नहीं ? उससे बात करने की यही तमीज है तुम्हारी ?''

''क्यों ? अब असलम यहाँ नहीं है तो उसकी बीवी··· ? तुम्हारे ही धर्म की है, इसीलिए इठला रही हो न ? लेकिन मुझे वह कतई पसंद नहीं।'' वह गुर्राया, ''और हाँ, यह हिजाब लाया हूँ तुम्हारे वास्ते। एक ही था न तुम्हारे पास ?'' अब इद्दत के लिए बैठोगी तो दूसरे की जरूरत पड़ेगी।''

''इद्दत ? किसने कहा ?'' यशोदा ने त्यौरियाँ चढ़ाकर प्रतिवाद किया। किंतु दूसरे ही क्षण वह सँभल गई। बाद में ठंडे दिमाग से उसने कहा, ''नानी ने तुम्हारी बात रखी और वह कुरानखानी के दौरान यहाँ नहीं रहीं। मैंने उस दिन बुरका पहना तो तुम इसे

अपनी फतह मान रहे हो ? क्या तुम फिर से वही नुस्खा आजमाना चाहते हो ? तो कान खोलकर सुन लो, न मैं परदा करूँगी, न इद्दत बरतूँगी। अरशद, इत्मीनान से सोचो। दोपहर में निजाम भाई आएँगे। जल्दी ही सैयद के कारोबार का जायजा मुझे लेना पड़ेगा। रोटी की जुगाड़ के लिए कुछ आमद भी होनी चाहिए कि नहीं ?''

''अपने तईं कर लिया तुमने यह फैसला ? मुझसे मशवरा तक नहीं ?''

''तो क्या हुआ ? फैसला तो मुझे ही करना था, सो मैंने कर लिया।'' इतना भर जतलाया उसने। क्योंकि वह बात को आगे बढ़ाना नहीं चाहती थी।

''ऐसी मनमानी नहीं चलेगी। औरतें दिन भर पराए मर्दों के बीच में रहें, मुझे बरदाश्त नहीं।''

उसकी दकियानूसी, तंगदिली और अटपटी दलीलों पर गुस्सा होने की बजाय यशोदा को तरस आता रहा। यशोदा ने दूसरी बार भी लड़के को ही जन्म दिया तो सैयद की चाची ने बेतहाशा खुशियों का इजहार करते हुए कहा था, ''वाह, क्या बात है ! दूसरा भी लड़का ही हुआ, भाग खुल गए तेरे, तेरी गरदन तो हमेशा तनी रहेगी।'' लड़के को जन्म दिया मैंने, जायदाद का वारिस ? या मर्द ? खानदान के साथ-ही-साथ मर्दों की बिरादरी के लिए भी एक वारिस ! और सैयद तो सदा इठलाता था कि वह अपने बच्चों की परवरिश बिल्कुल ही अनोखे ढंग से कर रहा है !

''यह पसंद नहीं, वह पसंद नहीं, तो क्या पसंद है तुम्हें ? तुम्हारी अम्मी हिंदू है, इसलिए हरदम उसे जलील करने में मजा आता है ? या परदानशीं देखना खुशगवार लगता है ? बोलो ? तो फिर खाएँगे क्या ? कोई खिलाएगा-पिलाएगा हमें ?'' तनिक चीखने के लहजे में ही उसने भड़ास निकाली। पर बोलते-बोलते उसका गला रुँध गया।

''मैं जाऊँगा दफ्तर, मैं बात करूँगा निजाम चाचा से।''

''अच्छा ? पढ़ाई-लिखाई पर तो पानी फेर ही चुके हो। किंतु वैसे भी, सिर्फ बारहवीं पास लड़के को भला कोई देगा नौकरी ?''

दाँत-होंठ भींचकर वह चिल्लाने ही वाला था कि यशोदा ने संजीदगी के साथ कहा, ''चिल्लाते क्यों हो बेकार में ? बस करो यह हल्ला-गुल्ला। ये पैकेट उठा लो और वापस कर दो। नहीं चाहिए मुझे हिजाब-विजाब।''

''तुम्हें पहनना ही पड़ेगा।'' अरशद आक्रामक हो गया था।

''कह तो दिया, नहीं पहनूँगी...'' उसने फिर एक बार निश्चय को दोहराया।

''अम्मी... !'' वह दो कदम आगे बढ़ा और उसकी मुट्ठी भी भिंची थीं।

यशोदा ने फुरती से अपना सिर पीछे कर लिया। दीवार से टेक लगाकर बैठी यशोदा उठ खड़े होने के प्रयास में दीवार से घिसते-पिटते धम्म से बैठ ही गई।

अरशद की भिंची मुट्ठी भी खुल गई। उसी हाथ से अपनी जंघा पर धौला जमाते

हुए वह बुदबुदाया, "इंशा अल्लाह!" और बड़ी ही बेदर्दी से उसने वे पैकेट यशोदा की ओर उछाल दिए।

लुटी-पिटी और हकबकाई सी यशोदा हतप्रभ हो गई थी। सिर्फ देखती रही, बस! अरशद की भिंची मुट्ठी, "प्रतिशोध की आग के शोले उसके तन-बदन से फूट रहे थे, मानो खूँखार जंगली भेड़िया···बेशक 'स्साली' कहा उसने मुझे!···सैयद ने एक बार कहा भी था, "मुझे उसकी चिंता होने लगी थी सो इसलिए, क्योंकि वह बेझिझक कहने लगा है कि इसलाम दहशतगर्दी का असरकर जरिया है···"

इसी बीच यशोदा की माँ ने निजाम और नसीम के आने की खबर दी। दीवार से सटे पड़े पैकेट, यशोदा की खोई-खोई-सी निगाहें और अरशद का वहशी अंदाज···

"यशोदा···" उन्होंने सहमे-सहमे आवाज दी। यशोदा ने अपना हुलिया ठीक करते हुए कहा, "मैं ठीक हूँ माँ। दोनों को भेज दो भीतर।"

"सिर्फ नसीम चाची अंदर आएँगी। निजाम चाचा को बाहर ही बैठने दो।" अरशद ने आगे बढ़कर आदेश दिया। यशोदा ने एकबारगी उसे सिर्फ देखा बस; बोली कुछ नहीं। नसीम भीतर आकर यशोदा के पास बैठी। उसके जर्द काले हिजाब में से फीके रंग का कमजोर हाथ का कमसिन पंजा दिखाई दे रहा था। नाजुक, पतली उँगलियाँ···नाखूनों पर चमचमाता नेल पॉलिश। उँगलियों में सजी अँगूठियाँ, चेहरे की झलक दिखानेवाली चौकोर-जाली में से लबालब बादलनुमा उसका मुखड़ा अस्पष्ट सा दिखाई दे रहा था।

"आप इद्दत बरतती हैं?" यशोदा से पूछने के उसके अंदाज में ऐसा लगा जैसे नसीम हैरतजदा है।

"नहीं तो! क्यों भला?"

"अरशद बता रहा था···" नसीम बोलने लगी, "तब तो ठीक है। सैयद भाई ने इतनी मोहलत तो आपको दे ही दी थी। उन्होंने तो आपको जबरदस्ती मुसलमान भी नहीं बनाया। आपका मन करे तो बिंदी लगाइए, मंगल-सूत्र भी पहने रखिए। क्या फर्क पड़ता है? बुरका न सही···" इसके बाद सैयद की यादें वे बयान करने लगीं।

"मुसलमान होने के बावजूद किसी अलग मिट्टी के ही बने थे वे। भाई साहब तो मेरे साथ भी हँसी-मजाक कर लेते थे···'आपके दीदार तो कर लूँ जरा, तनिक परदा हटाइए।" अकसर कहा करते थे और आप भी उन्हीं की हाँ-में-हाँ मिलाते हुए चिकोटी लेती थीं, "आमा हटाओ भी परदा···देखो, दुनिया कहाँ जा रही है···याद आया?"

उन स्मृतियों की जुगाली यशोदा को सराबोर कर गई। खुद उसे भी सैयद की कुछ बातें अनायास याद आती रहीं। जैसे सैयद कहा करता था, "निजाम तो क्या, मेरे और भी दोस्त हैं, जो औरतों से हँस-हँसकर बातें करते हैं, अच्छी तरह से उनके साथ पेश

आते हैं, लेकिन घर में अपनी बीवी को परदे में ही रहने के लिए मजबूर करते हैं; उसे अपनी मर्दानगी के तेवर दिखाते हैं…''

''सैयद भाई साहब कहाँ-कहाँ ले गए थे आपको—बंगलूर, ऊटी…हैदराबाद, हर साल कहीं-न-कहीं घुमा लाते थे। मैं तो हमेशा आपके हवाले से अपने हुजूर से कहा भी करती थी, ''देखो जी, भाई साहब यशोदा भाभी का कितना खयाल रखते हैं…''

यशोदा उसकी बातें भी सुन रही थी और जाली की ओट से झाँकते उसके मुखड़े तथा उसकी चमकती आँखों पर टकटकी लगाए थी। वह उसे हिदायत भी देती थी, ''सिर्फ तुम ही एक ऐसी हो, जो हमेशा चहारदीवारी में बंद रहती हो। उसके अलावा भी तो कुछ करो। जो तुम्हें अच्छा लगे, जो तुम्हें पसंद आए…करते रहना चाहिए, तुम तो हरदम शौहर की ताबेदारी में रहती हो तनिक दबंगई दिखाओ, डट के कहना सीखो कि मैं फलाँ-फलाँ करना चाहती हूँ, मुझे तो सफर करना बहुत ही पसंद है।'' सैयद भी नसीम को चहारदीवारी से बाहर देखना चाहता था। वह कहा भी करता था, ''वरना वह पागल हो जाएगी।''

कमरे के दरवाजे के पास अरशद खड़ा था, उसने दरवाजे का परदा सरकाया।

''अम्मी, निजाम चाचा बात कर रहे हैं।''

परदे के इस पार निजाम खड़े थे। यशोदा कहने लगी थी, ''आइए भीतर। मैं इद्दत नहीं रखती…'' निजाम के इस शिष्टाचार से उसे तनिक भी हैरत नहीं हुई। खुद ही रिवाज का पालन करो तो अगला भी उसी तरह से पेश आता है…अपने आप।

यशोदा ने दफ्तर आने का इरादा जतलाया। तिस पर निजाम ने कहा, ''आप क्यों तकलीफ करती हैं बेकार में। सैयद का हिस्सा मैं बराबर पहुँचाता रहूँगा आपके पास।'' निजाम ने कहा।

''जी नहीं, ऐसा मत कीजिए। सैयद की भागीदारी को मैं भुनाना नहीं चाहती। मैं खुद काम करने आऊँगी। पहले भी तो आती रही हूँ…बीच-बीच में। खाता-बहियाँ, हिसाब-किताब देख लिया करूँगी। वैसे तो कोई काम आप मुझे सौंप सकते हैं, बात सिर्फ इतनी सी है कि मैं अपनी मेहनत की रोटी खाऊँगी।'' यशोदा ने दलील पेश की।

''लेकिन दफ्तर में तो ज्यादातर मुसलमान कर्मचारी हैं…और आप परदा भी तो नहीं करती, अरशद बोल रहा था कि''

''वह कहता रहे अपनी बला से। क्या इस पूरे मामले में मेरी कोई भी हैसियत नहीं?'' यशोदा ने सीधे-सीधे पूछा।

''नहीं…नहीं ऐसी कोई बात नहीं। आप जरूर आइएगा, दफ्तर के लोगों को मैं सँभाल लूँगा, आप फिक्र न करें, अपना ध्यान रखिए। तो, अब इजाजत है?''

इसमें दफ्तर के लोगों को सँभालने की भला क्या बात है? यशोदा को लगा। उनका

साया धुँधला पड़ा, तो यशोदा ने नसीम से कहा, ''हमें ध्यान में रखना चाहिए कि…ऐसी भी स्थितियाँ पैदा हो सकती हैं…महसूस भी तो होना चाहिए। तुमने देख लिया न, अरशद बात-बात पर कितना बिगड़ता है…आपे से बाहर हो जाता है। लेकिन मैं…''

''आपके शौहर ने तो कोई रौब-दाब नहीं जतलाया, सो लड़का कसर पूरी कर रहा है। हम पर धौंस जमानेवाला कोई-न-कोई होना ही चाहिए।'' बीच में थोड़ा सा ठिठककर नसीम ने उसका हाथ थाम लिया। ''लेकिन आप तो पहले भी बेलाग बोला करती थीं, पूरी शिद्दत के साथ अपनी बात रखा करती थीं। बहुत खूब! हम सब जेब मिला करते थे हमारे टैरेस पर…उस वक्त भी निडरतापूर्वक आप पेश आती थीं।''

''अरे हाँ! निजाम के बारबेक्यू कार्यक्रम की बात कर रही हो न? तुम्हारे घर के बगीचे में धूप पी-पीकर उत्फुल्ल बौराया गुलमोहर बराबर याद है मुझे, छत पर उसके फूलों की पर्त बिछी होती थी। सैयद तो रोमांटिक मूड में उलटा-सीधा बेसुरा गाने गाता था। और तुम, जब देखो…परदे में! वह तुम्हारी खिल्ली उड़ाया करता था, ''चेहरे से आज तो परदा हटाओ…चाँद सा अपना मुखड़ा तो दिखाओ' यही पंक्ति वह दोहराया करता था।'' यशोदा को हँसी आई और हँसते-हँसते आँखें भी भर आईं। नसीम भी नकाब के भीतर हाथ डालकर अपनी आँखें पोंछती रहीं।

''वह दिन भी क्या दिन थे…लाजवाब! धीरे-धीरे माहौल बदल गया…और रौनक भी जाती रही, अब तो सैयद भाई भी नहीं रहे, लेकिन मेरा हिजाब बरकरार है…ज्यों-का-त्यों। है न?''

यशोदा ने भी अपनी आँखें पोंछ लीं। उनके हाथ पर नसीम की हथेली थी, उसी पर अपना दूसरा हाथ यशोदा ने रखा, तनिक दबाया और कहा, ''बहुत अच्छा लगा। नसीम तुम लोगों के आने से काफी ऊर्जा मिली मुझे। पुरानी यादें, अपने सुख-दुःख बाँट सके हम। आती रहो…मेरे लिए।''

नसीम के चले जाने के बाद भी यशोदा सिर थामकर बैठी रह गई। अरशद ने जो तमाशा किया था…घिनौना और अवांछित, उसी की स्याही फिर एक बार उसे लीलने लगी।

□

अगले कुछ दिनों तक वह अपने आपको आजमाती रही थी। तल्खी मिटती न थी। बेचैनी भी ज्यों-की-त्यों थी। उसे तीव्रता से महसूस होता रहा कि क्या इसका कोई अंत भी होगा? अथवा यह सिलसिला आगे भी जारी रहेगा? अरशद इसी तरह से हावी रहेगा, बावेला करेगा, अपना वहशीपन जारी रखेगा, घर में ले-देकर दो ही लोग हैं और दोनों दो सिरों पर हैं, कैसे निभेगी? अपने ही बेटे के साथ…उसके निचले स्तर पर जाना और उलझना…उम्र के इस पड़ाव पर आने के बाद मुसलमान बनने से फर्क ही क्या पड़ेगा…परदा? नमाज…कोई असर होगा? वैसे तो बाकी रस्में तो मैं निभाती ही हूँ, रोजे भी रखती हूँ, कहीं कोई मनमुटाव

नहीं! तो फिर हिजाब पहनने की जिद क्यों? सैयद यदि शुरू में ही ऐसी शर्त रखता तो मेरा रवैया क्या होता? क्या मजहब के आधार पर मुँह फेर लेती मैं सैयद से?''

किसी दिन दोपहर की चाय हो रही थी। अम्मीजान, यशोदा की माँ और खुद यशोदा, तीनों की मजलिस लगी थी। इसी बीच यशोदा ने कहा, ''अम्मीजान, पिछले कुछ दिनों से मैं लगातार सोचती रही हूँ···अरशद के बारे में, खुद अपने बारे में। मैंने बेसाख्ता महसूस किया कि हम दोनों के बीच की खाई बढ़ती ही चली जा रही है। क्या इसे पाटने की दिशा में मुझे पहल नहीं करनी चाहिए? वैसे भी, इस खानदान की बहू बनने के बाद मैं इसलाम के रास्ते पर चल ही रही हूँ···तो फिर उसकी मुहर लगवा लेने में इतना बवाल क्यों? क्या ऐसा न करने के लिए मेरा अड़े रहना जायज है?''

अम्मीजान ने एकबारगी घूरकर उसे देखा। उनके चेहरे के भाव भी तुरंत बदल गए। उन्होंने यशोदा की माँ की ओर भी निगाह फेरी और फिर यशोदा की ओर रुखसार हो गईं।

''अम्मीजान···कुछ बोलिए भी। आखिरकार मैं अपने बेटे के लिए ही···''

''बेशक, हमने भी ऐसा ही सोचा अपने बेटे के लिए, लेकिन यशोदा, उसमें हमने तुम्हारा ज्यादा खयाल रखा। तुम्हारे आत्म-सम्मान का, तुम्हारे जज्बातों का···समझी?'' अम्मीजान ने आखिरकार अपना मुँह खोला।

''मैं जानती हूँ अम्मीजान। बल्कि शादी के वक्त सैयद ऐसी शर्त यदि रखता तो शायद मुझे सोचना भी पड़ सकता था। खैर छोड़िए भी। वैसे भी, मजहब, इनसान और इनसानियत का पैमाना नहीं होता, न व्यक्ति की गरिमा उससे जुड़ी होती है। आखिरकार इनसान तो इनसान होता है और यही उसकी असली पहचान है। इनसानी रिश्ते ही ज्यादा अहमियत रखते हैं।''

''इनसानी रिश्ते?'' अम्मीजान ने हँसकर कहा, ''अरशद तो तेरा अपना ही खून है न···फिर भी···और यशोदा, जिसे तुम गरिमा कहती हो, उसका एहसास कराते हैं संस्कार···है न? संस्कार तो हमें मजहब ही बख्शता है? ये संस्कार ही तो हमारा व्यक्तित्व होते हैं। क्या यही हमारी पहचान नहीं होती?'' चाय की प्याली खाली हो जाने के बाद उन्होंने दुपट्टे से होंठ पोंछ लिये। आदतन चश्मा उतारकर रखा। हरदम चश्मा पहने रहने से नाक के ऊपरी हिस्से में दोनों ओर आँखों के नीचे निशान बने थे, जो उठावदार नाक की बाजुओं में डीठ से लगते थे। नाक की चमकी में जड़ा कंकर बरसों बाद भी ओपदार दिखाई देता था। अभ्यागतों की आवभगत, रसोई···परदे में रहकर दुनियादारी निभाने तथा अब्बाजान के कड़े अनुशासन में जिंदगी बीती···इसके बावजूद सोच का दायरा कितना व्यापक है। घेराबंद वक्त गुजारने के बावजूद तंगदिली का शिकार न होने का गुर भला कहाँ से मिला उन्हें? या उनकी बंदगी ने ही यह पाठ पढ़ाया उन्हें? आत्मसम्मान और गरिमा के बारे में जो विचार अम्मीजान के दिमाग में आया, वह मेरे दिमाग में भला क्यों नहीं आ सका···खुद के मामले में ही सही?

''यशोदा, इसमें मेरी दखलअंदाजी उचित नहीं होगी···'' अब तक शांत रही माँ की जुबान खुली, ''यशो, तुम रिश्तों के बारे में सोच रही हो। पर अरशद का क्या करोगी? सैयद के बाद भी वह तेरी जान का दुश्मन बना हुआ है न···''

''यह तो खैर, कुछ भी नहीं। मेरे सैयद ने तुम्हारे साथ किसी भी तरह की कोई ज्यादती नहीं की। लेकिन अब खुद तुम्हारी ही औलाद तुम्हारे साथ खिलवाड़ कर रही है और तुम्हीं खुद बलि का बकरा बनने में पहल कर रही हो, हथियार डालकर? क्या यह सैयद के साथ अन्याय करना नहीं है? क्यों?'' अम्मीजान ने करारा सवाल किया।

यशोदा ने चौंककर उनकी ओर निगाह फेरी। उनकी गहरी कत्थई, विश्लथ आँखें यशोदा पर गड़ी थीं।

''जिंदगी के किसी-न-किसी मोड़ पर, किसी-न-किसी मर्द द्वारा हमारा शोषण किया ही जाता है, यशोदा? तुम्हारी माँ ने कहा कि अभी-अभी—जान का दुश्मन बन गया है, वह···हाँ यशोदा की माँ, जवानी का खून है यह, उसकी गरमजोशी ऐसे नहीं थमेगी। तुम्हें एक और कायदे की बात बताती हूँ कि तू मुसलमान बनी नहीं कि उसका अगला बयान होगा कि तू तो पैदाइशी हिंदू है, तब क्या करोगी तुम?''

यशोदा पर फिर एक बार गाज गिरी। उसका दिमाग बर्फ हो गया। हतप्रभ सी वह गरदन झुकाए, तार-तार बैठी रही। तभी उसे अरशद के आने की आहट लगी। वह सामने ही खड़ा था। उसने गरदन उठाकर देखा।

''तुम सोमवार से दफ्तर जानेवाली हो?'' उसने रूखे-रूखे से सवाल किया।

''बच्चा सुन···'' अम्मीजान दलील पेश करने जा रही थीं कि उसने पंजा दिखाकर उन्हें कुछ कहने से रोका।

''मैंने अम्मी से पूछा है। और यदि जवाब 'हाँ' है तो मेरा हुक्म है, तुम नहीं जाओगी।'' और मुड़कर वह चला भी गया।

''मैं जाऊँगी···और जरूर जाऊँगी।'' यशोदा ने डटकर जवाब दिया। पता नहीं कहाँ से, यकायक उसे आत्मबल प्राप्त हुआ था। उसके जवाब में दृढ़ता थी।

अरशद दरवाजे तक पहुँचा ही था, तेजी से वापस मुड़ा। यशोदा के ठीक सामने। वह घुटनों के बल बैठकर तमंचे की तरह तर्जनी उसकी दिशा में तानकर फिर से उसने कड़ा इशारा दिया, ''मेरा कहा सुना नहीं तुमने? मेरा हुक्म है। कहो, तो मराठी में बतलाऊँ? 'कुठल्या ही परिस्थितीत तू मुलीच जायचं नाहीस।' फिर भी जाना चाहती हो? तो हिजाब पहनना होगा। मंजूर है तुम्हें?''

''अरशदऽ'' यशोदा के सामने ही उसकी माँ और अम्मीजान ने एक साथ चीखकर उसे सतर्क करना चाहा।

''ले, पहन ले हिजाब।'' उसने चिल्लाकर कहा और पंजे की सभी उँगलियाँ

समेटकर उसके कंधे पर जोरदार प्रहार किया; जैसे कसाई गोश्त की बोटियाँ मार रहा हो।

अब अम्मीजान से रहा नहीं गया। अपने थुलथुले बदन का संतुलन बमुश्किल बनाए रखते हुए उठकर वे उसके करीब आईं और पीछे से उसकी टी-शर्ट पकड़कर उसे पीछे की ओर खींचने का असफल प्रयास किया। क्योंकि अरशद ने उन्हें जोर से झटका दिया, तो वे लड़खड़ाई। यशोदा की माँ ने उसके सामने खड़े होकर ओट बना ली। यशोदा कराहते-बिलबिलाते हुए जैसे-तैसे खड़ी हो गई। अपने अस्त-व्यस्त पल्लू को उसने ठीक-ठाक किया और बेहद हिकारत से उसे घूरते हुए एक जोरदार चाँटा अरशद के जड़ दिया··· सिर्फ एक बार नहीं, कई बार··· हाथ के जवाब दे जाने तक···

''नालायक, मुँहजले! मेरे पल्लू को··· यहाँ तक तेरी हिम्मत हुई कि तू मेरा पल्लू··· ? और ऊपर से मार-धाड़··· अभी मजा चखाती हूँ तुझे। पुलिस के हवाले कर···'' अपमान के कड़वे घूँट पीते हुए, कुछ शब्द भीतर ही दब गए। उसके नथुने से एकाध बूँद ढुरक जरूर गई, पर आँखें तो अभी भी अंगार उगल रही थीं।

''इंशा अल्लाह! या खुदा···'' बुदबुदाते हुए वापस होश में आने का प्रयास करते हुए, वह बुत सा खड़ा रहा। कुछ क्षणों बाद खुद ही अपने गालों पर लगातार चपत मारता रहा। न यशोदा, न अम्मीजान, न ही यशोदा की माँ, कोई भी आगे नहीं आया उसे रोकने। अचानक खार खाए भेड़िए सा, झपटकर उसने यशोदा की कलाई थाम ली, कसकर पकड़ मजबूत करता रहा वह और अंततः मरोड़ दिया उसका हाथ।

''हाय राम। मर गई।'' यशोदा के मुँह से कराह निकली। फिर समूची ताकत को समेटकर उसने उसे पीछे धकेला और फुरती से कमरे से बाहर भाग गई। पगलाए हुए, बदहवास अरशद ने झपटकर उसे पकड़ने की नाकाम कोशिश तो की; पर बाद में ठिठककर ऊँची आवाज और पैना तीर चलाने के कसेले अंदाज में उसे चेतावनी दी—

''स्साली! खुदा कभी नहीं माफ करेगा तुझे··· काफिर···'' वह हाँफने लगा था। तिस पर अम्मीजान ने भी कड़कते हुए कहा, ''अरशद, अल्लाहताला देख रहे हैं तेरी करतूतें, वे हरगिज माफ नहीं करेंगे तुझे। तूने आज···''

''अल्लाह तो पहले से ही नाराज चल रहे हैं, नालायक जो हूँ मैं···'' वाहियात प्रतिवाद करते हुए उसने यशोदा की बिलखती माँ की ओर देखा। उसके ऊपरी होंठ पर उगी सुनहरी मसों की कलाबूत पर धर्मबिंदु सजे दिखाई दे रहे थे।

''नफरत करता हूँ मैं तेरी लड़की से··· सख्त नफरत। बरबाद कर डाली उसने मेरी जिंदगी, तबाह हो गया मैं···'' उसने विष-वमन किया। मसों पर जमीं बूँदें और खूँखार हरी आँखों में उभरी नमी गरदन को झटका देकर उसने छितरा दी और लपककर कमरे से बाहर चला गया।

□

अरशद घर आया तो दरवाजे पर ताला लगा था। जेब से चाबी निकालकर उसने ताला खोला। भीतर मेज पर यशोदा की लिखी एक चिट्ठी थी। उसमें सिर्फ एक पंक्ति का मजमून था—नेरूळ जा रही हूँ...अम्मीजान के फ्लैट पर। न लौटने की तारीख का जिक्र, न उसके खाने-पीने की व्यवस्था का कोई उल्लेख, न ही उसे वहाँ आने का अनुरोध, कुछ भी तो नहीं लिखा था। गुस्सा ओढ़कर ही चल पड़ा था वह, उसने कागज के टुकड़े को मसल डाला। अम्मी कुछ दिनों के लिए चली गई, या पुलिस में शिकायत दर्ज करने गई हैं, उसने चलते-चलते ठोकर मारकर मेज गिरा दी। फ्रिज का दरवाजा खोला। उसमें दूध की थैली के अलावा कुछ नहीं था। किसी पतीले में इत्ती सी सब्जी बची थी और एक कटोरी दही...गुस्से के साथ-साथ पेट में भी आग लगी थी, शेल्फ में सजे अधिकांश डिब्बे खाली एक में चिवड़े की इत्ती सी तलछट, काजू के दो-चार टुकड़े। रसोई से मजबूरन खाली हाथ लौटने के दौरान रद्दी अखबारों का पुलिंदा उछाल दिया उसने और ठेठ बाहर आ धमका।

यहाँ से उसने होटल फोन करना चाहा, नंबर भी लगाया पर फोन लगता न था। उसने रिसीवर पटक दिया और फिर अंदर आकर फ्रिज में रखी पानी की बोतल खाली की। वह पसोपेश में पड़ गया कि किया क्या जाए। क्या अम्मी असलम को भी इसी तरह अकेला छोड़कर चली जाती? लेकिन छोड़ कैसे सकती है वह यह घर? लौटकर आएगी वह, आना ही पड़ेगा। या फिर... ? पुलिस आई तो? जहरीले डंक की तरह भीतर-ही-भीतर रिसता चला जा रहा अपमान, उद्रेक की सालती टीसें...वीरान बने मकान की साँय-साँय, इस सोफे में बैठे अब्बू, दौरा पड़ने के बाद सीने में उठी हूक को सहलाने वाला उनका हाथ...

अरशद उठ खड़ा हुआ। घोर असमंजस की स्थिति में वह यूँ ही घर में इधर-से-उधर चक्कर लगाता रहा। शो-केस में असलम के तमगे सजे थे, उसका वह प्रोजेक्ट पत्थरबाजी की वारदात, अब्बू का गुस्सा होना, उनकी काया, मौलवीजी के हर्फ...कई सारी बातें गड्डमड्ड हुई जा रही थीं। एक विचित्र सी, तूफानी उधेड़बुन के चलते वह यशोदा के कमरे में भी घुसा। खाट पर तह की हुई उसकी एक धोती रखी थी। ड्रेसिंग टेबल पर अम्मी-अब्बू की लगी तसवीर। साइड टेबल पर सजा क्रिस्टल पॉट, बंद अलमारियाँ। एक कोने में पूजा-कक्ष। ऊपर के शेल्फ पर सैयद की किताबें...हर चीज यथावत् थी। खाली कमरे के कालीन पर अरशद खड़ा था दोपहर में उसने यशोदा के साथ और 'नालायक' उपाधि के साथ यहीं उसे मुँह की खानी पड़ी थी...इसी जगह!

"साली!" अपने गाल को सहलाते हुए उसने चीखकर कहा। उस निर्जन वीराने में उसकी चीख किसी को भी डरावनी लग सकती थी, शायद उसे भी लगी हो...

"अरे कोई है मेरा यहाँ? मुझे अकेला छोड़कर चले गए सब लोग...मैं निपट

अकेला क्या करूँ···अब्बू।'' और वह फूट-फूटकर रोने लगा। पर उसकी सिसकियाँ सुनने वहाँ कोई भी तो नहीं था। कुछ देर तक वह आँसू बहाता रहा। फिर जबरदस्ती वह खुद ही वॉश-बेसिन के पास गया और पूरा नल खोलकर चेहरे को पानी से खँगालता रहा, आँखों पर भी पानी मारता रहा।

इसी बीच दरवाजे की घंटी बजी। उसे लगा कि भ्रम हुआ है···इतने में फिर से आवाज, अम्मी ? तौलिए से आँखें पोंछते हुए, माथे पर फैले भीगे बालों को कंघी से ठीक करते हुए, रो-रोकर लाल हुई उसकी आँखों से फिर एक बार अंगारे बरसने लगे। अम्मी···अम्मी ही वापस आई लगता है, आना ही पड़ेगा, क्या उससे माफी माँगी जाए ?

इसी पसोपेश में उसने दरवाजा खोला पर वह यशोदा नहीं, बल्कि वनिता थी। वनिता को सामने देखते ही उसका पारा तो और भी चढ़ गया। यह हूक इतनी तीव्र थी कि उसका सिर फटा जा रहा था। दिमाग में किसी भी क्षण धमाका हो सकता था। ऐसे में यशोदा की थाह में वनिता भीतर आ भी गई।

''कैसे हो ?'' उसकी खैरियत पूछने के बाद उसने यशोदा के बारे में पूछा, ''अम्मी नहीं है।'' उसने बेरुखे अंदाज में जवाब दिया। ''और कब आएगी ?'' ''नहीं मालूम··· '' यह बताते हुए भी बिना बताए अम्मी के चले जाने की अपमानजनक धृष्टता की याद ने फिर एक बार उसके दिमाग को डंक मारा। उसने धड़ाम् से दरवाजा बंद किया और सोफे में बैठी वनिता को घूरने लगा।

''अम्मी को गुड न्यूज देनी है···'' उसने खिलखिलाते हुए कहा, ''सबसे पहले अम्मी को सुनाने की कड़ी हिदायत दी है उसने।''

''अम्मी को, मुझे नहीं ? यस, वैसे भी मुझसे भला असलम का ताल्लुक ही क्या है ? क्यों ?'' उसकी उलाहना में छद्म कचोट भी थी।

''ऐसा नहीं है अरशद, वो करनेवाला है तुम्हें भी फोन···असलम ने यूनिवर्सिटी में टॉप किया है···'' उधार की हँसी होंठों पर लाते हुए वनिता ने बताया।

''और यह खबर मुझे नहीं सुनानी थी।'' कहते हुए उसकी दोगली आँखों में उमड़ती जहरीली खुमारी देखकर वनिता सहम गई। वह दबे-दबे से अंदाज में उठ खड़ी हुई, तो अरशद रास्ता रोककर उसके सामने खड़ा रहा।

''मैं तो जानी दुश्मन हूँ असलम का। करेक्ट! अल्लाह की रहमत है उस पर।''

''ऐसा नहीं है अरशद···तुम···'' हकबकाई सी वनिता ने कहा।

लेकिन अब अरशद ने फुँफकारते हुए कहा, ''बंद करो यह बकवास···तू होती कौन है मुझे समझाने वाली ? कौन है तू ? आई हेट यू। असलम से तेरी शादी नहीं हो सकती, हरगिज नहीं, मेरा फैसला आखिरी है···मेरे घर में कोई भी हिंदू नहीं होगा।''

''अरशद···देखो···'' इसके आगे जैसे उसकी घिग्घी बँध गई, डर के मारे। लेकिन

साहस बटोरकर जैसे-तैसे उसने कहा, "लेकिन हमने शादी का इरादा पक्का कर लिया है···और अब मैं कदम पीछे नहीं ले सकती।"

इसी के साथ अरशद के दिमाग में फिर एक ज्वालामुखी फट गया···दरवाजे की ओर आगे बढ़ रही वनिता पर झपट पड़ा वह। आपे से बाहर हुए तथा दरिंदगी पर उतर आए अरशद को रोक पाना बिल्कुल संभव नहीं है। इस हकीकत को वह समझ गई। लेकिन इसके बावजूद उसने दरवाजे की कुंडी थाम ली। इतने में अरशद फुरती से आगे आया और उसने पीछे से वनिता की कमर को जकड़ लिया। उसकी गिरफ्त से बच निकलने की पुरजोर कोशिश की तो सही वनिता ने···पर अरशद उसे घसीटते हुए सोफे की ओर ले गया।

"साली! शादी करेगी असलम से? इस घर में कदम रखना चाहती है···हरामजादी···!" कहकर उसने पेंट की बेल्ट पर हाथ रखा। वनिता गिड़गिड़ाकर हाथ जोड़ती रही···दया की भीख माँगती रही। किंतु बदहवासी के दौर में अरशद ने बड़ी ही बेरहमी से उसके दोनों हाथों की उँगलियों को कसकर उलटे मोड़ते हुए उसे सोफे पर धकेल दिया और उछलकर उसके पैताने बैठ गया। सोफे से माथा टिकाकर दोबारा उसी अंदाज में फूट पड़ा, फफकने लगा। आहती-कराहती, पस्त हिम्मत और तार-तार हुई वनिता बिलखते अरशद के सिर का अदबदाना टुकुर-टुकुर देखती रही, बस। लेकिन रोती सूरत की सिसकियों को समेटकर वह दूसरे ही क्षण उठ खड़ा हुआ। ढीली की हुई बेल्ट का सिरा थामकर उसने कमर के घेरे से बेल्ट बाहर खींच निकाली और उससे खुद को ही पीटता रहा, पीटता रहा और सिमटी-सिकुड़ी सी, सोफे में दुबककर बैठी वनिता को भी वह पीटता रहा।

"अरशद···मुझे बख्श दो प्लीज···" उसके हर प्रहार को बचाने के प्रयास में वह गिड़गिड़ाती रही और बेल्ट को पकड़ने की कोशिश भी उसने की। लेकिन बाद में हारकर उसका वह प्रयास भी ठंडा पड़ गया। फिर भी एक मरतबा बेल्ट का सिरा उसकी पकड़ में आ ही गया। पर अरशद ने अत्यंत बेरहमी से उसके हाथ से वह खींच लिया और सोफे के एक कोने में लोंदे की तरह असहाय सी पड़ी वनिता पर वह हावी हो गया···सवार हो गया।

"ओह! अरशद, छोड़ दो मुझे, प्लीज मैं···प्ली···ज" वनिता की आर्त गुहार···असहाय बेबसी···मायूस सिसकियाँ···और कतरा-कतरा लुटे-पिटे आँसू···उसकी पुकार और दर-बदर शब्द लहूलुहान होकर खामोश हो गए। उससे छीना-झपटी करनेवाला, बेहया, दरिंदा अरशद बाकी बचा था, बस···

"मेरी जिंदगी बरबाद हो गई, तबाह हो गया मैं, तू भी अब शामिल···" अरशद रुँधे-बँधे अंदाज में बुद्बुदाता रहा।

अब अरशद के अनावृत कंधे पर वनिता का सिर था। और खँडहर बने उसके मुस्टंडे बदन की दीवार में वनिता 'साबुत दरजबंद' हो चुकी थी। उनके अस्तित्व के साथ-ही-साथ उसका रोना···गिड़गिड़ाना···आहें भरना···सिसकना···सबकुछ निर्वासित होता रहा। और अब उन पर मनहूस, परखच्चे उड़े, बदशक्ल, ध्वस्त-पस्त अरशद के गैर-वाजिब अनर्गल मजहबी जुनून के भुतहा अक्स तथा कलेजा तार-तार कर देनेवाले उसके बेसुरे विलाप के साए स्याही बिखेरते हुए मँडराने लगे थे।

(पूर्व प्रकाशन : 'अनुवाद' अंक 63-64 अप्रैल-सितं. 2015)

□

जिस्म

यह कहानी मुख्यतः निम्नलिखित मुद्दों पर केंद्रित है—

1. मर्द से पिटना यानी सम्मानित होने जैसा होता है? बीवी को पीटने का अधिकार जतलाना यानी प्यार करना होता है?

2. मर्द जितना ज्यादा पीटता है, उतना ही उसका प्यार सच्चा होता है?

3. मर्द को औरत का रखवाला मान लेने से क्या उसे बेहूदगी का हक मिल जाता है?

4. मर्द की कोई वकत हो या न हो, वह औरत को कूड़ा-कचरा क्यों न मानता हो—उसका सिर्फ होना ही औरत के लिए इतना क्यों मायने रखता है?

5. बदन की ताकत बहुत होती है—बला की भूख होती है उसमें। वही जिंदगी को बरबाद करती है या उसे सँवारती भी है?

6. जिस्म की भूख तो औरत को भी होती है, लेकिन सिर्फ जिस्म की भूख ही जिंदगी नहीं हो सकती।

7. क्या मर्द के बिना औरत अपने वजूद को साबित नहीं कर सकती?

8. अल्लाह ने किसी को औरत बनाकर जुल्म नहीं किया उस पर¨जुल्मी है मर्दों की कसैली नजर¨उनकी फरेबी चाल¨उनका दोगलापन¨

9. धर्म के रूप तथा औरत की ताकत का पता नहीं लगता। लोग अपने मतलब के लिए, फायदे के वास्ते अपनी तरह से दोनों का इस्तेमाल करते हैं।

सरकारी वकील ने काला चोगा काँधे पर सरकाते हुए सायरा से पूछा, ''आपके शौहर की दूसरी बीवी थी मुमताज ?''

''जी।'' बुरके के जाली को ढक रहे आवरण को उछालकर सिर पर धर देने के प्रयास में सायरा के हाथ की उँगलियाँ काँपती सी लग रही थीं। मुख्य न्यायाधीश भी बीच-बीच में कुछ सवाल पूछते थे। लेकिन उनकी आँख-से-आँख भिड़ाकर जवाब देने की हिम्मत वह नहीं दिखा पा रही थी, न कटघरे में खड़े अपने फटीचर शौहर अहमद की ओर देखने में उसे कोई दिलचस्पी थी।

''आपको तो अपने शौहर की दूसरी शादी मंजूर नहीं होगी? क्यों? क्या मुमताज आपके साथ नहीं रहती थी?''

सायरा ने अपने पपड़ी पड़े होंठों को अपनी तरज़ुबान से तनिक राहत पहुँचाते हुए कहा, ''ऐसी तो कोई बात नहीं। अव्वल तो हमारे मजहब में मर्द दूसरी शादी कर सकते हैं, और···और मुमताज को मैं अपनी छोटी बहन मानती थी। वह भी मुझे दीदी पुकारती थी, और वह शुरू से ही अलग रहना चाहती थी।''

''क्या अहमद उससे बदसलूकी करता था? यानी मार-पीट करता था? आपके साथ कैसे सलूक करता है वह? क्या उसकी मारपीट से तंग आकर ही उसने खुद को आग के हवाले कर दिया?'' वकील ने अहमद की ओर इशारा करते हुए पूछा।

इस सवाल से सायरा कुछ हड़बड़ा गई और उसने पहली बार अहमद की ओर देखा। वह अपने छँटे हुए अंदाज में तमाखू की चुटकी मुँह में दबाए, कटघरे पर तनिक झुककर बेरहम सा खड़ा था। दाढ़ी के छितरे-बिखरे बाल, आग में ज्यादा तपे चाँदी के पात्र सा तामई, सूजा हुआ चेहरा और आँखों में बदमिजाज खुमारी, ये निशान उसके पियक्कड़ होने का सबूत दे रहे थे। फन फैलाए नागिन सी खूँखार नजरों से वासना का जहर अभी भी रिसता दिखाई देता था···

मुमताज का मुकदमा पिछले चार महीनों से जारी था···मुमताज जल मरी, तभी अहमद को पुलिस ने हिरासत में लिया। तीन हफ्ते वह जेल में ही था। सायरा ने दुनिया भर की जोड़-तोड़ की और कहीं से कर्ज लिया। फारुख उन्हीं की बस्ती में रहता था। उसी ने जैसे-तैसे उसका यह काम किया। तब कहीं अहमद जमानत पर रिहा हो सका। लेकिन मुकदमा शुरू हुआ। एक के बाद एक तारीखें मिलती रहीं। सायरा की गवाही पर ही मामले की पूरी दारोमदार थी। इसीलिए उसकी अहमियत बहुत ज्यादा थी।

''मुमताज ने अहमद की बदसलूकी का जिक्र कभी किया था आपसे?''

क्या जवाब दिया जाए? सायरा की जुबान लड़खड़ाने लगी थी। मुमताज शादी के बाद कुछ दिनों तक तो जैसे-तैसे गुजारा कर सकी। अहमद वैसे तो दिल का बुरा नहीं है, किस्मत का मारा है, मुकद्दर ही उसे ले डूबा···

''वह कभी तो दिल के फफोले फोड़ती रही होगी आपके पास? कुछ कहिए भी··· '' वकील ने फिर एक बार उससे कुछ उगलवाने का प्रयास किया।

सायरा को बराबर याद था, दो-एक बार धुनाई के बाद अहमद की शिकायत करने वह आई तो थी रोते-भेंकते बोलते हुए, उसके होंठ भी थरथराते थे, ''नहीं रहना मुझे इस शैतान के साथ। मुझे तलाक दिलवा दो दीदी···'' उस वक्त उसे समझाया भी था, ''अहमद से मेहर मिलेगा तुझे? मजहब के साथ लड़ाई मोल लेगी? कैसे जी पाएगी तू?'' वह भी जिद पर अड़ी थी। उसने कहा था, ''लड़ूँगी, डट के लड़ूँगी। क्या हमें

अच्छी जिंदगी जीने का कोई हक ही नहीं? सिर्फ जिस्म चाहिए हरामजादे को···अच्छा सबक सिखाऊँगी उसे···" वह मुमताज अल्हड़ थी, अहमद ने उसकी मासूमियत की धज्जियाँ उड़ाईं, नोच खाता रहा वह उसे···

"आप डरिए नहीं, बोलिए।" वकील बार-बार उससे दरख्वास्त करते रहे।

ऐसे में एक पल जोरों से चिल्लाकर कहने को सायरा का दिल हुआ भी कि हाँ, औरत को मार-पीट करना ही मजहब है, इस कमबख्त का। शराब जितना ही भूखा होता है, वह औरत के जिस्म का। मुमताज को चूस-चूसकर खोई बना डाला उसने। खूब भोगता रहा। निहायत खूबसूरत नाजुक फूल सी थी वह। उसे पूरी तरह से नोच डाला कमबख्त ने। उसके जज्बातों की कभी कद्र ही नहीं की कमबख्त ने, मैं तो मुर्दा बनकर झेलती रही उसे, लेकिन मुमताज ने···

"क्या मुमताज को पागलपन के दौरे पड़ते थे? सच क्या है? आपका शौहर ही कहता है···" उसकी जुबान पर पड़े ताले खुलने का काफी देर तक इंतजार करने के बाद वकील ने फिर एक बार कोशिश की। "अब तो कुछ कहिए···"

"मुमताज माँ बनना चाहती थी। पर अल्लाह ने उसकी मुराद पूरी नहीं होने दी। इसी वजह से वह खब्ती सी बन गई थी, लेकिन···" होंठों पर आई पसीने की बूँदें पोंछने के बहाने वह ठिठक गई तो ठिठक ही गई। क्या कहूँ? बाँझ···उसे बाँझ करार देकर उसकी हस्ती मिटा देने पर ही आमादा हो गया अहमद, लेकिन सायरा की जुबान को जैसे काठ मार गया था। उसके सामने तो वह मुमताज की बखिया उधेड़ता था, "तू चुप कर बाँझ, वैसे तू औरत है ही कहाँ? बच्चा रहता ही कहाँ है तेरी कोख में! दूसरा कोई मर्द होता तो कभी का भगा दिया होता तुझे···"

"लेकिन हँसती, मुसकराती मुमताज धीरे-धीरे···गुमसुम सी हो गई···" सायरा बड़ी मुश्किल से बोलने लगी, "उसकी आँखों को देखकर मेरी बेटी कहा करती थी, छोटी माँ की आँखों से तो जैसे शहद झरता है। कंचन सी काया और चाशनी-चाशनी जुबान। हमेशा होंठों पर हँसी, लेकिन बाद में वह सूखकर काँटा बन गई, पहचानी भी नहीं जा सकती थी। खुद से ही नफरत करने लगी थी वह। उसकी एक ही ख्वाहिश थी, माँ बनना। आखिर तक यही खब्त सवार रहा उसके दिमाग पर।"

"तो आपका शौहर मोम का पुतला बना रहा? कुछ नहीं किया उसने? डॉक्टर को नहीं दिखाया?" वकील ने पूछा।

"जी नहीं।" इत्ता सा दो-टूक जवाब दिया उसने।

उसके जज्बातों से अहमद को तो कोई लेना-देना ही नहीं रहा कभी। उसके लिए जिंदगी एक नशा थी, जाम और जिस्म का नशा···

"आपकी गवाही बहुत ज्यादा मायने रखती है इस मामले में। अपनी ही जैसी

एक औरत को न्याय दिला सकती हैं आप, अदालत आपके साथ है, डरने की कोई आवश्यकता नहीं…" वकील ने उसकी हौसला अफजाई करते हुए कहा।

वकील के आश्वासक बयान से सायरा को तनिक राहत सी महसूस हुई। उसने अहमद की ओर देखा। बेहयाई का वही नूर उसके चेहरे पर बरकरार था। सायरा को लगा कि वह यदि अहमद के खिलाफ गवाही देती है तो उसे फाँसी की सजा सुनाई जाएगी। लेकिन उससे हमारी जिंदगी पर क्या असर पड़ेगा? मुक्ति मिलेगी हम सभी को। किधर जाता है, क्या काम करता है, कुछ बताता नहीं। हफ्ता-हफ्ता भर घर नहीं लौटता, दारू पीकर पड़ा रहता है किधर भी…हमाली करता हूँ बोलता तो है, लेकिन कौन रखेगा इसे काम पे? सुना है कि सबके साथ गुंडागर्दी करता है। घर में तो पैसा कुछ भी नहीं देता…सिलाई, कसीदाकारी करके मैं ही घर चलाती हूँ जैसे-तैसे। ऊपर से जरीना को भी रखैल बना रखा है…उसे भी कुछ तो रुपए-पैसे देता ही होगा। तीन बच्चियाँ और एक लड़का चाहिए हरामजादे को! बच्चियों के वास्ते कुछ करने का नाम ही नहीं लेता कमबख्त। दो-एक बार गुस्से में मैं अपने भाई के पास मालेगाँव गई थी, तो वहाँ आकर तमाशा खड़ा किया इसने और मुझे वापस लिवा लाया। अल्ला ने ही यह मौका दिया है उससे निजात पाने का, लेकिन सायरा सोचती ही रह गई और सुनवाई की अगली तारीख का ऐलान हुआ।

अदालत के बाहर अहमद का भाई खड़ा था। सायरा का भाई भी मालेगाँव से आया था। मुमताज की माँ और बहन भी भिवंडी से आई थीं। लेकिन अहमद ने न किसी की ओर देखा, न पूछा। सरपट वहाँ से आगे निकल गया। उसका और अहमद का भाई दोनों भी…इतना ही कर सकता है कोई भी…उससे आगे तो हम और हमारा मुकद्दर…सायरा की आँखें भर आईं। मुमताज की माँ बगल में पोटली थामे कोने में मायूस सी खड़ी थी। सायरा का ध्यान उसकी ओर गया और मन-ही-मन वह पसीज गई। मैंने उसे आश्वस्त तो किया था कि मैं आपकी बेटी की ओर से लड़ाई लड़ूँगी और आपको न्याय दिलवाऊँगी। लेकिन नहीं निभा सकी मैं अपनी बात। अहमद के खिलाफ एक लफ्ज भी नहीं निकल पाया मेरे मुँह से। मैं सिर्फ अपनी ही जिंदगी के बारे में सोचती रही।

"हो सके तो मुझे माफ कर दीजिएगा…" सायरा मुमताज की माँ के सामने हाथ जोड़कर खड़ी रही। मैं तो सिर्फ इतना ही कह सकी कि मुमताज मेरी छोटी बहन थी। इससे ज्यादा कुछ कहने की हिम्मत ही नहीं हुई मेरी।

"नहीं बेटी, नहीं। गलती तेरी नहीं है। मुमताज की माँ होकर भी मैं कहाँ कुछ बोल सकी अहमद के खिलाफ?" फिर सायरा को एक ओर ले जाकर हौले से वह फुसफुसाई, "कसूर तो मुमताज का भी था। वह भी तो पागल जैसा ही बरताव करती थी।"

वह तो ठीक है। लेकिन अहमद भी उसे हमेशा बाँझ-बाँझ कहकर उलाहना देता था, सायरा कहने को ही थी। लेकिन यह सब तो उन्हें मालूम था। अहमद ने ही मुमताज को उकसाया और वह आग के हवाले हो गई। अदालत में ऐसा बयान देने की हिम्मत नहीं हुई मेरी। इसके बावजूद मुमताज की माँ खुद को ही कसूरवार बताती है? आखिर क्यों? अब तो यह डर भी नहीं रहा कि अहमद मुमताज से तलाक लेगा···फिर भी?

''अम्मी जान, आपको गुस्सा नहीं आता अहमद पर?'' सायरा ने पूछा।

मुमताज की माँ के मुँह में पान की पीक थी। तनिक दूर जाकर उसने वह थूक दी और मुँह पोंछते हुए कहा, ''गुस्सा करने से क्या फायदा? मुमताज तो चली गई, मेरे गुस्सा करने से वापस थोड़े ही आएगी? और सायरा बेगम, मेरी बेटी की भी गलती थी न? माँ न बनने की बद्दुआ जो मिली थी उसे।''

सायरा को फौरन याद आया, मुमताज ने एक बार बताया तो था उसे, 'मेरी माँ बताती तो है···तेरे में कमी है। तुझे बच्चा नहीं होगा। इसलिए तेरे को अहमद की मारपीट सहन करनी ही पड़ेगी···'' मुमताज ने भी गुस्से में जवाब दिया, ''मैं बोली माँ को, हाँ, गलती मेरी ही सही, पर तेरी भी गलती है। तू खुद तो माँ बन गई, पर मेरी कोख हरी होने की ताकत तूने मेरे को नहीं दी···हरामी तो तेरा भी जिस्म है।''

''अहमद बोलता था मेरे को।'' मुमताज की माँ कहने लगी, ''ऐसी लड़की को मेरे गले में बाँध के आपने मेरी जिंदगी बरबाद कर दी···इसके वास्ते अपनी ये दूसरी लड़की मुझे दे डालो···''

यह सुनकर सायरा दंग रह गई। उसे अहमद से घिन सी होने लगी। मुमताज की बहन सुलताना पास ही में खड़ी थी। सबीना से दो-तीन साल बड़ी लगती थी! उससे निकाह करने को बोलता है?

''वह तो कुछ भी बोलेगा कमीना!'' सायरा ने झुँझलाकर कहा।

मुमताज की माँ फिर भी बिल्कुल ही शांत थी। कहने लगी, ''कभी-कभी लगता है कि मर जाऊँ तो अच्छा होगा···ये दोजख तो देखना नहीं पड़ेगा···मुमताज के अब्बू चल बसे, दो लड़कियाँ मेरे सिर पे डाल के। दो में से एक अल्ला को प्यारी हो भी गई। हमारा खयाल नहीं आया उसको। और ये सुलताना, कमबख्त! इसके दिमाग में दीमक लगी है, एक हिंदू लड़के के साथ घूमती है साली! उसके साथ रहके गुलछर्रे उड़ाती है। उसके साथ सो के पेट से भी रह गई थी मुँहजली!'' कहते हुए सुलताना की ओर देखकर उसने आँखें पोंछ लीं।

''अहमद बुरा है तो बुरा ही सही, पर मजहब के दायरे में तो है···''

मजहब के दायरे में रहना काफी है? दायरे में रहने से कुछ भी करने की छूट मिल जाती है? बेटी की खुशहाली कोई मायने नहीं रखती? सायरा मन-ही-मन सोचती

रही। मजहब के दायरे की दलील देती है बड़ी माँ, पर क्या अहमद ऐसी खुशफहमी के काबिल है भी? ये औरत ऐसा सोच कैसे सकती है।

बाद में वे कहने लगीं, "लेकिन मैं खुद ही अपने आप को कोसती हूँ कि जिस आदमी ने मेरी एक बेटी की जान ली, उसी के साथ दूसरी बेटी का निकाह होने दूँ? क्या हो गया है मेरे दिमाग को? एक माँ भला ऐसा सोच सकती है?..." मुमताज की माँ ने एक उसाँस छोड़ी।

"कुछ समझ में नहीं आता बेटी...दिमाग काम ही नहीं करता मेरा। लगता है मैं पागल हो जाऊँगी...तूने मुमताज के साथ बहन की तरह बरताव किया। अल्ला तुझे सलामत रखे। अहमद रिहा हो जाएगा...तो अच्छा है। तीन-तीन लड़कियों की जिम्मेवारी उसके सिर पर है...खैर। चलती हूँ बेटी।" कहकर उन्होंने सायरा का हाथ छोड़ा।

"लेकिन घर तो चलिए। मुमताज चली गई तो क्या, मैं जो हूँ..." सायरा ने उनसे आग्रह किया।

"नहीं बेटी, खुश रहो।" कहकर डबडबाई आँखों से ही वे चल दीं।

वे तो चली गईं, पर सामने देखा तो जरीना खड़ी थी। उसके हाथ में नन्ही-मुन्नी अमीना थी, तौलिया ओढ़ाई...सायरा की गुड़िया अमीना।

"मैंने दूध पिलाया...अभी-अभी सोई है।" जरीना सायरा के करीब आई।

"मुझे डर था कि रो-रो के अदालत में बावेला मचाएगी ये लड़की..." अमीना को अपने हाथों में थामते हुए सायरा ने कहा।

"आप कितना अच्छा बोलती थीं..." जरीना ने कहा। "आप स्कूल में थोड़ा तो पढ़ी हैं...मैं तो घबराहट से मर जाती, लेकिन अपने मर्द की बदनामी बरदाश्त नहीं कर सकती। बराबर है न? इसमें हमारी बदनामी होती है।"

अपना मर्द? सायरा जरीना को घूर रही थी। बुझी-बुझी सी सुरमई आँखें, नाक में लौंग...पेड़ की छाल सा कत्थई रंग...होंठ भी गुलाबी होने के बजाय उसी तरह से कत्थई। जनाना नजाकत का कोई नामो-निशान नहीं...क्या देखा इसमें अहमद ने। कहने को वह सिर्फ औरत है, बस! इतना ही काफी है अहमद के लिए। इसे रखैल बनाया है उसने...जरीना को भी इसमें कोई आपत्ति नहीं। उसका मर्द मर गया था इसलिए...? लेकिन अहमद उसे खुश रख पाता होगा? रोजाना उसके लात-घूँसे खाके भी उसी के साथ रहती है यह, आखिर क्यों?...

□

"चलेंगे अब..." सायरा ने उससे कहा। बस्ती के पास ही पटरी पर खड़ी मालगाड़ी वहीं-की-वहीं खड़ी थी। बस्ती के लोग गाड़ी के डिब्बों के नीचे से ही 'इस पार से उस पार' आ-जा रहे थे। उसके अगल-बगल में फारिग हो रहे लोगों

की बेतरतीब सी पाँत···मानो बड़ियाँ-बोटियाँ सुखाने के लिए धूप में धर दी गई हों। लोगों की भीड़ से कटा-कटा सा तनहा प्लेटफॉर्म। सिर्फ लंबी दूरी की गाड़ियाँ ही इस स्टेशन से आती-जाती थीं। पटरी के उस पार बने अवैध बसेरे···हिंदू-मुसलमान के मिले-जुले ठिये।

सड़क के एक ओर पानी के हैंडपंप का घेरा और सवेरे-सवेरे पानी के लिए वहाँ उमड़ी भीड़। उससे भी आगे स्कूल की खँडहरनुमा इमारत, स्कूल के पिछवाड़े जाम होकर जंग खा रहे लोहे के गेट पर सूख रहे कपड़े···उसी के पास कूड़ादान भरा होने के कारण इधर-उधर फैल रहा कूड़ा। उसी के आस-पास जमीन से धँसा, बच्चों का चकरी खिलौना···उस पर भी लत्ते-चिंदियों की सुखावन। यहाँ से कुछ ही आगे, सीवर नाले के पास सायरा का मकान··· ।

सायरा की बड़ी बेटी सबीना पानी के लिए कतार में खड़ी थी। दूसरी, पाँच-छह साल की साजदा अभी तक सो रही थी। झूले में नन्ही सी अमीना का हाथ-पाँव मारना शुरू हो गया था। सवेरे की अजान के बाद सायरा-सबीना नमाज अदा कर चुके थे। चंदोवे से लटक रही, चिंदी की चिड़ियों को देख-देख खुश हो रही अमीना हुंकार भरते हुए खूब मचल रही थी। अहमद के वालिद यानी दिलावर चाचा सवेरे की नमाज अदा करने के बाद बिस्तर में यूँ ही करवटें बदलते लेटे थे। उनके आँख-कान कभी के निकम्मे हो चुके थे। उनके पास में ही पेशाबदानी के तौर पर रखा लोटा अब बदबू फैलाने लगा था। सिलाई के लिए आए ब्लाउज में सायरा बटन टाँक रही थी। ब्लाउज लेने रजिया दोपहर में आनेवाली थी। पेशाबदानी को वहाँ से उठाकर खाली करवाना जरूरी था। किंतु ब्लाउज-बटन से निपटते ही अन्य जरूरी कामों में जुटने का उसका इरादा था। बटन टाँकने के बाद सूई का धागा दाँतों से कुतरते हुए सायरा का ध्यान उस कोने में गया, जहाँ से चूहे राजा की सवारी डोलते-डोलते निकली थी। उसकी कृपा से वह लोटा लुढ़कते-लुढ़कते बाल-बाल बच गया।

"हाय अल्ला! तेरी तो···" सायरा चूहे की दिशा में झपट पड़ी। "अब तो चूहे की दवा लानी ही पड़ेगी बाजार से।" वह बुदबुदाई।

लोटा खाली करके लौटते हुए वह पड़ोसी अजहर के ठेले की ओर मुड़ ही गई। चूहे-झिंगुर-कीड़े मारने की दवा बेचने का काम वह करता था। चूहे की दवा उसने अजहर से ले तो ली और "पैसा दोपहर में दूँगी" कहकर वह आगे खिसक गई। लेकिन मकान मालिक वहीं खड़ा था। उसने सायरा का रास्ता रोककर घुड़की दी, "किधर है तेरा लुच्चा-लफंगा मर्द? भाड़ा तो दिया नहीं, ऊपर से पैसा भी उधार लिया···जब देखो बहाने बनाता है कमीना···"

"मुझे नहीं मालूम साबजी। कसम से नहीं मालूम। आज पाँच दिन हुए घर आया

ही नहीं···मैं क्या बताऊँ आपको?···मेहरबानी करके रहम खाओ मुझ पर। हाथ में पैसे आते ही मैं भाड़ा चुकाऊँगी।'' सायरा ने बुरके में से ही गुजारिश की।

''तुम्हारे जैसे मनहूस लोगों को तो पास में फटकने ही नहीं देना चाहिए···बदमाश लोगों की ही कौम है···''

''कौन बदमाश! किस की कौम? जुबान सँभालकर बात करना सेठ···'' सायरा का पड़ोसी जावेद मशीरी करते खड़ा था, उलझ गया।

''तू चुप बे मवाली! तुम जैसे मक्कारों ने ही कौम को बदनाम कर रखा है···कौम के नाम से दया की भीख माँगते हो तुम लोग और मौका देखकर कौमी हथियार से ही दहशत फैलाते हो···हैवानियत पर उतर आते हो!''

''ए साला काफिर! ज्यादा बकबक मत कर! वरना मार खाएगा तू मेरे से···'' कहकर जावेद उस पर झपट पड़ा। बस्ती के और लोग भी वहाँ इकट्ठा होने लगे, तो मौका देखकर सायरा वहाँ से दफा हो गई।

उसके आने की आहट पाते ही दिलावर चाचा ने कराहते हुए कहा, ''बहू दो घूँट चाय तो पिला दे···गला सूख गया है।''

''घर में दूध नहीं है। चूहे की दवा लाई हूँ कहो तो दे दूँ?'' सायरा ने झुँझलाकर कहा। ''अपने बेटे को बोलो न···हरामजादा जेल से रिहा होने के बाद तो और भी मुस्टंडा हो गया है कमीना···मालिक भाड़ा माँगता था मकान का···उससे बचते-बचाते आई हूँ···किस-किस से मुँह बचाऊँ मैं?'' सायरा का गुस्सा मायूसी में बदल जाने से वह रुआँसी हो गई।

''बदजात है मेरा बेटा,'' दिलावर चाचा कहने लगे, ''वह तो हर तरह से हमारे इसलाम के साथ खिलवाड़ कर रहा है बहू···एक तो दारू पीता है और ऊपर से औरत पे हाथ उठाता है, तुझे पीटता है। कितनी बार बोला उसको···कुरान शरीफ ऐसी बेजा हरकतों की हिमायत हरगिज नहीं करता। फिर भी वह मनमानी करता रहा तो अल्ला उसे माफ नहीं करेगा···जहन्नुम का भागीदार बनेगा कमबख्त।''

आँखें पोंछते हुए सायरा ने बाहर की ओर देखा। सबीना बरामदे में धुले कपड़े रस्सी पर डाल रही थी। उसका चंपई बदन···पानी में पड़ी धूप सी गहरी, चमकदार पारदर्शी आँखें, शानों पर लहराती चुटिया, कानों में लटकते झुमके, सुनहरे वरक वाली खनकती चूड़ियाँ···सायरा यूँ ही उसकी खूबसूरती को देखती ही रह गई। मेरी प्यारी बन्नो···सोलह साल पूरे कर लेगी जल्दी ही। बस्ती के छोटे-बड़े लोग टुकुर-टुकुर देखते रहते हैं आते-जाते···सजना-सँवरना तो खूब पसंद है उसे। कसीदाकारी करती है और उससे हुई आमदनी कंगन, झुमके आदि में खर्च करती है। बस्ती के लौंडों का डर लगता है। उसके बाप का तो और भी ज्यादा डर। अहमद की नजर कब बदल जाए

भरोसा नहीं···गायब रहता है घर से तो सुकून रहता है···उसके घर लौटते ही खौफ के साए मँडराने लगते हैं।

पड़ोसी जावेद सबीना पर आँखें गड़ाए घूर रहा था। सायरा का ध्यान गया तो उसने सबीना को आवाज दी, "बेटी, अंदर आ जा जल्दी।"

"क्यों चिल्लाती है अम्मी? यहीं पड़ी हूँ मैं घर में···" खाली बालटी को नाली के पास लगभग पटकते हुए वह झल्लाई। खिड़की के पास पड़े एक शीशे के टुकड़े में वह अपना मुखड़ा देखती खड़ी रही, तो सायरा का माथा ठनका।

"बस्स, खाली आईने में देखती रह तू···"

"बराबर देखूँगी। लेकिन जलती काय को तू? मैं आईने में देखती तो तुझे क्या परेशानी हुई? जावेद देख रहा था इसलिए··· ?"

"सबीना तू समझती क्यों नहीं? खाली सजना-धजना और खूबसूरत दिखना···इत्ताच काम होता है क्या औरत का? पाँचवीं क्लास में स्कूल छोड़ के घर में बैठी तू। क्या फायदा हुआ तेरा? अरी, पढ़ने-लिखने से इज्जत बढ़ती है, मुई। नौकरी-पैसा उसी से तो मिलेगा। मैं तेरे को खूब पढ़ाना चाहती हूँ। अभी मेरे हाथ-पाँव में दम है। मैं चाहे जितनी मेहनत करूँगी···तू सिर्फ पढ़ने का काम कर···मैं कहती हूँ अभी भी शुरू कर सकती है तू···मेरा एक सपना है बेटी···तुझे, साजदा-अमीना को पढ़ाने का, तुम लोगों को एक अच्छी जिंदगी बख्शने की दिली ख्वाहिश है।"

"सजने-धजने से नहीं सँवरती जिंदगी?" सबीना ने तैश में आकर प्रतिवाद किया। "मेरे से नहीं होगा पढ़ना-बढ़ना। मैं दिखने में अच्छी हूँ मेरे को शादी करने का··· फैशन-वैशन करके और ज्यादा अच्छा दिखने का है मुझे। माँ बनने का, घर बसाने का इरादा है मेरा। तेरा सपना, तेरा होगा···मेरे को उससे क्या लेना-देना?"

सायरा के मुँह पर जैसे ताले पड़ गए। ये सबीना नहीं, उसकी जवानी बोल रही है। कैसे समझाया जाए उसे? घर-बार, बच्चे-कच्चे, फैशन-वैशन में सिमटने की सोच रखना गलत है···लेकिन उसके दिमाग में घुसती क्यों नहीं यह बात? क्या अपनी अम्मी की हालत देख नहीं रही वह?

"अम्मी, तू यह सब मेरे को सिखाती है, तेरे को क्या मिला? दसवीं के ऊपर दो साल पढ़ी तू। लेकिन कपड़ों की सिलाई में ही सिमटकर रह गई न आखिर? इत्ता भोत पढ़-लिखकर क्या हासिल किया तूने?"

सायरा सुनकर दंग रह गई। और उसकी बात सच भी थी। अब्बू ने जल्दी की और अहमद के साथ मेरी शादी कर दी···क्योंकि अम्मी को टीबी ने घेर लिया था। वरना अब्बू तो मुझे पढ़ने के लिए बोलते थे और अम्मी भी कहती थी कि पढ़ने से सोच का दायरा बढ़ जाता है। लेकिन हाय! अहमद से शादी के बाद मैं सिर्फ एक औरत बनकर

साँस लेती रही, वह सायरा पता नहीं कहाँ खो गई···अहमद ने मुझे अपनी मिल्कियत बनाकर मुझे भोगने का काम किया···मेरे जिस्म को नोच खाता रहा बस। उसकी सड़ियल जिंदगी की विरासत के बीज मेरे जिस्म में पनपते रहे और दोजख बने इस कूड़ेदान में उसी विरासत की निशानियों के साथ साँस लेते हुए बिलबिला रही हूँ मैं···

"अम्मी, तेरे को सुनाई नहीं देता क्या? अमीना कब्बी से रो रही है।" रोती हुई अमीना को झूले में से उठाकर सायरा की गोदी में देते हुए सबीना चिल्लाई।

सायरा ने कुरती के बटन खोलकर दुपट्टे की ओट की ओर अमीना को छाती से लगाया। रुई की तरह भुरभुरी, निचुड़ी, खोई बनी छाती में पर्याप्त दूध नहीं था, फिर भी··· पानी की प्यासी धरती में पड़ी झुलसन की दरारों की तरह बिवाइयाँ पड़ी छाती को नन्ही सी अमीना के नाजुक से होंठों का स्पर्श भी नागवार गुजर रहा था···उसे ऐसा लग रहा था जैसे खाल को कच्चा चबाया जा रहा हो। होंठों को दाँतों से भींचकर उन खुशगवार लम्हों को वह कड़वे घूँट की तरह बड़ी मुश्किल से जज्ब कर रही थी। दूध की प्यासी मुनिया बड़ी शिद्दत से दूध चूस तो रही थी, पर बीच-बीच में अपर्याप्त दूध की वजह से मुँह को बाहर निकाल लेती थी। सूखे चूसन की व्यथा बरदाश्त से बाहर होने लगी, तो सायरा ने खीझकर अमीना के कूल्हे पर एक चपत भी जमाई।

"कितना चूसती है बेहूदी!" अमीना तिलमिलाकर दूर हो गई, तो सायरा ने फौरन उसको भींच लिया।

"माफ करना···मेरी बच्ची···" कहते हुए यकायक उसकी आँखों में नादिर तैरने लगा। मुश्किल से एकाध महीने का रहा होगा नादिर···सबीना के बाद हुआ था। मुद्दत से पहले ही पैदा हुआ। बहुत ही कमजोर तथा छुई-मुई सा। उस वक्त सायरा की छाती में इतना ज्यादा दूध था कि चूसते-चूसते बच्चा थक जाता था।

···और उस दिन दूध चूसते हुए···पता नहीं कैसे, दूध की धारा अचानक नादिर की नाक में घुस गई। फिर क्या था, उसकी साँस रुँध गई। चेहरा लाली-लाल हुआ और मुँह-नाक से दूध पलटकर बाहर आ गया। साँस फूलने से हिचकियाँ बँधने लगीं और उसी दौर में उसका दम घुटता चला गया। सायरा उसके चंदिया को सहलाती रही और उसे पता भी नहीं चला कि नादिर की साँस कब थम गई। सायरा को काटो तो खून नहीं। वह नादिर के ललाए चेहरे की मायूस सुरखी को देखकर तार-तार हो रही थी। उसी के दूध ने उसी के कलेजे के टुकड़े की जान ले ली थी। नादिर के खुले होंठों तथा अधखुली आँखों को देखकर वह फूट पड़ी 'नादिरऽ···' उसकी चीख समूची बस्ती के सन्नाटे को चीरते हुए आर-पार चली गई। और उसके बाद···उसके बाद उसका दूध आप ही बहने लगा···अनवरत। टपक रहे दूध की कुछ बूँदें निःस्पंद नादिर के पलकों पर बड़ी ही बेरहमी से सवार हुई थीं। अहमद तो जैसे सायरा को एक

निवाले में ही निगलने पर आमादा नजर आ रहा था। उसे मार-मारकर भुरता बनाया था उसने। उलाहना भरी उसकी गाली-गलौज नशीलेपन में या अन्यथा भी छुरे की तरह गहरे घाव करती है, लहूलुहान कर देती है—'राँड, खूनी कुतिया!···तेरी छाती में दूध है या जहर···तू माँ है या चुड़ैल? अपने जिगर के टुकड़े को अपने ही जहर से मार डाला···डायन कहीं की!'

उन मनहूस स्मृतियों ने सायरा की आँखों में नमी भर दी। दुपट्टे से आँखें पोंछकर उसने अमीना के मुँह को दूसरी तरफ का दूध पिलाया। इस बीच साजदा की नींद खुल गई थी और वह बिलबिला रही थी। उसे भूख लगी थी। सायरा की भौंहें तन गईं। अमीना के खिलौने वहीं बिखरे पड़े थे। उनमें से लट्टू उठाकर सायरा ने उसकी ओर उछाल दिया···

"चुप कर बेहूदी! भूख···भूख···आ, यहाँ आ···खा ले मुझे···"

साजदा ने आवाज तेज कर दी। सबीना नहाकर गुसलखाने से अभी बाहर निकल ही रही थी। वह तमतमाकर आगे बढ़ी और प्लेट में रखा पाव उसने साजदा के हाथ में थमा दिया। फिर हिकारत से माँ को घूरते हुए उसने फिकरा कसा, "कायको पैदा की ये पल्टन? खाना नहीं खिला सकती तो?"

"जा, अपने बाप से पूछ···!" सायरा ने भी उसी तेवर में जवाब दिया।

"वह मर्द है, लेकिन तू तो औरत है न···वह भी पढ़ी-लिखी औरत?"

अपना ही खून ये तेवर दिखा रहा है···मर्द भले मनमानी करे···औरत को ही औरताई निभानी पड़ेगी! अहमद की बेटी···खुद को मर्द के हवाले कर देने के लिए आतुर··· सायरा बेबस निगाहों से सबीना को ताकती रही, बस। इसी दोजख में तो मैं अपने साथ ही इसे भी पाल रही हूँ···मेरे साथ ही अब इसका भी इसी दलदल में फँसना लगभग तय हो गया है। वह तो थोथा चना है···बजेगा ही···उसी के जैसी औरत की गवाही से!

अमीना दूध पीते-पीते सो भी गई। वह अब मुक्त हो चुकी थी। मुनिया के चूसने से लाल हुई, फटी-दरकी छाती फिर भी हहराती थी···सायरा को बराबर महसूस होने लगा था। आँखों के उमड़ने के लिए इतना दर्द तो काफी था। अमीना की ठोड़ी पर पड़ी दूध की बूँद उसने पोंछ डाली और अपने आँसू वह पी गई···

□

पूरे नौ दिन हो चुके हैं, किंतु अहमद का कोई अता-पता नहीं था। वह नदारद क्या हुआ, गायब ही हो गया। कोई कहता वह दरगाह के पास था, कोई कहता उसे मसजिद के आस-पास देखा था···मुमताज के घर के पास···किसी गली-मुहल्ले में··· सायरा ने पास-पड़ोस में तथा बस्ती के और भी लोगों से पूछताछ की, किंतु कोई सूराग नहीं मिला। उसे लगा कि वह जरीना के साथ हो सकता है···इसलिए वह चल पड़ी। अमीना तो अभी-अभी सोई थी। जाते-जाते उसने हौले से झूले को झुलाया। साजदा

गली में खेल रही थी। दिलावर चाचा भी झपकी ले रहे थे। सबीना को चौका सौंपकर उसने हिजाब पहना और चल दी।

जरीना के घर के सामने ही चौकीदार की तरह खड़ा इत्ता बड़ा पेड़···उसके साए में बच्चे उछल-कूद कर रहे थे। पास वाली मसजिद में जुम्मे की नमाज के बाद किसी खास मौलवीजी की तकरीर जारी थी, जो लाउडस्पीकर की मेहरबानी से दूर-दूर तक साफ सुनाई दे रही थी। दूसरी तरफ कसाई की दुकान के सामने वाले हिस्से में 'बड़े' के गुलाबी गोश्त की नुमाइश टँगी थी। उसी के पिछवाड़े खाली जमीन का बड़ा सा रकबा तपती धूप में झुलसने लगा था।

जरीना के घर का दरवाजा परदे से ढका था···सायरा ठिठककर बाहर ही खड़ी रही। अहमद यदि भीतर होगा तो बिफर जाएगा···जरीना के सामने बेइज्जती करेगा, यही सोचकर उसने आवाज दी, "जरीनाऽ"

आवाज सुनते ही वह फुरती से बाहर आई। "अंदर आइए न दीदी। यहाँ तो बहुत ज्यादा धूप है। पानी-वानी पी लीजिए। शरबत बनाती हूँ आपके लिए। वे तो कभी से बाहर गए हैं···कल रात यहीं थे, घर नहीं आए?"

सायरा भीतर गई। इससे पहले भी एक बार वह अहमद को ढूँढ़ते-खोजते आई थी यहाँ। जरीना का एक कमरे वाला मकान, पर साफ-सुथरा। ट्रांजिस्टर पर गाने बज रहे थे। दीवार पर मरहूम शौहर की तसवीर···उसी के बगल में काबे का नजारा और एक शीशा। सामनेवाली दीवार में ठुके लंबे से तख्ते पर करीने से रखे कनस्तर···ठीक उसी के नीचे, दीवार से सटकर रखे छोटे-बड़े पानी के घड़े, अल्मूनियम की थालियों की खड़ी पाँत, स्टोव पर पक रहा गोश्त···चहारदीवारी में फैली उसकी महक···

जरीना झट से शरबत बनाकर ले आई। उस समय सायरा का ध्यान उसके गले की ओर गया। वहाँ उसे खरोंच के निशान दिखाई दिए। इससे पहले कि सायरा उससे कुछ पूछे, जरीना ने खुद ही सफाई पेश की, "कल ज्यादा पीकर आए थे···शायद मारपीट करने के बाद ही उनका प्यार उमड़ पड़ता है।"

अहमद की मारपीट भी इसे प्यारी लगती है? अजीब औरत है। सायरा को उस पर तरस आता रहा।

"मेरी माँ कहती थी कि मर्द जितना ज्यादा पीटता है, उतना ही उसका प्यार सच्चा होता है···मेरा आदमी भी कम नहीं पीटता था मेरे को। पर दिल खोल के मुहब्बत करता था।" जरीना ने अपने मरहूम शौहर की तसवीर की ओर देखते हुए कहा।

मर्द से पिटना यानी सम्मानित होने जैसा है! बीवी को पीटने का अधिकार जतलाना यानी प्यार करना होता है···?

"मेरे अब्बू इमाम थे," सायरा खुश होकर कहने लगी, "वे मेरी अम्मी की बहुत

इज्जत करते थे। बोलते थे, अल्ला सभी को एक ही नजर से देखता है···औरत हो या मर्द···सबीना के अब्बू को मेरे अब्बू नसीहत देते थे कि मेरी बेटी पर हाथ न उठाना।''

''लेकिन हमें भी अब आदत पड़ गई है मार खाने की···है न दीदी?'' जरीना ने कहा। ''सभी घरों में कमोबेश ऐसा ही होता है···क्यों दीदी?''

''गलती तो हमारी है। हम मर्द को अपना रखवाला मानते हैं। लेकिन रखवाला मानने से क्या बेहूदगी का हक मिल जाता है··· ?'' सायरा ने प्रतिवाद किया।

''लेकिन मरद से लड़ाई-झगड़ा करके हमें क्या मिलेगा?'' जरीना ने शरबत का खाली गिलास उठाया, तो उस पर भिनभिना रही मक्खियाँ फौरन छितर गईं।

मैं उसकी हाथापाई का विरोध करती हूँ तो उलटा मुझे सुनाता है, ''वो जरीना को देख···रंडी होके भी चू-चपड़ नहीं करती···और तू···मेरे को आँख दिखाती है···''

''एक बात पूछूँ जरीना? बुरा तो नहीं मानोगी? इतने लात-घूँसे खाकर भी तुम उसके साथ क्यों रहती हो? क्या मजबूरी है तुम्हारी?'' आखिरकार सायरा ने उससे पूछ ही लिया।

''क्यों रहती हूँ?'' उसने मासूम अंदाज में सवाल को दोहराया। लेकिन तुरंत गंभीर होकर उसने जवाब में कहा, ''अकेली नहीं रह सकती मैं, दीदी! डर लगता है। मेरा आदमी तो चला गया, पर दस लोग घूरने लगते हैं। उनसे बचना मुश्किल होता है। इसके बजाय किसी एक की राँड बनकर रहना अच्छा है···किसी की जुर्रत नहीं होती आँख उठाकर देखने की।'' तनिक आगे झुककर उसने सायरा का हाथ थामकर आगे कहा—

''आपसे मेरी एक गुजारिश है, दीदी···कहूँ? आप अपनी बहन समझकर मुझे पनाह दीजिए। आपके शौहर से निकाह नहीं करना मेरे को। उसकी रखैल कहलाना मुझे मंजूर है। मुझे मर्द के सहारे की सख्त जरूरत है। हाँ! मेरे को मालूम है, आपको तकलीफ होती होगी। किंतु अल्ला कसम, मेरे को उससे अलग मत करना। मैं हाथ जोड़ती हूँ···वादा करो दीदी···''

जरीना इतना गिड़गिड़ा रही है···वह भी अहमद के लिए! सायरा को हजम नहीं हो रहा था जरीना का यह बेगानापन। मर्द की कोई वकत हो या न हो, वह औरत को कूड़ा-कचरा क्यों न मानता हो···उसका सिर्फ होना ही औरत के लिए इतना क्यों मायने रखता है? सायरा ने जरीना का हाथ अपने हाथ में रहने दिया और कहा, ''मुझमें इतनी हिम्मत है कि मैं सबीना के अब्बू को मना कर सकूँ? मान जाएँगे वे मेरी बात को? मुमताज को मेरे सामने ऐसे ही लाकर खड़ा किया था उन्होंने, जब उसे ब्याह के लाए थे। फिक्र मत करो।'' कहकर सायरा ने जरीना की आँखों में झाँकने का प्रयास किया।

किंतु जरीना की निगाहें जमीन में गड़ी थीं।

''हमारी शादी को सात महीने भी पूरे नहीं हुए थे कि मेरे मर्द का इंतिकाल हो

गया। मेरे मायकेवाले और ससुरालवाले—दोनों में से किसी को भी हमारी शादी मंजूर नहीं थी। इस तरह मैं अपने मायकेवालों से कट गई और ससुरालवालों ने तो मुझे अपनाया ही नहीं था। मैं कहीं की नहीं रही। मेरे तो पाँव के नीचे की जमीन ही खिसक गई···'' इतने में जरीना का ध्यान स्टोव की तरफ गया। गोश्त पक रहा था। उसने कलछुल से उसे नीचे-ऊपर किया और स्टोव के पास में ही बैठकर सायरा की ओर देखते हुए वह आगे कहने लगी, ''मेरे तो पर कट गए थे। मैं उड़ नहीं सकती थी। पूरी तरह से बेसहारा बन गई मैं। सैयद से अहमद की दोस्ती थी। अकेला वही आता था मेरी पूछताछ करने को···'' कहते-कहते उसका गला भर आया था और नाक का सिरा भी लाल हो रहा था। नाक की लौंग को वहीं-के-वहीं वह घुमाती रही थी। उसकी हाथ में लगी मेहँदी की महक बीच-बीच में लहराती थी।

''ऐसा सूनापन अल्ला किसी को न दे···! आप अंदाजा नहीं लगा सकतीं दीदी कि मैं भीतर-ही-भीतर कितनी टूट चुकी थी, लेकिन कमबख्त ये जिस्म···ये तो जिंदा था न दीदी। इसी जिस्म ने मुझे एहसास दिलाया तनहाई का, सूनेपन का।''

सायरा उसकी बातों को गौर से सुन रही थी। इसी क्रम में उसे बार-बार मुमताज की याद आती रही···काश! इस जिस्म के बिना औरत को बनाया होता अल्ला ने···मुमताज ने एक बार कहा था—सबीना भी तो जरीना के साँचेवाली ही है। दोनों का सोचने का तरीका एक जैसा ही है···

जरीना ने एक बार अपनी हथेलियों से बदन को यूँ ही सहलाया और सायरा की ओर मुखातिब होते हुए कहा, ''बदन की ताकत बहुत होती है न दीदी···बला की भूख होती है उसमें···वही जिंदगी को बरबाद करती है या उसे सँवारती भी है···आपकी क्या राय है?''

बाहर किसी लड़के ने इमली की फली को निशाना बनाकर एक पत्थर फेंका था, जो छत की टीन पर गिरने से टन सी आवाज हुई। जरीना को गुस्सा आया, वह बाहर गई और हुड़दंग मचा रहे बच्चों को डपटकर वापस आई।

''देखा दीदी, कभी-कभी तो ये लड़के जान-बूझकर शरारत करते हैं। अकेली बेवा औरत को देखकर तो उनको और भी जोश आता है। आपने कहा कि अहमद मेरे जिस्म के लिए यहाँ आता है···मैं भी सोच में पड़ जाती हूँ कि मेरे पास ऐसा क्या खास है? मैं तो आपकी जैसी खूबसूरत भी नहीं हूँ। सैयद ने थोड़ा पैसा जमा किया था। कसीदाकारी करके थोड़ा-बहुत कमा लेती हूँ···हो जाता है गुजारा···'' जरीना अपना दिल हलका कर रही थी, किंतु उसमें कहीं भी रंज-ओ-गम की छटा नहीं थी।

''अपने औरत होने को मैं कमजोरी नहीं मानती दीदी। अपना जिस्म ही सबसे बड़ी ताकत है मेरी, जो अल्ला ने दी है। इसी की वजह से मुझे सैयद मिला था···और अब अहमद···मैं तो ऐसा ही समझती हूँ अभी।''

सायरा को अब फिर एक बार जरीना की जगह पर सबीना दिखाई दे रही थी—दोनों के चेहरे ऐसे, जैसे उन पर किसी भी तरह के एहसास का इंदराज अभी तक न हुआ हो⋯ सायरा का दिल बैठ गया। सच है कि जिस्म की भूख औरत को भी होती है। लेकिन सिर्फ जिस्म की भूख ही जिंदगी तो नहीं हो सकती!⋯किसी भी मर्द के बिना ही औरत अपने वजूद को साबित क्यों नहीं कर सकती? अहमद मेरे साथ है, फिर भी मैं बेसहारा हूँ। दरअसल, जरीना का अकेला होना और हमारा या मुमताज का भी—है कोई फर्क⋯

सायरा उठ ही रही थी, जाने के लिए। किंतु जरीना ने तनिक और रुकने का आग्रह किया और कहने लगी, "दीदी, और एक बात करनी है आप से। मुझे माँ बनना है। बच्चा तो मेरे को भी चाहिए, बोली मैं उनसे।"

"फिर क्या कहा उसने? मंजूर है उसे?" अधीर होकर सायरा ने पूछा।

"बोले, रंडी है तू। भूल गई क्या? बच्चा माँगती है तू? शर्म नहीं आती?" और आगे बोले, "खबरदार! तेरी जैसी औरत ही यदि तूने पैदा की, तो दोनों को भगा दूँगा, समझी? मेरे को लड़का चाहिए⋯बोल, मंजूर है? फालतू में एक और हरामी लड़की का बाप नहीं बनना मुझे। दीदी, मैंने सोच लिया। लड़का या लड़की देना अल्ला के हाथ में होता है। मेरी किस्मत फूटी और लड़की पैदा हुई तो अहमद का सहारा भी छूट जाएगा। मुमताज बी की तरह माँ बनने की उतनी ज्यादा भूख नहीं है मेरे को।⋯लेकिन अकेलापन काटने को दौड़ता है। भोत डर लगता है।" मेहँदी से रँगी उँगलियों पर निगाह फेरते हुए जरीना ने अपनी बात जारी रखी—

"और दीदी, मुमताज बी का क्या हाल हुआ, पता है न आपको। वाट लग गई उसकी⋯माँ बनने की जिद ही ले डूबी उसको⋯"

"ऐसा नहीं है जरीना।" सायरा ने गरदन हिलाते हुए कहा, "मुमताज जाँबाज औरत थी। खुद को आग के हवाले कर देना आसान नहीं होता। जिगरवालों का काम होता है यह। अपनी हैसियत का जबरदस्त एहसास दिलाया उसने। उसकी इस खुद्दारी ने अहमद की भूख की धज्जियाँ उड़ा दीं। समझी?"

"आप ऊँची-ऊँची बात करती हैं। मेरी समझ में नहीं आती वो।"

"खैर, जाने दो।" कहकर सायरा उठ खड़ी हुई।

बाहर धूप का कहर अभी कम नहीं हुआ था। पर हाँ, हुड़दंगी लड़के इमली के रकबे से जा चुके थे, सो खामोशी का माहौल था। सामनेवाले खाली मैदान की साँय-साँय तो चरम पर थी ही। नकाब तो सायरा ने पहन लिया, किंतु चेहरे का हिस्सा खुला ही रहने दिया था। पीठ के हिस्से में पसीना कुछ ज्यादा ही चू रहा था। रास्ते में दो मोड़ों से होते हुए मुमताज के घर के पास पहुँचते ही वह ठिठक गई। धुएँ की कलौंच धारण किया दरवाजा⋯खिड़की के अधजले पाट⋯मुमताज की मृत्यु से दो दिन पहले ही तो

सायरा उससे मिली थी। अमीना को भूख लगी थी। तब मुमताज ने कहा था, "दीदी, अमीना को मुझे दे दो। दूध तो नहीं आएगा मेरी छाती से...पर महसूस करना है मुझे उसका चूसना..." उसकी आँखों के भावों को देखकर ऐसा लगा तो नहीं कि यह उसका पागलपन था। सायरा ने वाकई अमीना को उसे सौंप दिया...और मुमताज ने भी सचमुच अमीना को अपने सीने से चिपका लिया था। अमीना पर इस कदर जान छिड़कनेवाली मुमताज वहशी लगती ही नहीं थी...हाँ इतना जरूर है कि अहमद शादी के बाद पहली बार जब मुमताज को ले आया तो वह कमसिन और मासूम थी...उसने अपनी नादानी का परिचय देते हुए पूछा भी था, "दीदी, आप नफरत करती हैं मुझसे?" देखते-ही-देखते खो गया उसका अल्हड़पन और बचा रहा उसका झुलसा हुआ बदन...उसे पहचानना भी मुश्किल हो गया था...इस कदर जल गई थी।

...उस दिन दोपहर के वक्त नशे में धुत होकर ही अहमद मुमताज के घर गया था। उन दिनों मुमताज बेचैन सी रहती थी और किसी से ज्यादा बात नहीं करती थी। या फिर बात-बात पर झुँझलाती थी।

घर में अहमद के प्रवेश करते ही उसके मुँह से आ रही शराब की बदबू से उसका माथा ठनका और उसकी कलाई थामकर जब अहमद उसे खींचने लगा, तो झिंझोड़कर अपनी कलाई छुड़ाते हुए उसने नाराजगी जतलाई, "हाथ मत लगाना मेरे को। दफा हो जाओ यहाँ से..." मुमताज का इनकार अहमद के लिए मानो चुनौती बन गया। सिरफिरा तो वह था ही, मुमताज के सनकीपन से उसके तन-बदन में जैसे आग लग गई।

"बाँझ बेहूदी! कलमुँही! मेरे से पंगा लेती है..." कहकर अहमद ने आवेग से उसे अपनी ओर खींचा और एक हथेली से ठोड़ी समेत उसके चेहरे को थामकर एक के बाद एक चाँटे रसीद करता रहा। और जी भर गया तो उसके दोनों हाथ पीठ की ओर से उसने कसकर पकड़ लिये और उसके साथ ही खुद को भी जमीन पर लेटा लिया। ऐसिड की तरह तेजी से असर करते हुए संपूर्ण बदन को गिरफ्त में ले रही शराब की खुमारी और खूँखार भेड़िए सी हिंस्र वासना का कहर...अहमद ने बाँहें मरोड़कर उसे चित लिटाया और उसे वह चारपाई से बाँधने की जुगाड़ में ही था। लेकिन मुमताज ने अपने बदन पर झुके अहमद के पेट में जोरदार लात मारी और फुरती से उठ खड़ी हुई। उसके अनपेक्षित लात-प्रहार से आहत अहमद औंधे मुँह जमीन पर धड़ाम् से गिर पड़ा। औंधे से सीधे होने में भी उसे बड़ी तकलीफ होने लगी थी। वहीं-के-वहीं वह सिर्फ रेंगता रहा, बस। मुमताज ने एक और लात उसकी कमर में जमा दी। "हरामजादा...कमीना!"

"बाँझ! मेरे को मारती है?..." उसकी बकबक जारी थी। मुमताज की बड़ी-बड़ी मधुवाही आँखें अब अंगार उगलने लगी थीं। तिरस्कार और नफरत की बेहूदगी अब

मुमताज की बरदाश्त से बाहर हो गई थी। उसी पिनक में वह चौके में गई और किरोसिन का कनस्तर उसने अपने बदन पर खाली किया।

"बाँझ हूँ न मैं···अब मजा चखाती हूँ तेरे को···इसी के वास्ते आता है न तू मेरे पास? अब देख मेरे जिस्म का कारनामा···तेरे को तबाह नहीं कर डाला तो मेरा नाम मुमताज नहीं···आना पड़ेगा तेरे को मेरे पास···"

लुढ़कती-बिदकती गरदन जैसे-तैसे उठाकर मदमाती आँखों से फुँफकारते हुए अहमद उसकी ओर देख रहा था। उसे दिख रही थी हिचकोली खाती, हिलती-डुलती मुमताज; लेकिन उठकर खड़ा होना उस वक्त उसे संभव नहीं हो पा रहा था।

इस बीच···मुमताज ने तीली जलाई और···पुआल के ढेर में लगी आग सी, बुरके में से भरभराती लपटों ने उसे देखते-ही-देखते अपने आगोश में समेट लिया और नाजुक फली-सी तन्वंगी मुमताज क्या से क्या हो गई। आग की लपटें, धुएँ के गुबार और मुमताज की चीखें···उस समूचे परिसर को धुनती रहीं।

"एऽ···पागल···मुमताज···पगली ए···मत कर ऐसा" लपटों की लप-लप, फट-फट के बीच में अहमद के हकलाते स्वर अपनी आवाज खो बैठते थे···लपटों की गरमी से उसका नशा उतरने लगा था। लपटों से घिरी, चीखती-चिल्लाती मुमताज कमरे में इधर-से-उधर बिलबिला रही थी···असहाय सी। धुआँ खिड़की के रास्ते बाहर निकल रहा था। पास-पड़ोस में हबड़-दबड़ मची, लोग इकट्ठा होने लगे···उन्होंने धक्के मार-मारकर दरवाजा तोड़ा और भीतर घुस गए। बालटियाँ भर-भरकर पानी उड़ेलने के बाद आग तो बुझ गई और बची रही स्याही···कोयला बनी काया···मुमताज की। अहमद बच तो गया, पर कहीं-कहीं झुलसने के निशान दिखाई दे रहे थे।

मुमताज के घर के सामने ही सायरा ठिठकी थी और वहीं दरवाजे के पास अहमद पड़ा था···कुछ-कुछ बुद्बुदा रहा था। अचानक सायरा का ध्यान उसकी ओर गया। पास-पड़ोसियों के दरवाजे बंद थे। कुछ घरों के दरवाजे परदानशीं से लग रहे थे तो कुछेक घरों में बुजुर्ग लोग चारपाई पर लेटे आराम फरमा रहे थे। सायरा सीढ़ियाँ चढ़कर अहमद के पास जा पहुँची। थूक और उलटी से सने उसके चेहरे से शराब की बदबू बराबर आ ही रही थी। लुंगी-तहमद का तो उसे होश ही कहाँ था! सायरा ने नीचे बैठकर उसे होश दिलाने का प्रयास किया—

"उठिए, घर चलिए···"

"कौन है बे? मुमताज···पागली···"

उसकी भारी-भरकम काया और शराब की निढाल खुमारी···उसे उठाना और घर ले जाना टेढ़ी खीर थी। इस बीच चारपाई पर आराम कर रहे लोग भी ताक-झाँक करने लगे थे। सायरा शर्मसार हुई जा रही थी। इतने में सामनेवाली कच्ची सड़क पर से धूल उड़ाते

हुए, मछली का ट्रक आगे निकल गया। ट्रक में से पानी की पतली सी धारा सड़क की मिट्टी पर अपनी छाप तो छोड़ ही रही थी, साथ ही मछलियों की विशिष्ट गंध भी परिवेश में व्याप्त तल्खी पर नमक छिड़क रही थी। शराब, उलटी की खट्टी सी सड़ाँध, मछली की बास और धूप की मार—सायरा को मितली सी होने लगी। अत: आगामी अनहोनी से बचने के लिए अहमद को वहीं छोड़, सीढ़ियाँ उतरकर वह घर की ओर चल दी।

कल देर रात से अमीना का बुखार उतरना शुरू हुआ तो बीबीजी ने राहत की साँस ली। दो दिन से उसका बुखार उतरता ही नहीं था, सो सायरा उसे दरगाह में ले गई। पीर बाबा की फूँक उसके माथे पर डलवा आई। अहमद भी कहीं से दवाई ले आया। अमीना बीच-बीच में पिनपिनाती तो थी ही और दूध भी नहीं पीती थी। उसके बदन से बुखार की चिपचिपी गंध आने लगी थी। और आँखों से भी कीच बहती थी। सायरा की गोदी से वह मानो चिपक ही गई थी। अहमद ने थोड़ी देर उसे उठा तो लिया था, किंतु ज्यों ही वह पिनपिनाने लगी, उसने झट उसे सायरा की गोदी में खिसकाते हुए अपना पिंड छुड़ा लिया। उसके बाद कुछ देर तक वह साजदा के साथ बातें करता रहा, खेलता रहा···यह भी एक अजूबा ही था। लेकिन साँझ घिरने लगी, तो जनाब बोतल के लिए छटपटाने लगे।

"अमीना की दवाई के पैसे मैंने दिए थे, दे दो मेरे को···" उसने हल्ला मचाना शुरू किया।

"आज के दिन तो सबर कर ले। अल्लाह मेहरबान होगा तेरे ऊपर···"

दिलावर चाचा ने उसे घुट्टी पिलाई। इसके जवाब में उसने "तू चुप कर बुड्ढे!" का तोहफा उन्हें दिया।

सबीना बाजार से सब्जी लाने चली थी, तो अहमद उसकी ओर मुखातिब हुआ। "सायरा, तेरे लाड़-प्यार ने इसे बिगाड़ा है···बन-ठन के घूमती है, धंधे पे बिठा दे इसे···"

"कितनी गंदी-गंदी बातें करते हैं आप? घर में बच्ची बीमार है। कुछ तो लिहाज कीजिए···" सायरा ने गुजारिश की, तो अहमद ने उसकी पीठ में एक जोरदार घूँसा जमाया।

"हत्यारी···! अपने बेटे को खा गई! जहरीली औरत···" बुदबुदाते हुए वह चला गया।

पर आज शायद चंदे का जुगाड़ नहीं हो पाया। वह बिन पीए ही लौट आया। बिस्तरे पर अहमद के पास सायरा···उसके बाद साजदा, सबीना···और दीवार के पास दिलावर चाचा। अमीना तो झूले में थी। पिछले दो दिनों से अमीना की बीमारी के कारण वह सो नहीं पाई थी। फिर भी उसे लगा कि आज अहमद की बाँहों में समाया जाए। अहमद प्यार से उसे सहलाए···दो मीठे बोल बोले तो कितना ही अच्छा होगा। कई दिनों के अंतराल के बाद आज उसकी भूख जगी थी और पूरी ताकत के साथ मचलने लगी

थी। जरीना ने कहा भी था···खर्राटे भर रहे अहमद को देखकर उसे अहमद का वह रूप याद आया, जो नादिर के पैदा होने के बाद उसने देखा था···पुत्र-प्राप्ति की वजह से उस दिन वह फूले नहीं समाता था। सायरा के लिए बेहतरीन साड़ी ले आया था। और ज्यादा पीता भी नहीं था। अपनी औकात में था। मीठी-मीठी बातें करता था···कुछ कमाके भी लाता था···घर-बार चलाने में हाथ बँटाता था, फिर क्या हुआ? नादिर नहीं रहा इसलिए सब उलटा-पुलटा हो गया? अहमद के तेवर बदलते रहे···बेरहमी की जद में वह आ गया···खूँखार भेड़िया बन गया···पूरा शैतान···

इन्हीं खयालों में वह सो भी गई थी, लेकिन अहमद के अनचाहे और उजड्ड स्पर्श से उसकी आँख खुली, पर आज अमीना ने उसकी रक्षा की। उसका रोना शुरू होते ही एक गाली बकते हुए अहमद ने करवट बदली। सायरा ने झूले में से उसे उठाकर अपनी गोदी में लिटाया और बैठे-बैठे उसे सुलाती रही। इस बीच वह खुद भी ऊँघने लगी थी। काफी देर तक एक ही स्थिति में बैठे रहने से आधी रात के बाद उसका एक पैर सोने लगा, तो सायरा की आँख खुली। बुखार उतर जाने से अब उसके बदन का तापमान, सामान्य हो गया था। अत: अमीना को पुन: झूले में सुलाने के लिए वह उठ खड़ी हुई और उसने मुड़कर देखा। अहमद सबीना से सटकर सोया था। सायरा का खून जम गया। आँखें फाड़कर वह अँधेरे में ही उसे घूरती रही। वह देख रही थी कि करवट लेकर सो रहे अहमद का हाथ सबीना के अंगों को सहला रहा था, टटोल रहा था···गरदन··· छाती···लिजलिजा, वासनायुक्त, घिनौना स्पर्श···! वयस्कता की दहलीज पर पहुँची बेटी और उसका जन्मदाता बाप स्वयं···अपने रिश्ते और खून से गद्दारी कर रहे, धज्जियाँ उड़ा रहे जिस्म—स्त्री और पुरुष···नर-मादा···आदिम-वासनाओं का निकृष्टतम, घिनौना, आश्लाघ्य प्रदर्शन···मात्र एक-दूसरे को भोगना···अहमद नामक बाप के भीतर के नकाबपोश शैतान के बेहया स्पर्श-सुख को बड़ी बेशर्मी के साथ भोग रही सबीना नामक उसी की बेटी—एक औरत का बदन···

सायरा का बदन काँपने लगा और रात की स्याही अर्राते तूफान की तरह उसे झिंझोड़ने लगी।

"जानवर! ···कमीना!" वह चिल्लाई।

उसके चिल्लाने से अहमद हड़बड़ाकर उठ बैठा। सबीना भी साजदा की ओर हौले से खिसकती रही।

सायरा ने अहमद पर जैसे धावा ही बोल दिया। वह उस पर झपट पड़ी और उसने अहमद के बाल मुट्ठी में कसकर पकड़ लिये।

"शैतान है रे तू खाली! महज एक जानवर! अपनी बेटी को भी तू···इससे बेहतर है कि तू मर क्यों नहीं जाता?" उसके सिर को जोर से झिंझोड़ते हुए सायरा ने कहा।

"कितना चूसेगा तू सबको? हाय अल्ला! कुछ तो शर्म कर···खुद पर तो रहम खा रे कमबख्त···" सायरा की खूनी आँखों से अब आँसू बहने लगे। उसके बदन पर वह थूक भी दी। अब वह सबीना के पास आई। सबीना की ओढ़ी चादर उसने खींच ली।

"और तू भी हरामी है···जानवर की औलाद!" लातों से उसे खुँदलते हुए सायरा चिल्लाई, "शर्म नहीं आती तुझे? तेरा बाप है न वो···? बेहया है करमजली!"

लात-घूँसे मार-मारकर थक जाने के बाद बुक्का फाड़कर विलाप करते हुए दोनों हथेलियों से सिर थामकर वह बैठ गई।

अब साजदा उठ बैठी और रोने लगी। अमीना भी झूले में किलचने लगी थी।

"एऽ चुप! अहमद ने उसे हड़काते हुए लिटा दिया और उसी पिनक में झूले की रस्सी थामकर जोरों से उसे झुलाने लगा। अब बारी थी सायरा की—बाज की तरह उस पर वह झपट पड़ा। सायरा की कमर में एक जोरदार लात मारकर उसे धराशायी करने के बाद वह उसकी खूब मरम्मत करता रहा, कुचलता रहा।"

"मेरे पे हाथ उठाती है···! चुड़ैल, तेरी ये हिम्मत···! बाप-बेटी के प्यार में जहर घोलती है कमबख्त···मेरे बेटे की हत्यारी डायन···अब मेरी बच्ची को भी···"

पेट में घुटने लेकर रो रही सबीना अब उठ बैठी। सायरा को जमकर खुँदल रहे अहमद को उसने जैसे-तैसे रोका और अम्मी को थामने के लिए आगे बढ़ी। अब दिलावर चाचा की पलकें भी खुल गई थीं।

"अहमद···सबर करो···मत मारो बहू को···बेटा, औरत पे हाथ नहीं उठाते। रहम कर अल्लाह के वास्ते···" वे अपनी जगह पर बैठे-बैठे ही अनुरोध करते रहे।

सायरा की बोटी-बोटी जैसे जवाब दे रही थी। वह निढाल सी हो गई थी। सबीना ने ही उसे सहारा दिया और जैसे-तैसे वह उठ बैठी। अब सबीना उससे लिपट गई और 'अम्मी' कहकर फूट पड़ी। लेकिन सायरा निर्विकार भाव से और बुझी-बुझी निगाहों से अँधेरे को उलीचती रही थी।

अहमद परेशान सा, चहारदीवारी में ही चक्कर लगाता रहा था और मुँह से गालियाँ बुदबुदाने का उसका सिलसिला भी बदस्तूर जारी था। इसी उधेड़बुन में बाहर जाने के लिए उसने दरवाजा खोला और दहलीज पार करने ही वाला था कि सायरा के तन-बदन में पता नहीं कहाँ से, यकायक स्फूर्ति आई। गलबहियाँ डाले बिलख रही सबीना को उसने दूर धकेला और अपनी आहों-कराहों को दरकिनार कर बड़ी तेजी से उठ खड़ी हुई। अहमद को बिल्कुल भी अंदेशा नहीं था। अहमद के ठीक पीछे खड़ी होकर सायरा ने उसे जोरदार धक्का मारा।

"जा मर···हैवान कहीं का! मैं समझूँगी बेवा हुई···दफा हो जा यहाँ से। दुबारा शक्ल मत दिखाना···"

पीछे से अचानक हुए हमले के परिणामस्वरूप लड़खड़ाकर गिरते-गिरते वह बच गया। अब वह पलटवार करने को ही था, उससे पहले सायरा ने धड़ाम् से दरवाजा बंदकर दिया।

"तेरी तो, खोल दरवाजा···" तैश में आकर वह दरवाजे पर काफी देर तक लातें मारता रहा, बाद में रुक गया। और वहाँ से चला भी गया।

घर में अब तक मची हायतौबा अब ठंडी हो गई थी। आगे-आगे खिसकते हुए रात अब भोर के मुँहाने पर आ पहुँची थी···साजदा सुबकती हुई, घुटने मोड़कर बिस्तरे में पड़ी थी···सबीना का बेशक घुटनों में गरदन डाले सिसकना अभी भी जारी था। रात की अफरा-तफरी में सबीना, सायरा के फूटे कंगनों की किरचें फर्श पर बिखरी पड़ी थीं। दिलावर चाचा अल्लाह से दुआ माँगने के अलावा और कर भी क्या सकते थे? अमीना रो-रोकर थक गई थी। दूध पीने का वक्त हो जाने के बावजूद अभी भी वह सोई हुई थी। फिर भी सायरा ने उसे झूले में से उठाकर गोदी में लिया और कुरती के बदन खोलकर मुरझाई, कुम्हलाई छाती उसके मुँह में धर दी। छाती का स्पर्श पाते ही अमीना का चूसना शुरू हुआ।

"अम्मी···मेरे को माफ करना। अम्मीऽऽ" सिसकते, सिसकते सबीना ने कहा···कई बार कहा। पर सायरा ने उसकी ओर देखा तक नहीं। अमीना के बालों को सहलाते हुए वह दुपट्टे से बार-बार अपनी नाक पोंछती रही।

□

सवेरे की नमाज की अजान हुई। लेकिन सायरा की बोटी-बोटी जवाब दे रही थी। उससे उठा नहीं जा रहा था। रात भर का तमाशा, रतजगे की मनहूसियत···तथा मारपीट की टीस···पूरे बदन में ऐंठन थी। आज शब-ए-बरात का दिन होने से कब्रिस्तान भी जाना था···दुआ माँगने। लेकिन अहमद का कोई अता-पता नहीं था। कल रात से ही वह गायब था···उसका इंतजार करने का कोई मतलब ही नहीं था···किस मुँह से शक्ल दिखाएगा?···सायरा का भी दिमाग सुन्न हो गया था।

नमाज के बाद सबीना चुप्पी साधे बैठी थी। साजदा को भूख तो लगी थी, किंतु अम्मी की हालत देखकर वह तनिक समझदार बन शांति से बैठी थी। दिलावर चाचा इबादत में थे। दरअसल कब्रिस्तान वे जाना तो चाहते थे, लेकिन स्वास्थ्य के कारण पिछले दो वर्षों से घर में ही आयतें पढ़ते थे। सबीना ने कपड़े धोए भी और उन्हें रस्सी पर भी वह डाल आई। काफी देर तक रोते रहने से उसकी आँखें लाल हुई थीं और उनमें सूजन भी आई थी। सायरा ने चाय बनाकर उसे दी तो, किंतु प्याली वैसी ही रखी रही। उसने वह पी ही नहीं। इत्ती सी मलाई एक प्लेट में कहीं चिपकी थी, तो उस पर मक्खियाँ भिनभिना रही थीं। चूहे का पिल्ला मौका देखकर घर में घुसा था और बेरोकटोक वह

इधर-से-उधर मजे से तफरीह कर रहा था। चाय की प्याली में भी झाँककर गया था।

"एऽ सबीना···चाय पी ले···तेरे लिए ही रखी है···वरना चूहा गिरा देगा। चूहे के लिए थोड़े ही बनाई है···" सायरा अभी शांत नहीं हुई थी।

"नहीं चाहिए मुझे" माथे पर आई जुल्फों को पीछे करते हुए उसने जवाब दिया।

"क्यों? आज तेरे को बन-ठन के सजना नहीं है? खूबसूरत नहीं दिखना है? दिल मचल नहीं रहा तेरा? उसके वास्ते पी ले।"

सायरा का उलाहना सबीना को सूई की तरह चुभ गया। हवा निकले गुब्बारे सी, सिमटकर वह बैठी रही।

"अम्मी···मेरे को माफ करना, बोली न मैं? फिर क्यों ऐसा बोलती है? अम्मी···भूल हुई बोल तो दिया। लेकिन एक बात बोलने की है···"

"क्या?" सायरा की त्यौरियाँ चढ़ी हुई थीं।

"अम्मी, मेरे को डर लगता है···नहीं सँभाल पाती मैं खुद को···मेरे बदन में शैतान उतर आता है···मेरी शादी कर डालो जल्दी से···"

"शादी···शादी···शादी? शादी को खेल समझती क्या रे तू?" सायरा ने झुँझलाकर कहा। "अपने बाप के साथ सोती है? बन-ठन के डोरे डालती है? कहीं भी घूमती-फिरती है? तेरी अम्मी जैसी, बच्चे पैदा करनेवाली मशीन बनना चाहती है···?" ठंडी हुई चाय को फिर से गरम कर प्याली उसके सामने पटकते हुए सायरा ने कहा।

"ले, पी ले। पढ़ने-लिखने से दूर रहेगी तो ऐसा ही सोचेगी। दुनियादारी का तेरे को पता नहीं···मर्द लोग प्यार के काबिल नहीं होते। वे प्यार-व्यार कुछ नहीं करते···उनको सिर्फ जिस्म चाहिए होता है···भोगने के लिए। अपनी हवस की आग में जला डालते हैं वो औरत को। इस तरह औरत मर्द के हाथ का खिलौना बन जाती है। तेरे अब्बू ने कभी प्यार दिया मेरे को?···तू तो सब देख रही है···सँभल जा। समझी क्या?" सायरा आँखें तरेरकर उसे घूरती रही।

"तुझे क्या लगता है सबीना, कल तेरा बाप तेरे से प्यार करता था···? समझती क्यों नहीं तू? क्या तू सिर्फ एक औरत है? जानवर है? या इनसान भी है? कभी तो सोचा कर···औरत की ताकत एक अलग किस्म की होती है सबीना। औरत कमजोर नहीं होती···!"

"लेकिन सब मर्द एक से थोड़े न होते हैं?" इतना समझाने के बावजूद सबीना की यह दलील सायरा को नागवार गुजरी। फिर भी बात को स्पष्ट करते हुए उसने कहा, "मेरे अब्बू मसजिद में इमाम थे सबीना। वे नेक इनसान थे, मर्द थे। कुरान शरीफ पूरा पढ़ा था उन्होंने। कहते थे, जो मर्द अपनी औरत के साथ औरत की तरह से ही पेश आता है, वही मर्द कहलाने लायक होता है—अल्लाह उसी पर मेहरबान होते हैं···अब्बू बताते थे

कि ऐसा कुरान में लिखा तो है, किंतु हकीकत में ऐसा मर्द मिलता कहाँ है औरत को?''

फूटी हुई बंगडी का एक किरचा कलाई में घुस जाने से हुए घाव को सहलाते हुए सबीना ने सवाल किया, ''अम्मी, फिर मुझे औरत क्यों बनाया अल्लाह ने? और ये खूबसूरती किसलिए दी? इसी वजह से तो बाप की नीयत खराब हुई और उसने बुरा सलूक किया मेरे साथ…''

डबडबाई आँखों ने सबीना की जुबान पर भी असर डाला था। उसकी आवाज काँपने लगी थी। आगे झुककर उसने सायरा का हाथ थाम लिया।

''कितनी गंदी हूँ न अम्मी मैं?'' पलकें झुकाकर वह कहने लगी। ''मेरे को माफ कर दो…मैं घमंडी हूँ…मैं तो इसी गुरूर में थी कि मेरे साथ शादी करने को तो कोई भी तैयार हो जाएगा…वो मुझे खुशियाँ देगा…राज करूँगी मैं उस पर…लेकिन कल मैं सँभाल नहीं पाई खुद को। मेरा दिमाग तो जैसे मर गया था…सिर्फ जिस्म बाकी रह गया था मेरा…कभी-कभी मेरे को लगता है कि मेरा बदन ही गंदा है…छोटी माँ की तरह उसे—''

''सबीना…'' सायरा की आँखें फौरन भर आईं। आवेग से उसे बाँहों में भरकर उसने कहा, ''ऐसा क्यों बोलती है पगली? अल्लाह ने हमको औरत बनाकर जुल्म नहीं किया है सबीना…जुल्मी है मर्दों की कसैली नजर…उनकी फरेबी चाल…उनका दोगलापन…''

उसके माथे को चूमकर उसकी आँखें पोंछते हुए सायरा ने कहा, ''सब भूल जा तू बच्ची। समझ ले कि तूने ठोकर खाई है। अल्लाह से माफी माँग ले…दिल साफ रख, सब ठीक हो जाएगा…दरगाह में जाके दुआ माँगना परवरदिगार से। आज शब-ए-बरात भी है…अच्छा दिन है। मुँह मीठा करेंगे सब का…चूड़ियाँ खरीदेंगे तेरे को…''

''और मेरे को भी…'' तालियाँ पीटते हुए पीछे से साजदा ने खुशी जाहिर की।

''हाँ-हाँ, क्यों नहीं!'' सायरा ने उसे अपने पास बुलाया, ''आ जा मेरी प्यारी बिटिया रानी!''

□

गली से बाहर निकलते ही सब्जी मार्केट था। उसके बाद छोटी-छोटी दुकानें। उससे थोड़ा सा आगे था हनुमानजी का मंदिर…गुंबज पर फहराते गेरुए झंडे वाला छोटा सा मंदिर। उसके आस-पास हिंदुओं की बस्ती…उनके चाल जैसे मकान…उसके बाद एक मरियल सा पिक्चर हॉल…उससे भी आगे दरगाह…और आगे एक बड़ी सी मसजिद…फुटपाथ पर सजा मीना बाजार…बटुवे, चप्पलें, रंग-बिरंगे हिजाब, दुपट्टे, सलवार-कमीज, जालीदार टोपियाँ, इत्र-फुलैल आदि की लकदक दुकानें…और सामने मसजिद…मसजिद के घेरे में ऊपर की ओर चारों तरफ धुँधली रोशनीवाले हरे लट्टुओं की हदबंदी…मसजिद के चारों कोनों पर खड़ी मीनारें। मसजिद की कमानों तथा खिड़कियों पर कबूतरों की निरंतर आवाजाही और गुटुर-गूँ…सनीचर होने से उस दिन हनुमान्-भक्तों

की भी भीड़ मंदिर के बाहर देखी जा सकती थी। रुक-रुककर घंटानाद सुनाई पड़ता था। बाहर याचकों-भिखारियों की भी लंबी कतार···

"संगीता आती है इस मंदिर में···एक बार मैं भी गई थी, वहाँ उसके साथ···" मंदिर के सामने से गुजरने के दौरान सबीना ने कहा।

"संगीता यानी तेरी सहेली···जो स्कूल में तेरे साथ थी? एक-दो बार अपने घर में आई तो थी।"

"हाँ, लेकिन उसके बाद फिर कभी नहीं आई। उसके माँ-बाप को पसंद नहीं थी हमारी दोस्ती। मैं भी उसके घर नहीं जा सकती थी। उससे मिले हुए भी भोत दिन हुए। अच्छी लड़की थी। हम दोनों में अच्छी बनती थी···अकरीमा, नजमा से भी ज्यादा। वो भी एक बार दरगाह में आने को बोलती थी···देखने के वास्ते।"

मंदिर से आगे निकलते हुए सबीना ने तनिक रुककर कहा, "अम्मी, जाएँगे मंदिर में? हिंदू लोगों के मंदिर में भगवान् की मूरत होती है।"

"पागल हो गई क्या? हम हिजाब पहने हैं। वो लोग जाने थोड़े ही देंगे हमें अंदर?"

"जा सकते अम्मी···"

"अरी चुप कर···उलटी-सीधी जुबान मत चला···" सबीना का हाथ पकड़कर वे दोनों आगे बढ़ते रहे।

"मेरी भी एक हिंदू सहेली थी मालेगाँव में—लता। मेरी बचपन की सहेली।" चलते-चलते सायरा बता रही थी। उसका मकान जला दिया गया था। एक दंगे में, पूरा-का-पूरा खानदान तबाह हुआ उनका···कोई भी जिंदा नहीं बचा···वो खुद भी नहीं।"

"अम्मी, हिंदू-मुसलमान हमेशा लड़ते क्यों हैं? उनका क्यों नहीं जमता? हिंदू लोगों को हम अच्छे नहीं लगते क्या?" सबीना ने पूछा।

"दो अलग मजहब हैं न। और दोनों को लगता है कि हमारा मजहब ही बड़ा है। लोगों को लगता है कि अपने मजहब को ऊँचा दिखाने से उनका खुद का कद भी बड़ा हो जाएगा।"

"तुमको कैसे मालूम? स्कूल में सिखाते थे क्या?"

"थोड़ा-थोड़ा सिखाते थे। मजहब जीने का रास्ता दिखाता है···अब्बू भी बोलते थे।"

"लेकिन अम्मी, मजहब यानी क्या?"

सायरा मुसकराई।

"हाय अल्ला! तू मेरे को ऐसे पूछ रही है, जैसे मुझे सब पता है! पगली, उतना ज्यादा थोड़ा ही पढ़ी मैं, जो तेरे को बता सकूँ? अब्बू एक बार बता रहे थे, इसलाम के बारे में···तो मेरी अम्मी ने बोला था···धरम का रूप तो औरत के जैसा ही होता है।

औरत की ताकत का पता लोगों को नहीं चलता, वैसे ही मजहब के जादू का करिश्मा उनको मालूम नहीं पड़ता है। लोग अपने मतलब के लिए, फायदे के वास्ते दोनों का इस्तेमाल करते हैं…"

फूलों की, चादरों की दुकानों को पार कर वे दोनों दरगाह की कमान के भीतर अब पहुँच गईं। चिलमन की एक ओर औरतों को इबादत के लिए अलग से एक जगह थी। भीतर मर्दों के लिए…'अल्लाहऽऽ' की अनुगूँज दरगाह के समूचे परिसर में व्याप्त थी। धूप, अगरबत्तियों की महक से पूरा महकमा सराबोर था…पाँच-छह औरतें नमाज अदा कर रही थीं, सबीना, सायरा भी उनके साथ जुड़ गईं। इतने में पटाखे फूटने जैसी आवाजें आने लगी। इतने भारी धमाके…कि कानों के परदे फट जाएँ…जमीन काँपने लगी। फिर क्या था, अफरातफरी मच गई। लोगों का चीखना-चिल्लाना…भागम-भाग और रोना-कलपना। बम फूटा…धमाका हुआ…भागो, भागो। दरगाह से बाहर निकलने की होड़ सी लग गई। औरतें भी उसी हुजूम में शामिल हो गईं…नमाज-वमाज आधे में ही छोड़कर…

सायरा भी आधे में ही उठ खड़ी हुई, पर लोगों की अफरा-तफरी की ओर वह सिर्फ देखती रही, बस, जैसे कुछ हुआ ही नहीं।

"अम्मी, चलो। बम फटा है…" सबीना लगभग खींचकर उसे दरवाजे की ओर ले जाने लगी।

दरगाह में अब तक तो लोग अलग-अलग जगह बिखरे-बिखरे से थे। लेकिन अब भीड़ इकट्ठा हो जाने से भगदड़ मच गई। हर कोई जल्दी में था…जान बचाकर वहाँ से भाग निकलने की फिराक में था…वे दोनों भी उसी में शामिल हुईं। लोगों की चीखें…आहें…सीत्कार…बिलखना…दिल दहला देने वाला माहौल और एक अजीब सी उलझन! सायरा ने सबीना का हाथ अच्छी तरह से पकड़ रखा था। "या अल्लाह! रहम कर…मेरे परवरदिगार।" सायरा निरंतर बुदबुदा रही थी।

ठेलम-पेल, खींचतान और धक्का-मुक्की…किसी को भी सब्र नहीं था। लोग वहाँ से निकल भागने की फिराक में थे, सीढ़ियों से नीचे उतरते हुए लड़खड़ा रहे थे, लुढ़क रहे थे, किसी को किसी की परवाह नहीं…एक-दूसरे को धकेलकर निकलने की होड़, सीढ़ियों पर थी तथा इसी अफरातफरी का शिकार बने जिंदा-मुर्दा लोगों की बिछावन सी बन गई थी…पर किसी को कोई तवज्जो नहीं! बदहवास सी, पागल बनी भीड़ का कहर! मरना तो किसी को भी नहीं था, फिर भी किसी का किसी से कोई सरोकार नहीं! खुद के जिंदा बच निकलने की जद्दोजहद और अपनी…खालिस अपनी हिफाजत की असहाय कोशिश…अदृश्य नियति के सामने इनसानी बेबसी और मायूसी का कटु यथार्थ…

अभी, कुछ देर पहले तक तेज रोशनी से नहा रही सड़कों पर अब घनी स्याही, धूल के गुबार और बदकिस्मती की चपेट में आए लोगों की चिल्ल-पों का माहौल था। धूल

और धुएँ के गुबार में ही सायरा-सबीना घुस गईं। हनुमान मंदिर और दरगाह परिसर में एक के बाद एक···तीन बम फटे थे। मंदिर का तो जैसे नामो-निशान ही मिट गया था। जान की कीमत पर लोग भाग रहे थे···दिशाहीन से। कदम-कदम पर बिछी लाशें, जिंदा कराहते-बिलखते घायल लोग, छिन्न-विच्छिन्न वाहनों की धू-धू, क्षत-विक्षत शरीरों के टूटे-फूटे अवयव, मांस के लोथड़े, सहमी-सहमी निगाहों का सैलाब, बेसहारा हुए लोगों की दम-तोड़ती साँसें और नियति का विकट हास्य। जूते···चप्पलें···माल-असबाब, चीथड़ा-चीथड़ा सुख और धज्जी-धज्जी रात! क्या कहें···किससे कहें···धरती की सतह पर खून की जमी परत और इनसानियत पर पड़े दाग···हर तरफ मंजर यही है, लहू-लहू सा समंदर है, जैसी स्थिति!

अब धीरे-धीरे पुलिसिया गाड़ियों के सायरन बजने लगे। तेज लाल रोशनी वाली चक्करी दीप-शिखावाली रुग्णवाहिकाओं का ताँता सा लगा। काम से बाहर गए लोगों के घरवालों को चिंता ने घेर लिया। कुछेक घरों से तो सिसकियों की आवाज आने भी लगी थीं···कहीं-कहीं स्यापा भी सुनाई पड़ रहा था। इसी मसजिद के पास अजहर का ठेला था···वही, चूहे की दवा बेचनेवाला अजहर। उसका अभी तक कोई अता-पता नहीं था। पड़ोसी जावेद भी यहीं, किसी दुकान में काम करता था···वह भी अभी तक लौटा नहीं था। साजदा डबल रोटी का चकत्ता चूस रही थी। अमीना अभी भी झूले में सो रही थी। दिलावर चाचा हमेशा की तरह चारपाई पर लेटे थे। धमाकों के बारे में किसी को कुछ पता ही नहीं था।

"अम्मी, मेरे को चूड़ियाँ लाई?" सायरा से लिपटते हुए साजदा ने पूछा। सायरा ने उसे गले लगाया और वह फूट पड़ी। प्रत्याशित अनहोनी के भय से मानो अब तक उसके आँसू सूख गए थे और जुबान को काठ मार गया था। उसके फूट पड़ने से जैसे अब राहत सी मिली थी। कसकर उसे भींचते हुए वह उसे उत्कटता से चूमती रही। "मेरी बच्ची···"

सबीना का दिल अभी भी बाकायदा धड़क रहा था। मौत की खूनी होली का वह दृश्य उसकी आँखों से ओझल होने का नाम ही नहीं ले रहा था। दिल दहला देनेवाला वह नजारा पत्थर बन उसके सीने पर सवार हो गया था।

सायरा को चूमते रहने के दौरान ही यकायक सायरा को अहमद याद आया। अहमद भी तो नहीं है घर में! कहाँ होगा वह? कल रात जो चला गया, सो गायब ही है। कोई खबर नहीं उसकी।

"साजदा, अब्बू आए थे?" साजदा को तनिक दूर हटाते हुए, दिल थामकर उसने पूछा। उसके बाद भर्राई सी ऊँची आवाज में दिलावर चाचा से भी पूछा, "नहीं तो···क्यों? कहीं कुछ हुआ है क्या?" दिलावर चाचा ने हड़बड़ाकर अपनी कमजोर निगाहों से इधर-उधर देखते हुए पूछा।

''और कुछ नहीं हुआ, बम फटे हैं…'' सायरा ने जैसे-तैसे जवाब दिया। ''सबीना, तेरे अब्बू?…किधर होंगे वो? कैसे ढूँढ़ेंगे उन्हें?'' सायरा चिल्लाई।

कल भोर होने से पहले सिरफिरे अंदाज में, अपनी ही पिनक में अहमद घर से निकल गया था। 'जा मर। दफा हो जा यहाँ से' सायरा ने ही उसे धकियाया था। लेकिन इस वक्त सायरा के पैरों तले की जमीन खिसक गई थी।

□

पड़ोसी जावेद के सिरकटे बदन की शिनाख्त उसकी माँ को हो गई थी। उसके बूढ़े माँ-बाप की जो हालत हुई थी, उसे देखकर ही रूह काँपने लगती थी। इकलौता जवान बेटा…उसी पर दारोमदार थी और अब वही नहीं रहा। अलबत्ता अजहर जिंदा बच निकला था। किंतु उसका पैर कट गया था। बस्ती के और भी आठ-दस लोग हलाक हुए थे। कुछ अन्य घायल भी हुए थे…लेकिन सात दिन हो जाने के बाद भी अहमद अभी तक लौटा नहीं था…जिंदा या मुर्दा। मालेगाँव-भिवंडी के लोगों, मुमताज के घरवालों से भी पूछताछ की; पर कोई फायदा नहीं हुआ। अंततः हारकर सायरा ने पुलिस में रपट लिखवाई। वैसे तो अहमद इससे पहले कई-कई दिनों तक घर से गायब रहा, पर बाद में वह लौट आता था। सायरा को यकीन था कि अबकी बार भी वह जरूर लौट आएगा। और अभी भी उसे पूरी उम्मीद थी।

और ठीक उसी दिन पुलिस चौकी से खबर आई। नुसरत नर्सिंग होम में एक लाश रखी हुई है, जो चार दिन पहले प्राप्त हुई थी। अभी तक लाश का कोई दावेदार नहीं आया है। आपके शौहर का हो, तो पहचानिए…

अब तनाव शिथिल पड़ गया था और स्थिति नियंत्रण में आने लगी थी। अभी तक अपराधियों को पकड़ा नहीं जा सका था, किंतु खोज जारी थी। धमाकों में मृतकों की संख्या हर रोज बदल रही थी। मृतकों में हिंदू-मुसलमान दोनों धर्मों के लोग थे। कानूनी औपचारिकताएँ पूरी करने के बाद शव मृतकों के नजदीकी रिश्तेदारों को सौंपे जा रहे थे। घायलों को भी यथोचित इलाज के बाद अस्पताल से छुट्टी दी जा रही थी। कुल मिलाकर स्थिति धीरे-धीरे सामान्य होने लगी थी।

नर्सिंग होम में पहुँचने तक सायरा का पूरा बदन पसीने से तरबतर हो गया। हाथ-पाँव में कँपकँपी तो थी ही। उसका दिल कहता था वह अहमद यकीनन नहीं हो सकता। सबीना भी उसके साथ ही थी। लाश पर से कफन हटाया जाने लगा, तो सायरा पलकें भींचकर बुत सी खड़ी रही।

लाश की स्थिति इतनी खराब थी कि उसकी शिनाख्त करना मुश्किल था। एक तो वह अधजली लकड़ी सा दिख रहा था…ठूँठ। इसके अलावा वह क्षत-विक्षत भी हो गया था। आँख की कोटर से मांस की बोटी लटक रही थी…चेहरे का आधा हिस्सा

कटा-फटा सा था···सिर के नीचे स्ट्रेचर पर खून का इत्ता बड़ा थक्का जमा हुआ था··· बायाँ पैर उलट-पुलट गया था।

"ईऽऽऽ···या अल्लाह···" सायरा चीख पड़ी।

"आपका घरवाला है न ये? गौर से दखिए।"

अहमद है ये? देखा नहीं जा रहा था, लेकिन देखना पड़ रहा था···बार-बार। क्योंकि वह अहमद ही था—उसने पहचान लिया था। और अब वह ढाड़ें मारकर रोने लगी।

"हाय अल्ला! ये क्या हुआ?"

शुरू-शुरू में तो सबीना इनकार करती रही, क्योंकि उसे यकीन नहीं होता था···"नहीं, अब्बू नहीं हैं ये···" लेकिन अंततः उसे स्वीकार करना ही पड़ा···और वह भी फूट पड़ी।

□

अहमद अब इस दुनिया में नहीं रहा, सायरा का दिल अभी भी इस हकीकत को मानता नहीं था। गायब रहने के बाद अचानक एक दिन वह प्रगट होता था। लगता था कि अब भी वह जरूर आएगा। उसकी अनुपस्थिति में सुकून मिलता था। घर में सभी लोग राहत महसूस किया करते थे। अतः ऐसा भी लगता था कि वह न आए तो ही अच्छा है। और अब वह इस दुनिया में रहा ही नहीं, तो उसके न होने की भी आदत डालनी ही पड़ रही थी। सायरा को वह आखिरी वाक्य बार-बार याद आने लगा था···"तू मर, जा यहाँ से। दफा हो जा। मैं समझूँगी कि बेवा हो गई हूँ···' कहकर सायरा ने उसे पीछे से धकियाया था। अहमद के आखिरी दिनों में सायरा को उसके व्यवहार से उकताहट सी होने लगी थी। क्योंकि वह खुद तो बरबाद हो ही गया था और सायरा की जिंदगी भी उसकी वजह से तबाही के कगार पर खड़ी थी···बल्कि अब तो वह सबीना को भी ले डूबने पर आमादा हो गया था···उसने एकाध भी भला काम नहीं किया था अपने परिवार के लिए। नादिर के गुजर जाने पर सायरा का कचूमर बना डाला था उसने। उसके बाद भी हर बार वह उसे 'जहरीली औरत' ही कहा करता था···शुरू-शुरू में एकाध बार साड़ी-बाड़ी लाया होगा, बस। उसके बाद कभी प्यार से दो बातें भी कीं उसने···वह शौहर था, तो बीवी होने के नाते दुःख व्यक्त करना ही चाहिए, इसलिए रोना-धोना है हमारा या कि उसके प्रति कोई लगाव भी था? या अपनों से बिछुड़ने का गम?

अहमद की अधजली लाश देखकर सबीना की जुबान को तो जैसे काठ मार गया था। साजदा के पास तो अपने बाप की कोई स्मृति थी ही नहीं। उसके वक्त भी सायरा को बेटे की ही उम्मीद थी···वह साजदा से बात ही नहीं करता था···और अमीना के बारे में कुछ कहने का सवाल ही नहीं उठता था। दिलावर चाचा अलबत्ता बीच-बीच में उसे याद कर थोड़ी देर सुबकते रहने के बाद चुप हो जाते थे। अहमद का एक भाई मालेगाँव में रहता था। अहमद की दफन-विधि पूरी होने तक बमुश्किल वह दिलावर

चाचा के साथ रहा···सायरा का भाई भी तुरंत लौट गया···दोनों ने कुछ रुपए भी उसे दिए। मुमताज की माँ भी आई थी।

धर्मादा संस्था की ओर से रोजाना खाने के पैकेट आते थे। सरकार की ओर से आर्थिक सहायता की घोषणा तो हुई थी, किंतु निर्धारित रकम आदि के ब्योरे अभी आने बाकी थे। और इसमें समय भी लग सकता था। सायरा पूरी जद्दोजहद के साथ एक नई जिंदगी शुरू करने की दिशा में बड़ी शिद्दत से कदम उठाने का प्रयास कर रही थी। हर तरह के आँधी-तूफान के थपेड़ों को सहते हुए तीन-तीन बेटियों की जिम्मेदारी···

उस दिन जरीना आई थी। वैसे तो हर दूसरे दिन वह आती रही थी। वह खूब रोई···खूब रोई। वह तो जैसे ढहकर ढूह हो गई थी। शौहर के इंतिकाल के बाद उसने एक सहारा ढूँढ़ लिया था···वह भी अब जाता रहा। उसे विलाप करते देखकर सायरा के मन में सवाल उठता था कि कहने के लिए तो सहारा-वहारा ठीक है, किंतु हकीकत में कितना समय अहमद उसके लिए दे पाया था? क्या वाकई वह अहमद पर जान छिड़कती थी? जिसे वह 'सहारा' कहती है, वह महज जिस्मानी भूख तक ही सीमित है···क्या उसी को वह प्यार मानती है?

"दीदी, आपने सुना भी होगा···एक औरत ने ही रखे थे बम साइकिल पर।" फिर एक गहरी साँस लेने के बाद उसने आगे कहा, "वो भी मर गई उसी धमाके में। कोई कहते हैं कि वह हिंदू औरत थी···कोई बोलता है मुसलमान थी।" बातों-बातों में उसने बुरके के बटन खोले। रोने तथा पसीने की वजह से चेहरा चिपचिपा हो रहा था, सो उसने बुरके की बाँह से रगड़कर उसे पोंछ-पोंछकर साफ किया। सबीना ने पानी का गिलास उसे पेश किया, तो वह पूरा पानी पी गई।

"यकीन नहीं होता कि एक औरत इतना बुरा काम कर सकती है। औरत होकर भी इस कदर बेरहमी?"

सायरा ने एक उसाँस छोड़ी। कल रात साजदा के पाँव की उँगली में चूहे ने दाँत गड़ाया था, सो उसमें घाव हो गया था। वह चटाई पर सो रही थी और उसकी घायल उँगली पर मक्खियाँ भिनभिनाने लगी थीं। सायरा उन्हें हाथ से दूर भगा रही थी।

"सच पूछो, तो औरतें कुछ भी कर सकती हैं···मर्दों की बराबरी से। ऐसा थोड़े ही है कि सिर्फ मर्द ही चुस्त-चौकस होते हैं!"

"बम के धमाके करवाने को आप चुस्त-चौकस कहती हैं, दीदी?"

"मेरे कहने का मतलब है जरीना, औरत जितनी मोमदिल होती है, उतनी ही संगदिल भी हो सकती है वह···जरूरत पड़ने पर···"

"खैर। आपने यह भी सुना होगा कि सरकारी राहत का ऐलान भी हुआ है, जो लोग हलाक हुए हैं, उनके रिश्तेदारों को···रकम कितनी है, मालूम? पूरे पाँच लाख!" जरीना ने आँखों की पुतलियाँ तानकर सूचना दी।

''पाँच लाख?'' सबीना ने आँखें फाड़कर आश्चर्य व्यक्त किया। सायरा भी तनिक चौंक गई।

''हाँ! मिनिस्टर आनेवाले हैं।''

सायरा ने मन-ही-मन पुनरुच्चार किया 'पाँच लाख'। इस जन्म में इतने सारे रुपए हम देख नहीं पाएँगे। जुबान पर इतनी बड़ी रकम का हिसाब भी कभी नहीं आया। सपने भी देखे थे, तो गरीबी के ही···अब तो अहमद रहा नहीं। जिंदगी में कभी सुकून तो मिला नहीं···और अब तो वह जिंदगी भी उजड़ गई। लेकिन···लेकिन अहमद के न रहने से जिंदगी सँवर सकती है? शराबी पति की मौत इतनी कीमती होती है?

जरीना ने दुपट्टे से आँखें पोंछ लेने के बाद भर्राई सी आवाज में कहा, ''अहमद भले ही नहीं रहा, लेकिन भला कर गया आपका···भुगतना तो पड़ा आपको···पर उसका फल मिला मीठा-मीठा। बरसों का दुःख-दर्द माला-माल कर गया आपको। वरना मेरा भाग देखो···रखैल सो रखैल ही रही! इतना मार खा-खा के क्या मिला मेरे को?''

सायरा उसकी बातों का रुख समझ गई। इसी बीच जरीना ने सीधे अपना दावा ही पेश किया, ''मेरा भी हिस्सा रहेगा न दीदी, उसमें?'' जरीना की ललचाई आँखों की इस चाल से सायरा को गुस्सा आया।

''ऐसा क्यों सोचती है तू? मैं हूँ न···जानती हूँ तुझे भी काफी सहना पड़ा है··· थोड़ा-बहुत तुझे भी तो दूँगी मैं?''

''थोड़ा यानी कितना?''

जरीना का लालच···सायरा उसे घूरती रही कुछ पल। अनपढ़, उजड्ड समझती थी, वह जरीना को! हिसाब माँग रही है, हक जतला रही है—अहमद की रखैल बने रहने का हर्जाना मुझसे माँग रही है···

''हाथ में कुछ मिलने से पहले ही हिसाब···'' सायरा की आवाज कुछ-कुछ तीखी हो गई थी···

जरीना के चले जाने के बाद सायरा अनमनी सी हो गई थी···पाँच लाख···उसे यकीन नहीं होता था। इतनी पूँजी मिल जाए तो जिंदगी का नूर ही बदल जाएगा···क्या-क्या किया जा सकता है इन रुपयों से? जमीन खरीदेंगे, वहाँ अपना मकान बनाएँगे, दिल की साध पूरी कर लेंगे, अमीना, साजदा को अच्छी तालीम देंगे···बढ़िया स्कूल में उन्हें भरती करेंगे। अहमद की उधारी चुकाएँगे। सबीना की शादी···साजदा, अमीना की पूरी जिंदगी बाकी है···नई सिलाई मशीन खरीदेंगे···अभी जो मशीन है, वह बहुत तकलीफ दे रही है···सायरा योजना की रूपरेखा गुन रही थी। पाँव की उँगली का दर्द साजदा को बीच-बीच में जब कुरेदता था तो वह पैर पटकने लगती थी। कराहती भी थी। सायरा का ध्यान उस ओर नहीं था, क्योंकि वह हिसाब लगाने में मगन जो थी।

लेकिन कराहते हुए, जब उसने 'अब्बूऽ…' कहा तो सायरा होश में आई! रुपयों के चक्कर में यह तो मैं भूल ही गई कि अहमद अब इस दुनिया में नहीं है। और उसके न रहने की ही यह कीमत है। उसकी मौत के बदले सरकार दे रही है यह हर्जाना। जरीना ने सिर्फ जिक्र किया तो हमारी नीयत कहाँ-से-कहाँ पहुँच गई! क्या फर्क रहा उसमें और हम में? उसने अपना हिस्सा क्या माँगा…हमने तो अपनी पूरी जिंदगी की जोड़-तोड़ शुरू कर दी…

"अम्मी, पाँच लाख मिलेंगे हमें! मिलेंगे न? अम्मी, मेरे को एक चेन बना के दो। बाकी कुछ नहीं चाहिए मेरे को।" सबीना ने फरमाइश की।

उस पर आँखें तरेरने को सायरा का दिल किया तो सही, किंतु उसने अपनी गरदन ऊपर उठाई ही नहीं। सबीना को कोई जवाब दिए बिना वह साजदा के पाँव को सहलाती रही।

इस हादसे के बाद अहमद के कई देनदार पैदा हुए और बकाया वसूलने के लिए वे सायरा के घर का दरवाजा खटखटाने लगे थे। सही-सही मालूम नहीं पड़ रहा था कि क्या वाकई अहमद पर इतने सारे लोगों की उधारी थी, या कि ये पलटन पाँच लाख की पैदाइश थी।

मुमताज की माँ ने भी चलते-चलते हलका सा संकेत दे ही दिया था कि मेरी बेटी को जीते-जी कोई सुख तो मिला नहीं। लेकिन इसमें से कुछ हिस्सा मिल जाए तो सुलताना की शादी के वक्त काम में आएँगे रुपए…अपनी बेटी की जिंदगी तबाह हुई अहमद की खातिर और अब उसी की मौत के मुआवजे में हिस्सा माँगनेवाली मुमताज की माँ…

पड़ोसी जावेद की दिहाड़ी पर तो उनका चूल्हा जलता था…इकलौते बेटे की मौत की वजह से उसके माँ-बाप की जिंदगी अब मौत का कुआँ बन गई थी, उनके लिए… लेकिन सरकारी मुआवजे की घोषणा से उनके दुःखों के पैनेपन की धार भी भोथरी हो गई थी। अजहर का एक पाँव कट गया था। किंतु डॉक्टरों का अनुमान था कि उसके पैर में अभी भी कुछ छर्रे बाकी हैं। लेकिन वे छर्रे अमानत बनकर उसके बदन में ही बने रहेंगे। क्योंकि उसके इलाज में लाख-डेढ़ लाख खर्च करने में उसे कोई तुक नजर नहीं आ रहा था। चूहे मारने की दवा बेचने की जगह इस पूँजी से कोई नया कारोबार शुरू करने के ऊँचे ख्वाब वह देखने लगा था।

कई तरह के छोटे-बड़े घाव…जिस्मानी तथा रूहानी भी…उन्हें साथ लेकर ही जीने के अलावा और कोई चारा नहीं था। मौत की आहें-कराहें तथा आसान सी लगनेवाली जिंदगी के चीथड़ा-चीथड़ा दुःखों को काँधे पर ढोते हुए पल-पल मौत का सामना करने की मजबूरी…लेकिन ये घाव ही अब उत्तरजीवियों के जीने का सहारा बन रहे थे। उनकी

बाकी जिंदगी को मूल्यवान बना रहे थे। मुर्दा लाशें ही अब जिंदा बचे लोगों की खुशियाँ बख्शने का औजार बन गई थीं···सायरा के घर की स्थिति भी इससे जुदा नहीं थी। आस-पास के मातमी और गमजदा माहौल में सायरा के पास सिलाई का काम आना भी बंद हो गया था। पहले का कुछ काम भी अधूरा पड़ा था, लेकिन इसके बावजूद खाने-पीने की कोई चिंता नहीं थी, जैसे पहले हुआ करती थी। धर्मादा संस्थाओं की ओर से खाने के पैकेट अभी भी बराबर आते थे। यथा समय, बिना खिचखिच नियमित खाना मिलता रहने से सबीना, साजदा खुश थीं। दिलावर चाचा के गले से नीचे कौर उतरता ही नहीं था; पर अब वे भी दबाकर खाने लगे थे और उनका हाजमा भी ठीक हो गया था। सायरा की छाती भी अब दुधारू बन गई थी और आकार भी ग्रहण करने लगी थी। उसकी शुष्क, पपड़ी बनी छातियाँ भी अब स्निग्ध तथा खिली-खिली सी दिख रही थीं। अमीना भी अब स्वस्थ और मोटी सी हो चली थी।

अहमद के बिना, उसकी अनुपस्थिति में खुशहाल बसर का एक नया रास्ता खुल गया था···उसके खारिज हो जाने के बाद ही···

□

मंगलवार के दिन अमीना गैसेज से परेशान थी। उसे जैसे-तैसे शांत करने में सायरा जुटी थी, इतने में कॉरपोरेटर ने दरवाजे पर दस्तक दी। उसने बताया, ''कल मंत्री महोदय आएँगे। सवेरे ठीक ग्यारह बजे दरगाह के पास डेथ सर्टिफिकेट लेकर आ जाना···समझ गई?''

''कल पैसा भी मिलेगा? पक्का?'' अमीना को सबीना के हवाले करते हुए सायरा ने उनसे कहा, ''इसके पहले भी दो बार ऐसा ही बोलकर ले गए आप हमें···लेकिन मंत्री-वंत्री कोई नहीं आया। पैसा पक्का मिलनेवाला हो तो बताइए··· ?''

''हाँ-हाँ, पक्का मिलेगा। सरकार को दूसरे भी तो काम होते हैं···इसीलिए आगे-आगे टलता गया मामला, लेकिन आज मैंने ही मंत्रीजी का फोन उठाया···ग्यारह बजे आ जाना।''

वह चला गया। अमीना भी थोड़ी देर बिलबिलाते रहने के बाद सो गई। पिछले कुछ दिनों से सबीना रात को सोने के लिए जावेद के घर जाती थी; क्योंकि उसके बूढ़े माँ-बाप को रात के वक्त कोई-न-कोई पास में चाहिए होता था। साजदा भी बिस्तर में जाते ही सो गई। पिछले दो-चार दिनों से घने बादल छाए थे, सो हवा में बहुत ज्यादा उमस थी। और आज तो इस कदर तल्खी थी कि साजदा ने नींद में ही फ्रॉक उतार फेंकी। लबालब घने बादलों की स्याही मानो रात के अँधेरे पर हावी हो रही थी। थोड़ी देर बाद मंद-मंद बयार बहने लगी। और हलकी सी बूँदा-बाँदी भी हुई···एहसान जतलाने के अंदाज में, लेकिन उसके बाद फिर से बेतहाशा उमस सा दौर··· !

···लेकिन अंतत: तरस खाकर मेघ धुआँधार बरसने लगे।

"बीच में एकाध बार अमीना कुनमुनाई तो थी; पर दूध पीने के मूड में शायद वह नहीं थी। झूले की रस्सी से एक ही बार जोरों से हिलाते ही सो गई चुपचाप। अब सायरा भी सुकून से बिस्तर में चली गई। इतने में दरवाजा धड़ाधड़ बजने लगा। कोई लात मार रहा था दरवाजे पर। सायरा सहम गई···देर रात गए, बेवक्त कौन हो सकता है ये··· ? कल ही फारुख धमकी देकर गया था। जल्द-से-जल्द बकाया चुकाने की चेतावनी उसने दी थी। वही तो नहीं न आया होगा?···" दरवाजे पर आवाज बढ़ती ही जा रही थी, किंतु कानों में उँगली दबाकर वह अनसुने अंदाजा में दुबकी रही बिस्तरे में ही।

"सायरा···सा···य···रा···" भर्राई सी, किंतु क्षीण आवाज। सायरा तपाक् से उठ बैठी। यह तो अहमद की पुकार लगती थी! लपककर वह गई और कलेजा थामकर उसने दरवाजा खोला।

"हाय अल्ला! आप? आप···इस हालत में?" वह चीख पड़ी। अधमरा सा··· लड़खड़ाता···लहूलुहान···लुटा-पिटा···भीगा हुआ अहमद···कपड़े भी तार-तार हुए थे। दरवाजा खुलते ही वह झूमते हुए भीतर आया और धराशायी हो गया···धड़ाम् से। उनके गिर पड़ते ही आस-पास की धरती भी जैसे काँप उठी। साजदा हड़बड़ाकर जाग तो गई थी, पर तुरंत फिर से सो गई। वह गहरी नींद में थी।

सायरा ने फुरती से दरवाजा बंद कर लिया और अहमद के पास बैठ गई। उसके भीगे बदन से दुर्गंध सी आ रही थी। सायरा को मितली सी होने लगी। अहमद का दिल तेजी से धड़कने लगा था और उसे कराहने में भी तकलीफ होने लगी थी। वह पानी माँग रहा था। सायरा बत्ती जलाए बिना ही पानी का गिलास ले आई। किंतु अहमद में गरदन उठाकर गिलास होंठों से लगाने की भी ताकत नहीं थी। मुश्किल से दो-चार बूँद उसके मुँह में जा पाए। अवचेतन में पड़े अहमद को सायरा अविश्वास के साथ ही घूरती रही। उसे हैरत हो रही थी कि उस दिन उसकी आँखें धोखा कैसे खा गईं? जिसे उसने अहमद समझा वह शख्स कौन था? अहमद की मौत को आसानी से कुबूल कर नई जिंदगी भी शुरू कर दी उन्होंने···सच वो था कि सच ये है? उस दिन से लेकर आज तक की इस अवधि को स्वप्न कहा जाए या कि दु:स्वप्न?

अमीना को भूख लगी थी। वह झूले में रोने लगी थी। सायरा ने फुरती से उसे झूले में से निकालकर छाती से लगाया। लेकिन उसकी निगाहें औंधे मुँह लेटे अहमद की साँसों पर ही टिकी थीं। बुरी तरह से पिट गया लगता है, लेकिन इतने दिन कहाँ छुपा रहा?···पुलिस की निगाहों से कैसे बच निकला··· ?

दूध चूसने की 'पुच-पुच' आवाज रात के सन्नाटे को भंग कर रही थी। इसी बीच, अहमद को घूरते हुए ही यकायक उसे झटका सा लगा, कल पाँच लाख मिलने हैं—धमाके

में हुई अहमद की मौत के मुआवजे के तौर पर, लेकिन यह तो वापस आ गया है···जिंदा है···फिर क्या होगा? खुशहाल जिंदगी के सपने का क्या होगा··· ?

पेट भर गया तो अमीना अब शांत हुई थी। उसे जल्दी से सायरा ने झूले में लिटाया और अहमद के पास आ पहुँची।

"किसी ने देखा तो नहीं आपको? क्यों? किसी ने पिटाई की आपकी? घर आते वक्त किसी से हाथापाई हुई?···बोलिए न, कुछ तो बताइए···" वह अहमद के कानों में फुसफुसाती रही। उसकी एक आँख साजदा और दिलावर चाचा पर भी थी···किसी की नींद नहीं खुलनी चाहिए···

अहमद कुछ भी जवाब देने की स्थिति में नहीं था। या तो उसकी हालत इतनी ज्यादा खराब थी कि वह कुछ बोल ही नहीं पा रहा था, या फिर सायरा के सवाल उसके कानों तक पहुँच ही नहीं पाए थे। उसका कराहना निरंतर जारी था और टाँगों को झटकते हुए उन्हें मोड़कर पेट की ओर वह लाना चाहता था।

क्या किया जाए··· ? घर में दवा भी कहाँ है? साजदा के पाँव की उँगली में लगाने के लिए लाई दवा···लेकिन किस हिस्से में लगाएँ? सायरा ने उससे पूछा भी, "दवा लाऊँ?" उसने कोई जवाब नहीं दिया। आखिरकार वह साजदा के बगल में लेट गई···सिर्फ करवटें बदलती रही···अहमद की मुँह चिढ़ाती आकृति उसकी आँखों के सामने नाचने लगी। साजदा ने फ्रॉक तो उतार फेंकी थी, फिर भी सायरा ने उसकी चादर ठीकठाक की; और अब याद आई उसे वह मनहूस रात···सबीना की छाती को टटोलने की अहमद की बदजात हरकतें···उसका बाप कहलाने वाला यह हैवान··· हरामजादा! खूँखार भेड़िया! इसी ने मुमताज को भी···मुमताज ने बहस भी की थी, "हमें अच्छी जिंदगी जीने का हक क्यों नहीं, दीदी? इसी दोजख में बिलबिलाते रहने के लिए मजबूर क्यों हैं हम?"

"पा···नी···पा···नी···पा···" कराहते अहमद के मुँह से बमुश्किल एकाध हरूफ ही बाहर निकल पा रहा था। सायरा उठकर पानी का गिलास ले आई। उसके मुँह से बूँद-बूँद पानी डालने के दौरान सायरा के ध्यान में आया कि उसके होंठ खुलते ही नहीं थे और पानी भीतर जाने की बजाय बाहर ही आता रहा था···उसकी गरदन गीली हो रही थी।

"किधर थे आप? किसी ने देखा आपको? कुछ तो बोलिए···" उससे कुछ बुलवाने के लिए सायरा ने दो-एक चाँटे भी उसे रसीद किए। धीरे-धीरे उसकी आवाज भी ऊँची होने लगी थी। बीच में ही उठकर वह गई और साजदा की दवा की डिबिया ले आई।

"अहमदऽ बेटाऽ" दिलावर चाचा के मुँह से नींद में ही यह टेर यूँ ही सुनाई दी।

बीच-बीच में वे इसी तरह से बुदबुदाते रहते थे। सायरा के लिए उनकी यह आदत नई तो नहीं थी, फिर भी वह चिहुँक गई। वह साजदा को थपकाती रही, किंतु उसका ध्यान दिलावर चाचा पर केंद्रित था। बारिश रुकने का नाम नहीं ले रही थी और सायरा की छटपटाहट उभार पर थी।

"कहाँ थे आप? बोलो···ऽ वापस क्यों आए?" फिर एक बार अहमद के करीब आकर उसे झकझोरते हुए सायरा ने उससे पूछा। पर कोई जवाब नहीं। उसके घुटने और जंघा के बीच में छुरा घोंपने का घाव दिखाई देता था।

"नेपाल···नेपाल ग···या माल···मारा···" अहमद बुदबुदाया। किंतु उसका बोलना साफ सुनाई नहीं देता था। जंघा के पास हुए गहरे घाव का रिसना भले ही कम हुआ हो, पर अभी भी वह गीला था। सायरा को याद आया, नादिर की मृत्यु के बाद अहमद ने इसी तरह से उसकी पीठ का कचूमर बनाया था और उसकी हड्डी-पसली एक हो गई थी। मन में आया कि शुरू करूँ पिटाई···ऐसी ही स्थिति थी···पहरेदार की तरह घर में ही रुका रहता था और सायरा की गतिविधियों पर नजर रखता था। अहमद की मौत के साथ ही ये सब मनहूस यादें रफा-दफा हो चुकी थीं···लेकिन···

"पानी···खा···ना दे···पा···भूऽख···रो···टी" अहमद का आहें भरना, फिर से शुरू हो गया था।

सायरा चौके में गई और फिर एक गिलास पानी लाई। भूख-भूख कह तो रहा है, पर···क्या खाएगा ये···दूध भी नहीं है घर में। उसके पास में बैठकर गरदन को नीचे-ऊपर करते हुए उसे पानी पिलाने की भरसक कोशिश वह करती रही। किंतु अब पुष्टि हो चुकी थी कि उसका मुँह खुलता ही नहीं।

"लीजिए···पानी पी लीजिए···मुँह खोलिए···"

लेकिन अहमद की ओर से कोई रिस्पॉन्स ही नहीं था···कोई हलचल नहीं। उसकी आँखें मुँद गई थीं आप ही···भींचकर मुँदी आँखें···जैसे पलकें सिल दी गई हों। भौंहों के पास एक गहरा घाव। माथे पर, गाल पर चाकू से गोदने की निशानियाँ···

···शराब पीने के बाद उसकी हालत ऐसी ही हो जाया करती थी। तथापि अचानक कहाँ से उसे ताकत प्राप्त होती थी, पता नहीं; वह पीटने लगता था, बस। धुनाई···मरम्मत···कुचलना···मसलना और अधमरा हो जाना···और उसके बाद गठरी बने उसी बदन के साथ नोच-खसोट—नहीं चाहिए मुझे दोबारा वही जानलेवा दौर और आहों की मनहूस दोजख।

"तू क्यों वापस आया रे, हरामजादे!" वह भीतर-ही-भीतर चिल्लाई, "मेरा पीछा क्यों नहीं छोड़ता तू? वही मारपीट···नोच-खसोट···रोना-बिलखना···जरीना···सबीना···और कल साजदा भी···या अल्लाह! इसे गड़ा ही रहने देता···" हर पल सायरा

की बेचैनी बढ़ती ही जा रही थी। क्या इलाज हो सकता है इसका? कब पिंड छूटेगा यंत्रणाओं के इस दौर से?...

(पूर्व प्रकाशन : चिंतन दिशा : अंक 18-19, जन.-जून 2015)

□

शिल्प

यह कहानी मुख्यतया निम्नलिखित मुद्दों पर केंद्रित है–

1. कला का स्वरूप एक ही होता है, किंतु प्रत्येक हाथ का हुनर अलग होता है और उसकी शैली भी।

2. क्या किसी की कला उसके जीने के सरोकारों के रूबरू उसे खड़ा करती है? क्या कला जीवनाविष्कार का माध्यम बन सकती है?

3. कला जब घोर यथार्थवादी जामा पहन लेती है, तो उसका सौंदर्य, कला विशेषताएँ हाशिए पर चली जाती हैं।

4. क्या असली कलाकार को किसी प्रेरणा की आवश्यकता होती है? क्या किसी व्यक्ति के कारण स्फूर्ति आ जाती है?

5. हर कृति के मूल में व्यथा अवश्य होती है, इसीलिए कलाकार या तो शोषित होता है या शोषक। दूसरों को दुःख देने का मतलब खुद दुःखी होना भी होता है।

6. अपने भीतर की कला को हरदम लाड़-प्यार से पुचकारते रहना भी उचित नहीं। उसे भी डाँटना-फटकारना पड़ता है। अनजाने में आत्ममुग्धता में फँसती जा रही कला को झकझोरे बिना उसकी नींद नहीं खुलती।

7. किसी कलाकार के कलाकारपन का पैमाना क्या होता है? क्या स्वरूप होता है उसका? या हकीकत में ऐसा कुछ होता ही नहीं?

8. प्रतिभावान व्यक्ति हमेशा तनावों में जीता है। उसके मन पर एक अजीब सा बोझ रहता है।

9. क्या यह जरूरी होता है कि कलाकार का बेटा कलाकार ही पैदा हो? अगली पीढ़ी में इस विरासत का निर्वाह न हो पाए तो क्या उस पीढ़ी को गुनहगार करार दिया जाए?

10. वह कलाकार तो बहुत बड़ा होगा, लेकिन इनसान के तौर पर बौना हो तो? समाज से कटकर सिर्फ कला के लिए ही समर्पित उसकी कला की

वफादारी की भारी कीमत चुकानी पड़ रही हो तो इसे कलाकार की खुद्दारी या सामर्थ्य माना जाए अथवा उसकी कमजोरी?

11. आत्मसम्मान को गिरवी रखते ही इनसान दया का पात्र बन जाता है और हम यही मानकर चलते हैं कि दुःख-दर्द को भुनाते रहना ही आत्मसम्मान की रक्षा है। भोगे हुए यथार्थ का मोल दुनिया से उगाहने को ही हम अपना कर्तृत्व समझने लगते हैं।

एक जोरदार झटके के साथ बस के झुकते ही मनवा हड़बड़ाकर जाग गई। अब तक खिड़की के बाहर से कोंकण उसकी गाड़ी के साथ-साथ दौड़ रहा था, अब ठिठक गया। बस स्टॉप के पास गाँव का नाम लिखी, खंभे पर लटकती तख्ती मंद हवा के झोंकों के साथ ही हौले-हौले हिलती थी। मनवा तपाक् से उठ खड़ी हुई। शिरोपरि ने सामान-कक्ष से अपना झोला उतारा, कंधे से लटकाया, फुरती से नीचे उतरी और बस चली भी गई।

शिल्पकार कामत की बहू से पहले ही आगाह किया था, आसपास बस्ती होने का तनिक भी संकेत नहीं मिलेगा। ऐसा भी लग सकता है कि हम गलत जगह उतर गए हैं। वह इलाका घने पेड़ों से घिरा है··· स्टॉप पर उतरने के बाद तनिक भीतर की ओर आना होगा। पच्चीस-तीस कदम चलने पर बाईं ओर एक रास्ता दिखाई देगा। वर्षा ऋतु के कारण पेड़ों पर ताजगी छाई थी। एक ओर नारियल के पेड़ों की अल्हड़ सरसराहट और उस पर्णनृत्य के मदमाते सुरूर को सहमे-सहमे, टुकुर-टुकर देख रहे सामान्य कदवाले केले के पौधे कच्चे हरे रंग के लंबे-लंबे पत्तों के पंखों से उछल-उछलकर जैसे वे पौधे उसका स्वागत कर रहे थे।

सँझलौका होने लगा था। शिल्पकार कामत की बहू के निर्देशानुसार भीतरवाला रास्ता दिखाई देने पर उसने राहत की साँस ली। डग भरते हुए वह रास्ता नाप रही थी। वैसे रास्ता सुनसान था। साइकिल की घंटी इक्का-दुक्का सुनाई पड़ती थी, बस उसकी आवाज कानों तक पहुँचते-पहुँचते साइकिल सरपट आगे को निकल भी जाती थी। कुल मिलाकर वहाँ का सन्नाटा किसी को भी डरावना लग सकता था।

उस रास्ते पर पहला दायाँ मोड़··· वहाँ से सामने कुछ ही ऊँचाई पर छोटा सा सफेद घरौंदा दिखाई दिया। आस-पास छोटे-छोटे बसेरों में लालटेनों की थरथराती लौ अपने होने का सबूत देती नजर आ रही थी। ये छोटे-छोटे झोंपड़ीनुमा मकान पेड़ों की झुरमुट में से झाँक-झाँककर देख रहे थे कि 'नया मेहमान कौन आया है?'

परंपरागत ढर्रे पर बने उस घरौंदे में कोई हबड़-दबड़ नहीं थी। बँगले से बाहर लॉन··· नारियल, सुपारी के पेड़ और फूलों की क्यारियाँ/अहाते में प्रवेश करते ही फौरन

पता चल जाता था कि यह शिल्पकार का ही मकान है। पत्थरदिल में स्पंदन का एहसास दिलानेवाले सजीव प्रारूप! देखनेवाले के अंतस को सराबोर कर देनेवाले शिल्प···उनके पायदानों पर कदम गड़ाकर बेजान प्रकाश-पुंज उछाल रहे फ्लड लाइट बंदूक ताने हुए जवान से लग रहे थे। लॉन के बीचोंबीच शिल्पकार कामत का मशहूर प्रस्तर शिल्प··· पनिया भरन को निकली औरत! उसकी गोदी में रुआँसा बालक, सिर पर घडा और माथे पर पसीने से चिपचिपी बनी लटें। उन लटों से अधढकी थकी-हारी सूरत हवा में लहराता पल्लू, घड़े का संतुलन बनाए रखते हुए, रोते-बिलखते बच्चे के साथ खुद को बचते-बचाते मंजिल तक सही-सलामत पहुँचने की चिंता···इतने सारे भावों को दरशानेवाले किसी शिल्प को साकार करना···! तोबा-तोबा!! मनवा किसी पत्रिका में काम करती थी और कुछेक चुनिंदा शिल्पकारों पर क्रमश: सामग्री प्रकाशित करने की उनकी योजना थी। उस लेखमाला का समापन शिल्पकार कामत पर केंद्रित सामग्री से होना था। उस शिल्प को देखते हुए मनवा ने महसूस किया कि कला का स्वरूप एक ही होता है, किंतु प्रत्येक हाथ का हुनर अलग-अलग हुआ करता है और शैली भी अलग सुब्रतो चैटर्जी, हिमांशु तुलजापुरकर, एस जानकी···जैसे युवा शिल्पकारों को उदाहरण स्वरूप लें, तो हरेक का दृष्टिकोण भी अलग-अलग! सुब्रतो दलील देते हैं कि ''कला में खुद को ढालना पड़ता है—आदि सब तो ठीक है। हमारी पूर्व पीढ़ी के कलाकार खुद को अपनी कलाकृति से नहीं भी अलग कर पाते होंगे। आई रिस्पेक्ट देम, लेकिन मैं तो खुद से ही पूछता हूँ कि क्या मेरी कला मुझे अपने जीने के सरोकारों के रूबरू खड़ा करती है ? मैं कई बार भरमा जाता हूँ, विचारों के गुंजल्क में फँस जाता हूँ। ऐसी स्थिति में क्या मैं अपनी कला को जीवनाविष्कार का माध्यम मान सकता हूँ ? साथ ही यह भी सच है कि कला जब घोर यथार्थ का जामा पहन लेती है तो उसका सौंदर्य और कला विशेषताएँ हाशिए पर दी चली जाती हैं। तब आपकी कला को सर्जन तो कहा जा सकेगा, किंतु संवेदना के उस पार इनसानी तौर पर भी वह नाकाफी ही सिद्ध होती है··· '' और अपनी घनी मूँछ को सँवारते हुए हिमांशु आगे कहने लगा, ''मैं शिल्प बनाता हूँ, यानी जिंदगी के अमूर्त को मूर्त रूप देता हूँ। फिर भी, हकीकत में मेरी अपनी सोच मेरे शिल्प से ज्यादा तल्ख होती है और लाख कोशिशों के बावजूद उतनी पुरकशिश अभिव्यक्ति नहीं हो पाती मेरे शिल्पों में, रोदाँ का थिंकर आखिर इतना क्यों भाता है दिल को ? इसलिए कि उसका सोच दृश्यमान न होने के बावजूद उसके चेहरे के भावों को देखकर हम अपने तईं गुनते हैं, रोदां के सरोकारों की स्थितियाँ ही हमें सराबोर कर देती हैं···तो प्रत्यक्ष उसकी सोच के तेवर भला कितने प्रखर रहे होंगे! बस, उसकी उस स्थिति की कल्पना ही तो हमें बाँधे रहती है···'' शिल्पकार किसी के समन्वित व्यक्तित्व को अहमियत देते पाए जाते हैं। आदमी का कद, लंबाई, गरदन, हाथ, उँगलियाँ। इन

अवयवों के जरिए उसके व्यक्तित्व को महसूस करना और उसे जज्ब करना आदमी के हाव-भावों को ज्यादा अहमियत नहीं, शिल्पकार माने कि शिल्प बिल्कुल नपे-तुले, किंतु हावी होनेवाले, आक्रामक शैली के, लेकिन कामत के शिल्प पूर्ण यथार्थवादी लग रहे थे। इनसानियत का तकाजा कूट-कूटकर भरे हुए, ओत-प्रोत, दूर-दराज के किसी छोटे से गाँव में बाकी दुनिया से कटकर अपनी कला-साधना का निर्वाह निष्ठापूर्वक करनेवाले शायद एकमात्र शिल्पकार होंगे, कामत उनके पश्चात् उनकी बहू ने इस विरासत को महफूज रखने की कसम खाई है। आगामी पीढ़ियों की धरोहर है यह!

"कौन?" भीतर से आवाज आई।

बँगले के बरामदे में एक महिला दिखाई दीं। जरीली, पतली सी किनारेवाली झकाझक साड़ी पहने थीं वह, उनके चेहरे के भाव ही खानदानी संजीदगी की दास्ताँ बयान करते थे। पतले से सुनहरे फ्रेम का चश्मा वे पहने थीं। क्या ये ही उनकी बहूरानी हैं? टेलीफोन पर इन्हीं से बात हुई थी?

"मुझे मनवा सरदेसाई कहते हैं।" संस्कृति पत्रिका की प्रतिनिधि मनवा ने करीब जाते हुए कहा।

चश्मे की आड़ में, तनिक थकी-थकी सी निगाहों में हलकी सी जानी-पहचानी मुसकान दिखाई दी।

"नमस्कार, मैं कामतजी की बहू···ज्यादा तकलीफ तो नहीं हुई यहाँ तक पहुँचने में? आइए, भीतर आइए," पूरे अदब के साथ उन्होंने मितवा का स्वागत किया भीतर सबसे पहले एक बड़ा हॉल था। बँगले जितना ही भव्य और हवादार। दरवाजों पर नक्काशीदार परदों की सजावट, कोने-कोने में कामत की शिल्प-कृतियों के नमूने सुशोभित थे।

"बैठिए, यहाँ तक पहुँचते-पहुँचते नाक में दम आ जाता है। क्या लेंगी आप, चाय-कॉफी?"

"दरअसल मुझे कुछ नहीं···" मनवा का जवाब पूरा होने से पहले ही बाई ने ट्रे में लाया पानी का गिलास पेश भी किया। बीजी ने भी ज्यादा आग्रह नहीं किया।

"मरजी आपकी, पीछे की ओर आउट हाउस है। वहाँ आपके रहने की व्यवस्था है। साढ़े आठ बजे भोजन तैयार होगा। आनंदी के साथ आ जाइए यहाँ, मैं भेजूँगी उसे आपके पास।

"मनवा झोला उठाकर बाहर आई। खुले आसमान तले, अँधेरे में भी वे शिल्प अपने अस्तित्व का एहसास बराबर देते थे···प्रत्येक शिल्प के तेवर अलग-अलग, दरअसल दूर से देखने पर भी उनका नूर ही बताता था कि वे जिंदादिल हैं। इसके अलावा मनवा ने यह भी महसूस किया कि इसमें से अधिकांश शिल्पों के चेहरे बीजी

की शक्ल से मिलते-जुलते हैं, प्रत्येक शिल्प की निगाहें बिल्कुल पारदर्शी, समूचे अस्तित्व का निचोड़ जैसे उनमें समोया हो, जीवंत।

आनंदी के पीछे-पीछे बँगले की लगभग आधी परिक्रमा कर मनवा पिछवाड़े पहुँच गई। सामने छोटा सा आँगन था और उसमें फर्श बिछे थे। आँगन के बीच में तुलसी वृंदावन भी था, छोटा सा उसकी छोटी सी मुँडेर पर मिट्टी का एक दीप भी प्रज्वलित था, उसी ज्योति की मद्धिम रोशनी से पूरा आँगन आलोकित था। एक कोने में अधूरा सा कोई शिल्प, कुछेक मूर्तियों के भग्न-अवशेष समेटकर रखे थे।

पास ही में दो कमरों वाला सेवक-निवास वहीं पर रसोई बन रही थी। स्टोव की 'सूँ' बाहर तक सुनाई पड़ती थी।

आउटहाउस का ताला खोलकर आनंदी ने बत्ती जलाई। कमरा काफी बड़ा था। शायद अतिथियों के लिए ही बनवाया गया था। एक चारपाई, मेज-कुरसी, शीशा और पास ही गुसलखाना, दीवारें खुली थीं। पानी रिसने से उन पर काई सी जमी थी, भद्दे से दाग उन पर पड़े थे और कमरे में सीलन की बदबू भी थी···

शीशे के पास रखी एक मूर्ति पर मनवा का ध्यान गया। संभवतया वह बीजी की ही प्रतिमूर्ति थी। बीस-बाईस की उम्र की उनकी त्वचा की कांति बाकायदा इस प्रतिरूप में भी विद्यमान थी। अभी, कुछ देर पहले की उनकी थकी-हारी सी निगाहों की बजाय इन आँखों में शोखी थी और चिनगारियाँ भी, उसके नीचे लिखा था—'इंस्पिरेशन'। क्या असली कलाकार को किसी प्रेरणा की आवश्यकता होती है ? प्रेरणा, यानी स्फूर्ति! क्या किसी व्यक्ति के कारण स्फूर्ति आ जाती है ?

मनवा ने प्रेरणा के बारे में एस जानकी से एक बार पूछा था। साँवली सी, छरहरी एस जानकी गिने-चुने, उभरते कलाकारों की सूची में उसका नाम शुमार था···भौंहों के बीचोंबीच इत्ती बड़ी बिंदी, कानों में चाँदी के झुमके, मुसकराते हुए उसने जवाब दिया था, ''सृजन के मूल में कोई व्यथा होती है, मेरे तलाकशुदा पति को मेरी कलाकारी हमेशा खटकती थी, नफरत करता था वह, यही व्यथा मेरी कई कलाकृतियों का उत्स बनी! इस मायने में कलाकार या तो शोषित होता है या शोषक दूसरों को दुःख देने का मतलब खुद दुःखी होना होता है, ऑफकोर्स किसी भी संवेदनशील कलाकार के मामले में, क्योंकि अंतर्मन में जारी निर्मिति की कशमकश को ऐसी कोई व्यथा-वेदना ही तो ईंधन पहुँचाती है।

''सामान-वामान लगाकर तैयार होते-होते साढ़े आठ बजने को हुए, भोजन के लिए उसे वहाँ से घूमकर पुनः मुख्यद्वार से ही भीतर जाना था। इतने में ही देर रात का सन्नाटा पूरे परिवेश में छाया हुआ था। बँगले का मुख्य दरवाजा बंद था, शिल्पों के पायदान पर जल रहे दीये भी अब खामोश थे। अँधेरे में सिर्फ इतना भर मालूम पड़ता

था कि कोई आकृति है, तथापि उस आकार की भी एक हैसियत थी, जिसका एहसास अँधेरे में भी बाकायदा होता था, जिस रास्ते से होते हुए वह यहाँ पहुँची थी, वह कई लोगों द्वारा खुंदले जाने की गवाही दे रहा था, विश्लथ सा। आसमान में छाई घटा के कारण अँधेरा भी बासी लगता था।

कहने को डाइनिंग हॉल, लेकिन भोजन का इंतजाम किसी दूसरे ही कमरे में था। अत्यंत नक्काशीदार पायोंवाली लकड़ी की, गोलाकार मेज पर तीन थालियाँ लगी थीं। मेज के पीछे की ओर दीवार पर कामतजी की बड़ी सी तसवीर और उसके नीचे उन्हीं के द्वारा बनाई गई कोई शिल्पकृति, खुद्दार, जज्बाती सूरतवाली।

गुफानुमा चौके में से बीजी की आवाज आई, ''बैठिए, मैं आ ही रही हूँ, बस-मेज पर अगरबत्तियाँ भी जल रही थीं और भोजन की महक के साथ उनकी मिली-जुली सुगंध उस कमरे में व्याप्त थी।

बीजी ने एक-एक कर सारी चीजें खाने की मेज पर सजाईं और वे खुद भी एक थाली के सामने बैठ गईं।

''आराम से···सफर लंबा था। संकोच मत कीजिए।''

तीसरी थाली खाली ही थी।

''और किसी का इंतजार है ?'' मनवा ने पूछा।

''नहीं।'' इतना दो-टूक जवाब अनावश्यक सवाल न करने का मानो यह संकेत था।

''मेरे देखने में नहीं आई थी आपकी पत्रिका।'' उन्होंने कहा, ''आप अंक न भेजतीं तो पता ही नहीं चलता, वरना तो कोई भी मुँह उठाकर चले आते हैं। यहाँ इस कला से कोई भी सरोकार न रखनेवाले, और समय गँवाते हैं। मैं तो मना ही करती हूँ उन्हें।''

''हम एक विशिष्ट लक्ष्य सामने रखकर पत्रिका निकालते हैं। कला-साहित्य संबंधी परंपरागत अवधारणाएँ और नई सोच, विभिन्न विचारधाराओं की थाह पाने का प्रयास हम कहते हैं। ज्येष्ठ, मान्यवरों से हमें सराहना भी मिली है।'' मनवा उत्साह के साथ बताती रही।

''हाँ-हाँ, शिल्पकारों के योगदान को लेकर आप लोग लेखमाला चला रहे हैं, अच्छी बात है। स्तुत्य है यह उपक्रम···लेकिन मेरे ससुर, यानी बाबूजी यदि जिंदा होते तो उन्होंने साफ मना कर दिया होता।'' कहते हुए उन्होंने मनवा की थाली में सब्जी परोसी।

''आपकी पसंद का मुझे पता नहीं था। हम लोग तो सादा भोजन ही पसंद करते हैं। बाबूजी को भी यही···पसंद था। अब इसी की आदत हो गई है ?''

''बड़ा ही स्वादिष्ट है, बहुत अच्छा लगा।''

''बाबूजी को शोहरत की चकाचौंध रास नहीं आती थी।'' बीजी ने अपनी उसी

बात के क्रम को आगे जारी रखते हुए कहा, ''कलाकृति खुद ही बयान करती है। कलाकार को अलग से कुछ बोलने की जरूरत ही क्या है? वे कहा करते थे।''

''बँगले के लॉन में स्थापित शिल्पों को देखते हुए मैंने महसूस किया कि अधिकांश शिल्पों के चेहरे हूबहू आपकी शक्ल से मिलते-जुलते हैं। मेरे कमरे में रखी शिल्पकृति में भी आप ही हैं न? जिसके नीचे लिखा है—इंस्पिरेशन!''

''आपने सही फरमाया।'' इतना सा जवाब उन्होंने दिया।

मनवा को लगा था कि इस संबंध में विस्तार से वे कुछ बोलेंगी और उसी में से कई सवालों के जवाब आप ही सामने आ जाएँगे। लेकिन शायद वे ज्यादा कुछ बोलना नहीं चाहती थीं।

''किसी-न-किसी प्रेरणा के बिना कलाकार सृजन में पहल नहीं करता, आपको क्या लगता है?'' बीजी के अंतस को टटोलते हुए उनसे बुलवाने के उद्देश्य से मनवा ने गेंद फेंकी।

''दरअसल कलाकार रोमांटिक प्रकृति का होता है। निर्मिति के सपनों में खोया हुआ हकीकत को भी वह सपनों का जामा पहनाकर पेश आता है।'' तनिक मुसकराकर उन्होंने कहा, ''बल्कि मेरी तो धारणा है कि किसी भी कलाकृति की निर्मिति की प्रेरणा प्राप्त करना कलाकार की बुनियादी जरूरत होती है, निर्मिति की अनिवार्यता की तीव्रता को महसूस कराने का एक बहाना!''

''कामतजी की मृत्यु को छह साल हो गए न? क्या आखिर तक वे कार्यरत थे?'' मनवा ने सुना था कि आखिरी दिनों में उनके हाथ काँपते थे और वे काम नहीं कर पाते थे और यह बेचैनी उन्हें बेहद सालती थी, वे अपने आप पर खीझते थे। सुनने में तो यह भी आया था कि असहाय बेबसी के इसी दौर में उन्होंने खुद ही अपने हाथ पर हथौड़ा चलाया था। एक सच्चे कलाकार के दिल की इस जानलेवा बेचैनी को लेकर कोई बयान देंगी बीजी? मनवा को संदेह था।

''कल सवेरे बात करेंगे हम इस बारे में ऊपर के हॉल में भी बाबूजी की शिल्प कृतियाँ हैं; आप उन्हें भी जरूर देखें। वे उनके जवानी के दिनों की गवाही देंगी। पुरस्कार प्राप्त कृतियाँ हैं। अत्यंत मशहूर।'' बीजी मनवा के सवाल को टाल गईं। शायद एक ही बैठक में सभी मुद्दे वे उजागर न करना चाहती हों।

''खाना हो गया हो तो हाथ धो लीजिए···मुझे समय लगेगा यहाँ से निपटने में कल सवेरे नाश्ते के बाद कुछ देर हम बातें करेंगे।''

लॉन के हाशिए पर खड़े पेड़ों में फुरेरी सी होती सुनाई दी। गीली मिट्टी की भीनी-भीनी महक मन में प्रसन्नता भर रही थी। शायद दूर कहीं पर बारिश हो रही थी। मनवा आउटहाउस के पास ही बरगद के चबूतरे पर कुछ देर बैठी रही। आसमान में बादल छाए

होने से चंद्रमा के दर्शन भी दुर्लभ हो गए। सेवक वर्ग के सदस्य भी नींद की तैयारी में जुट गए प्रतीत होते थे। तथापि बँगले में तो अभी भी जगर-मगर रोशनी थी। बँगले का दुमंजिलापन अब मनवा के ध्यान में आया, ऊपर के एक कमरे की खिड़की के शीशे बंद थे। उसी की बगल में दूसरा एक कमरा था। वहाँ रोशनी दिखाई दे रही थी। खिड़की के दूधिया शीशे पर एक साए की हलचल दर्ज हो रही थी। खाने की मेज पर तीसरी थाली रख रखी थी, शायद कोई किराएदार हो। इसी बीच पिछले दरवाजे से आनंदी बाहर आई। उसके हाथ में परोसी हुई, ढकी थाली थी। थाली लेकर वह जीने से ऊपर की ओर गई।

अब जोरदार बारिश शुरू हो गई थी और तेज हवा भी बहने लगी थी। मनवा के बालों से होते हुए वर्षा की बूँदें उसकी आँखों से उतरने लगी थीं। तुलसी वृंदावन के सामने जल रहे दीये की ज्योति जैसे साँस थामकर थरथरा रही थी। मनवा को अब वहाँ से उठकर भीतर जाना ही पड़ा। नींद तो इतनी जल्दी भला कहाँ से आने लगी! चारपाई पर बैठकर उसने बटुए में से कुछ कागज बाहर निकाले। उन पर कुछ सवाल, टिप्पणियाँ आदि दर्ज थे। कामतजी का बचपन, कला की विरासत, शिल्प बनाने के दौरान उनके अनुभव, उनकी शैली इन सभी मुद्दों पर मनवा की नजर दौड़ रही थी। शिल्प बनाने के दौरान कामत संबद्ध व्यक्ति के साथ उसके शौक, उसकी रुचियाँ आदि मुद्दों पर बातचीत कर कई सारी चीजें उससे उगलवाते थे। उनके संबंध में किसी मौके पर छपी एक टिप्पणी उसने खास तौर से नोट कर ली थी, 'किसी कलाकृति को अपनी पसंदीदा तरीके से नहीं बना पाने की स्थिति में कामतजी दो-दो दिन फाका करते थे। अपनी कला के बारे में एक जगह उन्होंने बयान दिया था, "अपने भीतर की कला को हरदम लाड़-प्यार से पुचकारते रहना भी उचित नहीं। उसे भी डाँटना-फटकारना पड़ता है। अनजाने में आत्ममुग्धता के जाल में फँसती जा रही कला को झकझोरे बिना उसकी नींद नहीं खुलती। कलाकार को निरंतर प्रेरणा की जरूरत होती है, और वह न मिलने पर मैं अपने हाथ की उँगलियों पर छैनी-हथौड़ा चलाने से बाज नहीं आता" उस दिन भी मेरे मन में सवाल उभरा तो था कि कलाकार की इस मानसिकता को खुद्दारी कहा जाए या सनकीपन या विक्षिप्तता? इतनी निर्ममता से क्या कोई कलाकार अपने भीतर के कलाकार को झकझोरता है? क्या यह उचित है? ऐसी स्थिति में उसके आत्मीय जन क्या करें? क्या उन्हें भी वह कलाकार किसी अन्य धरातल पर जीने के लिए मजबूर करता होगा? आखिर किसी कलाकार के कलाकारपन का पैमाना क्या होता है? क्या स्वरूप होता है उसका? या हकीकत में ऐसा कुछ होता ही नहीं?

दरवाजे पर किसी की दस्तक सुनाई दी, तो अपनी जगह से उठकर मनवा ने दरवाजा खोला सामने बीजी खड़ी थीं, हाथ में छाता लिये।

"सोचा, आपको किसी चीज की जरूरत तो नहीं? ओढ़ना-बिछौना काफी तो

है··· ? बारिश होने लगी है। थोड़ी सी ठंड भी है! अकेले में आपको डर-वर तो नहीं न लगेगा? नींद-वींद आ जाएगी न?'' उन्होंने छाता समेटकर बाहर दरवाजे के पास ही रखा और भीतर आईं। कुरसी पर टिक भी गईं।

''डर? किस बात का?''

काँधे पर पड़ी दो-चार बूँदें उन्होंने उँगलियों से झटक दीं।

''पिछले दिनों एक पत्रकार आया था। कहने लगा, ''मैं अकेला नहीं रह सकता यहाँ, यहाँ रख रखी मूर्तियों से शायद मैं डर जाऊँ, हैं तो वे बेजान, किंतु उनकी जिंदादिली मुझे डरा सकती है।' उलटा मुझी से उसने पूछा, 'मैडम आपको नहीं लगता डर कभी?' मैंने उससे कहा, 'ये शिल्पकृतियाँ मेरी हमराज हैं, मेरी हमसफर हैं। लेकिन तुम्हारा सवाल भी जायज है। यदा-कदा बेजान कलाकृतियों की सजीवता से डर लगता है मुझे!''

बीजी के माथे पर एक लट फिल्मी अंदाज में चिपकी हुई थी। इस वजह से उनके बुजुर्ग चेहरे पर भी चंचल-शोख जवानी के अक्स उभर रहे थे।

''बड़े ही सटीक शब्दों का प्रयोग किया आपने, बेजान-सजीवता।'' मनवा ने कहा, ''इस लेखमाला के सिलसिले में पिछले दिनों मैंने युवा शिल्पकार सुश्री एस. जानकी से मुलाकात की थी। उसने बकौल सार्त्र, मुझे बताया कि 'आर्किटेक्चर इज फ्रोजन म्यूजिक···इसी अंदाज में अपने शिल्पों के बारे में मैं कहूँगी—माइ स्कल्पचर्स आर मूविंग स्टिल्स!' आपकी बेजान-सजीवता का अंदाज भी ठीक वैसा ही है!''

''बहुत खूब, यानी कला में भी कुछ तो रसूख है मेरा!'' बीजी तनिक खुश हुईं।

''आपकी रिहाइश कहाँ की है?''

''मालवण। मालवण है मेरा वतन।''

''हम जैसे शहरी लोगों को यहाँ का सन्नाटा भारी पड़ता है। आदत न होने से समय कटता ही नहीं। दो-एक दिन तो ठीक है। उसके बाद मायूसी भी घेर लेती है और जी उबने लगता है···यह तनहाई? उफ्!''

''आप जैसे शहरी लोग भीड़-भड़क्का, शोर-शराबे के आदी होते हैं। आपके लिए तो वही है जिंदादिली···और यहाँ की खामोशी को आप लोग तनहाई कहते हैं। लेकिन मैं कहती हूँ कि खुद को ही गुमशुदा करनेवाली महानगरीय तनहाई से तो यहाँ की बधिरता और बदहवासी ही बेहतर है। कम-से-कम अपना कोई वजूद तो होता है यहाँ···'' बीजी ने कहा, ''अब आप आराम कीजिए। शुभरात्रि!'' बाहर हो रही तेज बारिश का लिहाज किए बिना ही वे उठ खड़ी हुईं।

बारिश धुआँधार होने लगी थी और पलकें भी बोझिल सी होने लगी थीं। वह गहरी नींद सो गई। आधी रात तक बढ़िया नींद आई उसे। लेकिन बाद में चौंककर यकायक वह जाग गई। किसी के सुबकने, मायूस बिलखने की आवाज। अँधेरे में थाह नहीं लग

पा रही थी। पल-दो-पल ऐसी ही स्थिति रही। कोई स्वप्न था या आभास? बरस रहे पानी की छपछप को अनसुना कर बिलखने की उस आवाज को पकड़ने की दिशा में वह इधर-उधर ताक-झाँक करती रही। उसके बाद बेड लैंप जलाकर कुछ क्षण शांति से बैठी रही। अब सुबकने की आवाज साफ-साफ सुनने में आने लगी थी।

दरवाजा खोलकर मनवा बाहर आई। आँगन तो जैसे तालाब बना था। बँगले में रोशनी तो नहीं थी, पर सुबकने की आवाज जरूर वहीं से आ रही थी। कोने में पड़े मूर्तियों के भग्नावशेष तथा उनके अवयव मानो पानी से तर हो रहे थे और अचानक रोने की आवाज बंद हुई। मनवा भीतर चली आई। बीजी का बताया वह किस्सा, पत्रकार की मायूसी, कहीं मनवा भी उसी घेरे में नहीं न आ गई, उसी तरह का डर-वर, बेजान शिल्पों की सजीवता से? क्या इसी वजह से किसी के बिलखने का वहम होता रहा था? और वह आवाज यकायक बंद कैसे हुई? मनवा ने बत्ती तो बुझा दी थी, किंतु नींद बहुत देर से ही आ पाई।

अपना किरदार निभाकर बारिश सवेरे-सवेरे फारिग भी हो गई थी। मासूम सुनहरी किरणों की गुनगुनी धूप और नमीयुक्त हरी सतह पर नाश्ते की मेज सजी थी। बगीचे में स्थापित शिल्प भी नहलाए-धुले होने से तरो-ताजा लग रहे थे।

''कैसी कटी रात आपकी? नींद-वींद तो आई? पूरी रात बारिश की धूम थी।'' कहकर बीजी ने चाय की प्याली उसके सामने धर दी। पोहे की प्लेट पर हरे धनिए की कतरन बिखेरी थी। इसी बीच जीने से आनंदी हाथ में ढकी ट्रे थामे उतर रही थी। मनवा का ध्यान बराबर उधर गया।

''आप तैयार हो जाइए। फिर हम ऊपर के हॉल में चलेंगे, वहाँ आपको देखने को मिलेगा बाबूजी के हाथ का कमाल, असली जादू।'' बीजी ने कहा। थोड़ी देर बाद बीजी के साथ मनवा ऊपर गई। वहाँ कॉरीडॉर के किनारे भी कुछ शिल्प पंक्तिबद्ध खड़े थे। हॉल में तो जैसे शिल्पों की प्रदर्शनी ही लगी थी। प्रत्येक शिल्प के नीचे की ओर संक्षिप्त विवरण लिखा था। बीजी यथासमय अतिरिक्त जानकारी देती रहती थीं। दो-तीन बाल-शिल्प भी उनमें शामिल थे। सलोने-सुहाने, गुबारा गाल और होंठों पर निर्मल-निश्छल मुसकान, बहुत ही प्यारे थे वे शिल्प, उनमें से एक शिल्प के पास ठिठककर उँगली से उस ओर इशारा करते हुए उन्होंने बताया, ''ये हैं मेरे पतिराज; वे जब बहुत छोटे थे, तो बाबूजी ने बनाया था यह शिल्प।''

उसके बाद दो-तीन महिलाओं की अर्ध प्रतिमाएँ थीं। उनमें से एक प्रतिमा श्रीमती कामत की थी। उससे सटकर थीं कामतजी की बहूरानी, हूबहू इस वक्त के उनके हुलिए से मिलती-जुलती! सिर्फ केश-रचना में तनिक फर्क था, बस अन्य कुछेक शिल्प भी औरतों के ही थे, उनमें से कुछ काल्पनिक भी हो सकते हैं। आगे की ओर बहूरानी की ही, किंतु अधिक आकर्षक प्रतिमाएँ···

''आपकी ही सर्वाधिक प्रतिमाएँ शायद कामतजी ने बनाईं…''मनवा ने कहा, ''जी वे कहते थे, तुम्हारी शक्ल में मुझे औरतों के कई चेहरे दिखने लगते हैं। मैं ऊब जाती थी, बुत बनकर उनके सामने बैठे रहने से…''

बीजी के चेहरे पर मंद मुसकान तो थी, पर उसमें उदासी का मिश्रण भी महसूस होता था। मनवा ने जिज्ञासावश पूछा।

''आपके पतिराज का जवानी के दिनों का एक भी शिल्प नहीं?''

''जी नहीं। जिन चेहरों को आकार देने में कोई चुनौती न हो, ऐसे चेहरों से वे किनारा करते थे।''

हॉल में सजे सभी शिल्पों को देखते-देखते एक बजने लगा था। हॉल बंद कर उसमें ताला लगाते हुए बीजी ने कहा, ''अब भोजन कर लेते हैं। उसके बाद थोड़ा सा आराम कर लीजिए। शाम को वे ताला लगा रही थीं, तो मनवा उनके पीछे की ओर खड़ी थी। उसका ध्यान बगलवाले कमरे में लगे ताले की ओर गया।

''इस कमरे में भी'' उसने पूछा।

''एक ही शिल्प है। पर कोई खास नहीं। चलो…''

दोपहर में समय था तो मनवा गाँव की परिक्रमा कर आई। गाँव में सड़कें भला कहाँ? सँकरी तंग गलियाँ, कई सारे मोड़ और पगडंडियाँ, भीड़-वीड़ होने का तो सवाल ही नहीं था। शायद बाजार में भी दोपहर की छुट्टी हो गई थी। इतने छोटे गाँव में रहने की अब आदत सी हो गई होगी। बीजी की कितनी सिमटी-सिकुड़ी सी दुनिया! अपने ही एक छोटे से दायरे में कैद हो जाना! दिन में करती क्या होंगी बीजी?

वह बँगले में लौट गई तो वहाँ चहल-पहल दिखाई दी। बँगले से बाहर, सड़क पर दो-तीन कारें भी खड़ी थीं। पर्यटक आए थे शिल्पों को देखने। बीजी उन्हें यथोचित जानकारी दे रही थीं।

संझा का आसमान बारिश के अंदेशे से पुनः मटमैला हो रहा था। पर्यटकों की चहल-पहल की वजह से बँगले की खामोशी पर भी आँच आई प्रतीत हो रही थी। शिल्प तो देख लिये, किंतु अच्छा सा लेख लिखने लायक सामग्री मिल गई हो, ऐसा मनवा को नहीं लगता था। तसल्ली नहीं हो रही थी। बीजी के साथ इस वक्त बैठक होनी ही चाहिए, क्योंकि कल सवेरे हर हालत में पुणे पहुँचना जरूरी है। बीजी खुलकर कोई बात कहती ही नहीं, इतने में आनंदी आई और उसने संदेश दिया, ''बीजी ने आपको बुलाया है।''

पर्यटक ऊपर के हॉल में से नीचे आने लगे थे। कुछ और नए लोग भीतर आ भी रहे थे। बाहर, लॉन की मेज पर चाय की प्यालियाँ रख रखी थीं।

''चलो, हम अपना काम कर लेते हैं। वरना यह भी समय हाथ से निकल

जाएगा। आपके पास तो कितने ही सवाल अभी बाकी होंगे। बोलिए···'' कुरसी आगे खिसकाकर उस पर बैठते हुए बीजी ने कहा।

''कामतजी की कला की विरासत···''

''कामत खानदान कलाकारों का ही है। आप चाय भी पीते रहिए लिखने के बीच-बीच में।'' बीच में ही पटरी बदलकर बीजी ने कहा, ''बहुत पुरानी विरासत रही है इस खानदान की, कला के क्षेत्र में बाबूजी के पिताजी भी शिल्पकार ही···आपको तो पता भी होगा। उनकी माँ चित्रकार थीं। उनकी विशेषता यह थी कि गहरे, हावी होनेवाले रंग भी उनके चित्रों में सौम्य और दिलकश प्रतीत होते थे। बाबूजी के दादाजी विख्यात रंगकर्मी थे और दादीजी मशहूर गायिका। अत: कला की विरासत तो इस खानदान के लहू में ही समाई है, ऐसा कहना ही समीचीन होगा।''

''मनवा संक्षिप्त टिप्पणियाँ अपनी कॉपी में दर्ज कर रही थी। बादल घुमड़ रहे थे। संझलौका स्याही में बदलने लगा था। दीये जल तो रहे थे, पर धुंध के असर से रोशनी मंद-सी लग रही थी।

''बाबूजी बताया करते थे कि खेल-खेल में छिन्नी-हथौड़े से कूट-पीट करते-करते मैं पिताजी की शिल्पकारी में सहायता करने लगा। कब? कैसे? पता नहीं। मैं अनजाने में ही अपने आप इस काम में उलझता चला गया।'' बीजी की गति धीमी होने से मनवा को लिखने में सुभीता हो रहा था।

''अरे हाँ! मुझे सासूजी के बारे में आपको बताना ही होगा। उनकी तसवीर तो आपने नहीं देखी होगी।''

''जी नहीं, तसवीर नहीं देखी, किंतु हॉल में उनकी प्रतिमा थी···'' मनवा ने जवाब दिया।

''वे भी बड़े अच्छे चित्र उतारती थीं। उनकी चित्रकारिता पर ही तो बाबूजी रीझ गए थे। बाबूजी खुद भी राजकुमार ही लगते थे। उनकी तुलना में सासूजी सामान्य सी थीं। मैंने तो नहीं देखा उन्हें···'' बोलते-बोलते बीजी ने चश्मा उतारा। चश्मा उतारने के बाद उनकी आँखें कुछ ज्यादा ही सहिष्णु और क्षीण लग रही थीं। उनकी आँखों की गहरी तामई छटा मद्धिम रोशनी में भी बराबर अधोरेखित होती थी।

''कला-प्रतिभा ईश्वर की ही देन होती होगी शायद और जिसके हिस्से में वह आ जाए, वह इनसान ईश्वरीय अंश ही होता है—बाबूजी कहा करते थे। जिस आदमी में कला-गुण न हों, जिसके व्यक्तित्व को प्रतिभा का स्पर्श न हो, उसका जीना निरर्थक है। इस दुनिया, जहाँ से दूर रहना ही उन्होंने बेहतर समझा और यहाँ आकर वे सामान्य हो गए।''

''कलाकार अपनी कला पर इठलाता तो है और उसे इठलाना भी चाहिए, आखिरकार वह कलाकार होता है।'' मनवा ने टिप्पणी की।

''इठलाना तो ठीक है, लेकिन घमंड क्यों होना चाहिए?'' बीजी ने उछलकर कहा, ''घमंड़ी थे, वे उनकी कला में अहंकार की ऐंठन थी।''

''लेकिन कामतजी की शैली तो यथार्थवादी ही थी।''

''देखिए, आपके ये भारी-भरकम शब्द मुझसे हजम नहीं होते,'' बीजी ने मनवा को झटकते हुए कहा, ''अलबत्ता यह सच है कि जिंदा व्यक्तियों के शिल्प बनाने में ही उन्हें ज्यादा दिलचस्पी थी और इसे वे चुनौती मानते थे। प्रस्तर-शिल्प बनाने को तो वे और भी ज्यादा चुनौतीपूर्ण मानते थे। प्लास्टर ऑफ पैरिस के शिल्प भी उन्होंने बनाए। पनिया भरन को जा रही युवती, उससे परली ओर की कामगार की प्रतिमा...यह सब उन्हीं का सर्जन है। शिल्प हूबहू बनाने का हुनर आना चाहिए, उस आदमी की यही सही पहचान क्या है उसे शिल्प में उतारना ही तो कला की विशेषता होती है!''

''पनिया भरन...वाले शिल्प को बॉम्बे आर्ट सोसाइटी का पुरस्कार भी तो मिला था न?'' मनवा ने पूछा।

''मिला तो था। उन दिनों मैं नवविवाहिता थी। मेरे शुभागमन से ही यह पुरस्कार मुझे मिला—बाबूजी कहा करते थे। इस शिल्प के बारे में उन्हें जबरदस्त आत्मविश्वास था। उसके लहराते आँचल की नजाकत को रूपायित करना बेहद कठिन काम था। गौर से देखा जाए तो उसके लहराते आँचल में श्रमजीवित्व के पसीने की महक भी समाहित है। और पल्लू की चुन्नटें भी...अपनी शिल्प-कृति को अनोखा और उम्दा बनाने के लिए वे अपनी जान उसमें डाल देते थे। उँगलियों को प्राणवान बनाकर अपना कमाल दिखाते थे। किसी शिल्प को साकार करने की बात एक बार दिमाग में पैठ जाए, तो कई-कई दिन उसी के चिंतन-मनन में खोए रहते थे। उनके खाने-पीने का भी कोई ठिकाना नहीं होता था। प्रस्तावित शिल्प में प्रत्याशित विशेषताओं से संबद्ध बातें वे बाकायदा कागज पर दर्ज करते थे।

''कोई शिल्प पसंदीदा तरीके से नहीं बना, तो क्या वे छिन्नी से अपनी उँगलियों को दंडित करते थे?''

''हाँ।'' बीजी ने हामी भरी, ''अपने भीतर के कलाकार को दंडित करने का यही तरीका था उनका। वे फाका करते थे। अपने आप पर झींकते थे। खुद को कोसते थे। इससे अनजान आदमी उनका ऐसा व्यवहार देखकर उन्हें अवश्य ही पागल करार देता शायद! प्रतिभावान व्यक्ति हमेशा तनावों में जीता है। उसके मन पर एक अजीब सा बोझ रहता है। अपनी कला की अत्युच्च देयता की कशमकश शायद उसके बरदाश्त से बाहर हो जाती हो...उसी पिनक में पागलपन उसके दिमाग पर सवार हो जाता हो। लेकिन इसी वजह से दूसरी तरफ वह बेजोड़ कलाकृतियों को जन्म भी तो दे सकता

है। ऐसे कलाकारों के साथ बसर करना, यानी तलवार की धार पर चलने जैसा होता है शुरू-शुरू में तो मुझे बहुत ही डर लगता था।''

''कामतजी का एक ही बेटा था? यानी आपके शौहर? वे शिल्पकार—''

''ऐसा नहीं था। इसीलिए तो! चित्रकार का बेटा चित्रकार ही हो, क्या यह जरूरी होता है? नहीं आ पाती किसी-किसी में विरासत। तो क्या इस वजह से उसे गुनहगार करार देंगे?'' बीजी तनिक उत्तेजित सी हो गई थीं।

मनवा ने थूक निगली। उस सवाल में ऐसा कुछ नहीं था कि इस कदर उत्तेजित होना पड़े।

लेकिन दूसरे ही क्षण उनकी उत्तेजना शांत भी हुई।

''असल में, प्रखर प्रतिभावान कलाकार की मनुष्यता को भी असाधारणता के उसी पैमाने से नापा जाता है। मुझे कुछ छुपाना तो है नहीं। मैंने कभी वैसी जुर्रत ही नहीं की, करूँगी भी नहीं क्योंकि प्रतिभा-पुत्रों की जिंदगी एक खुली किताब होती है। आज मैं भले कुछ छुपा लूँ। लेकिन खोजी अध्येता उसे उजागर करेगा, उसे गलत संदर्भ देकर भी पेश करेगा। खैर। बाबूजी कहा करते थे कि मैं ही उनकी प्रेरणा हूँ। लेकिन उसके अलावा मेरी अपनी भी तो जिंदगी थी···मेरा पति···मेरी गृहस्थी, बाबूजी ने कभी सोचा ही नहीं इस दृष्टि से उनके जैसे लोगों का जन्म तो सिर्फ सर्जन के लिए ही होता है। अलौकिक प्रतिभा के धनी थे वे! इसीलिए उनकी आत्मकेंद्री वृत्ति भी असाधारण ही थी! मेरी बात छोड़ो, पर क्या औरतों के जज्बातों का लिहाज आज तक कभी किसी ने किया! लेकिन मेरे पति के साथ···'' किसी भी तरह का बोझ महसूस किए बिना बीजी अभिव्यक्त हो रही थीं, पर अब अचानक ठिठक गईं, बिना-वजह उन्होंने चश्मे के फ्रेम को ठीक-ठाक किया और वे आगे कहने लगीं।

''मेरे पति—वह आदमी भला इनसान था किसी भी आम आदमी की तरह नहीं आ पाए उनमें कोई भी कला-गुण। लेकिन ऐसा हुआ ही कैसे? यह तो मेरी कला की तौहीन है, यह टीस अंत तक सालती रही बाबूजी को हरदम कोसते रहे और नफरत करते रहे वे अपने बेटे से हमेशा उलाहना देना···अपमानित करना···मेरे सामने···तथा लोगों के सामने भी भीतर-ही-भीतर टूटते रहे मेरे पति न्यूनता का भाव गहराता रहा उनके दिल में धीरे-धीरे मेरा ब्याहता पति, एक उम्दा इनसान तनिक कम आत्मविश्वास वाला—मेरी आँखों के सामने क्रमशः बुझता-टूटता रहा और मैं कुछ नहीं कर सकी, देखती रह गई बस! वैसे तो अत्यंत संवेदनशील इनसान थे वे! आखिर लहू तो कामत खानदान का ही था? उनकी पत्नी थी मैं, लेकिन मुझ पर हुकूमत चलती थी बाबूजी की!'' बीजी बेलाग अपनी निजी जिंदगी के रहस्य खुल्लमखुल्ला उजागर करती जा रही थीं। सुनकर मनवा भी दंग रह गई।

''बाद में अवसाद ने उन्हें घेर लिया, नौकरी भी चली गई। जब दिल ही टूट जाए और आत्मसम्मान की धज्जियाँ उड़ने लगें, तो इसके सिवा और क्या होगा! आनंदी…ऽ बाहर की बत्तियाँ जलाओ…'' बीजी ने बीच में ही चिल्लाकर कहा।

शिल्पों के सामने लट्टुओं की बेरौनक रोशनी का उजाला हुआ। पर्यटक अभी भी शिल्पों के इर्द-गिर्द चक्कर लगा ही रहे थे। धीरे-धीरे लट्टुओं को मौसमी कीड़ों-मकोड़ों ने घेर लिया। बादल और भी घनेरे हो गए थे…हवा भी ज्यादा और ज्यादा आक्रामक होने लगी थी…फिर भी दिन भर की तल्खी झकोरों से बराबर चिपकी हुई सी प्रतीत हो रही थी।

''मेरी कला मेरे साथ ही समाप्त हो जाएगी। इस विरासत का अंत यही हो जाएगा, यह आंतरिक शल्य बाबूजी को लहूलुहान करता रहा। ऊर्जस्वल कलाकार की आह थी वह। दुर्भाग्य से मेरी कोख भी हरी नहीं हो सकी।'' कहकर बीजी तनिक हँस दी।

''अपने बेटे को शिल्पकला के पाठ पढ़ाने की जिद पर उतर आए थे बाबूजी, कुछ दिनों तक काफी जोर लगाया उन्होंने, पर कोई फायदा नहीं हुआ। पाठ पढ़ाकर थोड़े ही कला का आविष्कार किसी व्यक्ति में हो पाता है? खाली पात्र को पानी से भर देने जैसा सहज होता है, प्रतिभा-संक्रमण? क्या यह बात उनकी समझ में नहीं आई होगी? इसके बावजूद पिता-पुत्र में सौहार्द स्थापित करने की भरसक कोशिश की मैंने…दो विपरीत सिरों को एकत्र करना…वरना तो मेरा कोई वजूद या मेरी कोई हैसियत थी ही नहीं बाबूजी की नजरों में उनकी निर्मिति-प्रक्रिया की प्रेरणा का उत्स…इसके अलावा कोई वकत नहीं!'' ठिठककर बीजी ने मनवा की ओर देखा।

''कहीं मैं जरूरत से ज्यादा खुलकर तो नहीं न बोल रही हूँ? माफ करना, मनवा हड़बड़ा गई। कामत का अप्रकट रूप…अनकही दास्ताँ…लेकिन एक अलग मायने में कला के प्रति उनकी ईमानदारी का द्योतक नहीं थी?…अपनी इसी निष्ठा को अक्षुण्ण रखने की जिद में किसी की मनुष्यता के साथ की गई ज्यादती, कामत के कौन से रूप को सही मानें? उनके व्यक्तित्व की असली पहचान क्या है? कलाकार तो बहुत बड़ा होता है, किंतु वह बौना इनसान हो, तो? समाज से कटकर सिर्फ कला के लिए ही समर्पित उसकी कला की वफादारी की यह कीमत चुकानी पड़े, तो भी इसे कलाकार की खुद्दारी या सामर्थ्य माना जाए अथवा उसकी कमजोरी?…सुब्रतो यही तो कहता था!

बीजी ने फिर एक बार चश्मा उतारकर उसके शीशे रूमाल से साफ किए और अपनी बुझी-बुझी सी आँखों पर उसे फिर से पहन लिया।

''लेकिन यकीन मानिए, मैं पूरी ईमानदारी से कहती हूँ कि कोई भी कलाकार अपनी कला के बूते ही दिव्यता के शिखर तक पहुँचता है। इसीलिए बाबूजी को समग्रता से यदि जानना हो, तो अपनी मनुष्यता को भी दाँव पर लगाना पड़ता है। शुरू-शुरू में मैं भी भीतर-ही-भीतर जल-भुनकर रह जाती थी। उनसे जवाबदेही को भी दिल करता

था। उनकी कला का धिक्कार करने की इच्छा होती थी। लेकिन धीरे-धीरे अहसास हुआ कि ये शलाका-पुरुष सामान्य श्रेणी के होते ही नहीं। इसीलिए उनके खाते में दर्ज अन्याय भी सामान्य नहीं है।''

''कामतजी की मृत्यु दर्दनाक···'' मनवा ने बीच में ही पूछा।

''जी। उनका एक शिल्प अधूरा रह गया था। उसी शिल्प के नीचे···दरअसल उनके हाथ निष्क्रिय हो चुके थे। किंतु यकायक कहाँ से उन्हें स्फूर्ति हुई पता नहीं। बुढ़ापे की वजह से हाथों में कँपकँपी थी···लेकिन जिद पर अड़ गए और उसी शिल्प को तराशने-सँवारने के दौरान पता नहीं कैसे, वह शिलाखंड उन्हीं की दिशा में दरक गया, मैं वहाँ नहीं थी उस वक्त। मेरे पति अस्पताल में भरती जो थे···''

''और उसी में आपके पति—''

''नहीं नहीं वे जिंदा हैं अभी भी।''

''ओह सॉरी। रियली आइ एम वेरी सॉरी।'' मनवा को तीव्र अपराधबोध होता रहा।

''कसूर आपका नहीं है। ऐसे असामान्य व्यक्ति की संतान हो या नहीं···क्या फर्क पड़ता है। ऊपर के हॉल के बगलवाले कमरे में पड़े रहते हैं वे। बाबूजी की छेनी-हथोड़े के उलटे-सीधे प्रहारों से बना एक बेलौस शिल्प···बाकी शिल्पों के साथ-साथ इस शिल्प की भी देखभाल करती हूँ मैं'' बीजी ने होंठ मोड़ तो लिये थे, फिर भी लगता तो ऐसा ही था कि वे मुसकरा रही हैं।

लिखते-लिखते मनवा रुक गई। बीजी ने सवेरे कहा भी था, इस कमरे में सिर्फ एक ही शिल्प है और वह भी देखने लायक नहीं है···

''कुछ साल पहले वह द्विखंड हो गया। अस्पताल में ही थे वे। वैसे तो इस वक्त ठीक ही हैं, थक गए हैं काफी बीच-बीच में होश आ जाता है, तो पहले की ही तरह अच्छी-अच्छी बातें करते हैं। कभी हँसते हैं···तो कभी बुक्का फाड़कर रोने लगते हैं। कभी पहचानते हैं और कभी-कभी नहीं भी पहचानते,'' बीजी इत्मीनान से परतें उघाड़ रही थीं।

''कामतजी को अपने ऐसे व्यवहार को लेकर क्या कभी कोई पछतावा हुआ?''

''हुआ क्यों नहीं! हुआ तो, लेकिन तब, जब उनके हाथों से कला खिसक गई थी। अपने उजड़े हुए बेटे को देख वे भी मर्माहत हो गए। तब अपनी ही कला के प्रति घृणा और वितृष्णा सी पैदा हुई उनके मन में, अपने ऐसे ही किसी दौर में कलाई की नस काटने का भी प्रयास किया था उन्होंने···लेकिन इसके बावजूद उनकी इन सभी हरकतों के केंद्र में साँस ले रहा था, उनके भीतर का लुटा-पिटा ही सही, कलाकार···खैर, छोड़िए भी···अब थक गई हूँ मैं भी···बहुत ज्यादा बोलती रही···!'' कहकर वे तपाक् से उठ खड़ी हुईं।

"फिर एक बार चाय हो जाए...आप भी पी लीजिए, मैं कहती हूँ आनंदी को। अभी दो मिनट में आई मैं।"

धीमे-धीमे जा रहीं बीजी को देखकर मनवा को एस जानकी याद आईं। कलाकार या तो शोषित होता है या फिर शोषक...क्योंकि वेदना ही सर्जन के मूल में होती है—उसने कहा था...

इस बीच पर्यटक वहाँ से जा चुके थे। बगीचे में वे शिल्प भी अब तनहा-तनहा से खड़े थे, ऊपर वाला हॉल भी बंद...और उसके बगलवाले कमरे में भी ताला, कैसा होगा बीजी के पति का हुलिया? हूबहू बाबूजी जैसा? कामतजी की एक तसवीर तो थी, जिसमें वे अपने बेटे के शिल्प को गौर से देख रहे हैं। स्वयं उन्होंने ही बताया था वह शिल्प उनकी कलासक्त निगाहों में गजब की तद्रूपता थी...

आनंदी की बजाय स्वयं बीजी ही चाय की ट्रे ले आईं।

"लगता है आज भी बारिश आएगी..." थोड़ी देर बाद उन्होंने कहा, "इससे पहले कि आप भीतर चली जाएँ, एक सवाल पूछूँ?" मनवा ने उनसे अनुमति माँगी। "फिर भी इस पूरे जुमले को निभाते हुए आप यहाँ..."

"उसमें कौन सी बड़ी बात है।" छूटते ही बीजी ने कहा। "कलासंपन्न खानदान की विरासत को आगे तो बढ़ा नहीं सकी, पर उसे बरकरार तो रख सकी मैं...! एक वाकया याद आता है, एक सुधी रसिकजन बाबूजी का शिल्प देखकर अभिभूत हो गया। कहने लगा, "कितना बेहतरीन शिल्प है यह! मैं इसे खरीदना चाहता हूँ। क्या कीमत होगी इसकी?" बाबूजी ने बता दी। कीमत सुनकर वह चौंक गया। क्या? इस मामूली-से पत्थर की मूरत की इतनी कीमत!" तुम जैसे लोगों की पारखी नजर ही हमारी कला के कला-गुणों का मोल निर्धारित करेगी! खुरदुरे पत्थर में से बनाई गई सुंदर सी प्रतिमा—मानो तो शिल्प, वरना पत्थर ही तो है? ठीक यही स्थिति होती है, अपने हिस्से में आई जिंदगी की, बहुत बाद में आई मुझमें यह समझ..."

बादल शोर करने लगे थे और बीच-बीच में बिजुरियों के नृत्य की भी झलक दिखाई दे रही थी।

"जो भी मेरे हिस्से में आया। वह अनमोल ही था...किंतु दुनिया की नजरों में है, उसकी कोई अहमियत? बाबूजी की असाधारण, अद्वितीय कला का भला क्या मोल चुकाएगी यह दुनिया! उलीचना-किलचना...न अपने लिए, न ही दुनिया के लिए...मेरी प्रकृति में ही नहीं है।" बोलते-बोलते ही उन्होंने कप-प्लेटें समेट लीं और कुरसी में पीठ टिकाकर बैठते हुए उन्होंने आगे कहा, "आत्मसम्मान को गिरवी रखते ही इनसान दया का पात्र बन जाता है, मैं बहुत करीब से देख चुकी हूँ ऐसे लोगों को और हम यह मानकर चलते हैं कि दु:ख-दर्द को भुनाते रहना ही आत्मसम्मान की रक्षा है। दरअसल

जज्ब करने की अपनी क्षमता का मानसिक उन्माद होता है वह, भोगे हुए यथार्थ का मोल दुनिया से उगाहने को ही हम अपना कर्तृत्व समझने लगते हैं। लेकिन विश्वास कीजिए! बल्कि ऐसा कर हम खुद ही अपने आत्मसम्मान पर चोट कर रहे होते हैं। हठात्, मुझे नहीं बसर करनी थी ऐसी जिंदगी; इसीलिए अपने दुखों को सहेजने का पूरा नजरिया ही बदलने का निर्णय जान-बूझकर मैंने लिया। कला की पेशगी तो मुझे नहीं मिली, किंतु कला की सोहबत में रहते हुए इतनी प्रतिबद्धता तो हमें स्वीकार करनी ही चाहिए।''

''बीजी, खाना लगाऊँ?'' बरामदे में से ही आनंदी ने पूछा।

''हाँ, ठीक है। अभी आते हैं हम, ''कहकर बीजी उठ खड़ी हुईं।'' तो कल आपको जाना है। सवेरे या''? गाड़ी छोड़ आएगी आपको बस स्टैंड तक, मेरे हिसाब से काफी सामग्री मिल गई है आपको, लेकिन मेरी एक गुजारिश है आपसे'' वे मंद सी मुसकाईं। थोड़ी देर बाद उन्होंने कहा, ''आप तो जानती भी होंगी, माइकेल ऐंजेलो कहा करते थे कि 'हर पत्थर में एक शिल्प होता ही है। हम तो उस पत्थर को तराशकर अनावश्यक हिस्से को उसमें से हटा देते हैं,' बस मेरी भी यही प्रार्थना है आपसे कि थोथा देई उड़ाए''के बाद एक महान् शिल्पकार कामत को ही पाठकों के सामने प्रस्तुत होने दीजिएगा। आपको भी बहुत-बहुत धन्यवाद।''

बीजी की जज्बातों में आ रहा उफान जैसे थमने का नाम ही नहीं ले रहा था। तनिक रुककर फिर वे बोलने लगीं, 'यह तनहाई भी कभी-कभी इनसान की संवेदनाओं को छीन लेती है। मैंने कहा न, आज मैं कुछ ज्यादा ही बोलती रही। लेकिन मुझे तसल्ली हुई कि अभी भी मेरी संवेदनाओं में चेतना है, पत्थर नहीं बनी हैं वे। यह भी क्या कम है।'' कहकर मंद-मंद मुसकाते हुए वे चल भी दीं। इस बात पर मनवा से कोई टिप्पणी अपेक्षित भी नहीं थी।

इनसान के, जिंदगी जीने के हुनर को अपनी कला में साकार करने की जद्दोजहद करनेवाले कामत के शिल्पों को एक-एक कर फलाँगते हुए मनवा बीजी के पीछे-पीछे चलती रही। वर्षा की बूँदें शिल्पों पर बरसने लगी थीं और नारियल के पेड़ों से आ रही सरसराहट जलधाराओं का साथ निभा रही थी।

वहाँ से गुजरते हुए मनवा का ध्यान अनायास पहली मंजिलवाले हॉल की ओर गया। कामतजी के मशहूर शिल्पों की अमानत अपने भीतर समेटे हॉल में अँधेरा था और उन्हीं का बनाया अधूरा, लुटा-पिटा जिंदा शिल्प। उसी के बगलवाले कमरे में ताला बंद था और वहाँ मद्धिम रोशनी जल रही थी।

□□□